메밀꽃 필 무렵

날 기다린 것은 아니었으나 그렇다고 달리

기다리는 놈팽이가 있는 것두 아니었네.

처녀는 울고 있단 말야. 짐작은 대고 있었으나

성서방네는 한창 어려워서 들고 날 판인 때였지?

……

처음에는 놀라기도 한 눈치였으나 걱정있을 때는

누그러지기도 쉬운 듯해서 이럭저럭 이야기가 되었네……

생각하면 무섭고도 기막힌 밤이었어……

베스트셀러 한국문학선 9

메밀꽃 필 무렵

이효석

소담출판사

발 간 사

우리는 물질적 가치를 중시하는 산업시대의 큰 풍조 속에서 경제적 부(富)만을 추구하는 열병을 앓고 있는 것 같다. 물질적 가치와 똑같은 비중으로 또는 경우에 따라서는 그보다도 더 귀중한 정신적 가치에 관한 소중함을 몰각한 것이 오늘날의 풍조가 아닌가 한다.

따라서 역사적으로 면면히 이어오고 있는 우리 문화의 한 중심인 문예의 가치를 인식하고, 널리 보급시키는 것은 매우 중요한 의미를 지닌다고 할 수 있다.

우리가 어진 사람을 인격의 표본으로 삼을 때 근대 문학 작품에서는 이광수의 「흙」에 등장하는 허숭을 생각할 수 있고, 옛 문학에서는 흥부를 생각할 수 있다. 이러한 문예작품 속의 인물들은 우리 민족성원 한 사람 한 사람의 마음속에 인격의 한 표본으로 존중되어 사람답게 사는 실천적 지혜로 이어진다.

여기서 문예작품은 그 작품을 창작한 개인의 재능에 의한 것이지만, 그 내용에 담긴 인물의 심성과 인격의 아름다움은 바로 그 작품을 읽는 독자들의 자아를 성숙게 하는 길잡이가 된다. 즉 작품에 실현된 정신적 가치는 우리 민족의 창조적 지혜로서 이어지고 이해되어 민족의 정신적 지향의 전통이 됨을 깨닫게 된다.

특히 젊은 세대에게 역사의식과 전통적 가치를 학습할 자료로서 우리 문학의 선집은 필수적인 의미를 지니고 있다.

오늘날의 상업적 풍조에서 탈피하여 한국의 전통을 이해하고 새 시대의 창조적 전진을 위한 밑거름으로서 베스트셀러 한국문학선은 기여할 것이다.

새 시대의 새 독자들에게 가장 뜻깊은 선물이 될 것을 자부하며, 작품의 선정에 있어서도 그 뛰어난 예술성은 물론 내용의 심화된 것을 중시하여 엄정히 선택한 것임을 밝혀두는 바이다.

신 동 욱

차례

〔이효석〕

〈일러두기〉

1. 선정된 작품은 1920－1970년대 한국 현대 소설사의 대표적 작품들로서 현행 고등학교 검인정 문학 8종 교과서에 실린 작품 외 개별 작가의 대표적 작품을 중심으로 엮었다.
2. 표기는 원문의 효과를 고려하여 발표 당시의 표기를 중시했으나, 방언은 살리되 의미 전달을 위해 되도록 현대표기법을 따랐다.
3. 띄어쓰기는 개정된 한글맞춤법에 따랐다.
4. 외래어는 외래어 표기법을 따랐다.
5. 대화나 인용은 “ ”로, 생각이나 독백 및 강조하는 말은 ‘ ’로 표시하였다.
6. 본 도서는 대입수능시험은 물론 중－고교생의 문학적 소양 및 교양의 함양을 위해 참고서식 발췌 수록이 아닌 모든 작품의 전문을 수록하였음을 밝혀둔다.

메밀꽃 필 무렵

여름 장이란 애시당초에 글러서 해는 아직 중천에 있건만 장판은 벌써 쓸쓸하고 더운 햇발이 벌여 놓은 전 휘장 밑으로 등줄기를 훅훅 볶는다. 마을 사람들은 거의 돌아간 뒤요, 팔리지 못한 나무꾼패가 길거리에 궁싯거리고들 있으나 석유병이나 받고 고깃마리나 사면 족할 이 축들을 바라고 언제까지든지 버티고 있을 법은 없다. 칩칩스럽게 날아드는 파리 떼도 장난꾼 각다귀들도 귀찮다. 얽금뱅이요, 왼손잡이인 드팀전의 허 생원은 기어이 동업의 조 선달을 낚아 보았다.

"그만 거둘까."

"잘 생각했다. 봉평 장에서 한 번이나 흐뭇하게 사 본 일 있었을까. 내일 대화 장에서 나 한몫 벌어야겠네."

"오늘 밤은 밤을 새서 걸어야 될걸."

"달이 뜨렷다."

절렁절렁 소리를 내며 조 선달이 그날 산 돈을 따지는 것을 보고 허 생원은 말뚝에서 넓은 휘장을 걷고 벌여 놓았던 물건을 거두기 시작하였다. 무명 필과 주단 바리가 두 고리짝에 꼭 찼다. 멍석 위에는 천 조각이 어수선하게 남았다. 다른 축들도 벌써 거의 전들을 걷고 있었다. 약빠르게 떠나는 패도 있었다. 어물장수도 땜장이도 엿장수도 생강장수도 꼴들이 보이지 않았다. 내일은 진부와 대화에 장이 선다. 축들은 그 어느 쪽으로 든지 밤을 새며 육칠십 리 밤길을 타박거리지 않으면 안 된다. 장판은 잔치 뒤 마당같이 어수선하게 벌어지고 술집에서는 싸움이 터져 있었다. 주정꾼 욕지거리에 섞여 계집의 앙칼진 목소리가 찢어졌다. 장날 저녁은 정해 놓고 계집의 고함 소리가 시작되는 것이다.

"생원, 시침을 떼두 다 아네……. 충줏집 말야."

계집 목소리로 문득 생각난 듯이 조 선달은 비죽이 웃는다.

"화중지병이지. 연소패들을 적수로 하구야 대거리가 돼야 말이지."

"그렇지도 않을걸. 축들이 사족을 못쓰는 것도 사실은 사실이나, 아무리 그렇다군 해두 왜 그 동이 말일세. 감쪽같이 충줏집을 후린 눈치거든."

"무어 그 애숭이가? 물건 가지고 낚았나 부지. 착실한 녀석인 줄 알았더니."

"그 길만은 알 수 있나……. 궁리 말구 가 보세나그려. 내 한턱 씀세."

그다지 마음이 당기지 않는 것을 쫓아갔다. 허 생원은 계집과는 연분이 멀었다. 얼금뱅이 상판을 쳐들고 대어설 숫기도 없었으나 계집 편에서 정을 보낸 적도 없었고 쓸쓸하고 뒤틀린 반생이었다. 충줏집을 생각만 하여도 철없이 얼굴이 붉어지고 발 밑이 떨리고 그 자리에 소스라쳐 버린다. 충줏집 문을 들어서 술좌석에서 짜장 동이를 만났을 때에는 어찌 된 서슬엔지 빨끈 화가 나 버렸다. 상 위에 붉은 얼굴을 쳐들고 제법 계집과 농탕치는 것을 보고서야 견딜 수 없었던 것이다. 녀석이 제법 난질꾼인데 꼴사납다. 머리에 피도 안 마른 녀석이 낮부터 술 처먹고 계집과 농탕이야. 장돌뱅이 망신만 시키고 돌아다니누나. 그 꼴에 우리들과 한몫 보자는 셈이지. 동이 앞에 막아서면서부터 책망이었다. 걱정두 팔자요 하는 듯이 빤히 쳐다보는 상기된 눈망울에 부딪칠 때 결김에 따귀를 하나 갈겨 주지 않고는 배길 수 없었다. 동이도 화를 쓰고 팩하게 일어서기는 하였으나 허 생원은 조금도 동색하는 법없이 마음먹은 대로는 다 지껄였다——어디서 줏어먹은 선머슴인지는 모르겠으나 네게도 아비 어미가 있겠지. 그 사나운 꼴 보면 맘 좋겠다. 장사란 탐탁하게 해야 되지. 계집이 다 무어야. 나가거라 냉큼 꼴 치워.

그러나 한 마디도 대거리하지 않고 하염없이 나가는 꼴을 보려니 도리어 측은히 여겨졌다. 아직도 서름서름한 사인데 너무 과하지 않았을까 하고 마음이 섬짓해졌다. 주제도 넘지 같은 술손님이면서도 아무리 젊다고 자식 낳게 되는 것을 붙들고 치고 닦아 셀 것은 무어야 원. 충줏집은 입술을 쫑긋하고 술 붓는 솜씨도 거칠었으나, 젊은애들한테는 그것이 약이 된다나 하고 그 자리는 조 선달이 얼버무려 넘겼다. 너 녀석한테 반했지? 애숭이를 빨면 죄 된다. 한참 법석을 친 후이다. 담도 생긴데다가 웬일인지 흠뻑 취해 보고 싶은 생각도 있어서 허 생원은 주는 술잔이면 거의 다 들이켰다. 거나해짐을 따라 계집 생각보다도 동이의 뒷일이 한결같이 궁금해졌다. 내 꼴에 계집을 가로채서는 어떡헐 작정이었누 하고 어리석은 꼬락서니를 모질게 책망하는 마음도 한편에 있었다. 그러기 때문에 얼마나 지난 뒤인지 동이가 헐레벌떡거리며 황급히 부르러 왔을 때에는 마시던 잔을 그 자리에 던지고 정신없이 허덕이며 충줏집을 뛰어나간 것이었다.

"생원 당나귀가 바를 끊구 야단이에요."

"각다귀들 장난이지 필연코."

짐승도 짐승이려니와 동이의 마음씨가 가슴을 울렸다. 뒤를 따라 장판을 달음질하려니 거슴츠레한 눈이 뜨거워질 것 같으다.

"부락스런 녀석들이라 어쩌는 수 있어야죠."

"나귀를 몹시 구는 녀석들은 그냥 두지는 않을걸."

반평생을 같이 지내 온 짐승이었다. 같은 주막에서 잠자고, 같은 달빛에 젖으면서 장에서 장으로 걸어다니는 동안에 20년의 세월이 사람과 짐승을 함께 늙게 하였다. 까스러진 목뒤털은 주인의 머리털과도 같이 바스러지고, 개진개진 젖은 눈은 주인의 눈과 같이 눈꼽을 흘렸다. 몽당비처럼 짧게 슬리운 꼬리는 파리를 쫓으려고 기껏 휘저어 보아야 벌써 다리까지는 닿지 않았다. 닳아 없어진 굽을 몇 번이나 도려 내고 새 철을 신겼는지 모른다. 굽은 벌써 더 자라나기는 틀렸고 닳아 버린 철 사이로는 피가 빼짓이 흘렀다. 냄새만 맡고도 주인을 분간하였다. 호소하는 목소리로 야단스럽게 울며 반겨한다.

어린아이를 달래듯이 목덜미를 어루만져 주니 나귀는 코를 벌름거리고 입을 투르러거렸다. 콧물이 튀었다. 허 생원은 짐승 때문에 속도 무던히는 썩였다. 아이들의 장난이 심한 눈치여서 땀 배인 몸뚱어리가 부들부들 떨리고 좀체 흥분이 식지 않는 모양이었다. 굴레가 벗어지고 안장도 떨어졌다. 요 몹쓸 자식들, 하고 허 생원은 호령을 하였으나 패들은 먼저 줄행랑을 논 뒤요 몇 남지 않은 아이들이 호령에 놀래 비슬비슬 멀어졌다.

"우리들 장난이 아니우, 암놈을 보고 저 혼자 발광이지."

코흘리개 한 녀석이 멀리서 소리를 쳤다.

"고 녀석 말투가."

"김 첨지 당나귀가 가 버리니까 온통 흙을 차고 거품을 흘리면서 미친 소같이 날뛰는걸. 꼴이 우스워 우리는 보고만 있었다우. 배를 좀 보지."

아이는 앙돌아진 투로 소리를 치며 깔깔 웃었다. 허 생원은 모르는 결에 낯이 뜨거워졌다. 뭇시선을 막으려고 그는 짐승의 배 앞을 가리워 서지 않으면 안 되었다.

"늙은 주제에 암샘을 내는 셈야. 저놈의 짐승이."

아이의 웃음소리에 허 생원은 주춤하면서도 기어이 견딜 수 없어 채찍을 들더니 아이를 쫓았다.

"쫓으려거든 쫓아 보지, 왼손잡이가 사람을 때려."

줄달음에 달아나는 각다귀에는 당하는 재주가 없었다. 왼손잡이는 아이 하나도 후릴 수 없다. 그만 채찍을 던졌다. 술기가 돌아 몸이 유난스럽게 화끈거렸다.

"그만 떠나세. 녀석들과 어울리다가는 한이 없어. 장판의 각다귀들이란 어른보다도 더 무서운 것들인걸."

조 선달과 동이는 각각 제 나귀에 안장을 얹고 짐을 싣기 시작하였다. 해가 꽤 많이 기울어진 모양이었다.

드팀전 장돌이를 시작한 지 20년이나 되어도 허 생원은 봉평 장을 빼논 적은 드물었다. 충주 제천 등의 이웃 군에도 가고 멀리 영남지방도 헤매기는 하였으나 강릉쯤에 물건하러 가는 외에는 처음부터 끝까지 군내를 돌아다녔다. 닷새만큼씩의 장날에는 달보다도 확실하게 면에서 면으로 건너간다. 고향이 청주라고 자랑삼아 말하였으나 고향에 돌보러 간 일도 있는 것 같지는 않았다. 장에서 장으로 가는 길의 아름다운 강산이 그대로 그에게는 그리운 고향이었다. 반날 동안이나 뚜벅뚜벅 걷고 장터 있는 마을에 거의 가까웠을 때, 거친 나귀가 한바탕 우렁차게 울면, 더구나 그것이 저녁녘이어서 등불들이 어둠 속에 깜박거릴 무렵이면, 늘 당하는 것이건만 허 생원은 변하지 않고 언제든지 가슴이 뛰놀았다.

젊은 시절에는 알뜰하게 벌어 돈푼이나 모아 본 적도 있기는 있었으나, 읍내에 백중이 열린 해 호탕스럽게 놀고 투전을 하고 하여 사흘 동안에 다 털어 버렸다. 나귀까지 팔게 된 판이었으나 애끊는 정분에 그것만은 이를 물고 단념하였다. 결국 도로아미타불로 장돌이를 다시 시작할 수밖에는 없었다. 짐승을 데리고 읍내를 도망해 나왔을 때에는 너를 팔지 않기 다행이었다고 길가에서 울면서 짐승의 등을 어루만졌던 것이다. 빚을 지기 시작하니 재산을 모을 염은 당초에 틀리고 간신히 입에 풀칠을 하러 장에서 장으로 돌아다니게 되었다. 호탕스럽게 놀았다고는 하여도 계집 하나 후려 보지는 못하였다. 계집이란 쌀쌀하고 매정한 것이었다. 평생 인연이 없는 것이라고 신세가 서글퍼졌다. 일신에 가까운 것이라고는 언제나 변함 없는 한 필의 당나귀였다.

그렇다고는 하여도 꼭 한 번의 첫일을 잊을 수는 없었다. 뒤에도 처음에도 없는 단 한 번의 괴이한 인연! 봉평에 다니기 시작한 젊은 시절의 일이었으나 그것을 생각할 적만은 그도 산 보람을 느꼈다.

"달밤이었으나 어떻게 해서 그렇게 됐는지 지금 생각해두 도무지 알 수 없어."

허 생원은 오늘 밤도 또 그 이야기를 끄집어 내려는 것이다. 조 선달은 친구가 된 이래 귀에 못이 박히도록 들어 왔다. 그렇다고 싫증을 낼 수도 없었으나 허 생원은 시치미를 떼고 되풀이할 대로는 되풀이하고야 말았다.

"달밤에는 그런 이야기가 격에 맞거든."

조 선달 편을 바라는 보았으나 물론 미안해서가 아니라 달빛에 감동하여서였다. 이지러는 졌으나 보름을 갓 지난 달은 부드러운 빛을 흐뭇이 흘리고 있다. 대화까지는 80리의 밤길, 고개를 둘이나 넘고 개울을 하나 건너고 벌판과 산길을 걸어야 된다. 길은 지금 긴 산허리에 걸려 있다. 밤중을 지난 무렵인지 죽은 듯이 고요한 속에서 짐승 같은 달의 숨소리가 손에 잡힐 듯이 들리며, 콩포기와 옥수수 잎새가 한층 달에 푸르게 젖었다. 산허리는 온통 메밀밭이어서 피기 시작한 꽃이 소금을 뿌린 듯이 흐뭇한 달빛에 숨이 막힐 지경이다. 붉은 대궁이 향기같이 애잔하고 나귀들의 걸음도 시원하다. 길이 좁은 까닭에 세 사람은 나귀를 타고 외줄로 늘어 섰다. 방울 소리가 시원스럽게 딸랑딸랑 메밀밭께로 흘러간다. 앞장선 허 생원의 이야깃소리는 꽁무니에 선 동이에게는 확적히는 안 들렸으나, 그는 그대로 개운한 제멋에 적적하지는 않았다.

"장선 꼭 이런 날 밤이었네. 객줏집 토방이란 무더워서 잠이 들어야지. 밤중은 돼서 혼자 일어나 개울가에 목욕하러 나갔지. 봉평은 지금이나 그제나 마찬가지나 보이는 곳마다 메밀밭이어서 개울가가 어디없이 하얀 꽃이야. 돌밭에 벗어도 좋을 것을 달이 너무도 밝은 까닭에 옷을 벗으러 물방앗간으로 들어가지 않았나. 이상한 일도 많지. 거기서 난데없는 성 서방네 처녀와 마주쳤단 말이네. 봉평서야 제일 가는 일색이었지, 팔자에 있었나 부지."

아무렴 하고 응답하면서 말머리를 아끼는 듯이 한참이나 담배를 빨 뿐이었다. 구수한 자줏빛 연기가 밤기운 속에 흘러서는 녹았다.

"날 기다린 것은 아니었으나 그렇다고 달리 기다리는 놈팽이가 있는 것두 아니었네. 처녀는 울고 있단 말야. 짐작은 대고 있었으나 성 서방네는 한창 어려워서 들고 날 판인 때였지? 한집안 일이니 딸에겐들 걱정이 없을 리 있겠나? 좋은 데만 있으면 시집도 보내련만 시집은 죽어도 싫다지. 그러나 처녀란 울 때같이 정을 끄는 때가 있을까. 처음에는 놀라기도 한 눈치였으나 걱정 있을 때는 누그러지기도 쉬운 듯해서 이럭저럭 이야기가 되었네……. 생각하면 무섭고도 기막힌 밤이었어."

제천인지로 줄행랑을 놓은 건 그 다음날이었다.

"다음 장도막에는 벌써 온 집안이 사라진 뒤였네. 장판은 소문에 발끈 뒤집혀 오죽해야 술집에 팔려 가기가 상수라고 처녀의 뒷공론이 자자들 하단 말야. 제천 장판을 몇 번이나 뒤졌겠나. 하나 처녀의 꼴은 꿩 궈 먹은 자리야. 첫날밤이 마지막 밤이었지. 그때부터 봉평이 마음에 든 것이 반평생을 두고 다니게 되었네. 평생인들 잊을 수 있겠나."

"수 좋았지. 그렇게 신통한 일이란 쉽지 않어. 항용 못난 것 얻어 새끼 낳고 걱정 늘고 생각만 해두 진저리나지……. 그러나 늘그막바지까지 장돌뱅이로 지내기도 힘드는 노릇 아닌가. 난 가을까지만 하구 이 생애와도 하직하려네. 대화쯤에 조그만 전방이나 하나 벌이구 식구들을 부르겠어. 사시장천 뚜벅뚜벅 걷기란 여간이래야지."

"옛 처녀나 만나면 같이나 살까……. 난 거꾸러질 때까지 이 길 걷고 저 달 볼 테야."

산길을 벗어나니 큰길로 틔어졌다. 꽁무니의 동이도 앞으로 나서 나귀들은 가로 늘어섰다.

"총각두 젊겠다 지금이 한창 시절이렷다. 충줏집에서는 그만 실수를 해서 그 꼴이 되었으나 섧게 생각 말게."

"처 천만에요, 되려 부끄러워요. 계집이란 지금 웬 제격인가요. 자나 깨나 어머니 생각뿐인데요."

허 생원의 이야기로 실심해한 끝이라 동이의 어조는 한풀 수그러진 것이었다.

"아비 어미란 말에 가슴이 터지는 것도 같았으나 제겐 아버지가 없어요. 피붙이라고는 어머니 하나뿐인걸요."

"돌아가셨나?"

"당초부터 없어요."

"그런 법이 세상에……."

생원과 선달이 야단스럽게 껄껄들 웃으니 동이는 정색하고 우길 수밖에는 없었다.

"부끄러워서 말하지 않으려 했으나 정말예요. 제천 촌에서 달도 차지 않은 아이를 낳고 어머니는 집을 쫓겨났죠. 우스운 이야기나 그러기 때문에 지금까지 아버지 얼굴도 본 적 없고, 있는 고장도 모르고 지내 와요."

고개가 앞에 놓인 까닭에 세 사람은 나귀를 내렸다. 둔덕은 험하고 입을 벌리기도 대근하여 이야기는 한동안 끊겼다. 나귀는 건둥하면 미끄러졌다. 허 생원은 숨이 차 몇 번이고 다리를 쉬지 않으면 안 되었다. 고개를 넘을 때마다 나이가 알렸다. 동이 같은 젊은 축이 끝이 없이 부러웠다. 땀이 등을 한바탕 씻어 내렸다.

고개 너머는 바로 개울이었다. 장마에 흘려 버린 널다리가 아직도 걸리지 않은 채로 있는 까닭에 벗고 건너야 되었다. 고의를 벗어 띠로 등에 얽어매고 반 벌거숭이의 우스꽝스런 꼴로 물 속에 뛰어들었다. 금방 땀을 흘린 뒤였으나 밤 물은 뼈를 찔렀다.

"그래 대체 기르긴 누가 기르구?"

"어머니는 하는 수 없이 의부를 얻어 가서 술장수를 시작했죠. 술이

고주래서 의부라고 전망나니예요. 철들어서부터 맞기 시작한 것이 하룬들 편할 날 있었을까. 어머니는 말리다가 채이고 맞고 칼부림을 당하고 하니 집 꼴이 무어겠소. 열여덟 살 때 집을 뛰쳐나와서부터 이 짓이죠."

"총각 낫세론 동이 무던하다고 생각했더니 듣고 보니 딱한 신세로군."

물은 깊어 허리까지 채었다. 속 물살도 어지간히 세인데다가 발에 채이는 돌멩이도 미끄러워 금시에 훌칠 듯하였다. 나귀와 조 선달은 재빨리 거의 건넜으나 동이는 허 생원을 붙드느라고 두 사람은 훨씬 떨어졌다.

"모친의 친정은 원래부터 제천이었던가?"

"원걸요, 시원스리 말은 안해 주나 봉평이라는 것은 들었죠."

"봉평? 그래 그 아비 성은 무엇이구?"

"알 수 있나요. 도무지 듣지를 못했으니까."

"그 그렇겠지."

하고 중얼거리며 흐려지는 눈을 까물까물하다가 허 생원은 경망하게도 발을 빗디뎠다. 앞으로 꼬꾸라지기가 바쁘게 몸째 풍덩 빠져 버렸다. 허비적거릴수록 몸을 건잡을 수 없어 동이가 소리를 치며 가까이 왔을 때는 벌써 퍽으나 흘렀었다. 옷째 졸짝 젖으니 물에 젖은 개보다도 더 참혹한 꼴이었다. 동이는 물 속에서 어른을 해깝게 업을 수 있었다. 젖었다고는 하여도 여윈 몸이라 장정 등에는 오히려 가벼웠다.

"이렇게까지 해서 안됐네. 내 오늘은 정신이 빠진 모양이야."

"염려하실 것 없어요."

"그래 모친은 아비를 찾지 않는 눈치지?"

"늘 한번 만나고 싶다고는 하는데요."

"지금 어디 계신가?"

"의부와도 갈라져서 제천에 있죠. 가을에는 봉평에 모셔오려고 생각중인데요. 이를 물고 벌면 이럭저럭 살아갈 수 있겠죠."

"아무렴 기특한 생각이야. 가을이랬나?"

동이의 탐탁한 등어리가 뼈에 사무쳐 따뜻하다. 물을 다 건넜을 때에는 도리어 서글픈 생각에 좀더 업혔으면도 하였다.

"진종일 실수만 하니 웬일이오? 생원."

조 선달은 바라보며 기어이 웃음이 터졌다.

"나귀야, 나귀 생각하다 실족을 했어. 말 안했던가. 저 꼴에 제법 새끼를 얻었단 말이지. 읍내 강릉집 피마에게 말일세. 귀를 쫑긋 세우고 달랑달랑 뛰는 것이 나귀새끼같이 귀여운 것이 있을까. 그것 보러 나는 일부러 읍내를 도는 때가 있다네."

"사람을 물에 빠치울 젠 딴은 대단한 나귀 새끼군."

허 생원은 젖은 옷을 웬만큼 짜서 입었다. 이가 덜덜 갈리고 가슴이 떨리고 몹시도 추웠으나 마음은 알 수 없이 등실등실 가벼웠다.

"주막까지 부지런히들 가세나. 뜰에 불을 피우고 훗훗이 쉬어. 나귀에겐 더운물 끓여 주고, 내일 대화 장 보고는 제천이다."

"생원도 제천으로……."

"오래간만에 가 보고 싶어. 동행하려나, 동이?"

나귀가 걷기 시작하였을 때 동이의 채찍은 왼손에 있었다. 오랫동안 아둑신이같이 눈이 어둡던 허 생원도 요번만은 동이의 왼손잡이가 눈에 띄지 않을 수 없었다.

걸음도 해깝고 방울 소리가 밤 벌판에 한층 청청하게 울렸다.

달이 어지간히 기울어졌다.

화 분

1

오월을 잡아들면 온통 녹음 속에 싸여 집 안은 푸른 동산으로 변한다. 삼십 평에 남는 뜰 안에 나무와 화초가 무르녹을 뿐 아니라 사면 벽을 둘러싼 담장으로 해서 붉은 벽돌 굴뚝만을 남겨 놓고 집 전체가 새파란 치장으로 나타난다. 모습부터가 보통 문화주택과는 달라 남쪽을 향해 엇비슷하게 선 방향이며 현관 앞으로 비스듬히 뻗친 차양이며 그 차양을 고이고 있는 푸른 기둥이며——모든 자태가 거리에서는 볼 수 없는 마치 피서지 산비탈에 외따로 서 있는 사치한 산장의 모양이다. 현관 앞에 선 사시나무와 자작나무도 깊은 산 속의 것이라면, 뜰을 십자로 갈라 놓은 하아얀 지름길도 바로가 산장의 것이다. 생명력의 표징인 듯도 한 담쟁이는 창 기슭을 더듬어오르고 현관을 둘러싸고 발그스름한 한 햇순이 집 안까지를 엿보게 되는——온전한 집이라기보다는 풀 속에 풀로 결어 놓은 한 채의 초막이라는 감이 있다.

원체 집들이 듬성한 주택지대인지라 초목 속에 싸인 그 푸른 집은 이웃과는 동떨어지게 조용하고 한적하게 보인다. 한편으로 도회의 거리를 멀리 바라볼 뿐 뒤와 옆으로 모란봉의 가까운 자태가 솟아 울창한 산기슭에 달이나 비낄 때에는 그곳이 도회의 한 귀퉁이가 아니라 짜장 산 속의 한 모퉁이인 듯한 느낌이 난다.

이웃 사람들은 그 조용한 한 채를 다만 '푸른 집'이라고 생각할 뿐 뜰 안에 어른거리는 사람의 그림자를 보는 때조차 드물었다. 수풀과 나무와 화초로 뜰 안이 그렇게 어지러운 것도 하기는 자연의 운치를 사랑하려는 주인의 마음씨에서 나온 것이 아니라, 사실인즉 그것을 멀끔하게 거두고 정리할 만한 사람이 집 안에 없는 까닭이었다. 애잔한 여자들의 손만으로는 삼십 평의 뜰을 다스릴 수는 없었다. 세란은 그래도 한 집의 주인답게 집 안을 구석구석 돌볼 때가 있기는 하나 꽃 한 포기 옳게 옮겨 심지 못하는 주제며, 동생 미란을 불러 내오나 가제 여학교를 마치고 나온 귀여운 응석둥이는 풀을 뽑기보다는 언니와 나란히 서서 자작나무 아래로 거닐기를 즐겨한다. 부엌일을 맡아 보는 나어린 옥녀까지를 동원시킨다고 해도 세 사람의 여자만의 식구로는 근 백 평의 집을 건사하기에 힘이 부쳤다.

여자들만의 나라에 남자라고는 남편 현마와 그의 수하 단주가 그림자를 나타낼 뿐이나 현마는 남편이라고는 해도 큰댁이 시내에 있는 까닭에 그 편이 주장이 되고 하루 건너만큼씩이나 나오게 되는 것이, 요새 와서는 단주와 함께 영화회사를 시작하면서부터 분주한 판에 그것도 뜨는 날이 많았다. 세란이 애초에 현마를 졸라 집을 장만할 때에 큰댁과 멀리 떨어진 숨은 곳에 자리를 잡자는 생각으로 그 집을 손에 넣은 것이었으나 요새 와서는 한적한 판에 차라리 시내에다 조촐한 몇 칸 집을 샀었더면 생각하게 되었다. 남편을 무시로 독차지하고 있을 수 없는 외로운 집에서 두 식구를 데리고 가장 노릇을 하려니 아쉽고 허전한 때가 많다. 풀은 우거질 대로 우거지고 현관 기둥이며 창 기슭이며 나뭇가지에는 거미가 겹겹으로 그물을 드리워서 마치 폐가인 양 부지런히 줄을 쓸어 버려도 왕거미는 씨가 지지 않는다. 담쟁이 속 돌벽 위로는 다람쥐가 밤낮으로 농간을 부리며 오르내리는 눈치다. 불과 백 평의 세상 안에서도 여왕 노릇을 하기가 얼마나 힘든가를 생각하며 뜰을 거니는 세란은 모르는 결에 자꾸 얼굴에 와 걸리는 거미줄을 주체스럽게 쥐어뜯지 않으면 안 된다.

개나리가 지더니 찔레꽃 봉오리가 연지같이 진하게 맺혔고 라일락이 만발했다. 몇 포기 안 되건만 덤불을 이루어서 송이송이 붕그런 자색 꽃방치가 풍준한 향기를 휘날리고 있다. 라일락 향기는 유난스럽게 진하고 세어서 한 포기 덤불의 향기가 집 구석구석에 배어 뒤편에서나 방 안에서까지도 가장 가까운 곳에서 흘러오듯 코끝에 찰락거린다. 따뜻한 햇볕같이 땅 구석구석에 젖어드는 봄향기——그것이 라일락 향기이다.

덤불 옆에 서서 파줄기같이 밋밋하게 살찐 찔레순 껍질을 벗기는 미란의 자태를 나뭇가지 사이로 바라보면서 세란은 느린 걸음으로 지름길을 거닌다. 철없는 아이로만 보고 있던 미란의 육체의 변화에 요새 차차 놀라게 되었던 것이다. 여학교를 마친 것이 마치 아이의 세상을 졸업해 버린 셈인 듯, 이 봄을 잡아들면서부터 애잔하던 팔다리가 볼 동안에 늘어나고 어깻죽지와 허리가 활짝 펴지면서 어른의 체격을 갖추어 왔다. 큰 발견이나 한 듯 세란은 동생의 급작스런 발육에 놀라며 동생이라는 느낌보다도 이제는 한 사람의 동무를 대하는 듯한 느낌이 솟기 시작했다.

어른과 아이의 구별이 없어지고 어른과 어른의 대등한 대립이 시작된 듯한——두 사람의 세상의 문이 한데 합쳐서 무엇이든지 숨김없이 터놓고 말할 수 있는 듯한 그런 급격한 변화를 느끼기 시작했던 것이다. 치마 아래를 뻗친 찔레순같이 밋밋한 동생의 다리를 탐스러운 것으로 바라보면서 꽃덤불 쪽으로 가까이 갈 때 미란은 흘끗 세란을 바라보고 괴덕스럽게 꽃방치를 잡아 흔드는——그 희멀건 얼굴이 꽃다발같이 향기롭다.

"무슨 냄새 같을까, 언니."

"백합 냄새 같지."

"무엇 말인데?"

격에 맞지 않는 대답을 우습게 여기면서 형의 얼굴을 쏘아붙인다.

"네 얼굴 말야."

"괴덕만 부리네. 누가 얼굴 말인가, 라일락 말이지."

가까이 온 형의 얼굴을 꽃송이를 휘어 가볍게 갈기며,

"장미 냄새 같잖우?"

"글쎄."

"꿀 냄새두 같구."

"냄새두 잘은 맡어."

"사향 냄새두 나구."

"수다스럽다……."

형은 꽃봉오리 하나를 뜯어서 코끝에 대면서,

"바로 말하면 라일락 냄새는 몸 냄새라나. 잘 익은 살 냄새라구. 갖은 비밀을 다 가진 몸 냄새……. 알겠니?"

"언니가 수다스럽지 누가 수다스러우."

찔레순을 꺾으면 푸른 진이 빠지지 돋아난다. 그 진을 손가락 끝에 묻혀서 풀장난을 하는 미란의 팔을 세란은 문득 휘어잡았다.

"아깝다. 이 고운 몸을 날도적한테 뺏길 생각을 하면."

"망령이 났나봐."

"무르녹은 봉오리가 하룻밤 비에 활짝 피어 버린다는 게 슬픈 일이란다."

"아저씨가 며칠 안 오더니 실성해진 모양이지?"

"결국 단주가 날도적이 될 테지……. 선머슴 호박이 떨어졌어."

"단주와 누가 어쩌나?"

"다 안단다. 멀쑥하게 빠진 위인이 여간내기가 아니거든. 회사에서 아저씨 눈에 바짝 들어서 집에까지 붙이게 된 모양인데 위인이 아저씨보다 한길 위야. 됩데 코 떼우지 않나 보지."

"쾌활은 해두 점잖어요."

"점잖은 개 부뚜막에 오른단다——벌써 올랐는지두 모르지."

"몰라요."

팔을 징긋이 꼬집히워 미란은 펄쩍 뛰면서 꼬집힌 자리를 매만지면서 찔레덤불로 옮겨 간다.

"점잖게 언니 행세 좀 해요. 괴덕만 부리지 말구."

"언니 행세보다두 동무 행세를 해야겠다. 말같이 자란 걸 꾸짖을 수나 있나. 사람이 자라면 누구나 동무, 이젠 동무같이 얘기하구 싸우구 하게 되잖나 보지……. 어서 목욕하구 몸단장이나 하려무나. 단주가 올 날이야. 성큼성큼 뛰어들기 전에."

"아저씨 기다리기가 천추 같지……. 내 찔레나 꺾어 줄게. 잠자쿠 서 있어요."

나무장미 아래에 웅크리고 앉아서 포기 속을 들추기 시작한다. 풀냄새와 흙냄새가 후끈 흘러오면서 미란은 진귀한 것을 찾는 기쁨에 눈망울이 별같이 빛난다.

"찔레가시 조심해라."

"그까짓 가시쯤."

"찔리워서 법석 말구."

"찔리우긴 왜."

장담을 하고 풀 속에 팔을 냉큼 넣던 미란은 금시에 기급을 할 듯이,

"에그머니나!"

뒤로 나동그라졌다. 손을 번개같이 입에 대고 토끼같이 움츠린 모양을 보고 세란은 싱글싱글 웃음을 띤다.

"그것 봐. 누가 아니래?"

미란은 황겁지겁 일어나서 형의 곁으로 몸을 쏠린다. 부르르 떨리는 것을 형은 괴이히 여기며,

"야단두, 범에게 쫓긴 듯이."

"뱀이야."

"무엇?"

세란도 주춤하면서 몸에 소름이 쪽 돋았다.

"찔레를 꺾으려는데 굼틀하고 손을 스치잖아요."

세란은 몸을 으쓱하면서 미란의 팔을 붙든다.

"저것 봐요. 저것."

"에그머니!"

찔레포기 저편으로 늠실 기어가는 뱀을 보고는 두 사람은 바싹 얼싸안으면서 뒤로 물러간다. 두어 자 길이는 되는 늘메기였다. 푸른 바탕에 붉은 점을 아롱거리면서 풀 속으로 해서 지름길을 타고 판장 밑으로 사라지는 것이 놀라는 꼴을 비웃는 듯 유유하고 능글진 것이었다. 아롱거리는 모양이 눈 속에 배어들 지경으로 선명한 인상을 주었다.

"놀라기도 해라."

"십 년 감수는 했어!"

미란은 화가 나는 듯 돌멩이를 집어 올려 판장 밑으로 던졌으나 뱀의 종적은 씻은 듯이 사라진 뒤였다.

"찔레순 아예 꺾어 먹을 게 아니구나."

세란은 한 번 더 몸을 으쓱 떨면서 미란의 손을 끌고 지름길을 걷기 시작했다.

"괴덕부리는 바람에 이 변이지."

"집 안에 뱀까지 꼬이니 맘놓고 산본들 하겠니."

"방에까지 기어들지 않을까? 위험해라."

세란은 아직도 떨리는 동생의 팔을 꼭 쥐다가 문득 얼굴을 바라보고,

"안색이 푸르다. 톡톡히 놀란 모양이구나."

걱정되는 마음에 부리나케 데리고 들어가서는 옥녀에게 목욕물을 가늠보여 목욕실에 먼저 들여 보냈다.

부엌 옆으로 거의 두 평 가량이나 차지하고 창으로는 이웃집 붉은 지붕과 먼 산을 바라볼 수 있는 목욕실이 자매에게는 집 안에서도 즐거운 곳

의 하나였다. 기쁠 때에는 물론이어니와 슬플 때에나 노여운 때에도 그 속에 뛰어들어 시간을 보내노라면 마음이 풀려 버리는 그 맛을 그들같이 즐겨하는 사람도 드물듯 하다. 죽을 것이 옥녀여서 목욕물을 끓이는 것이 부엌일 중에서도 가장 큰 시중이었다. 이틀돌이로 데우는 것이나 세란들의 요구에 따라서는 아닌 때 금시에라도 물을 대고 불을 지펴야 하고 바깥주인 현마가 올 때에는 부랴부랴 또 한바탕 난리가 난다. 불이나 안 들일 때에는 아궁이 앞에 웅크리고 앉아서 서리우는 연기로 눈물을 흘려 가며 그런 고생은 없으나, 주인들이 하고 난 끝의 목욕물이 차례 올 것을 생각하면 불평도 없어지고 세란들의 목욕하는 자태를 창으로 엿보는 것도 즐거운 것의 하나였다.

지금도 옥녀는 한가한 틈을 타서 잠깐 부엌일을 멈추고 철벅거리는 미란의 자태를 창 밖에 서서 물끄러미 들여다보면서 그 고운 살결을 탐내고 있는 것이다. 보얗게 서리운 안개 속에 움직이는 처녀의 자태는 배춧단같이 멀쑥하면서도 물고기같이 퍼들퍼들하다. 봉곳한 팔이며 앵두알 같은 젖꼭지가 그대로 보기는 아까운, 뛰어들어가서 만져라도 보고 싶은 것이다. 자기가 만약 사내라면 그 흰 다리를 독수리같이 물어뜯고야 말걸, 망간 북새들을 친 찔레나무 아래 뱀이 마음있던 짐승이라면 그 고운 팔다리를 그대로 두지는 않았을 것을 생각하면서 아무리 들여다보아도 귀중한 보물같이 싫어지지 않는다.

미란이 나간 후에 뒤를 이어 세란의 몸이 나타나는 것이 보였다. 같은 모습이기는 하나 팽팽한 처녀의 몸과는 달라 함박꽃같이 활짝 피어난 허벅진 한 송이다. 목욕실 안이 꽉 차며 금시에 서리었던 김이 젖어드는 듯도 하다. 무슨 복을 가지면 사람이 저렇게도 곱게 태어날 수 있을까—— 황홀한 정신으로 확실히 꿈속에 잠겨 있을 때에 세란의 목소리가 창 밖으로 새어나왔다.

"아니, 이게 무슨 물이야. 물감을 풀었니."

옥녀는 냉큼 일어서서 창께로 가까이 갔다. 손을 대기 전에 창은 안에서 열렸다.

"목욕물이 아니라 왼통 오미자 화채니 어떻게 된 노릇이야. 좀 들어와 봐요."

영문을 몰라 옥녀는 사이문을 열고 목욕실에 뛰어올랐다. 흰 대리석 목욕탕 안의 물이 짜장 오미자 화채인 양 불그스름하게 물들어 있다. 자옥하게 서리었던 물김이 말끔하게 걷힌 후이라 흰 도가니 안에 고인 물이 유리잔 안의 술과도 같이 깨끗하고 선명한 빛깔을 띠고 있지 않은가.

"수도물이 망령을 피웠나요."

옥녀는 사실 곡절을 몰라 주인의 얼굴을 물끄러미 쳐다볼 뿐이다.

"대체 무슨 조화야. 수도물두 성하구 물감도 안 풀었다면?"

"지금 망간 작은아씨가 다녀 나갔을 뿐인데요."

"작은아씨가 별안간 살을 베었단 말이냐? 귀신이 곡할 노릇이지."

세란은 말을 그치자 자기의 던진 그 한 마디가 도로 귀로 흘러들면서 문득 한 가지 생각이 솟아올랐다.

"——아니 이게 그래 피야? 끔찍두 해라."

옥녀를 더 족칠 것 없이 급하게 목욕실을 나가 버리더니 방에서 미란과의 말소리가 수군수군 들린다. 희롱하는 소리와 웃음소리가 간간이 높게 흘러온다. 미란은 허약한 기력에 벌써 자리에 누운 듯 대답하는 소리만이 들릴까말까하다.

"오미자 화채가 아니구 그러니 이게 모두……."

옥녀는 목욕물을 한 움큼씩 움켜서는 손가락 사이로 흘리면서 미란의 몸의 다달이 정해 논 날수를 속으로 따져 보았다. 조금 일찍 온 듯하나 아마도 뱀에게 놀란 탓인 듯하다. 뱀의 독이 무서운 것을 깨달으며 그 화채물 속에 그대로 뛰어들까 어쩔까를 생각하려니 별안간 부끄럼이 왈칵 오면서 옥녀는 고개를 숙여 버렸다.

"망칙해라."

방에서는 자매의 목소리가 자별스럽게도 은은히 흘러온다.

세란들 자매의 사이같이 정다운 것이 다시 있다면 그것은 현마와 단주의 사이다. 세란과 미란이 자매간이면서도 가장 친한 동무의 사이라면 현마와 단주는 동무의 사이면서도 형제 이상의 정이 두 사람을 얽었다. 십여 년이나 연소한 단주를 사실 현마는 동생을 대하는 이상의 정으로 사랑해 온다. 영화사에 있을 때에나 거리에 나올 때에나 두 사람의 그림자는 떨어지는 법이 없으며 무엇을 이야기하는지 말소리가 그치는 적이 없다.

"오늘은 약속이 있었지."

"교외 말씀이죠."

"싫은가."

"나가구말구요."

성큼성큼 손가방을 들고 앞서는 단주를 보고는 빙그레 미소를 띠며 오늘 저녁은 교외에서 묵을 양으로 사를 나서는 현마였다.

"교외 집 맘에 드나."

"담쟁이 우거지구 라일락이 피구――아름다운 동산예요. 그러게 맘이 이렇게 뛰놀죠."

"라일락 때문인가?――누굴 속일려구?"

"속이다뇨."

"또 한 가지 맘 뛰놀게 하는 것."

"……."

"미란 말이야."

얼굴을 발갛게 물들이는 소년의 자태, 그는 미란보다도 못지않게 미목이 수려하다.

"고와요――무어라고 할까요, 마치――옛적 비너스 같은."

"미란이 비너스라면 단주는 무얼꼬?――아도니스. 신화 속의 미소년 아도니스――그게 단주야."

다시 얼굴을 물들이는 단주를 그림같이 아름다운 것으로 생각하면서 현마는 지나는 택시를 잡아세우고 운전수가 문을 열고 기다릴 때 문득 무슨 마음이 내켜선지 단주의 몸을 달롱 안아서는 차 속에 앉히는 것이다. 세란의 몸을 장난삼아 몰래 들어 보는 적이 있었으나 그 세란의 몸보다도 부드럽고 해까운 단주의 몸이다.

이어 성큼 뛰어 들어가서 단주의 몸을 거의 윽박을 듯이 주저앉는 현마의 모양은 마치 어린 양을 채 가는 독수리의 시늉과도 같고 미소년 아도니스를 후려 가는 퍼슈스나 플루토의 모습일 듯도 하다. 짐승과 같이 육중한 현마와 아름다운 단주와의 대립되는 인상은 삼십 대와 이십 대의 차이도 아니요, 이십 관과 십오 관의 체중의 차이도 아니요, 사랑을 하고 사랑을 받는 괴이한 애정 관계에서 오는 것이었다. 두 사람의 자태는 형제의 그것도 아니요, 주인과 종의 그것도 아니요, 참으로 사랑하는 사람끼리의 모양이었다. 현마는 사실 마음속으로 은근히 세란과 단주를 달아보고는 어느 편이 더 무거운가를 주저하는 때가 많았으며 그 감정을 스스로 괴이히 여기곤 한다.

소설가가 되느니 영화감독이 되느니 하면서 거리에서 펀둥거리는 단주를 현마가 당초에 주워올린 동기부터가 그의 용모에 혹한 까닭이었다. 이십 세를 잡아들락말락한 예쁘장한 얼굴에 머리를 길러 내린 나어린 보헤미안의 꼴이 알 수 없이 마음을 당겨 현마는 그 날로 그를 데려다가 몸을 가꾸고 치장을 갈아서 멀끔한 딴 사람을 만들어 놓았다. 집도 절도 없고 또렷한 내일의 요량도 없던 불결하고 궁측스럽던 보헤미안이 하루 아침에 말쑥한 미소년 아도니스로 새로 태어난 셈이었다. 그다지 놀라운 천재를 감추고 있지는 않았으나 숙성한만큼 쓸모도 있으려니 생각하고 영화사 비서격의 일을 맡겨서는 옆 책상에 앉히기로 했다. 영화사라고 해야 당초부터가 현마의 취미에서 시작된 사업으로서 영화 제작은 아직 앞일이고 주로 배급의 일을 하는 것이었으나 단주로서는 그런 호박은 없는 것이, 빌딩 삼층 훗훗한 한 칸 사무실에서 기껏 하는 일이래야 현마가 맡기는 영화잡지의 기사를 번역하거나 그렇지 않으면 여배우의 사진을 가위로 속속들이로 오려서는 사무실 벽에다가 어지럽게 붙여 놓는 일쯤이었고 그 외로는 현마와 거리를 걸으며 점심을 먹으며 차를 마시며 배급 교섭을 하며 할 때에 그림자같이 현마의 옆에 붙어서 혹은 단장 노릇을 하고 혹은 한 송이의 꽃 노릇을 하면 그만이었다. 아파트의 한 칸을 구해 가지고 유숙하게 된 때부터 현마는 거의 밤마다 찾아와서는 별일 없으면서도 이야기하고 놀고 하다가는 늦어서야 돌아가거나 그렇지 않으면 한 침대에서 같이 밤을 새우거나 했다. 참으로 한 송이의 꽃을 대하듯 현마는 신화 속의 미소년 같은 단주를 정신없이 바라보는 것이었다.

발이 한동안 뜨게 되자 세란은 하루는 현마의 옷섶을 바투하게 쥐어잡고는 불 같은 샘이었다.

"어서 대요. 요새 밖에 꼭 무에 생겼죠. 그렇지 않구야……."

"예쁜 비서 하나를 두었지."

"무에 어째요. 이렇게 늠실거리구 말하기요. 어떤 년이야. 그래, 그 비서가."

"법석을 말아요. 그렇게 속이 편편치 않다면 내 내일 보여 주지 않으리."

"보긴 누가 보재? 웨 이리 얼룽거려요?"

넓적다리를 꼬집히고 현마는 펄쩍 뛰면서,

"그래두 봐야 알 테니 내일 두구 봐요. 얼마나 놀라운가."

펄펄 뛰는 세란을 간신히 가라앉히고 이튿날 단주를 데리고 나갔을 때 세란은 어제와는 다른 의미로 사실 놀라기는 했다.

"딴은 예쁘기는 해."

단주를 면대해 놓고 나오는 말이었다.

"비서라길래 난 또 어떤 비둘기를 후려 냈누 했더니 이런 미남자 비서야."

세란과 미란은 동물원에나 간 듯 염치없이 단주를 바라보았다.

"이런 비서라면 집에두 종종 데리구 와요. 말동무두 없는 외딴 곳에

버려들 두구 혼자만 밖에서 좋은 수 보지 말구요."

"자네 맘에 들면 가끔 오게나."

현마의 권고를 옆귀로 들으면서, 단주도 그들에게 밑지지 않을 정도로 세란과 미란을 자별스럽게 바라보는 것이었다.

'사내의 맘같이 모를 게 있을까.'

세란은 중얼거리며 현마의 마음을 한없이 이상한 것으로 여겼다. 원래 다정한 현마의 욕심에 여자를 차례차례로 사랑해 가는 심지는 그래도 이해하기 쉬우나 알 수 없는 선머슴을 주워올려서는 애정을 나누고 정신을 뺏히우고 하는 그의 마음이 마치 바닷속의 욕심 많은 짐승같이도 생각되면서 괴이한 감정이 솟았다.

"바다가 짐승이라면 현마는 그 바다야."

이렇게 남편을 비판하면서――그렇다고 단주에게 대해서 게염을 느끼는 것이 아니라 커다란 호기심이 솟으면서 싱글싱글 그를 바라보는 것이었다.

단주로서는 그것이 처음이었으나 즐겁고 아름다운 인상에 그날을 실마리로 현마와 함께 자연 걸음이 잦기 시작했다. 아파트와 영화사와의 사이에서, 현마 단 한 사람과 같이 생각하고 살고 날을 지우던 그에게 의외에도 신선하고 푸른 딴 세상이 열린 셈이었다.

초목이 우거진 뜰 속에서의 세란과 미란의 자태는 흡사 이야기 속에서 들은 도원의 경치였다. 세란의 인상도 찬란한 것이었으나 미란의 존재는 보물같이 진귀한 것으로 보였다. 이런 행복스런 처지에서 오히려 자기를 구하는 현마의 마음은 얼마나 야릇한 것인가. 바다같이 넓은 그 마음속 한편 구석을 헤엄치고 있을 자기의 꼴을 생각할 때 문득 부끄러운 생각조차 들었다.

그러나 현마로서는 그 여자들만의 세상 속에 난데없는 단주를 한몫 끼워 넣고도 조금도 부자연과 위험을 느끼지 않는 것은 그의 눈으로 볼 때에는 세란이나 단주나 같은 항렬 속에 서는 까닭이었다. 한방에서 세란과 이야기할 때의 감정이나 아파트에서 단주와 이야기할 때의 감정이나 매일 반인 까닭이었다. 다른 것이 있다면 미란에게 대한 감정뿐이었다. 처제 미란에게 대한 감정은 물론 아내 세란에게 대한 감정과는 스스로 달라야 하겠으므로 현마의 흥미는 미란과 단주에게 걸려 있었다. 위험하다느니 보다는 아름다운 것으로 두 사람을 바라보았다. 단주를 교외의 집으로 이끌 때 반드시 두 사람의 제목이 머릿속에 떠오른다.

'비너스와 아도니스——'

지금도 차 속에서 현마는 거의 단주를 안을 듯한 자세를 지니면서 말을 잇는다.

"미란 때문에 그렇게 맘이 뛰노는 게지. 날 속일 수는 없어——비너스와 아도니스의 사랑은 신화 속에서두 아름답지 않았나."

"미란을 보면 겁이 나요——들었던 유리잔이 금시에 깨뜨러질 듯한 위태위태한 생각이 들면서."

"조심들 해야 돼, 괜히 그 유리잔 깨뜨리지 않도록들……."

교외로 나와 주택 밖에서 자동차 소리가 울릴 때 뜰로 미란을 놀라게 한 뱀 뒤탐지를 나왔던 옥녀는 마치 판장 밖 차 속에서나 뱀을 본 듯 안으로 향해 소리를 치면서 설렌다.

"나으리들 오셨어요."

현마와 단주가 뜰 안에 들어와 라일락 가지를 휘어들 잡았을 때 세란은 신을 끌고 현관을 나섰다.

"행차길보다 더 야단스러우니."

무인도에서 사람을 만난 듯 세란에게도 그들이 언제든지 반가웠다. 한 마디의 게정은 입버릇같이 나간다.

"스틱 뽀이나 데리구 건들건들——"

하다가 세란은 싱글싱글 웃는 단주를 바라보며 닦아올린 용모며 빈틈없는 옷맵시에 마음이 끌린다.

"꽃병풍 앞에 선 신랑 같네."

라일락 앞에 웃고 섰는 그들을 이렇게 형용하는 수밖에는 없었다. 꽃 앞에 선 미란을 아름다운 것으로 여겼으나 그만 못지않게 아름다운 것이 단주임을 느끼며 천상의 한 쌍이 아닌가 생각하려니 부러운 마음이 솟는다.

"봄이 별데 있는 게 아니라 바로 여기에 있군."

단주는 활개를 펴면서 뜰 구석구석을, 나뭇가지와 풀잎을 빛나는 눈으로 바라본다. 봄은 거리에 있는 것이 아니요, 아파트에나 사무실에 있는 것이 아니요, 참으로 그 뜰 안에——푸른 세상 속에 있는 듯이 한 방울 한 방울의 피 속에 스며드는 듯도 하다. 현마도 봄기운을 깊게 마셔들이면서 라일락을 한 송이 꺾어들고는,

"미란은 웬일인구."

하고 세란의 뒤를 따라 현관 앞을 향한다.

"뱀을 보구 놀랐다나요."

"찔레 사냥만 하니 그렇지."

"기급을 하구 덜덜거리구 떨더니."

"놀라는 바람에 또 몇 치나 자랐겠군. 찔레순같이 키만 자꾸 자라면서——첫뱀은 복이라는데 올 복은 미란이 독차지할 모양인가."

"또 아는 소리. 당신 말하는 복이라는 건 언제나 미치광이의 복."

현관 옆 대청에는 붉은 주단을 편데다가 창을 덮는 담쟁이의 푸른 그림자가 어울려 화려한 조화를 띠었다. 의자며 소파며 사치한 세간들이 모두 자매의 호사스런 취미에서 나온 것이다. 단주가 창 기슭에 자리를 잡고 선물로 가져온 봄노래의 레코드를 축음기에 걸었을 때 부드러운 그 봄소리에 불리운 듯 미란이 비로소 대청으로 나왔다. 나들이 옷에다 곱게 단장을 하고——수선을 떨던 아까의 그가 아닌 초초한 자태이다.

"찔레 사냥만 하다가 싸지."

"아저씨 발목이나 물리셨더면."

현마의 농을 곧잘 받는 미란.

"처녀아이가 집에서 번둥번둥——뱀과 동무할 수밖엔."

"그러게 어서 공부나 더 시켜 줘요. 음악가가 되든지 여배우가 되든지 하게."

"음악가나 여배운 아무나 되는 줄 아나 부다——그 주제넘은 꼴 누가 보게."

"별 사람이 있나요? 왜 안 돼요?"

"정신이 좀 들었나 부지. 속이 살았을 젠."

세란이 말을 가로채 가지고는 비죽이 웃으면서,

"뱀이나 뱀뿐인가——오늘 망신은 얼마나 했는데."

현마와 단주를 바라보니 미란은 제발 살려 달라는 듯이 언니의 팔을 꼬집는다.

"애걸을 하면 누가 잠자쿠 있을까 봐?"

"입만 열었다간 경쳐요."

현마가 가만히 있었더면 좋았을 것을 궁금한 판에,

"망신이라니 먼데?"

세란을 재촉하는 것이다.

"머겠나 생각 좀 해 봐요."

미란이 얼굴을 홍도같이 붉히면서 억센 손아귀로 입을 와 막는 까닭에 세란은 뒤로 쓰러질 지경이다.

"망신은 톡톡히 한 모양인데."

현마가 부채질하는 바람에 세란이 미란의 손을 밀치면서 기어코 입을 열었다.

"목욕실에를 좀 들어가 봐요. 목욕물이 무슨 꼴이 됐나."

"몰라요!"

미란이 발끈 짜증을 낸댔자 세란의 마지막 마디는 벌써 입을 새어나온 뒤였다.

"온통 오미자 화채니."

"어쩌란, 죽이란."

미란은 전신이 화끈 달면서 그도 모르는 결에 언니의 볼을 불이 나게 갈기고는 방을 뛰어나갔다.

껄껄껄껄 허리를 꺾는 현마의 웃음소리를 듣자 쥐구멍이라도 찾고 싶은 마음에 구두를 찾아 신고는 현관 밀창을 드르렁 열었다.

'봉변을 시켜두 분수가 있지. 다시 들어오나 봐라.'

세란이 악의로 한 것은 아닌 줄을 알면서도 현마와 단주 앞에서의 무안을 생각하면 귓불이 불같이 달면서 도저히 한자리에 앉아 있을 수는 없었다. 분풀이로 며칠이든지 언니의 옆을 떠나서 담을 떼어 주고 싶은 생각이 치밀었다. 뒤도 안 돌아보면서 대문 쪽으로 지름길을 걸었다.

한바탕 웃어 대던 방 안에서도 나뭇가지 사이를 뾰로통해서 나가는 미란의 자태를 바라보고는 그의 태도가 심상하지 않음을 깨달으며,

"미란!"

"미란아!"

부부가 목소리를 높여서 부르나 들은 척 만 척 그림자는 대문 밖으로 사라진다. 그제서야 현마는 황당해서 방을 뛰어나가 대문 빈지를 붙들었으나 노기가 등등한 귀여운 그림자는 거의 쏜살같이 행길 저편으로 멀어진다.

"단주 자네 쫓아가 보게. 행여나 무슨 일 없도록 달래서 데려와야 해."

현마는 뛰어 들어와서는 단주를 잡아 일으키는 수밖에는 없었다. 황겁지겁 문 밖으로 뛰어나가는 단주를 보고서야 겨우 마음을 놓았다.

"처녀의 맘이란 만만치 않은걸."

"모처럼 저녁 준비까지 해 놓은 것이 이 분란이네."

세란은 입맛을 다시면서 적적한 판에 봄노래를 다시 되거는 수밖에는 없었다.

"……고양이 앞에 고깃덩이를 던진 셈이지. 아무리 급한들 단주를 왜

추길까. 변은 생기구야 말걸."

"아닌 걱정을 다——"

현마는 아내의 걱정을 쓸데없는 것으로 대꾸하다가 문득,

"글쎄."

하고는 생각해 본다.

"그렇지 않구. 노엽긴 했겠지만 실상은 이렇게 되기를 은근히 바랐는지 뉘 아우. 다 자란 아이의 맘이란 엉큼한 겐데. 어른들이 됩데 한 수 걸리지 않았나 보지. 밖으로 밖으로 뻗어나가는 힘을 휘어잡을 수가 있수. 제 스스로 제 힘에 복받쳐서 울구 불구 아닌 때 화를 내구 하는 판에."

"봄의 힘인가. 무엇에든지 거역하라구——근실거리는 몸으로 마구 문을 뚫고 도망질을 치라구 봄이 충동질하는 모양인가."

"그래, 어쩔 작정이요."

세란은 성큼 현마의 무릎 위로 옮겨앉으면서 바른팔로 목을 둘러 안고,

"——자기들끼리는 결혼을 하게 되리라구 생각들 하구 있는 눈친데."

"일부러 결혼을 시킬 필요야 있나. 되는 대로 버려 두구 볼 일이지."

"그러다 짜장 고삐없는 말같이 뛰어나가면 더 야단이게."

"그건 그때 일. 난 결혼은 찬성치 않아."

"하긴 나두 반대지만."

두 사람은 각각 자기들만의 이유로 단주와 미란의 결혼을 고려하는 것이나 그 이유는 피차의 마음속 깊이 간직되어서 그들 스스로도 그 당장에 집어 내서 말할 수 없는 것이었다.

"고독이 얼마나 쓸쓸한 것인지 알기나 하구 그러우."

바른손으로 현마의 볼을 꺼두르면서 몸을 구른다.

"쓸쓸하거든 귀족같이 점잖게 잠자쿠만 있지."

"귀족두 아무것두 다 싫어요. 요새 같아서는 단 하루를 혼자 지내기 괴로워요."

"것두 봄의 힘인가?"

"몰라요."

현마의 힘을 마음속으로 은근히 바라면서 세란은 그의 얼굴을 자기의 얼굴로 덮어 버린다.

"탐정인가 뒤를 쫓게."

"달래서 데려오라는 분부이니."

"언제까지 종노릇할 작정인고?"

"……종노릇이랬다?"

종이란 말이 사실 단주의 가슴속을 따끔하게 후볐다. 주택지대를 벗어나서 큰 거리에 나왔을 때 미란의 꽁무니를 잡은 것이나 노기가 풀리지 않은 마음에 미란의 태도는 쌀쌀하다.

"왜 어른들한테 매여만 지내란 법인가. 우리에겐 우리의 차지가 있겠지."

"지금 종노릇밖에 할 게 더 무어게."

"종노릇하는 동안 온전한 사람 구실 하나 보지."

"그럼, 어떡하면 모면한단 말요, 어떻게 하면——"

결국 한 전차를 타고 시가로 들어와서는 약속이나 한 듯, 말없는 동안에 백화점 앞에서 또 같이 내려 버렸다. 미란은 조금 두려운 마음을 가지고 단주는 '종'이란 말을 반성하면서 승강기를 타고 사층 식당에 이른 것도 역시 말없는 속에서였다. 창 기슭에 자리를 잡고 저녁을 시키고 났을 때 미란은 비로소 미소를 띠면서 단주에게 한 마디 올개미를 지워 본다.

"어디 재주가 있거든 날 붙들어서 데려가지. 그렇게 소락소락 끌려가나 보게. 제 아무리 장한 게 와두 내 맘을 휘지는 못할걸."

창 밖으로는 바로 눈 아래로 거리와 맞은편에 강이 내려다보인다. 강 건너로는 벌판이 깔렸고 섬 속에는 수목이 우거졌다. 황혼 속에 저물어 가는 느릿한 강산을 바라보던 단주는 문득 강 건너 먼 산 위로 먹같이 피어오르는 검은 구름을 새삼스럽게 발견한 듯 시선을 사방으로 휘두를 때 온

누리가 어느결엔지 컴컴한 그림자 속으로 휩싸여 들어가고 있음을 알았다. 순식간에 강산이 묵화 속에 있는 듯 흐렸고 거리 위 허공 또한 괴괴하게 어두워 간다.

"비가 오려나?"

중얼거려 볼 때 역시 밖을 내다보고 있던 미란도 같은 느낌 속에서 한 가지의 발견을 하고 단주의 주의를 끌었다.

"저 만수대 쪽을 봐요. 측후소에 기가 올랐죠."

강 왼편으로 한 킬로쯤 떨어질 언덕 위를 더듬으면서 단주는 측후소 지붕 위에 팔닥거리는 조그만 깃폭을 아련히 알아맞힌다.

"확실히 붉은 기지."

"폭풍 경보예요."

"별안간 날씨가 사나워졌나."

"소낙비나 오랴구."

"차라리 한바탕 쏟아졌으면……."

막연한 기대와 불안 속에서 저녁을 먹으면서 미란은 한 잔 커피에도 도무지 구미가 돌지 않는다. 식사를 마쳤을 때까지도 흐린 천지는 무죽거릴 뿐인지 빗방울 듣는 기색조차 없다. 한결같이 무거운 공기가 용기를 주지 않을 뿐 아니라 그렇다고 달리는 마음을 속박하지도 않는다.

"어떻게 할까?"

산 속으로 원족을 나온 어린 학생이 어느 길을 취할지 몰라서 망설이는——그런 그들의 눈동자다. 아직 비도 안 오는데 부랴부랴 교외 집으로 돌아갈 것은 없고 그렇다고 그외 또 갈 곳이 어디인가——하는 그들의 태도이다.

저녁 등불이 와서 식당 안이 환해지고 음악소리가 들려 올 때 단주는 한 가지 계시나 받은 듯 눈망울을 빛냈다.

"나두 실상 종노릇은 싫어. 오늘두 미란을 붙들어 가려는 것이 내 본의는 아니거든——그까짓 한 번 심술을 피우구 혼들을 뽑아 볼까?"

"누가 아니래."

"나만 따라와요."

용감한 병사같이 앞잡이를 서서 결국 찾은 곳이 영화관이었다. 명화의 밤이란 굉장한 선전에 눈을 홀리운 것이나 사실 고전영화 《실락원》의 한 편은 두 사람의 혼을 송두리째 뽑을 지경이었다. 검소하면서도 찬란한 화면이 폭 좁은 막 위에 꽉 차면서 어두운 홀 안을 완전히 지배하고 있었다. 낙원에서의 아담과 이브의 생활——각각 월계나무 잎으로 앞을 가리운 그들의 자태가 해면같이 시선을 빨아들여 미란은 정신없이 몸을 앞으로 쏠리우다가도 그래도 부끄러운 마음에 문득 자세를 바로잡으며 어두운 주위를 휘둘러보곤 했다. 악마가 뱀으로 변신하고 낙원으로 숨어 드는 장면에서는 문득 집 뜰에서 본 뱀 생각을 하고 섬칫해지면서 얼마나 흉측스런 짐승인가를 느끼며, 뜰에서 뱀을 본 자기의 자태가 바로 낙원의 이브였던 듯한 생각이 들며 몸서리를 쳤다. 유혹의 장면을 보아 나가는 동안에 한 가지 의문이 가슴속에 서리우기 시작했다——금단의 과실을 먹었다는 것이 무슨 뜻인가. 여간한 허물이 아니기 때문에 금했을 터인데 아무리 유혹이 컸다고 하더라도 얼마나한 용기로 그 천법을 범하게 된 것인가. 그 무서운 공포와 불안을 두 사람은 어떻게 정복한 것일까. 허물을 범하는 첫 순간의 용기를 두 사람은 대체 어떻게 얻은 것일까——하는 의문이었다. 아담과 이브는 얼마나 용감한 사람들인가. 뒷일이 어떻게 되든지간에 그 무서운 율법을 거역하고 깨뜨리지 않았나. 어떻게 하면 대체 용기를 얻을 수 있는 것일까——이 커다란 의문의 벽에 부딪히자 단주와 미란은 그만 머릿속이 혼란해지면서 다음 장면들이 부질없이 눈앞을 어지럽힐 뿐이었다. 그 가장 중대한 의문을 해석하지 못하고는 벌써 그 다음부터의 이야기는 두 사람에게는 무의미한 것이었다.

안타까운 마음에 몸을 긍싯거리며 머리를 흔들며 앉았노라니 문득 영사기의 기계 소리 아닌 요란한 소리가 연속적으로 들려 왔다.

"비가 아닐까?"

정신을 가다듬고 들으려니 사실 그것은 영화관 지붕을 후려치는 빗소리였다.

"기어코 폭풍인가?"

험악하던 날씨가 일을 친 모양이었다. 미란은 그 요란한 소리와 요동하는 생각으로 영화에서는 정신을 돌리고 황겁한 마음에 자리를 일어섰다. 단주도 따라서 어둠을 헤치고 문께로 나왔다. 문 밖 거리 위에 종록같이 쏟아지는 빗발과 바람길을 바라볼 때 혼란과 공포가 머릿속에 일며 단주는 두말없이 미란을 끌고 등대하고 섰는 자동차 속으로 뛰어 들어갔다.

어디로 가야 되나——가 문제가 아니었다. 비를 피하고 마음을 가다듬을 곳을 찾으면 좋았다. 단주는 엉겁결에 운전수에게 아파트를 분부했다. 물 속을 헤엄치는 고기같이 빗속을 헤엄쳐서 아파트에 이르러 방에 뛰어들었을 때 미란은 비로소 왜 집에를 안 가고 이곳으로 왔을까 하는 염려가 솟으며 의자에 풀썩 주저앉아 아직도 혼란한 정신에 알지 못할 꿈의 나라로 온 듯한 착각을 떨칠 수 없었다.

처음 보는 방 안——서너 평 가량밖에는 안 되는 좁은 방 안에 침대며 의자며 의걸이며 탁자 위에 널려진 찻그릇들이 어수선한 속에서도 독특한 배치로 놓여 있는 것이 미란에게는 일종 신기한 느낌을 일으켰다. 벽에는 여배우들의 그림과 나체화가 함부로 붙었고 잡지와 책들이 구석구석에 널려졌고 병의 꽃은 거의 시들어 가고 반쯤 열린 트렁크에서는 되구말구 담은 옷가지가 엿보이는——그 모든 어지러운 모양 속에서 미란은 단주의 마음속을 헤쳐 본 듯, 겉으로는 단정하면서도 기실을 보헤미안이요, 방랑성을 띤 단주의 성미를 그 방 안의 어지러운 치장이 그대로 표시하고 있는 것이 아니던가——겉은 가다듬었어도 속은 정리하지 못하고 있는 단주의 마음을. 정리되지 못한 그 방 안 공기에서 미란은 문득 현마의 냄새를 맡는 듯하며 침대와 의자에서 현마의 지배를 받는 수밖에는 없었고 그 지배를 벗어나려고 버둥거리는 단주의 꼴이 눈앞에 선해지면서 어지러운 방 안의 모양이 바로 발버둥치는 단주의 반항의 마음의 표현인 것 같고 요란한 폭풍우의 그 밤 방 안은 한층 그 효과를 더하고 있는 듯도 하다.

"……측후소 오후 구시 반 발표――밤으로부터 새벽까지 폭풍우가 엄습합니다. 경계구역은 제 일 구 동남부, 제 이 구 해안부. 동남부는 더욱 심하겠고 바람의 시속은 약 이십 미터로서 큰 나뭇가지를 흔들만 합니다. 특별히 경계하시기 바랍니다……."

라디오의 기상특보가 요란하게 울려나올 때 미란은 몸을 죄면서 지금 밖의 거리를 온통 휩쓸고 있을 폭풍우의 세력을 느끼자 여러 가지 걱정으로 조바심이 되며 아닌 때 단주의 방에는 왜 침입하게 되었을까, 자기가 침입하므로 현마의 냄새를 방에서 물리치자는 셈일까――하는 생각이 솟는 것이었다. 가슴이 설레고 몸이 떨리기 시작한다.

같은 생각에 사로잡힌 단주도 떨리는 마음에 머리를 흐트리고 달려가 라디오의 스위치를 돌려 기상특보의 요란한 소리를 꺼 버렸으나 이번에는 대신 음악이 들리기 시작한다. 교향악이다. 《전원 교향악》임이 차차 알려진다.

"거기두 폭풍우구려."

제 이 악장 폭풍우의 대목이었다. 벌판을 엄습하는 빗소리, 바람 소리, 새라는 새는 모두 수풀 둥우리 속에 숨어 버리고 꽃과 풀들이 쏟아지는 빗발에 물매를 맞는다. 도랑은 순식간에 물이 불어 콸 콸 콸 콸 풀밭으로 넘쳐흐르고 더욱 모질어 가는 빗발은 바위라도 무너뜨릴 듯. 빗소리 바람 소리 우레 소리――벌판을 온통 떠가려는 듯도 한 우레 소리……. 우르르르――교향악의 세상에서만이 아니라 어느덧 문 밖 세상에도 우레 소리가 섞여진 듯하다. 점점 높아 가며 천지를 둘러 뽑을 듯……. 우르르――우르르릉――탕.

뜨끔하면서 몸이 움츠러든 것은 우레 소리가 창 기슭을 탕! 하고 울린 까닭보다도 별안간 그 우레 소리와 함께 방 안 등불이 꺼진 까닭이었다.

"에그머니!"

미란이 고함을 치면서 침대 위로 달려왔을 때에는 단주도 이미 놀란 가슴으로 침대 구석에 웅크리고 앉은 때였다. 정전인 듯 불 꺼진 어두운 방 안을 우레 소리와 음악 소리가 한데 합쳐서 쓸어 가는 듯도 하다. 어둠과 음향이 마치 무거운 바위같이 방 안에 꽉 차서 육체를 누른다. 일순 방 안이 환해진 것은 번갯불이 창을 뚫고 비치어든 것이다. 귀화같이 처참한 푸른 불빛이 그 어느 곳에 벼락이라도 뿌리고 굴러온 듯 방 구석구석에 널름거릴 때 단주와 미란은 간잎이 서늘해지면서 침대 위 요 속으로 숨어 드는 수밖에는 없었다. 방 안에서 그 속이 가장 안전한 탓이었을까. 어떻든 요 속에서는 몸을 금방 태워 버릴 듯도 한 무서운 번갯불을 면할 수는 있었다. 땅 속을 파고든 두 마리 두더지 모양으로 얼굴을 묻고 있을 때 두 몸은 더워지면서 머릿속은 더욱 혼란해 갔다. 일 초가 백 년 같고 백 년이 일 초 같고——무더운 체온이 서리운 요 속 세상은 혼돈의 세상이다. 불안과 공포와——우레와 번개에 대한 그것이 아니라 이제는 요 속 세상의 그것이었다. 몸이 떨리고 가슴이 두근거리고——우레와 번개를 한몸에 간직한 셈이다. 어지럽고 무섭다!

'용기를 줍소사.'

마음속으로 빌어 보나 옆에 누운 미란의 몸 자체가 번갯불같이 두려운 것으로 생각되면서 손가락 하나 어쩌지 못하는 단주이다. 거룩한 선물, 거룩한 술잔——외람히 범할 수 없는 것, 천벌이 내릴 것도 같이 어지럽고 무섭다!

단주는 벌떡 요를 들고 침대를 뛰어내렸다. 우레 소리와 음악 소리는 여전하다. 어둠 속을 더듬어 책상 서랍 속에서 위스키 병을 찾아 냈다.

"무서울 때엔 이것이 제일이라나."

두어 잔 들이켜고는 미란에게도 권한다. 어둠 속에서 잔을 받아 마시고는 다시 요를 썼을 때 몸은 더 한층 달고 가슴은 더욱 뛴다. 웬일인지 도리어 맑아만 가는 정신에 단주는 용기는커녕 겁을 먹을 뿐이었다.

'어리석은 작자여, 《실락원》에서 왜 그것을 가르치지 않았던구.'

문득 아까 본 영화 생각이 나며 아담과 이브는 어떻게 해서 그 용기를 얻었던고 하는 의문이 다시 솟기 시작했다. 《실락원》의 작자는 왜 그 가장 중요하고 신비로운 수수께끼를 풀어 주지 않았던가. 누구에게서 이 용기를 배우면 옳은 것인가. 악마여, 나타나라. 악마의 힘이 부치거든 조물주의 힘이 나타나라——망설이는 마음은 안타깝고 떨릴 뿐.

두어 발 되는 도랑——물도 깊지 않고 언덕도 험하지 않아 단걸음에 건너뛰면 족히 뛰겠건만 막상 뛸 수 없는 것이다. 눈 꾹 감고 이를 악물고——한순간의 용기가 있으면 족한 것이나 그것이 오지 않는 것이다. 언제인가 한 개의 계란을 손아귀에 쥐고 깨뜨리려다 깨뜨리지 못한 단주였다. 눈 꾹 감고 주먹을 꼭 쥐면 달삭 깨뜨려지련만 종시 두려운 생각에 눈 꾹 감고 주먹을 꾹 쥐지 못한 그였다. 즐기지 않는 담배 연기를 입 안에 한 모금 머금고 꿀꺽 삼켜 보려면서도 아직 한번도 그것을 해 보지 못한 그였다. 연기를 삼킨 순간 정신이 핑 돌며 그 자리에 쓰러져 버리지나 않을까 하는 공포가 솟는 까닭이었다——어떻게 하면 그 담배 연기를 마시고 계란을 깨뜨리고 도랑을 건너뛸 것인가.

요란하던 폭풍우는 어느덧 조금 자는 듯 번개불과 우레 소리도 잠잠해지고 빗소리도 덜한 듯하다. 라디오의 《전원 교향악》도 폭풍우의 대문은 벌써 지나 개인 전원의 풍경이 시작된 지 오래이다. 시냇물이 졸졸대고 무지개가 서고 이슬이 떴고 새들이 노래하며——평화로운 전원의 정서가 넘쳐흐른다. 그렇건만 요 속에는 아직도 폭풍우의 공포가 서리운 채 두 사람의 마음은 한결같이 두려움에 떨며 어느 때까지나 계란 못 깨뜨리고 도랑 못 건너뛰고 망설이고만 있는 것이었다.

새벽 잠자리 이불 속에서 홀연히 단잠을 깬 세란은 걱정되는 마음에 현마를 찔러 본다.

"이애들이 웬일일까? 밖에서 밤을 새우다니."

"밤새도록 비가 온 모양인데."

잠꼬대같이 곤한 목소리를 내다가 현마도 정신이 들면서,

"——아무리 비에 맥혔기로서니."

벌떡 일어난다.

"그것 봐요. 고양이 앞에 고깃덩이라니까. 단주를 왜 쫓아 보낼꾸."

세란도 자리 위에 상반신을 일으킨다.

"이렇게 될 줄 알았나."

"봄 아니요? 기회만을 엿보는 선머슴들을."

"그래두 설마."

"단주를 너무 믿지 말아요. 여간내기가 아닌데, 믿는 도끼에 발 찍는 다구."

"그야 일을 저질렀다면 피차의 허물이지. 옳구 그른 편이 있나."

"멀쩡한 미란의 몸만 다쳐 봐요. 괜히 당신 허물일 테니."

"대체 어디로 갔을까?"

현마는 확실히 자기의 허물임을 느끼면서 이불을 차고 일어나서 담배를 피워 문다.

간밤의 세란과의 찬란한 기억이 부끄럽게 눈앞을 스치면서 그것도 오늘 아침의 불찰을 일으킨 한 원인인 듯 뉘우쳐진다.

"하룻강아지가 범 무서운 줄이나 아우?"

"행여나——"

현마는 치미는 불안을 느끼면서 방을 나가 현관문을 열었다.

간밤에 모진 폭풍우도 꿈속의 일이었던 듯 갠 아침은 맑고 고요하다. 모래를 편 지름길은 벌써 비를 잊은 듯 보돗하고 풀잎에 맺힌 빗방울은 이슬인 듯 맑다. 나뭇잎에서 우수수 듣는 방울방울도 차차 밝아 가는 푸른 하늘 아래에서는 구슬 알로밖에는 보이지 않는다. 신을 끌고 풀 사이를 거닐 때 현마는 하룻밤 봄비라는 것이 얼마나 무폭한 것인가를 느끼면서 라일락 포기 앞에 와 섰을 때 참으로 어처구니없게 하룻밤 사이에 그 찬란하던 어젯날의 꽃이 고스란히 떨어져 있음을 발견했다. 자줏빛 꽃방울들이 근처에 지천으로 떨어져 향기도 종적없이 사라졌고 나무에는 꽃방

치만이 드레드레 남아서――그러나 비에 씻기운 잎들은 지난날보다는 한층 파들파들하게 피어나 신선한 기운을 보이고 있다. 잎 하나를 뜯어 입술에 물고 꽃향기 다음에 오는 신선한 기운이라는 것을 생각하면서 대문께로 향할 때 고요한 주택지대에 이른 자동차 소리가 나더니 앞 행길에 와 머무른다.

대문 빈지를 열었을 때 차에서 내려서 문을 들어오는 것은 미란이었다. 나갈 때 그대로의 치장으로――조금 피곤한 듯 고개를 숙이고 화장이 벗어져서 향기는 없어졌으나 도리어 그 어디인지 퍼들퍼들하게 보이는――마치 라일락의 모양 그대로 나타난 것이다.

"처녀 꼴 좋다. 어디를 밤새껏 쏘다니다가 이제서야……. 집에서 걱정들을 얼마나 했게."

반드시 책망하는 것도 아닌 부드러운 어조를 던졌을 때 미란은 전같이 현마를 똑바로 쏘아보는 법도 없이 약간의 피곤한 빛을 보이면서 이슬에 젖든 말든 풀포기를 헤치면서 종종 걸음으로 현관을 향하는 것이었다.

2

그날부터 세란에게는 이상한 역할이 시작되었다. 어제까지는 가장 가까웠던 미란이 오늘에는 가장 멀어진 것 같고 그의 육체는 모나리자의 표정같이 알지 못할 수수께끼로 변했다. 하나의 비밀을 가지게 된 미란의 자태가 세란의 호기심을 완전히 흡수하며 그 비밀의 내용을 밝히지 않고는 견딜 수 없는 충동이 마음을 사로잡는다.

'짜장 그럴까, 그렇지 않을까?'

의심이 바늘 끝같이 가슴속을 따작거리면서 한시도 동생의 몸에서 눈이 떨어지지 않는다.

"내게 확실히 말 못할 것이 있지?――그야 형제간이라구 다 말할 수 있는 법은 아니지만."

"아무리 그래두 언니 속이는 건 없어요."

"속이건 말건——내가 무언 모를 줄 알구?"

"제발 그렇게 쏘아붙이지 말아요. 흡사 탐정의 눈초리 같으니."

미란은 이 며칠 동안의 언니의 눈을 사실 싫은 것으로 여겨 왔다. 지금 얼굴을 매만져 주면서도 자기가 눈을 감고 있는 동안 얼마나 자기의 몸을 샅샅이 살피고 있을까를 생각하면 께름하기 짝이 없다. 도대체 오늘 다따가 계란 화장법을 권한 것부터가 그런 심산에서 나온 것이 아니었을까. 얼굴의 주름살을 펴는 데 직효가 있다는 계란 화장법을 세란은 오래 전부터 계속해 온 터이다. 아직 주름살 걱정을 할 것 없는 미란에게 오늘 그것을 굳이 권해 지금 무릎 위에 미란을 누이고 얼굴 위에다가 온통 겹겹으로 계란 풀칠을 해 주는 것이 도시 그런 뜻에서 온 것이 아니었을까. 번듯이 누워 얼굴을 드러내 놓고 주무르는 대로 맡기고 있는 자기 꼴이 어리석은 것같이도 생각되며 얼굴 구석구석에 와 닿는 언니의 손가락이 거미나 그리마의 발같이 느껴지면서 전신의 신경이 선득선득 곧서는 것이다.

"……닭을 본 일이 있지 왜——울 아래 한 자웅을."

무슨 소리를 또 하려나 하고 미란은 얼굴이 근실거린다. 계란을 한 덕지 바르고는 속히 마르도록 부채질을 하는 까닭에 얼굴살은 삽시간에 팽팽하게 죄어들면서 근실근실 가려워진다.

"아이들이 닭싸움이라구 겁을 먹구 뛰어드는 바람에 나두 처음엔 싸움인 줄만 알지 않았겠니. 두 마리가 고함을 치구 법석을 하는 걸 보면 정말 싸움이나 하는 것 같더라. 사랑은 싸움——평범한 말이나 사랑은 싸움이란다."

뿌덕뿌덕 마른 얼굴 살이 활같이 바짝 당겨져서 힘줄 하나 움직여지지 않고 계란 흘러내린 귓불이 근실거릴 따름이다. 성을 낼래야 웃을래야——얼굴살이 문 창호지같이 팽팽한 것이다.

"수탉이라는 것이 워낙 부락스러워서 암놈만 가엾거든. 날개를 푸득이구 거역을 해 봐야 헛일이구 고생고생 욕을 당하구야 마는걸. 사랑이 아니구 싸움. 지배를 받구 모욕을 받는 것이 암탉의 운명인지두 모르지."

마른 얼굴에다가 이번에는 노른자위를 바르기 시작한다. 얼굴이 선득차지면서——비로소 긴장이 풀리며 제 살 같은 감각을 회복해 간다. 떴던 눈을 다시 감았을 때 세란은 언제까지나 말을 이어간다.

"……무어라구 할까——흡사 가위에 눌린 격. 꼼짝달싹 못하고 겁만 먹구 있는 동안에 지내가는 소낙비같이 휩쓸어 가지구 달아나는——"

무릎 위에 누운 미란의 찬란한 육체를 환상하면서 세란은 제 스스로의 흥분을 못 이겨 얼굴이 우렷이 달아 간다. 그 아름다운 육체가 과연 이미 가위에 눌리운 것일까, 어떤 것일까 하는 의혹이 불같이 치민다. 단순한 호기심인지 그렇지 않으면 단주를 두고 나오는 질투인지 자기 스스로도 알 수 없는 허황한 충동이었다.

"최면술을 걸라는 생각이지만——괜히 헛수고하세요."

눈을 뜨고 언니를 쳐다볼 때 상기된 얼굴에 빛나는 눈으로 내리누르는 품이 흡사 꿈속에서 보는 가위 같은 생각이 들면서 미란은 겁이 버럭 난다.

"걱정하기보다두 낳기가 쉽다구 처음엔 겁이 나두——"

징긋이 윽박어드는 언니의 얼굴에 소름이 치면서 미란은 벌떡 몸을 일으킨다.

"언니 하는 소리가 도무지 내 귀엔 경 읽는 소리예요."

"그러게 솔직하게 실토를 하라니까."

"없어요."

화를 내면서 수선스럽게 문을 열고 목욕실로 세수를 하러 들어가는 미란의 뒷모양을 보고는 세란은 사실 처녀의 마음을 믿어야 옳은지 안 믿어야 옳은지를 분간할 수 없었다. 헐하게 믿어 버리기에는 너무도 미묘한 처녀의 마음인 것이요, 믿지 않기에는 너무도 가엾은 어제까지의 순진하던 동생인 것이다. 흑인지 백인지 하룻밤 사이의 변화조차도 알 수 없는 미묘한 자연의 조화를 세란은 야속히 여기면서 머릿속이 혼란해만 간다.

부엌에서는 사과 삶는 냄새가 흘러오며 사과밀이 거의 되어 가는 모양이었다. 세란은 유난스럽게 사과밀을 즐겨해서 옥녀의 알뜰한 솜씨로 빼는 때가 없었다. 유리 접시에 담긴 식은 사과밀이 차와 함께 방에 날라왔을 때 세란은 장난의 심사를 아직도 버리지 못하고 또 다른 꾀를 생각해 낸다. 미란의 접시에 초를 두어 방울 쳐서는 탁자 위에 살며시 올려놓은 것이다. 요량으로는 미란의 신경을 시험하자는 것이었다. 어리석다고는 생각하면서 오늘의 자기의 마음은 자기로도 헤아릴 수 없는 세란이었다.

목욕실에서 나온 미란은 식탁 앞에 주저앉아 목이 마른 김에 익은 사과 조각을 한 입 넓적 물었다가 금시에 낯을 찡그리며,

"무슨 놈의 사과밀이 이 모양이야. 돌배두 아니구."

접시 위에 게우며 들었던 포크를 던져 버린다.

"옥녀야. 너 이러기냐."

죽을 것이 옥녀이나, 그러나 옥녀가 달려오기 전에 세란이 가로채서,

"사과 맛이 원래 단 것이라드냐? 이가 곱고 눈이 감겨질수록 좋은 것이지."

"언니 장난이구먼."

화를 내면서 경대 앞에 다가앉으며 화장병을 함부로 손찌검한다. 거울에 비치인 얼굴이 계란의 덕으로 종이같이 팽팽하고 윤택이 흐르기는 했으나 석류알같이 불그스름하게 물들어 있는 것도 사실이었다.

같은 때 세기 영화사 사무실에서도 현마는 세란과 거의 같은 역할을 단주에게 대해서 하고 있었다. 책상 맞은편 단주를 바라보면서 현마는 문초나 하는 듯이 엄하다가도 목소리가 금시 부드러워지곤 한다.

"행여나 무슨 일이 있을까 해서 데려오란 것이지, 같이 영화 구경을 하구 아파트에서 밤을 지내랬나?"

"비 뻼을 하러 간 것이죠."

"폭풍우의 밤이란 일상 위험한 것이거든."

"무사했으면 그만이죠."

"무섭지들 않았단 말이야?"

"무섭기에 가만히들만 있었죠. 심호흡을 해 봐두 위스키를 먹어 봐두 손바닥에 땀이 나면서 몸이 덜덜 떨리는 걸요. 도랑을 잘못 건너뛰다가 언덕을 채 디디지 못하구 종아리를 상하구 물에나 빠지면 어쩌나 하는 걱정이 가슴을 누르면서 손가락 하나 움직일 수 있어야죠. 밤새도록 잠 한숨 오지 않구……."

비유 속에서 거짓없는 진실을 들을 수는 있었으나 그러나 하룻밤 사이에도 몇 치씩을 자라는 소년의 마음을 그 자리에서 믿는 것도 어리석은 일이라고 현마에게는 생각되었다.

'요새 아이들은 숙성하고 엉큼해서 속을 좀체 알 수가 있어야지.'

솜털이 아니고 까마잡잡하게 자라나는 풋수염을 단주의 코 아래에 보면서 현마는 신기한 생각이 들며 볼 동안에 자라 가는 것이 문득 두려워도 진다. 어느결엔지 자라서 어른이 되어서는 어른의 악덕을 배우고 우주의 비밀을 샅샅이 알고야 마는 그 인생의 생장의 법칙이 두려워지는 것이다.

그 어느 특출한 한 사람만이 장구히 그 세상을 차지하는 것이 아니요, 차례차례로 대를 이어가고 꼬리를 물어 가는 그 자연의 법칙에 현마는 오늘 알 수 없는 일종의 질투조차 느끼게 되었다. 단주들이 자기의 세상을 뺏고 들어앉게 될 때 자기는 벌써 그 자유롭던 세상을 하직하고 물러서지 않으면 안 되는 그 운명적인 신세를 깨달음에서 오는 두려움이요 질투인 것일까. 도랑을 사이에 두고 겁만 먹고 손에 땀을 흘렸다고는 하나 도랑을 건너뛰는 것은 순간의 서슬이다. 약차하면 숙성한 단주가 그날 밤을 경계로 감쪽같이 국경선을 넘어 이미 이 나라에 한 발을 들여놓은 것이나 아닐까——하는 의혹이 그 두려움과 질투 속에서 여전히 솟는다.

담배를 뽑아서 피우면서 단주에게도 권하니 그도 제법 익숙한 손맵시로 불을 붙여서는 입에 문다. 연기가 코와 입에서 새어나기 시작한다. 두 사람 입에서 나오는 자색 연기가 흡사 산골짝에서 도롱뇽이 뿜는 안개같이 볼 동안에 방 안에 차지며 공기를 흐려 버린다.

구석 책상에 일없이 앉아 있는 어린 여급사 애영의 눈에는 연기를 뿜는 두 사람의 자태가 신기하게만 보인다. 쓰고 떫은 담배라는 것을 왜들 피울까, 담배를 피워야만 어른된 표정이 나고 어른된 체면을 갖출 수가 있는 것일까. 어린 마음에 의혹이 솟으며 차라리 어른이 못 되면 못 되었지 제아무리 귀한 것을 준대도 자기는 담배를 먹게 되지 않을 것을 생각하며 유난스럽게 단주에게로 눈이 간다. 손가락 사이에 흰 궐련을 날씬하게 든 맵시며 입술에다가 주제넘게 비스듬히 무는 격식이 제법 어른 이상으로 능란한 것이면서도 먹는 품이 현마같이 흡족하고 대담하지 못하고 겨우 입안에 연기를 한 모금 머금어서는 멋지게 흡연을 하는 법도 없이 그대로 뿜어 버릴 뿐이다. 겁이 나는 탓일까. 그렇다면 아직도 애송이요 현마 같은 어른이 못 되는 것일까. 모양만이 어른이지 실속은 아직도 아이인 것일까——의심하면서 보고 있는 동안에 단주는 별안간 재채기를 하면서 쿨룩쿨룩 기침을 짓기 시작하는 것이 아닌가. 어른 흉내를 내서 흡연을 하다가 객긴 것이다. 눈물을 흘리고 허리를 구부리면서 책상 앞에서 어쩔 줄 모르고 설레는 것을 보고는 애영은 모르는 결에 웃음이 터져나오며 깔깔깔깔 허리가 꺾여진다.

"지질치두 못하게 웬 연기에 객겨서 이 야단이야."

현마도 데설데설 웃으며 조롱하는 듯이 그 꼴을 바라보는 것이나 단주는 아마도 호되게 객긴 듯이 체면도 눈치도 없이 법석을 대며 좀체 기침이 멎지 않았다. 처음에는 싸다고 생각하던 애영도 그 괴로워하는 꼴을 보고는 차차 동갑을 대할 때의 가엾은 생각이 솟았다.

단주와 미란을 대하는 현마와 세란의 태도가 지나쳐 되고 까다로웠던 탓인지도 모른다. 책망했다가 달랬다가 마치 탐정 같은 눈초리로 밤낮으로 노리우고서야 마음이 편할 리도 없었거니와 그 귀찮은 눈치 속에서 단주와 미란은 말없는 동안에 자유의 나라를 구하게 되고 반역의 마음을 기르게 되어서 드디어 그 계획을 세웠던지 모른다. 허물없는 숲속을 쑤셔 불을 질러 놓은 셈이었다. 계획이 발각되었을 때 현마와 세란은 크게 놀라며 처음으로 불찰을 느끼기 시작했다――

며칠 지난 때였다. 현마는 새로 배급해야 할 영화의 선택, 선전 등의 일로 별안간 분주해져서 그날은 거의 아침부터 오후까지 움직이지 않고 사무실 책상에 붙어 있었다. 아침에 잠깐 나왔다가 간 후로는 낮이 지난 때까지 얼굴을 보이지 않는 단주의 태도가 그날만은 현마에게도 수상스럽게 여겨졌다. 침착을 잃고 서먹서먹해하다가 볼일이 있다고 다시 나가서는 급한 일이 많건만 안 돌아오는 것을 의아해하고 있을 때에 세란에게서 전화가 오기를 아침에 집을 나간 미란이 아직도 돌아오지 않으니 혹 사무실에나 들르지 않았느냐는 질문이었다. 현마는 의혹이 덜컥 나며 뒤미처 아파트에 전화를 걸었으나 단주가 없을 뿐 아니라 사무원의 대답이 행장을 차리고 트렁크를 들고 방을 나간 지가 벌써 두어 시간이나 되었다는 것이었다. 뜨끔해지면서 기어코 또 일들을 치나 보다 하고 기차 시간표를 훑어보나 임박한 차 시간은 없다. 궁금한 마음에 자리에 앉아 있을 수도 없어 가지가지 궁리에 잠기면서 거리로 나갔다.

그날 오전 단주가 사무실을 다녀서 아파트로 돌아갔을 때 방에는 미란이 기다리고 있었다. 행장이래야 그닷한 것이 없었으나 두 사람은 한 짝의 트렁크 속에 필요한 것을 주섬주섬 넣기 시작했다. 약속은 여러 날 전에 된 것이었고 그렇게 된 마음의 시초는 이미 폭풍우의 밤부터 시작되었다. 그날 밤의 두려운 마음, 차지 못하는 마음을 현재의 피차의 환경의 탓으로 여기고 그 환경의 굴레를 벗어나서 자유로운 나라를 구하고 그 속에서 인생의 문을 열었으면 하는 생각이 두 사람 마음속에 똑같이 싹 텄던 것이다. 안타깝고 두려운 마음이 두 번째 반역으로 변한 셈이다. 수풀 속 으늑한 그림자 속에 사랑의 보금자리를 찾는 한 자웅의 산새와 같이 두 사람만의 안온한 사랑의 자리를 찾자는 것이다. 인생의 첫문은 그렇듯 두 사람에게는 무섭고 어려운 고패인 모양이었다. 할 바를 몰라 몸들이 무겁고 머릿속이 탁하고 알 수 없이 조금들 슬프고 그러면서도 신경이 날카로워진 그들에게 있어서 한 트렁크 속에 두 사람의 세간을 주섬주섬 수습하는 것이 여간 범상한 일이 아니고 신성하고 경건한 경영인 듯——그렇게 그들의 그날의 자태들은 유쾌하고 명랑하다느니보다도 무겁고 침통한 것이었다. 세간이래야 급한 판에 알뜰하게 갖출 수는 없었고 몇 벌의 옷가지와 화장품과 공동으로 쓸 수 있는 책권과 거울 등속이었다. 공동으로 쓸 수 있는 것이라면 이 외에도 가령 속잠방이 같은 것——잠방이는 양말이나 구두와는 달라서 눈에 띄지 않는 것이라 공동으로 쓴댔자 무방한 비밀인 것이다——단 한 짝의 트렁크라 될 수 있는 대로 공동으로 쓸 것을 넣는 것이 피차의 공덕이었다.

"이것두 넣을까?"

미란은 지녔던 돈지갑까지를 트렁크 속에 던진다. 여행권을 사고 난 나머지의 노자가 들어 있는 그 지갑도 말하자면 두 사람 공동의 것이라고 할 수 있는 것이, 미란은 말할 것도 없이 그 비용의 전부를 세란의 핸드백 속에서 들쳐 낸 것이요, 단주는 현마의 품속에서 찾아 낸 것으로 결국은 한 줄기에서 나온 같은 돈인 까닭이다. 단주는 현마를 의지하고 미란은 세란을 의지하고 그 세란은 다시 현마에게 붙어서 결국 집 안의 세 사람이 모두 현마라는 커다란 나무줄기를 토대로 해서 뻗어오르고 자라는 셈이 아니던가. 그 현마의 넓은 나무 그림자 속에 숨어서 조그만 계획들이 있고 비밀이 있고 음모가 생겨 나가는 것이 아니던가. 그들 네 사람이 꾸미고 있는 한 폭 나무의 그림자와 분위기라는 것은 세상에서도 야릇하고 신비로운 것이었다.

행장이 되었을 때 단주와 미란은 아파트를 나와 마치 산보나 하듯 느릿한 걸음걸이로 백화점을 향했다. 백화점의 아래층에 투어리스트 뷰어로가 있는 것이요 이미 동경으로 가는 항공권을 산 그들은 거기서 비행장으로 가는 자동차를 타면 그만인 것이었다. 시간의 여유를 이용해서 살 것을 더 갖추고 식당에서 식사를 마친 후 비행장으로 향한 것은 떠날 시간이 거의 임박해서였다. 기차편을 버리고 하필 비행편을 고른 것은 젊은 모험심에서 나온 것이었다. 동방비행——처음에는 그 엄청난 생각에 눈이 돌았으나 이미 모험의 첫걸음을 내디딘 그들에게는 그것이 금시 신기한 자극으로 여겨지면서, 자기들의 그 기발하고 천재적인 착상이 얼마나 평범한 세상 사람들을 놀래며 현마와 세란의 눈을 깜쪽같이 속일 수가 있을까를 생각할 때 두려움과 흥분과 자랑으로 마음속이 가득 차지는 것이었다. 비행기를 타고 하늘에 오름은 확실히 흡연을 하는 이상의 대담한 용기를 필요로 하는 것이니, 만약 동방비행에 성공만 한다면 두 사람이 지금껏 두려워하고 주저해 오던 인생의 문도 손쉽게 열 수 있으리라는 짐작이 의식의 등뒤에 숨어 있는 것도 사실이었다. 비행장에 이르러 벌판 한구석에 서서 때마침 신경에서 날아오는 여객기의 은빛 날개를 우러러볼 때 두 사람의 가슴속은 알 수 없이 술렁거렸다.

거리로 나온 현마는 웬만한 찻집과 두 사람이 감직한 곳을 몇 군데 들추고는 그 길로 정거장에 나갔으나 그림자가 보일 리는 만무했다. 식당에 들어가 차를 청해 놓고는 아득한 생각에 잠겨 있을 때 맞은편 벽에 걸린 항공 우편의 포스터가 눈을 끌었다. 창공을 날아가는 비행기의 그림이 신선한 생각을 일으키며 홀연히 한 가지 생각을 뙤여 주자, 아까 사무실 단주의 책상 속에서 집어 낸 여행시간표가 있었던 것이 아울러 기억 속에 소생되면서, 그 두 가지의 부합이 현마에게 한 줄기 광명을 주었다. 차를 먹은 둥 만 둥 뛰어나가 시간표를 살피니 동방비행의 시간이 바로 임박해 있는 것이다. 두말 없이 택시로 비행장을 향했다. 일종의 영감이라고 할까. 눈앞을 도망치는 한 자웅의 노루라도 추격하는 듯 알 수 없는 흥분으로 가슴속이 차졌다.

비행기가 착륙한 것과 현마의 자동차가 비행장에 닿은 것이 같은 시각이었다. 차창으로 막 와 닿는 비행기의 모양과 잔디 위에 서 있는 사람들의 조그만 그림자를 현마가 내다보고 있을 때 단주와 미란은 잔디를 밟으면서 요란한 폭음을 남기며 눈앞에 굴러와 서는 비행기의 육중한 체대를 바라보고 있었다. 수선을 피우는 프로펠러는 씨근덕거리는 동물 같다. 아니, 비행기 전체가 혼을 가진 짐승임이 완연하다. 옛날 시인이 곤어라는 고기와 붕새라는 위대한 새를 상상하고 그 크기가 각각 수천 리가 된다고 허풍을 떨었으나 별것 아니다. 지금 눈앞의 기계체가 바로 그 붕새임을 느끼면서 수천 리를 날아오고 수천 리를 날아갈 기계새가 좀 있으면 자기들을 후려쳐 가지고 갈 것을 생각할 때 신기한 감격이 생기면서 한편 무시무시한 모험의 감정이 전신을 스치고 흘렀다. 등뒤에 현마가 나타난 것이 바로 그런 때였다.

어깨를 스치워 뒤를 돌아다보고 단주는 깜짝 놀랐다. 우뚝 나타나 선 현마의 자태에 미란도 기급을 할 듯 몸이 움츠러듦을 느끼면서 돌아섰다. 바로 어깨 위로 유들유들한 얼굴을 들고 서 있는 현마의 꼴은 술래잡기를 할 때에 어느결엔지 나타난 술래의 모양같이 혼을 뽑는다.

"놀랐지."

목석같이 서 있는 두 사람을 두 팔에 안을 듯 다가서면서 현마는 싱글싱글 웃는다.

"세상에서 나를 속이진 못해. 눈치가 귀신 같거든."

두 사람은 할 말을 모르고 우두커니 바라볼 뿐이다.

"이런 법이 있나? 어른들의 승낙두 안 맡구 제맘대로들."

현마는 엄한 얼굴을 지어도 보았다가 다시 누그러지면서 그들의 안색을 살핀다.

"사람이 졌을 때엔 어떻게 하더라. 이긴 사람의 명령대로 좇아야겠다."

아직까지도 마음이 살아 있고 꿋꿋한 것은 그래도 미란이었다.

"지긴 누가 져요. 여기서 이렇게 들켰다구 아주 진 줄 아나요. 천만에요."

"뽐을 내보면 뭣해. 손 안에 든 쥔걸. 공연한 수고를 끼치지 말구 솔곳이 투구를 벗구 칼을 버리는 법이야."

꾸짖으려면 톡톡히 꾸짖어서 단속을 하는 법이 긴급한 때라도 미란들에게 대해서는 항상 이렇게 웃음 반 농 반으로 누그러지게 구슬려 오는 현마였다. 새삼스럽게 정색을 하고 위엄을 보이려고 해도 벌써 그른 것이 수염은 온전히 끄들리우고 있었던 것이다.

"귀찮은 집에는 안 들어갈 작정이에요. 이왕 나선 걸음에 바람이래두 쐬여야지. 언니와 아저씨 집이지 왜 우리들 집인가요?"

미란이 무심히 던진 '우리들'이라는 대명사에 현마는 귀가 번쩍 뜨이면서 위험하다는 생각이 불현듯이 들자 두 사람의 팔을 잡아 나꾸며 뒷걸음질을 친다.

"엉큼한 소리 말구 내 분부대로 좇으라니까."

현마는 비로소 소리를 높이면서 두 사람을 끌고 사무실로 들어갔다.

이유와 사연을 말하고 표를 무르려고 할 때 밖에서는 비행기의 발동 소리가 요란하게 들린다. 미란은 발을 구르며 안타까워하나 어쩌는 수 없는 잡힌 몸이다. 별수없이 표는 물리우고 여객기는 두 사람의 낙오자를 대수롭지 않게 무시해 버리고 쏜살같이 달아나 버린다. 그 무례한 태도를 창으로 내다볼 때 단주는 인생의 굴레에서 밀리어 떨어진 듯한 모욕을 느끼면서 화가 버럭 나는 것이었다.

"자유를 이렇게 속박해요. 권리를 짓밟구……. 창피해 못 견디겠네."

"자유는 무슨 자유야 주제넘게. 미성년에겐 아직 그런 권리없어."

현마는 맹랑한 단주를 핀잔을 주고 팔들을 끌고 밖으로 나왔다. 미란은 팔을 끌리우면서도 몸을 흔들며 어린아이 모양으로 투정을 부린다.

"답답하게 가두구는 바람도 못 쏘이게 하니."

"바람을 쏘이려거든 다음 기회는 없나 왜. 꼭 비행기가 맛이라면 내 태워 주지 않으리, 다음 번 동경 갈 때……."

뾰로통하게 빼진 미란과 얼굴에 심술의 빛을 가득 담고 게정을 부리는 단주와를 데리고 자동차 안에 앉았을 때 현마는 비로소 안심이 되면서 가슴이 놓였다. 인생의 낙제생들을 떨어 버리고 홀로 자랑스럽게 날으는 여객기는 어느덧 하늘 멀리 멀어진다. 그것을 쫓으려는 듯 자동차도 내닫기 시작했으나 단주와 미란에게는 여객기와 자동차의 거리가 벌써 만 리 길이나 되는 듯 생각되면서 그 위대한 붕새는 아직 자기들로서는 다칠 수 없는 엄격한 영물같이만 보인 것이었다.

인생의 문을 열 계획을 세우다가 뜻을 이루지 못하고 낙오해 버린 두 사람은 일단 반역하고 나온 집으로 다시 끌려 들어가는 수밖에는 없었으나 그 일건을 실마리로 이상한 관계가 생기게 되었다.

흥분되어 있는 두 사람의 마음을 식히고 가라앉히기 위해서는 당분간 두 사람의 사이를 갈라서 서로 멀리하고 접촉이 없도록 경계하자는 것이 현마와 세란 부부의 일치된 의견이었다. 그러지 않아도 마땅치 않아서 짓부득이 트집을 쓰는 두 사람이 그렇게 수월하게 언니들의 계획에 쫓을 리는 만무하므로 피차의 마음이나 가라앉거든 가까운 장래에 결혼을 승낙해 주겠다는 약속을 미끼삼아 달래는 것이었으나 어떻든 두 사람의 마음을 어느 정도까지 설복시켜서 자기들의 뜻에 좇게 했을 때 공교롭게도 현마의 동경행의 일건이 생긴 것이었다. 새로이 봉절할 영화의 교섭의 용무가 일어난 까닭으로 현마의 여행이 긴급히 필요해진 것이다. 그것이 우연히 미란들에게 대한 계책과도 일치되어서 두 사람을 당분간 가르기에는 마침한 기회라는 것이 현마와 세란의 의견이었다. 미란의 마음이 더욱 달뜬 것 같으니 바람을 쏘여 주고 구경도 시킬 겸 현마가 맡아서 데리고 떠나고 남은 세란 혼자만의 집을 지켜 주고 동무를 해 줄 겸 단주는 아파트를 비우고 교외의 집으로 나와 있게 하자는 것이 또한 부부의 선후없는 똑같은 희망이었던 것이다.

전날 비행장에서 가까운 기회에 소풍을 시켜 주리라고 달랜 미란을 현마가 휴대하게 된 것은 거리낄 것 없는 자연스러운 일이었거니와 여자들만 남게 된 빈 집을 사내붙이인 단주가 세란의 동무를 해서 지켜 주게 된 것도 극히 자연스러운 일이었던 것이다. 부부도 물론 그닷한 생각과 주저가 없이 그것을 의논하고 결정한 것은 거의 그 당장의 일이었다. 단주와 미란 두 사람의 편으로 보면 어른들의 작정하는 일이니 좋고 싫고가 없이 그대로 좇아야 하는 것이요, 당초에 계획했던 반역도 수포로 돌아가고 또 다시 어른들의 굴레 속에 매이게 되는 것이었으나――이번에는 야릇하게도 그 어른들의 굴레 속에서 각각 인생의 걸음을 재촉하고 주름 잡는 결과가 되는 것이었다.

처음에는 찌뿌듯하던 미란도 막상 가벼운 행장을 차리고 나섰을 때에는 처음으로 긴 여행을 하게 되는 기쁨으로 유쾌하고 덜렁거리게 되었다.

"그렇게 차리구 둘이 나선 건 똑 무엇 같을까."

세란의 웃음을 받아 가지고,

"무엇 같긴 무엇 같어요. 아저씨와 동생 같지."

"아저씨와 조카딸은 아니구――얘기 속에 흔히 있는."

"망칙해라. 조카딸은 왜 조카딸예요. 그렇게 층이 저 뵈나요?"

"무난하게 사장과 비서라구 해 두지. 다른 사람이 봐두 숭허물 없게."

현마의 판단을 조롱하는 듯 세란은 미란을 바라보며,

"얘, 비서같이 성가신 자리는 없다더라. 사장의 비위를 늘 맞춰야 하구 마음을 주면서두 속으로 쉴 새 없이 경계해야 하구."

결국 그 자리는 모두들 허물없는 웃음으로 돌리고 한 대의 자동차에 두 사람 두 사람씩 네 사람이 앉아서는 현마들을 보내려 비행장으로 향할 때 네 사람의 마음은 다 각각 제 계획에 즐거웠다. 세란의 옆에 앉은 단주며 현마의 옆에 앉은 미란이며가 지난날의 안타까운 감정은 어느결엔지 청산해 버린 듯 이제는 벌써 새옷들을 입고 어른들의 손에 끌려 구경을 나는 아이들같이 개운하고 심드렁해 보였다. 참으로 아이들답게 금시 주의의 목표가 변하고 관심의 방향이 변해 버리는지도 모른다. 아이들이란 그렇게 어처구니없는 것인지도 모른다.

비행장에 다다라 날아갈 준비를 하고 섰는 여객기 앞에 이르렀을 때 미란은 문득 전날의 생각이 나면서도 그때의 알 수 없던 불안과 공포와는 다른 일종의 다른 든든한 마음이 솟았다. 동방비행의 발명이 그때에는 한없이 천재적이고 기발하고 두려운 것으로 여겨졌었으나 이제 아저씨와 함께 그 앞에 섰으려니 날개를 푸득이는 그 위대한 붕새도 가장 익숙하고 범상하고 친밀한 것으로 보이면서 그때에 모욕을 받고 낙오를 당한 것쯤은 별반 분하게 여겨지지도 않는다. 현마에게 의지하는 마음이 단주와 모험을 꾀했을 때 이상으로 오늘의 매력을 가져옴은 사실이었다. 현마의 뒤를 따라 날개를 밟고 새 가슴속에 몸을 간직했을 때엔 전날의 패배의 슬픈 기억은커녕 새로운 용기와 흥분이 솟으면서 전신의 피가 신선하게 수물거렸다.

밖에 세란과 같이 서서 미란의 자태를 우러러보는 단주는 어떻게 되다가 자기가 앉아야 할 자리에 현마가 대신 앉게 되었나 싶으면서 삽시간의 변화에 정신이 휘둘리며 한 줄기 섭섭한 감정이 없지는 않았으나 이 역 옆에 서 있는 세란을 생각할 때 든든한 마음이 생기면서 알 수 없는 의지하는 생각으로 섭섭한 감정쯤은 말살하지 못할 배 아니었다. 무엇보다도 세란은 낙오된 꼴을 가엾게 여겨 주는 듯 부드러운 시선으로 자기를 싸주는 것이 아니었던가. 미란의 물고기같이 파들파들한——그러므로 물고기같이 싸늘한 감각과 애정에 비겨서 세란의 그것은 따뜻하고 크고 너그러운 어머니의 정으로 신변에 흘러오는 것이었다. 미란과 현마는 그들 한패, 또 우리는 또 우리끼리 한패가 아니냐고 그의 부드러운 눈이 속살거리는 것도 같았다. 그토록 두 사람은 밀접하게 서서 집에 남는 사람으로서의 동정을 주고받는 사이였다. 사실 발동 소리가 나면서 여객기가 막 움직이기 시작한 순간 작별의 손을 저으면서 아래를 내려다보는 현마에게는 어깨를 같이 하고 나란히 서 있는 단주와 아내 두 사람의 사이가 너무도 밀접해 보이면서 문득——단주가 서 있는 자리가 바로 자기가 서 있을 자리라는 생각이 들며 자기 대신으로 들어선 단주의 꼴이 일순 자기 자신으로 보여 저것이 짜장 부부가 아닌가——하는 착각이 번개같이 등줄기를 쳤다. 이 돌연히 엄습한 당돌하고 무서운 착각은 땅 위를 떠나 몸이 하늘 위로 높이 솟을 때까지도 그의 골 속을 휑하니 뒤흔드는 것이었다.

현마와 미란을 하늘 밖까지 떠나 보내고 나니 세란은 짐을 벗은 듯 마음이 놓이며 그래도 얼마간 울가망해하는 단주를 한 마디 달래 주어야 할 책무를 느낀다.

"누가 일을 저지르라나, 이렇게 되게. 잠자쿠 가만히만 있었으면야 장차는 결혼도 시켜 주구 뜻대로 이루어 주지 않았으리. 어려운 줄 모르구 선불리 나서다가 이 꼴이 됐지. 어서 당분간 다 잊어버리구 마음이나 잡을 도리 생각할 수밖엔."

다시 거리로 들어갈 때 차 속에서 여전히 잠자코만 있는 것을 보면 어깨라도 치면서 정신을 일깨워 주지 않을 수 없었다.

"과즉 열흘 동안이니 마음 풀어 버리구——그까짓 사내 대장부가 무얼 꼬물꼬물 그래."

사내 대장부라는 말에 단주는 미상불 정신이 띠어지면서 세란을 비스듬히 내려다보며 가슴을 펴 보았다. 세란쯤은 넉넉히 정복할 수 있을 듯 숨었던 새로운 용기를 얻은 듯도 하다. 사실 차를 내려 나란히 서서 걸을 때 비록 몸은 가느나 키는 큰 단주는 세란의 목 위를 훨씬 솟아 그 비교에서 오는 일종의 늠름한 우월감이 의식 속에 솟기 시작하며, 그 우월감이 전에 없던 한 가지 태도를 지니게 했다. 벌써 아이가 아니고 어른이요, 어른이 여자를 동반했다는 의식이 은연중에 그런 태도를 가지게 한 것이었다.

식당에 마주앉아 식사를 할 때나 백화점에 나란히 서서 흥정을 할 때나 사람들은 그들 두 사람의 사이를 무엇으로 여겼을까. 부부로 보았을까, 형제로 보았을까, 부부라기에는 나이의 동이 뜨나 형제라기에는 사이가 지나쳐 자별스럽고 허랑해서 판단에 애썼을 것이 확실하다. 그 길로 영화사에 들렀을 때 세란은 주인없는 사장 의자에 덜석 앉아서는 호락호락 서랍을 들치며 책상 위를 살피고 하면서 단주에게서 여사장이라는 칭호를 듣다가 문득 여사장이 격에 맞지 않는다고 그 자리를 단주에게 사양하고 자기는 단주의 자리를 차지해도 본다.

"그래두 사내붙이가 다르긴 달러. 그 자리에 앉으니 제법 사장감인데."

현마의 자리에 앉은 단주의 자태가 제 자리에 앉았던 단주와는 다르게 일종의 위엄 띤 것을 세란은 보며 그에게도 결국 남편의 자리를 주면 별수없이 남편같이 보이게 되는 요술을 신기한 것으로 여겼다. 두 사람의 수다스러운 변덕을 옆에서 바라보는 여급사 애영에게도 오늘의 단주의 자태는 전에 없이 어른다운 것으로 보이는 것이었다. 현마가 아직 사에 나오지 않을 때 단주 혼자만이 있을 적에 그는 흔히 현마의 안락의자에 앉아서는 몸을 좌우로 틀었다. 문서를 들척거렸다 하면서 애영에게 차를 가져오라고 소리를 지르기가 일쑤여서 그 되지 않은 아이다운 모양에 애영은 웃음이 터지곤 했으나 그 어느 때보다도 오늘의 그의 자태엔 의젓하고 그럴 듯한 데가 보였다. 세란이 그와 마주앉게 되어 그 젊은 자태와의 대조에서 오는 인상일까 하고 생각하면서 두 사람을 찬찬히 바라보는 것이었다.

집에서도 같은 격식이 시작되었다. 현마 없는 뒷자리가 완전히 단주의 것이 되었다. 한 집에 바깥주인의 권리를 위해서 있게 된 모든 설비와 범절이 별수없이 잠깐 동안 주인의 뒷자리를 물려받게 된 그의 차지가 되게 된 것은 자연한 형세였다. 현마의 본을 받아 목욕실에 제일 먼저 들어가는 것도 단주였고 목욕을 하고 나와서 갈아입은 잠자리 옷도 현마의 것이었다. 식탁에서도 현마의 자리, 대청에서도 현마의 자리——그대로가 바로 단주의 자리였다.

"잠깐 동안이래두 집을 지켜 주는 가장이니 가장 대접은 해 줘야지. 가장은 가장이래두 지킴이라는 것을 잊어서는 안 돼. 말하자면 의장병이라는 것——"

식후의 시간을 대청에서 쉴 때 현마의 의자에 앉은 단주를 경계하는 듯도 한 세란의 말투였다.

"좋게 말하니까 의장병이지 실속은 노예란 말이죠."

단주의 대꾸를 세란은 무시하며,

"암. 실상 주인은 나니까 내 명령대로 좇는 것이 노예의 직분이거든."

"맙소서."

단주에게는 현마의 자리가 주체스럽게 여겨지면서 생각은 멀리 창 밖 어두워 가는 하늘로 달렸다.

"미란은 벌써 동경 땅을 밟고 지금쯤은 여관 방에서 잠시 고향 생각에 잠겼으렷다."

"고향 생각은 왜. 좋아라구 날뛰면서 벌써 극장 구경을 안 떠났으리. 남은 패보다는 항상 떠난 패가 더 즐겁거든."

"그럴까."

"그렇지 않구 우리같이 이렇게 쑥스럽구 점직할까. 뽑다 뽑다 재수없는 제비만 차려졌지."

정신을 차리고 용기를 내라는 듯이 세란은 일어서서 축음기에 레코드를 걸고 나서는,

"춤이나 가르쳐 줄까?——사내가 춤 못 추는 것같이 치욕은 없어."

단주의 앞에 와서 손을 잡아끈다. 레코드에서는 가벼운 트롯트가 흘러나왔다. 차차 높아지는 마음의 율동을 느끼면서 단주는 세란의 손을 받으면서 자리를 일어섰다.

마침 식후의 차를 날라 가지고 들어온 옥녀에게는 두 사람의 모양이 신기한 것으로 보였다. 주인이 집을 떠난 후로는 별안간 집 안의 공기가 일변된 듯이 느껴졌다.

현마가 세란과 부부라면 단주는 반드시 미란과 짝이 되어야 옳고 그 편이 한결 눈에 익고 자연스럽게 보이던 것이 이상스럽게도 그 짝들이 어그러졌을 때 옥녀에게는 일종 어색한 느낌이 왔던 것이다. 현마의 뒷자리에 들어앉게 된 단주의 꼴이 주제넘으면서도 회뚱회뚱 약해 보이며 전체로

집 안의 풍속이 뒤틀리고 젊어져 보였다. 세란은 현마와도 춤을 추며 야단들을 치지 않은 바는 아니었으나 이제 그 춤의 상대자가 아무도 없는 빈방에서 단주 혼자임을 볼 때 아무래도 괴이한 생각이 들지 않을 수 없었다. 부부도 아니요, 형제도 아닌 떳떳하고 의젓하지 못한 관계――그가 막 들어왔을 때에 마치 그 무엇을 훔치다가 들켜서 움찔할 때와도 같은 두 사람의 태도를 보고서는 더욱 그런 생각이 없지 않았다.

'제발 주인없는 빈 집에 아무 일 없도록――'

축수하고 싶은 마음으로 가슴속이 차지면서 그 자리에 오래 서 있을 수도 없어 찻그릇들을 탁자 위에 놓고는 방을 나가 버렸다. 웬일인지 옆에서 보기가 제 스스로 겁이 나는 것이었다.

같은 나날이 시작되었다. 집에서만 종일을 지내기가 지리한 세란은 거의 날마다 단주를 따라 거리로 나가게 되었다. 백화점을 돌고 식당에서 식사를 하고 영화를 보고――그런 습관이 현마와의 때에도 없던 것은 아니었으나 더욱 잦게 된 것이 사실이었으며 거리에 나갔던 길에 번번이 한 번씩은 회사에 들러 애영에게 이상한 눈치를 보이게 되고 집에 돌아와서는 옥녀에게 같은 눈치를 보이게 되었다. 밤은 낮의 연장이어서 세란을 지켜 주어야 되는 단주의 직분은 침실에까지 적용되었다. 방에 도적이 들지 않을까 세란이 감기에나 걸리지 않을까――이것을 주의하고 살피는 것이 단주의 충복된 뜻이 아니던가. 단주는 처음에 대청의 침대를 자기의 잠자리로 주장했으나 세란에게 핀잔을 맞고 방을 옮기지 않으며 안 되었다. 그러나 현마의 잠자리는 세란과 같은 요 위인 것이다. 단간방 복판에 조그만 찻상을 놓고는 그것을 지경으로 양편에 각각 자리를 펴는 것이었으나 밤마다 자리끼를 떠 가지고 들어와 상 위에 놓고 나가는 옥녀의 눈에는 그 기괴한 방 안의 꼴이 아이들 장난감같이만 보이면서도 한편 유난스럽게 신경을 일으켜 세우는 것이었다.

상 하나를 사이에 둔 잠자리 속에서 단주는 고시랑거리면서 잠이 안 올뿐더러 언제인가 폭풍우 날 밤 아파트에서 미란과 같이 지냈을 때와 똑같은 운명 아래에 놓이게 되었다. 불안과 공포가 솟으면서 전신의 피가 개울물같이 넘치고 신경이 삼단같이 흩어졌다. 상 하나의 국경선이 마치 해발 수천 킬로미터의 험한 분수령 같고 그것을 넘음이 금시 목이라도 달아날 밀수입의 행위 같은 모험으로 여겨졌다. 그 험준한 국경선을 드디어 넘게 된 것은 확실히 세란의 충동질과 조력에 인함이었다. 세란에게는 미란과 같은 불안과 공포는 없었다. 그 편편하고 안온한 상태가 단주에게 대담한 동기를 일깨워 준 것이 사실이었다. 울 너머 아이에게 손짓해서 울을 넘어 앵두나무 아래로 끌어들이게 한 셈이 아니던가——

이틀 밤을 고시랑거리다가 사흘 되는 날 밤, 단주는 역시 잠을 못 이루고 머리맡에 쌓인 묵은 영화잡지를 들척거릴 때 책갈피에서 괴상한 그림 한 장이 눈앞에 떨어졌다. 전에 본 적이 없던 대담하고 망측한 한 장의 그림! 단주는 눈이 번쩍 뜨이며 그 한 장 위에 시선이 해면같이 흡수되면서 전신의 피가 수물거리기 시작했다. 잡지 속의 그림들이 대개 여배우들의 천태만상의 변덕스러운 자태의 나열인 것이나 무슨 까닭으론지 그 속에 끼이게 된 그 한 장은 그 모든 그림보다 백 곱절의 감각과 자극을 불러 백금의 광채같이 눈을 휘황하게 했다. 지금까지 장막 속에 감추어져 있던 인생의 비밀을 한눈에 목도한 듯 어쩔 줄 모르고 손바닥으로 그림을 덮고 눈을 들었을 때, 상 너머서 세란의 웃음소리가 들렸다. 자기의 황당해하는 꼴을 세란은 처음부터 보고 있었던 모양이다.

"그렇게 신기할 것이 무에 있어? 그까짓 그림쯤이."

단주는 더욱 부끄러운 마음에 얼굴이 한층 붉어짐을 느낀다.

"가방 속을 들치면 얼마든지 있다나. 신경 갔던 길에 수십 장을 사서 가방 속에 감춰 가지구 와서는 몸에 지니면 재수가 있다구 양복 속주머니마다 한 장씩 넣어 가지구 다니더니 한 장 두 장 없어지구 남은 것이 ……."

어른에게는 그것이 아무것도 아닌 것일까. 세란은 마치 한 폭의 풍경화인 양 대수롭지 않게 취급하는 것이나 인생의 초년병인 단주에게는 그렇게 간단히 넘겨 버릴 물건이 아니었다. 가슴이 울렁거리며 손 아래에 있는 그 한 장을 어떻게 처치할지를 모르고 있을 때 세란은 자리를 벌떡 일어나더니,

"더 기막힌 것 한 장 보여 줄까? 서양 남녀같이 괴덕스러운 건 없어. 별별 시늉을, 별별 수작을 예사로 하거든."

하면서 옷섶을 아물리고 서서 벽장 속의 가방을 들추는 모양이었다. 종아리를 드러내 놓은 세란의 그 모양을 보고 단주는 몸이 불같이 달아졌다.

'제발 맙소서.'

입안으로 중얼중얼——견디다 못해 이불을 박차고 허둥허둥 문을 밀고 대청으로 달아나 버렸다. 옷을 주섬주섬 갈아입고 세란의 쫓아오는 목소리를 한 귀로 흘리면서 현관문을 열고 대문 밖까지 뛰어나간 것이 도시 그 무엇에 홀리운 듯도 한 거동이었다. 꽃이 져 버린 라일락의 수풀이며 잎이 퍼지기 시작한 개나리의 포기가 발 아래에 되구말구 채일 지경으로 알 수 없는 힘이 전신에 용솟음치는 것이다. 밤 늦은 거리로 들어가 대중없이 골목골목을 더듬어 처음 오는 그 낯선 거리를 찾아 낸 것도 온전히 그 힘으로 말미암은 것이었다. 무서워하고 겁내고 침 뱉던 그 거리——도회에서 제일 하층 가는 지옥이나 다름없이 꺼려하고 멸시하던 그 지대가 오늘 밤에는 그에게 다른 의문을 가져오면서 복받치는 힘이 그를 그곳까지 인도했다. 거기서 우선 인생을 시험하자는 것이었다. 첫 대문을 두드려 보고 용기를 얻자는 것이었다. 뭇사람이 하는 것과는 격식이 달라 선을 볼 것도 없어 문간에 서 있는 아무나 한 사람을 시험용으로 고르면 그만이었다. 과학자가 시험용 토끼 한 마리를 우리에서 집어 내는 것과 마찬가지였다. 얼굴을 볼 것이 없이 방으로 들어가 떨리는 손으로 그의 육체를 해부하려는 것이었으나 겁을 먹은 탓이었을까, 시험은 실패였다.

정신이 깨면서 환멸이 오고 뉘우침이 컸다. 이것이 인생인가, 인생은 겨우 요것뿐이던가——하는 생각이 들 때 그 요것뿐인 인생을 위해서 좀 더 건사해야 할 것을 너무도 학대하고 멸시했다는 후회가 솟았다. 자기의

육체에 모욕을 준 그 이름 모를 여인의 육체를 한없이 천한 것으로 여기면서 거리를 다시 벗어나올 때에 입안에는 군침이 돌며 구역이 났다. 입맛을 바로잡기 위해 하는 수 없이 담배를 사서 피우면서 거리를 걷는 것이었으나 대중없이 푹푹 연기를 뿜는 동안에 어느덧 제법 한 모금 한 모금 흡연을 하고 있는 것을 깨달았다. 그 두려워서 엄두도 못 내던 연기가 줄기줄기 목을 넘어 창자 속을 휘 돌아서는 길게 나오는 것이다. 신기한 발견이나 한 듯 기쁜 마음에 거듭해 볼수록에 흡연의 격식이 자연스럽게 되어 갔다. 그 밤의 시험에 비록 실패는 했으나 모르는 결에 용기는 준비되어 어느덧 인생의 테두리가 육체를 타고 들어앉은 것이다. 삽시간에 아이를 면하고 세상을 바꾼 것이다.

집으로 돌아가 밤 깊은 잠자리에 살며시 누웠을 때 인생의 큰 준령을 넘은 듯 일시에 피곤이 엄습해 오면서 그날 밤 잠은 그 어느 때보다도 편편했다.

새벽에 세란은 짜증을 섞어 가면서 벼락같이 단주를 족쳤다.

"간밤에 어디 갔다왔는지 모를 줄 알구."

이불을 와서 활짝 벗기면서,

"추접스럽게 다시 그 따위 버릇을 해 봐라. 내쫓을 테니."

애매한 옥녀를 잡아 일으켜서는 새벽 목욕물을 끓이게 하고 더러운 몸을 말끔하게 씻어야 망정이지 그렇지 않으면 방에 붙이지도 않겠다고 단주에게 야단야단이었다.

그날 밤 머리맡 영화잡지 속에도 어제와 같은 그림이 준비되어 있었다. 끊임없는 샘같이 역시 그것은 신비의 근원이었다. 단주는 떨리는 손가락으로 그림을 쭉쭉 찢어 버리고는 화를 내며 일어나 불을 꺼 버렸다. 쓰러질 듯이 주저앉은 발 아래에 채이는 것은 세란이다. 어떻게 그렇게 수월하게 망설이던 국경을 넘었던지——이미 지난 밤의 시험으로 준비되었던 용기의 탓이었을까, 불안과 공포 없이 감쪽같이 준령을 정복했던 것이다. 지난 밤과 같은 뉘우침과 서글픈 생각이 솟은 것도 물론이었고 폭풍우를 지난 안정된 감각 속에서는 당초에 뜻하지 않았던 가지가지의 의식이 뒤를 이어 나왔다.

'내가 괴악한 사람일까.'

승냥이같이 욕심스럽고 세차던 세란에게도 약한 반면이 있는 것일까. 뼛속까지 젖어드는 애잔한 뉘우침의 목소리.

'무서워!'

이불을 써 버린 세란의 눈앞에는 현마의 그림자가 자꾸만 나타난다. 바로 전까지도 완전히 잊어버리고 무시해 버린 남편의 자태가 별안간 고집스럽게 마음을 할퀴면서 끄들기 시작했다.

'이것이 죄인 된 길인가.'

단주도 서글픈 생각에 마음이 떨리면서 그 자리에서 목소리를 놓고 울고 싶으리만큼 슬프다. 세란에게 현마의 자태가 떠오른 것과 마찬가지로 그에게도 미란의 환영이 차차 확적히 나타나기 시작하는 것이다.

'미란, 미란!'

만약 그가 지금 눈앞에 있는 것이라면 목소리를 높여 불러 보고도 싶다. 맑고 민첩한 눈초리가 금시 육박해 오는 듯——단주는 그를 대할 낯이 없이 마음이 부끄럽다. 그와 어깨를 나란히 하고 들어가야 할 인생의 문——처음 길에서 실패하고 그럼으로 말미암아 더욱 두 사람은 손을 잡고 공포를 정복하고 다음번 계획으로 해서 성공하려고 약속한 그 인생의 문을 어떻게 해서 이렇게 갈라진 채 엉뚱한 딴길로 해서 자기만이 먼저 수월하고 어처구니없게 들게 되었을까, 이것이 옳은 것일까. 세상 일이란 이렇게 기괴한 것일까——생각할수록 서글프고 안타깝다가 문득 칼날에 부딪힌 듯 가슴이 섬뜩해지는 대목에 이른다.

'비밀이라는 것이 이렇게도 어처구니없는 것일까. 있게 되면 꼭 있구야 마는 비밀! 행여나 미란도 같은 비밀을 가지게 되는 것이나 아닐까.'
하는 생각이 솟자 가슴이 울렁거리기 시작하면서 진정할 수가 없는 것이다. 눈에 안 보이는 갈퀴로 긁어다니는 듯 무서운 망상이 전신을 꼬치꼬치 괴롭힌다.

'그럴까, 그렇지 않을까.'

잠시도 견딜 수 없어 벌떡 일어나서는 벽장 속을 뒤적거리더니 어둠 속에서 술병을 찾아 냈다. 허수아비같이 버티고 서서 독한 위스키의 잔을 거듭 들이켜는 그 꼴이 세란에게는 실성해지지나 않았나 하고 생각되리만치 허망한 것으로 보였다.

그런 자포적 심경에서 오는 것인지 이 밤의 괴롬은 씻은 듯이 잊어버린 듯 세란과 단주의 다음날의 생활은 역시 이날의 연장이어서 같은 낮이 지나고 같은 밤이 오고——그칠 바를 모르고 계속되었다. 한번 내친 걸음은 쉬운 듯이 보였고 눈 뜨기 시작한 단주는 한꺼번에 활짝 피어 버리려는 듯이 무서운 욕심쟁이가 되었다. 나날의 생활을 목도하는 옥녀에게는 며칠 동안에 눈에 뜨이리만치 얼굴이 길어지고 눈이 패어져 대담하게 빛나게 된 단주의 꼴이 흡사 장구한 병으로 해서 변모한 사람같이만 보였다.

3

그러나 미란의 경우는 실상에 있어서 이와는 퍽도 달랐다.

만리 허공을 날아서 낯선 도읍에 이른 그는 새같이 하늘을 날았다는 것과 화려한 도회에 왔다는 두 가지 신기한 사실로 해서 감격으로 마음이 그득 불렀다. 현마를 따라 종일 거리를 돌아다니다가 저녁때가 되어서 여관으로 돌아오면 피곤한 몸에 고요한 일순 집 생각과 단주의 생각이 나지 않는 바는 아니었지만 다음날의 분주한 계획을 궁리하느라면 그런 수심은 오래 끌지 않고 금시 사라졌다. 처음 보는 도회의 구석구석이 진미를 갖춘 찬란한 식탁같이 마음을 유혹했다. 백지 같은 미란의 마음은 그것들을 일일이 맛보고 받아들이기에 겨를이 없었다. 놀러 나갔다 흐뭇한 잔치상을 받고, 집도 오물하던 생각도 다 잊어버린 아이 모양으로 그 가지가지의 자극에 정신을 송두리째 빼긴 미란이었다. 거리를 걸어도 한 가지 한 가지가 눈을 끄는 것이었고 조그만 찻집에를 들어가도 새로운 감각이 마음을 즐겁게 했다. 새 것을 보아도 모르는 척, 귀한 것을 보아도 대수롭지 않은 척, 좋은 것을 보아도 놀라지 않는 척하는 까스러진 어른의 버릇에 아직 물들지 않은 그의 마음은 가지가지 오관을 통해서 솔직한 놀람을 나타냈다. 그 마음을 살핀 듯 현마는 뒤를 이어 차례차례로 새 것을 그의 눈앞에 드리우고는 욕심을 일으키게 하는 것이었다.

"영화 구경을 갈까?"

제일 크다는 영화관에를 따라서 들어가면 언제나 가장 새 것이――아직 세상 사람 눈에 다슬려나지 않은 풋 작품이 걸려 있어서 새로운 지식을 더해 주었다.

"호텔에 저녁을 먹으러 갈까?"

호텔 객실과 식당에서는 탁자마다 국제적인 풍속이 눈에 띄면서 안계가 넓어졌다.

"촬영소 견학을 갈까?"

촬영소 견학은 아마도 현마 자신의 이번의 용무 중에서도 중대한 부분이고 장래 계획에도 참고가 되는 조목인 모양이었다. 거기서 미란은 한 새로운 세상을 본 듯 야단스런 기계의 장치며 오락가락하는 배우들이며 촬영하는 현장의 요란스런 장면이며가 알 수 없는 흥분을 자아내면서 예술의 분위기가 정신을 흠뻑 취하게 했다. 제작의 기쁨이라고 할까 한 토막 한 토막 꾸며 내고 빚어지는 그 사업을 옆에서 보는 것만으로도 흥이 나면서 막연히 여배우 지원의 꿈을 꾸고 있었던 것을 회상하며 예술에 대한 열정이 가슴속에 새로 불붙기 시작했다.

"심술 피지 말구 말만 잘 들으면야 나중에 촬영소 세우게 되면 여배우 안 시켜 주리?"

현마는 오락가락하는 여배우들의 이름을 누구니 누구니 뙤어 주면서 미란의 마음을 한층 달뜨게 불지르며 가까운 장래의 계획을 토막토막 이야기해 준다.

날마다 시간마다 목격하게 되는 허다한 새로운 재료와 사실이 미란의 마음을 한없이 열어 주며 걸을 때나 앉았을 때나 볼 때나 그 무수한 것을 받아들이기에 마음은 분주하고 세상이 이렇게도 넓은가, 생각하지도 못한 동쪽 한 구석에 이런 놀라운 생활의 사실이 있을 제는 세상을 통턴다면 얼마나 인생이란 넓은 것일까 하는 생각이 들면서 그 어지럽고 착잡한 재료의 세상에서 차차 한 가닥의 방향과 통일이 마음속에 들어서기 시작했다. 그 한없이 착잡한 재료 속에서 골라 낸 것은 역시 아름다운 것의 요소였고 그것은 배열——예술의 감동이 마음을 차차 정돈시켜 주고 의욕을 자극해 주었다. 세상을 해석할 한 개의 표준되는 열쇠가 어느결엔지 손 안에 잡히면서 그것이 새로운 힘으로 마음을 다시 불지르게 되며 평생의 방향과 결의가 작정되었다. 예술의 사업——이 제목이 눈앞에 선하게 떠오르면서 한결같은 감격이 박하같이 전신에 퍼졌다. 촬영소에서 받은 감동도 큰 것이었으나 그보다도 더 큰 감동이 그의 마음을 회오리바람같이 저어 놓고 그 속에서 아름다운 힘과 최후적 결심을 자아내게 하는 날이 왔다. 촬영소를 견학한 다음날 밤이었다. 공회당에서 열린 음악회를 들으러 간 날 밤——해외에서 음악수업을 마치고 가제 돌아온 천재 소녀의 피아노 음악이 미란의 마음을 그다지도 흔든 것이었다.

그날 마침 현마는 아마도 회사와의 영화교섭의 일이 순조롭게 되었는지 유쾌한 기분에 대강 볼일이 끝났다고 기뻐하면서 미란에게 항구 구경을 안 가겠느냐고 자청했다. 항구라는 말에 한 줄기 감상(感傷)을 느끼면서 미란은 따라나섰다. 기차로 한 시간 남짓 걸려 태평양의 물이 바라보였다. 잘 개인 그날의 바다는 전을 편 듯이 고요하면서도 약간 쌀쌀한 맛이 여린 피부에 사무쳐 들었다. 깨끗이 정돈되어 있는 넓은 부두, 아마도 만톤급에 가는 듯한 육중한 외국 기선, 그것을 중심으로 흩어져 있는 무수한 배들——모두가 고요한 풍경이었다. 현마의 작정으로는 배 떠나는 광경을 보자는 것이었으나 공칙히 배는 벌써 떠나 버린 듯 닿았던 부두 아래편에는 오색의 테이프가 거미줄같이 얼크러진 채 떠 있었다. 남은 정이라고 할까. 그 테이프를 바라보고 있는 동안에 보지 못할 작별의 광경이 눈앞에 떠오르면서 먼 바다 밖을 그리는 마음이 일어났다. 눈물을 흘리며 눈물을 받으며 떠났을 배 탄 사람들의 자태가 선해지며 부두 위에 드뭇한 남녀의 그림자는 막 그들을 떠나 보내고 난 쓸쓸한 사람들이 아닐까 보이면서 까닭없는 슬픈 여정이 솟는다. 그 여정 속에 단주의 그림자가 안개같이 우렷이 묻혀 있는 것은 사실이었으나 그러나 그런 감정 전부가 단주에게 대한 것은 아니었고 말하자면 또렷이 지목할 수 없는 막연한 감정이었다. 그 막연한 애상을 도리어 향락이나 하는 듯 별일 없으면서도 몇 시간 동안이나 부두를 거닐며 바다를 바라보았는지 현마가 재촉하는 바람에 거기를 떠나 거리로 들어간 것이나 호텔에서 식사를 하면서도 미란에게는 바다에서 받은 감상이 가슴을 떠나지 않았다. 항구는 덮어놓고 슬픈 곳이라는 인상을 얻어 가지고 돌아오게 된 것이었으니 이 반 날 동안의 해변의 소요가 그날 밤의 음악회에서 받은 감동과 마음의 관련을 가졌던지도 모른다.

"내친 걸음에 음악회에나 갈까?"

충충대는 바람에 따라나선 것이 알고 보니 천재 소녀의 귀국 제 일 회 공연이었던 것이다. 미란이 음악회에 간 것은 그 밤이 생전 처음은 아니었고 유명한 음악도 허다하게 들어는 왔어도 참으로 음악에 귀가 뜨고 예술에 혼을 뺏힌 것은 그날 밤이 처음이었다. 음악은 조물주가 보낸 가장 아름다운 말——이라는 비유가 마음속에 떠오르며 영감이 전신을 휘둘러 쌌다. 소녀는 쇼팽이 장기인 듯 쇼팽의 밤이라고 해서 에튜드 마주르카 즉흥곡 등 십여 곡의 연주 곡목이 전부 쇼팽의 작품이었다. 이름을 들었을 뿐인 쇼팽을 미란이 참으로 알게 된 것도 물론 그 밤이 처음이었고 쇼팽의 천재와 아울러 연주하고 해석하는 소녀의 천재가 일종의 무서운 위엄을 가지고 눈앞에 협박해 오는 듯도 했다.

《환상 즉흥곡》의 멜로디는 그대로가 바로 느껴 우는 영혼의 울음소리였다. 폭풍우같이 감정이 물결치다가 문득 잔잔하게 가라앉으면서 고요한 애수가 방울방울 듣는 듯――그렇게 느끼면서 듣노라니 미란에게는 낮에 본 바다 생각이 나면서 항구의 감상이 다시 가슴속에 소생되었다. 가을 나무가 우수수 흔들리다가 한 잎 두 잎 낙엽지는 광경이 떠오르면서 그런 나무 선 바다의 애수를 노래한 것이 그 곡조의 뜻인 듯이도 해석되며 지금 몸이 마치 그런 배경 속에 서 있는 듯 감상 속에 온통 젖어 버렸다. 폴란드의 정서는 왜 그리도 모두 슬픈 것일까. 다음 작품 《베랫 A 플랫 작품 47》에서도 미란은 같은 감정을 느끼면서 쇼팽의 이름이 가슴속에 새겨지기 시작했다. 호숫가에 선 옛 성 속에 살고 있는 젊은 기사는 호숫가를 거닐다가 하루는 아름다운 여인을 만나게 되자 첫눈에 사랑하게 되어 장래를 약속하고 헤어진다. 얼마 있다 다시 호숫가를 거닐 때 또 다른 아름다운 여인을 만나게 된다. 기사는 그 자리로 그 여인을 연모하게 되어 전에 약속한 사람 있음을 잊어버리고 여인의 뒤를 따라 호수 복판에 이르렀을 때 별안간 파도가 이는 바람에 기사는 호수 속에 빠져 버리고 만다. 문득 일어나는 조소의 쓸쓸한 웃음의 소리, 그것은 처음에 약속하고 헤어졌던 여인의 목소리였던 것이다――이런 뜻을 가졌다는 그 곡조는 바로 이 아름다운 이야기를 이야기하는 듯 애달픈 환상을 눈앞에 떠오르게 했다. 음악은 원래가 환상을 가져오게 하는 요술쟁이다. 피아노 속에는 조그만 우주가 들어앉고 사람의 혼이 숨어 있어서 가지가지 세상의 그림과 감정이 임의로 그 속에서 우러나오는 것이다. 그 악마같이도 새까만 요술쟁이 앞에 앉아서 그 조그만 우주를 마음대로 번국질하고 사람의 혼을 멋대로 울려 보는 흰 옷 입은 천재는 천사의 모양이 아닐까. 비스듬히 괴어 놓은 피아노의 뚜껑은 흡사 새 날개도 같고 배의 키와도 같다. 새까만 날개를 타고 혹은 키를 저으면서 소복한 천사는 하늘과 바다를 자유자재로 훨훨 날아다니면서 우주를 모방하고 영혼들을 흠빽 울리는 것이다. 사실 미란의 영혼은 남몰래 흑흑 느껴 울었다. 그렇듯 감동이 회오리바람같이 마음을 저어 놓았고 음악과 천재의 생각이 전신을 난도질해 놓아서 마음과 몸이 감격과 피곤 속에 폴싹 사그라졌다. 음악과 천재——세상에는 이것이 있을 뿐이다. 가장 위대한 것이요 아름다운 것이다. 거리보다도 항구보다도 집보다도 뜰보다도 나무보다도 별보다도 꽃보다도 지혜보다도 자기의 육체보다도 청춘보다도 사랑하는 단주보다도——무엇보다도 아름다운 것이 음악이요 천재이다. 쇼팽이요 피아노요 그 소녀인 것이다. 이때까지 눈을 감고 있었던 새로운 세상이 눈앞에 계시된 듯 미란은 현혹한 느낌으로 무대 위를 바라보았다. 한 곡조 한 곡조가 끝날 때마다 정신이 들면서 왜 지금까지 이 아름다운 세상을 못 보고 왔던가, 왜 참으로 이해하지 못하고 왔던가 하는 탄식이 나고 뒤를 이어 한 가닥 결의가 생기면서 새로운 힘이 솟는 것이었다…….

독주회가 끝났을 때 미란은 넋을 잃은 사람같이 자리를 일어서서는 사람숲에 섞여 홀을 밀려 나갔다. 문 밖에 나서기가 바쁘게 현마의 소매를 끌고는 공회당 뒷문께로 향한 것은 천재 소녀의 모양을 한 번 더 보자는 생각이었다. 같은 생각을 가지고 모여드는 사람들이 줄레줄레 몰려들었다. 천재란 대체 어디가 다르게 생겼을까, 어느 점이 뛰어난 것일까——하늘은 왜 유독 그에게 그런 특별한 선물을 보냈고 그는 무슨 인연과 값으로 그것을 받게 되는 것일까. 호기심이 안타깝게 불을 지른다. 이미 세상을 버린 백여 년 전의 쇼팽은 못 볼지언정 그를 흉내내고 그를 본받으려고 하는 한 세기 후의 그 소녀만이라도 보고 싶은 생각이 치밀었다. 문 앞에 한 대의 자동차가 와 닿더니 안에서 그인 듯한 사람이 나타났다. 미란은 밀리는 파도에 휩쓸려 발돋음을 하고 몸을 비비대며 고개를 질숙거렸으나 원체 첩첩으로 모여드는 인총으로 해서 문 앞은 가리워져 버렸다. 어깨 틈을 비집고 간신히 시선을 바로 돌렸을 때 어머니인 듯한 중년 여인의 뒤를 따라 막 차에 오르는 소복한 소녀의 얼굴이 확적히 보여 왔다. 짧은 순간에 지나지 않았으나 갸름한 얼굴에 새까만 눈동자를 가진 모습이 분명하게 눈 속에 새겨진다. 천재라고 별다른 인상은 아니었다. 보통 모습에 새까만 눈망울이 차게 빛나는——그뿐이었다.

사람의 숲을 뚫고 차는 거만하게 움직이기 시작했다. 수많은 어리석은 나귀들은 한 필의 준마를 보내면서 천치 같은 얼굴들을 지니고 줄레줄레 움직였다. 자기도 필연코 그중의 한 사람일 것이기는 하나 미란은 그 천치 같은 얼굴들에 구역이 나고 염증이 나며 군중의 낯짝 하나하나에다가 침을 뱉고 발로 밟아서 까뭉기고 싶은 충동이 솟았다. 어리석고 둔하고 추접스러운 군중의 꼴이 금시 견딜 수 없이 싫어지고 그 감정은 곧 자기 경멸로도 변하면서 범상한 모습 속에 차게 빛나는 눈망울을 감춘 소녀의 자태가 역시 으뜸 가는 것으로 여겨졌다.

마음속으로 모르는 결에 천재와 군중을 저울에 달아 보고 어느 편이 더 중한 것일까, 천재란 군중이 있으므로 빛나는 것이나 군중은 천재가 없으면 빛을 얻지 못하는 것이다. 한 사람의 천재를 살리고 천만의 군중을 죽여야 할 것인가, 천만의 군중을 구하기 위해 한 사람의 천재를 희생함이 옳을 것인가 하는 주저가 온 뒤 역시 천만의 추물보다는 한 사람의 아름다운 것 천재 편에 마음이 기울어진다. 소녀의 인상이 가슴속에 더욱 또렷하게 새겨지면서 그의 자태가 자꾸 높아만 갔다.

현마의 손에 끌려 밝은 거리에 나와 등불을 우러러보았을 때 긴장과 속박이 풀리며, 무서운 굴레를 벗어난 듯 몸이 가벼웠다. 거기에는 천재 아닌 수많은 남녀들이 그날 밤의 소녀의 이름조차 기억하지 못하는 듯 음악의 세상과는 동떨어져 편편스럽고 자유롭게 오고 가는 것이다. 그 무심스런 자태들을 볼 때 미란은 불과 몇 시간 동안에 천재의 생각이 얼마나 자기를 얽어매고 괴롭혔나를 느끼면서 겨우 안온한 세계로 풀려 온 듯 마음이 거뿐해졌다. 미란의 긴장되고 오물했던 자태를 처음부터 바라보고 왔던 현마도 기색이 풀리면서 이제는 편안한 세상 사람된 듯 비로소 인간의 회화를——조물주의 말이 아니라 사람의 말을 회복하고 웃음도 나오고 농도 나왔다.

"천재의 맛이 어때——장하긴 해두 된 노릇이지?"

"되든 말든 될 수만 있다면 천재가 되지 범인이 되겠수?"

“조물주는 천재에게 재조를 준 대신 한편으로 괴롬을 주거든. 천재의 마음의 괴롬이 얼마나 큰 것인지는 천재만이 아는 것이겠지만——범인의 생활을 하는 편이 얼마나 수월하구 편편한지 이건 나두 알거든.”

“아저씨——”

말은 듣는 둥 만 둥 문득 가로채면서 은근한 목소리였다.

“——나도 천재될 소질이 있을까?”

“천재병에 걸리기 시작한 모양이지. 어릴 때 한 번씩은 다 치르고 나는.”

“어서 대답이나 해요. 제게두 소질이 보이나 어쩌나.”

대답하기 전에 현마는 딴소리를 꺼낸다.

“미란이 올에 몇 살이지?”

“왜요?——열여덟.”

“아까 그 소녀가 몇 살인지나 알구 말인가?”

“…….”

“미란이와 동갑이야. 벌써 한 수 진 셈이지. 적어두 대여섯 살 때부터 시작해서 십여 년의 연습을 쌓구 오늘의 경지에 이르렀을 것이니 지금부터 시작해서 어떻게 그를 좇아갈 셈야. 음악은 어떤 예술보다도 장구한 시간을 요하는 것이구 음악의 천재란 말하자면 연습의 천재인데.”

“왜 학교 때 음악을 못했던구.”

“공부는 안하구 장난만 치구 놀구만 지냈으니 그렇지.”

미란은 안타까워지고 슬퍼진다. 천재가 시간의 지배를 받는다면 그 역 운명적인 것일까. 일찍 시작하고 못한 데서 자기들의 운명은 갈라진 것일까.

“또 한 가지 안타까운 얘기 들려 줄까——어떤 동양의 여류 피아니스트가 베토벤을 다 떼구 중년을 넘은 나이에 외국의 고명한 선생을 찾았더라나. 선생은 여류 피아니스트의 연주를 한 곡조 들었을 뿐으로 실력을 알구 다음날부터 다른 선생을 소개해 주구 그 지도를 받으라구 친절을 베풀었다는데 그 선생인즉슨 누군구 하니 바로 노선생의 수제자로 나이가 스물도 못 되는 젊은 아이드래. 여류 피아니스트는 늙은 재조를 탄식하면서 독약을 먹었다든지 물에 빠졌다든지…….”

“그런 소린 왜 해요? 듣기 싫게.”

짜증을 내는 미란을 보고는 말이 지나쳤음을 뉘우친다. 미란의 어린 마음이 지금 커다란 번민 속에 있음을 알 때 그 때늦게 솟는 열정에 고개가 숙여졌다. 그의 마음을 누그려 주어야 할 책임을 느끼면서 일부러 괴덕스런 태도를 지녀 보는 수밖에는 없었다.

“내 묻는 시험에 대답하면 미란의 소질을 말해 주지――쇼팽의 음악을 들었으니 말이지 그는 몇 해에 났던가?”

“…….”

“일천팔백십 년――구 년이라는 설두 있으나 십 년이 바른 듯, 그의 유명한 사랑의 상대자는 누구던가?”

“조르주 상드.”

“것 봐. 거저 안다는 게 사랑이야. 사랑이라면 모르는 게 없거든. 그럼 상드와 이전의 그가 실연당한 사람이 있었지. 스물대여섯 살 때.”

“몰라요.”

“마리라는 소녀. 열일곱 살 되는.”

다리도 피곤한 김에 찻집으로 미란이를 데리고 들어갔다. 자리에 앉자마자 미란은 선언하는 듯이 현마를 바라보았다.

“피아노를 시작할 테예요. 집에 가면 곧.”

차 한 잔을 분부하는 정도의 말솜씨였다. 다따가 당돌하게는 들렸으나 현마는 태연하게,

“기특한 생각이지. 또 한 사람의 천재 탄생되다.”

“천재는 못 따라 가더래두 있는 힘 시험해 보아야 마음이 시원할 것 같아요.”

“아무렴 공부를 해야지. 아직두 생애가 기니까. 사람이 만족을 얻는다

는 것이 여간 중대한 일이게."

다음이 중대한 대목이었다.

"——피아노를 사 주겠어요?"

천연스럽고 수월하게 내던졌다.

"피아노——"

현마도 이 대목에서는 막히는 듯 말을 머뭇고는 미란을 꼿꼿이 바라본다.

"사 주시겠어요, 안 사 주시겠어요——대답만 하세요."

다지는 바람에 얼뻥뻥해지면서 목소리조차 당황한다.

"누가 안 사 준다게 이 다짐인가."

"그럼 사 주시겠단 말이죠?"

"경우에 따라선 안 사 줄 법두 아닌데."

"사 주겠으면 사 준다구 약속을 하세요."

"그까짓 약속쯤 어렵지 않으나——제 청만 제 청이라구 우기지 말구 내 청이라는 것두 있겠지."

빙그레 웃으면서 찻숟가락을 내흔든다.

"교환 조건이란 말이죠——무슨 청이세요. 들을 것이면 듣죠."

"아주, 선선하게 말한다."

"설마 에롬 왕이 조카딸 살로메에게 청한 것 같은 무례한 청이 아닌 바에야 못 들을 것 있어요?"

"요하네의 목을 베라는 원이 아니니까 벌개숭이 춤을 청할 리는 없지만."

"무슨 청이에요?"

그러나 현마의 청이라는 것은 그 자리에서는 보류된 채 두 사람은 밤거리로 나왔다. 현마는 맑은 정신으로 그것을 말하기가 겸연쩍은 모양이었다. 찻집에서 나와서부터 두 사람 사이에는 말이 끊어진 채 묵묵히 여관까지 돌아왔다.

실상인즉 미란이 먼저 택시로 여관으로 돌아오고 현마는 혼자 도중에서 떨어진 것이었다. 허출한 김에 술집에 들를 터이니 먼저 들어가라는 분부였다. 술동무까지를 할 수 없어 미란은 혼자 돌아와 자기 방 잠자리에 들어가서는 잡지를 펴들고 음악회에서 얻은 기억을 정리하면서 이 궁리 저 궁리에 잠겼다. 차를 따라 주러 들어온 하녀에게는 더 시중이 없다는 것을 말해서 돌려보낸 것이다.

주의해야 할 것은 당초부터 그들은 여관에서는 방 두 칸을 따로 빌려 한 사람이 한 칸씩 구별을 엄격하게 해 온 것이다. 물론 미란의 희망과 현마의 체면의 두 가지의 협의의 결과로 처음부터 말없는 속에서 자연스럽게 작정된 것이었다. 낮에 함께 거리를 다니고 구경을 가고 할 때에는 두 사람은 같은 일을 하고 같은 기쁨을 가지고 같은 감정을 지녀서 일종의 공동 생활을 하게 되는 것이나 밤만은 세상이 전연 달라져서 각각 두 사람 사이에는 담이 놓이고 성이 쌓여서 그 독립된 세상에서 제 궁리에 잠기고 제 꿈을 꾸게 되어 완전히 자기만의 생활을 하는 것이었다. 낮과 밤이 엄연하게 갈라지는 공동 생활——처음에는 예측도 하지 못한 그 자연스럽게 이루어진 법칙에 미란은 안심할 수 있었고 현마는 반대로 차지 못함을 느꼈다.

두 사람이 집을 떠날 때에 세란은 두 사람의 모양을 바라보면서 이야기 속에 나오는 아저씨의 조카딸 같으니, 사장과 여비서 같으니 하면서 인상을 비평하고 두 사람의 여행을 은근히 위험시한 것이었으나 실상의 경우는 이와 같이 엄격한 것으로 세란의 상상은 닿지도 않았다. 현마가 걱정하기 시작했던 세란과 단주의 사이가 허랑하게 빗나게 된 것이지 미란과 현마의 사이는 되려 예측과는 반대였던 것이다. 미란은 밤마다 자기의 맑은 꿈 속에서 안온한 잠을 이루고 날이 밝으면 새날의 경영에 마음이 뛰었다. 조그만 마음속에 감격을 가득 담아 가지고 밤 자리 속으로 돌아오면 그것이 차례차례 정리되면서 정신이 차차 가라앉곤 한다. 단주의 생각이 떠오르는 것은 흔히 이런 때였다. 하녀를 돌려보내고 음악회의 인상을 되풀이하고 있느라니 단주의 생각이 또 한 번 떠오르며 집에서는 지금 어떤 생활들을 하고 있을까를 생각하면서 시간 가는 줄을 모르고 있을 때 비교적 일찍이 술에 거나한 현마가 돌아왔다.

얇은 장지 하나를 격한 방이라 미란은 잠자코 있을 수도 없어 소리를 쳐보았을 때 현마는 대답하면서 방을 나와 미란의 방문을 건드렸다. 자리를 일어나 옷섶을 아무리고 있으려니 현마의 불그스름한 얼굴이 나타났다.

"유쾌하다!…… 아직두 피아노 생각에 곰시락거리나."

"혼자만 유쾌하지 나까지 유쾌한가요."

"누가 술을 먹지 말랬나."

"술두 그만두구 어서 피아노나 사 내요."

"그렇게 수월하게 사 줄 줄 알구——고맙다는 인사를 톡톡히 받아야 사 줄걸."

"절이래두 하죠."

"절쯤으로 되나."

마음대로 목판의 찻그릇을 집어 두어 잔이나 식은 차를 따라서 켜고 나더니,

"영화에서 왜 가끔 보는——아저씨에게 고맙다는 뜻을 표할 때 어떻게들 하더라."

뚱딴지 같은 소리를 한다.

"그 흉내를 내란 말이죠."

"아무렴."

"껑충 뛰어오면서 이마에다 입술을 갖다 대구——그렇게 하란 말이죠."

"아무렴."

"그게 청이에요?"

"너무두 적은 청이지."

미란은 놀랄 것이 없었다. 긴한 듯이 찻집에서 말하기를 주저하던 청이 대체 무슨 청인가 했던 것이 겨우 그 정도의 것이라면 두려울 것이 없었다.

"그만한 청쯤 못 들을 것 있나요."

"염량이 그만은 해야지――그럼 지금 들어 줄 텐구?"

말을 듣고 현마의 얼굴을 바라볼 때 그 불그레한 얼굴에 별안간 구역이 나며 속이 뉘엿거리기 시작했다. 맑은 정신을 가질 때의 그는 부드럽고 정하고 착한 아저씨이던 것이 술이 들어가면 왜 그리도 추하고 무서워 보이는지 새로운 발견에 소름을 쳤다.

"지금은 안 돼요. 취하신 얼굴엔 싫어요."

"세상의 술 취한 아저씨는 인사를 못 받아 보겠네."

"그러믄요. 술내 나는 얼굴에다 추접스럽잖어요."

"요 말버릇 봐라."

현마는 정색하면서 미란의 팔을 잡아나꾼다.

"승낙한 이상 내 임의거든."

미란은 겁을 먹으면서 손을 빼려고 애쓴다.

"안 돼요. 내일 아침 맑은 정신 때 해 드릴게요."

"이러긴가."

"인사하는 사람의 맘이지 받는 사람의 맘인가요."

"어디 보자. 제 청만 제 청이라구 남의 생각은 조금도 안하구."

손을 놓는 현마는 적이 불만스러운 모양이다. 겸연쩍은지 남은 차를 마셔 버리고는 자리를 일어서는 것을 보면 미란은 미안한 생각도 나서 목소리를 누그려 본다.

"아저씨 대접을 깍듯이 해 드리려니까 그렇죠."

"그만둬."

투덜투덜 나가는 등뒤에는 한 마디 더 던져 본다.

"내일 아침 잊지 않을게요. 어서 편히 주무세요."

그러나 자기 방에 들어가 자러 드느냐 하면 그렇지도 않고 방에서 모자를 쓰고 나오더니 복도를 쿵쿵쿵 돌아 다시 밖으로 나가는 모양이었다. 또 술을 먹으러 나가는 것일까——내가 잘못한 것일까——이모저모 생각하면서 차차 잠을 이루어 갈 때 현마는 여관을 나와 밤거리를 헤매면서 미란이 모르는 세상——현마 같은 어른들만이 아는 밤 세상을 찾아가는 것이었다. 집을 떠난 지 여러 날 만이었다. 미란과 같이 거동하게 되는 까닭에 하는 수 없는 노릇이었으나 그로서는 오랫동안 깨끗한 청교도의 생활을 하게 된 것을 오늘은 도리어 마음속으로 비웃어도 보며 터무니없는 투정질이나 하듯 화를 내면서 비틀비틀 처음 보는 골목을 뒤지는 것이었다…….

이튿날 아침 미란은 천연스럽게 자기 방에서 일어나 나오는 현마를 보았다. 현마는 좀 어색한 듯 벌겋게 충혈된 눈에 미란을 똑바로 바라보지 못하며 궁싯궁싯 저 혼자 움직였다. 각각 늦은 아침을 먹고 난 뒤 미란이,

"오늘 무슨 날인지 아세요?——피아노 사는 날예요."

현마는 비로소 제 기색을 돌리면서 데설데설 표정을 펴 간다.

"간밤 약속을 이행하겠단 말이지."

"선물도 받기 전에 먼저 인사를 해야 한단 말인가요?"

"아무렴, 아무렴."

괴덕을 부리는 바람에 미란도 마음이 누그러지면서 일상의 시스럽지 않은 공기를 회복했다.

"자 얼른 와서 경의를 표해. 경의를 표한 담에야 사 줘두 사 주지."

말을 그렇게 듣고 보면 도리어 쑥스러워지며 몸이 굳어 간다. 천연스러운 방법은 없을까. 차라리 그렇지 못한다면 그 편에서 자진적으로 그것을 요구해 왔으면——하는 생각도 들었다.

"무얼 망설여. 어느 때까지."

현마는 능걸치게 웃으면서 짜장 자진적으로 나서며 미란의 어깨를 끌어

당긴다. 미란은 몸의 힘을 풀고 끌려 들어가면서 모든 것을 맡기는 듯 온순한 태도를 지녔으나 약속대로 이마에 경의를 표한다는 것이 어릿거리는 서슬에 지나치게 되어 현마의 우악스런 힘에는 당하는 재주없이 기어코 입술을 받아 버리게 되었다. 전광석화같이 오는 폭력에는 어쩌는 도리없이 커다란 품안에서 비둘기같이 옴츠리고 약속의 한계를 넘어 순간의 자유를 뺏기지 않을 수가 없었다. 몸이 놓였을 때 미란은 죽지를 비틀린 비둘기같이 이지러진 몸을 털면서 일종의 노기가 솟아 현마의 뺨을 갈기고 싶었으나 기왕의 약속을 생각하고 마음이 풀리기는 했다.

"실례가 아니에요. 뺨이래두 갈길까 했어요."

"생판 모르는 귀부인이라구."

"폭력은 야만이거든요."

"왜 그런 인사의 법은 없는 줄 아나?"

느물거리며 대꾸는 했으나 실상인즉 마음속으로 부끄럽기도 했다. 간밤의 숨은 행동을 생각하고 더럽혀진 자기의 몸과 순결한 미란의 몸을 대조하게 될 때 누추한 자격으로 신성한 것을 겨누고 범한 듯 부끄러웠다. 사람이 관대한 때는 반드시 죄를 진 때다. 현마는 허물을 지우려는 듯 그 어느 때보다도 그날은 관대해진 듯했다.

"내가 무례했거든 대신 내게 무례한 청을 좀 해 보지."

득실은 언제든지 상반되는 것, 미란은 도리어 다행한 듯 뾰로통하던 노기를 풀고 그러나 결코 기뻐라 날뛰는 법없이 침착한 절도를 지니면서 이번에는 자기가 주인인 척 현마의 앞을 선다.

"얼마든지 마음에 드는 것 골라 보라니까."

당연한 보수인 듯 현마가 충충대는 바람에 미란은 마음이 참새같이 뛰었다. 사실 아침의 그 조그만 변괴 때문에 그날의 장사는 미란에게 얼마나 유리했는지 모른다. 그의 의견이 첫째였고 현마는 허수아비같이 옆을 따를 뿐이었다. 성공된 그날의 거래로 미란은 아침에 받은 욕쯤은 완전히 잊어버리는 것이었다.

악기점을 차례로 돌아다니면서 비위에 맞는 피아노를 선택할 자유를 도맡게 되자 담이 허랑하게 커지면서 몇 군데를 거치다가 마음에 드는 것을 골랐을 때 두말없이 그것으로 결정된 것은 물론이다. 조금 낡기는 했으나 베히슈타인 회사의 제작이라는 것이 마음을 당겼다.

"이천 원이면 외국치로서야 싼 폭이죠 뭐."

현마도 반드시 그 값에 놀라는 것은 아니었으나 과즉 칠팔백 원의 것에 만족하리라고 생각한 것이 곱절의 것을 잡은 것이 의외였고 아침의 그 인사의 값이 이천 원임을 생각할 때 입맛이 얼마간 떫어지는 것도 사실이었다.

"뭘 그래요. 만 원짜리가 있을야니요."

별수없이 현마는 큰 염량이나 보이는 듯 선뜻 그것으로 결정하는 수밖에는 없었으나 막상 그것을 흥정하려 들 때 한 가지 뜻하지 않은 일이 생겼다.

맞은편에서 점원과 피아노의 흥정에 말이 많은 한 사람의 청년이 있었으니 알고 보면 그도 그 같은 베히슈타인 회사의 피아노를 마음에 두고 거래중인 것이었다. 현마들은 그의 높아지는 언성에 주의를 끌리게 된 것이었으나 그는 무엇인지를 누누이 설명하면서 점원을 설복시키려는 것 같았다. 맨머릿바람의 고수머리며 차면서도 부드러운 얼굴 모습이 한 사람의 아마도 예술가인 듯 범상치 않은 인상이 마음을 끌었다. 장황한 변설을 들으면 그 피아노는 마음에는 드나 값이 과하다는 것이었다. 천오백 원으로만 떨어뜨려 준다면 당장에라도 현금으로 사겠다는 것, 자기에게는 지금 얼마나 피아노가 필요하다는 것, 장사란 경우를 따라서 적당한 아량이 있어야 한다는 것을 되씹고 곱씹어 말하는 것이다.

"일부러 해협을 건너 이렇게 멀리 온 것이 순전히 피아노를 사자는 것이 목적이 아니라면 이렇게까지 말하지두 않겠소."

흥정이 아니라 싸움이었다. 점원이야 어떻게 되었든 자기의 말이 가장 중요한 것이요 하고 싶은 말은 모조리 털어놓는다. 예술가란 저렇게 아이같이 속사정을 털어 말하며 아무 자리에서나 흥분하고 하소연하고 부르짖는 것일까——미란은 그 한 고장에서 왔다는 같은 족속의 청년에게 흥미를 느끼기 시작했다. 피아노로부터 든 흥미가 우연한 관계로 그 이상한 청년에게로 옮아 간 것이다. 미란뿐이 아니라 이제는 벌써 그 상점 안에 모든 시선과 주의가 한갓 그 청년에게로 쏠렸다.

"말씀은 잘 알겠구 그 열정두 고마운 것이긴 하나 저희로서야 장사니까 손님께 못 드린다구 해두 또 다른 손님이 없는 것 아니구——실상은 지금 여기 또 한 분 사자는 분이 계시는 판에……."

점원이 현마들을 가리켰을 때 그 청년의 시선은 이쪽으로 향해졌다. 돌연히 나타난 적수를 바라본 듯 복잡한 표정을 띤 그 눈매를 미란은 흡사 자기를 쏘는 두려운 것으로 여기며 차게 빛나는 눈동자에서 지나간 그 무엇——옳지, 간밤 음악회의 천재 소녀의 눈동자를 문득 생각해 내면서 이 역 보통 사람 아닌 자칫하면 소녀의 유가 아닐까 하는 추측이 솟았다. 청년은 두렵고 교만한 눈초리를 돌려 이번에는 점원을 노리더니,

"개발에 편자지 아무리 흔한 피아노라구 아무나 가져두 좋은 법인가, 나귀에게 거문고를 주어 보지, 무슨 꼴이 되나, 예술을 모욕하는 데두 분수가 있지. 아무리 상품이라구 예술가에겐 거절하구 객실의 장식품으로 쓸 사람에게 주어야 옳단 말인가?——내 말이 거짓말이거든 어디 거기 섰는 여류 피아니스트에게 이 당장에서 한 곡조 울려 보라지."

미란은 얼굴이 새빨개지며 몸이 달았다. 예술가의 날카로운 직각으로 자기의 재주를 첫눈에 뽑아 낸 것일까. 얼마나 교만하고 얄미운 모욕인가. 초면의 당장에서 그렇게 주제넘고 대담한 무례가 다시 있을까. 얼마나 한 재주를 속에 감추면 그렇게 사람을 욕줄 수 있을까——속이 꼬이고 불이 치밀면서 그 정체 모를 무례한을 후려갈기고도 싶고 아니 그보다도 될 수만 있다면 말썽거리 피아노 앞에 넌짓 앉아서 장기의 한 곡조를 울려 청년의 모욕의 말을 무언중에 꾸짖고도 싶었으나 어쩌랴, 조물주는 지금 자기편을 들고 있지는 않는 것이다. 천재에 대한 탄식으로 순간 오

장이 녹을 듯이 타면서 대거리의 말 한 마디 없이 전신이 나뭇개비같이 꼿꼿해 있는 동안에 보라는 듯이 피아노 앞에 가 앉은 청년은 어느덧 한 곡조를 울리기 시작한다.

어이가 없어 뻣뻣이 섰던 사람들은 요번에는 곡조에 취해서 여전히들 우두커니 서 있게 되었다. 가늘고 미묘하고 조금 슬픈 그 곡조를 미란은 그 역 쇼팽의 것일 듯——쇼팽의 마주르카의 한 곡조쯤일 듯 짐작하면서 청년의 기술이 평범한 것이 아님을 느꼈다. 모르는 척 비웃고 무시하기에는 너무도 열중되는 그의 태도에 사람들은 솔직하게 귀를 기울일 수밖에 없었다. 미란은 간밤 소녀에게서 받은 흥분을 마음속에 되풀이하면서 청년을 고쳐 보기 시작했고 일종의 경의조차 바치는 것이었으나 곡조가 끝나고 다시 청년의 날카로운 시선을 받았을 때에는 전신의 피가 용솟음치기 시작하며 그 교만한 태도에 경의는 금시 경멸로 변했다. 얄밉고 무례한 것, 네 재주가 몇 푼어치가 되든간에 피아노를 사랑하는 마음은 밑질 것 없다. 피아노는 내 것이다. 내 것이 되어야 한다——마음속에 굳게 주장하면서 어안이벙벙해서 서 있는 현마의 팔을 흔들었다.

"소리 제법 괜찮죠. 어서 사요."

현마가 정신을 차리고 점원들의 얼굴을 살펴볼 때 한 사람은 청년 앞에서 손을 비비면서,

"미안하지만 사정이 이러니 단념하시구 다음 기회나 봐 드리도록 하겠습니다."

하고는 현마를 안내해서 안쪽으로 걸었다.

"물건을 주면 재주를 뺏구 재주를 준 데는 물건을 애끼구——세상일 공평한지……."

속으로 중얼거린다는 것이 현마는 입밖에까지 내버리고 말았다.

"거문고를 나귀에게 주려고 한다. 나귀에게 거문고를 주려고 한다——어리석은 무리들이……."

새까만 피아노의 가슴에다 자기의 모양을 비추면서 그것을 내 것인 양

덥석 안으며 외치는 청년을 미란은 요번에는 자기의 차례인 듯 교만한 눈초리로 굽어 보면서 대거리나 하려는 듯 한 마디 쏘아 붙였다.

"조물주는 천재를 맨들어 놓고는 제 스스로 그것을 질투한다든가——어서 거문고는 나귀나 가져갈 테니 재주있는 준마는 탄식이나 해요."

돌아보지도 않고 현마들이 뒤를 따라 안으로 들어갈 때 우레같이 피아노의 건반이 고함치더니 폭풍우나 쏟아지는 듯 광상곡의 구절이 울리기 시작하는 것이었다.

이 뜻하지 않은 아침의 한 장면이 우연히도 미란에게는 큰 자극을 주어 불 같은 열정을 일으키게 한 것이었다. 청년에게서 받은 모욕이 간밤에 소녀에게서 받은 감동과 합쳐서 절대적인 결의를 주었다. 나귀의 신세를 면하고 준마의 세상에 속할 수 있도록——될 수 있다면 새로 태어나서 첫걸음부터 시작하고 싶었으나——때늦은 것을 탄식하면서 최대의 노력을 할 것을 마음속에 맹세했다. 예술이 제일이요, 창조가 제일이요, 천재가 제일이요——그 외의 모든 일은 우둔한 나귀의 세상일같이만 생각되면서 예술에 대한 인식이 굳세게 마음속을 차지하고 들어앉았다.

두말할 것 없이 말썽 많은 피아노를 사서 고향으로 부치도록 하고 났을 때 미란은 마음의 고리가 한꺼번에 풀리면서 며칠 동안에 마음이 여러 길이나 자라난 듯 불과 열흘 남짓한 이번 여행이 여러 달이나 지난 듯한 마음의 변화를 느꼈다. 확실히 집을 떠날 때의 마음은 아니었다. 불안정하고 안타깝던 상태가 안정한 한 줄기의 길을 찾고 혼돈한 세계가 빛을 찾는 동안에 어린 마음이 여러 길 활짝 자라난 것은 사실이었다. 작정된 길을 위해서 이제는 벌써 집을 생각하는 마음이 간절하다. 얼른 여행을 마치고 집으로 돌아가 새로운 생활의 첫걸음을 떼어 놓았으면 하는 생각으로 차 갔다. 여행을 재촉하고 피아노를 조르던 미란은 이번에는 하루바삐 동경을 떠나기를 조르게 되었다.

4

집으로 돌아온 미란은 사람이 변한 듯, 생활의 경영에 잡념이 없었다. 새 생활은 피아노와 함께 시작되었다.

대청에다 피아노를 들여놓고는 아침 저녁으로 닦고 꽃병을 세우고 맞은편 벽에 쇼팽의 초상화를 붙이고 자련자련 서두르는 것을 보고 세란은 새로운 한 사람의 동생을 보는 듯 변한 미란을 느꼈다. 변했다면 단주도 변한 것이었거니와 미란도 그에 지지 않게 변했음을 알았다. 단주가 얼굴이 길어지고 눈이 패어 들어간 데 비겨 미란은 살이 붙고 눈망울은 우울을 떨치고 희망을 가득 담아 왔다. 밝은 빛이 보일 뿐이지 어두운 아무것도 없었다.

"여행 선물은 톡톡히 되는군. 피아노를 우려 낼 젠 수완이 상당해."

야유 비슷 동생을 조롱은 해 보아도 그 맑은 표정 속에서는 어두운 그림자라고는 찾을 수 없다.

바이어의 교칙본을 사 가지고는 밤늦게까지 피아노를 울리는 것이었으나 온돌방에서 일찍 잠자리에 들어간 세란은 그 유치한 단음의 연속을 들으며 현마의 가슴을 뜯으면서 여행의 이야기와 피아노를 사게 된 곡절을 이야기하라고 조르는 것이었다. 어세를 높이고 화를 내보고 하는 것은 현마가 도리어 자기들의 관계를 묻지나 않을까, 자기들의 저지른 상처를 다치지나 않을까 하는 조바심에서 나온 것은 물론이었다. 부엌 옆방에서 이역 이불을 쓰고 누운 옥녀도 피아노 소리를 들으면서 웬일인지 집 안이 한꺼번에 밝아진 듯 두 사람이 돌아오자 모두 제대로 바로 잡혀진 듯 느끼면서 주인없는 속에서 밤낮으로 보게 된 무서운 광경이 사라지게 된 것을 기뻐했다.

단주는 주인이 돌아온 이상 자기의 직책은 다한 듯 다음날부터 제대로 아파트로 돌아가게 되었다. 피곤한 속에서 지난 나날을 생각해 볼 때 날카로운 반성의 바늘이 가슴을 따작따작 찌르면서 미란을 만날 면목이 없는 듯, 그는 벌써 잃어버린 것, 자기 손 닿지 않는 먼 곳에 날아가 버린 것인 듯한 착각을 떨쳐 버릴 수 없었다. 자주 교외로 나갈 수도 없고 미란이 시내로 날마다 들어오는 것도 아니어서 만나는 날도 뗬으나 만나도 침묵이 흐르고 사이가 거북스러웠다. 적극적으로 감정을 지도해야 할 것이 자기면서도 전에는 어린 마음에 무섭고 부끄러워서 주저되던 것이 어른이 된 오늘에 있어서는 무서운 대신 죄스럽고 부끄러워서 마음이 숙어지고 주저되는 것이었다. 그렇다고 미란의 감정의 적극적 발로는 원하는 것도 어리석은 것이 아직도 순결한 그에게는 지금에 있어서도 단주를 대할 때만은 마음이 두렵고 주저되는 것이었다. 그 외에도 한 가지 그에게 오물되는 중요한 것——피아노에 마음이 쉴 새 없이 날아가는 것이 아니던가. 동경 갔던 여행의 이야기라고 천재 소녀의 연주회날 밤 이야기와 악기점에서 자기를 모욕한 청년의 이야기를 하면서 자기가 이번에 터득한 음악 예술에 대한 불붙는 열정을 말할 때에 단주는 묵묵히 앉은 채 감동도 격려도 하는 법없이 울적한 표정만을 지녀 간다.

"왜 그리 말이 없어요?"

단주는 정신을 차리고 고개를 들어 미란을 보는 것이나 똑바로 못 보고 다시 외면해 버린다.

"코 밑에 수염은 무어예요? 연필로 칠한 것같이 까마잡잡하게. 벌써 그렇게 자랐나요. 어제까지 맨숭맨숭하더니."

말을 듣고 손이 코 아래로 간다. 제법 굵은 것이 거칠거칠하게 손가락을 간질이며 사실 이제는 벌써 아이의 솜털이 아니고 어른의 수염임을 느낀다. 여러 날 동안의 어지러운 생활 속에서 얼굴 하나 옳게 건사하지 못한 것을 부끄럽게 여길 때 더욱 용기를 잃어버린다.

"수염이나 멀끔하게 깎구 정신을 차려요. 정신이 나거든 놀러 오구요. 난 가요."

미란이 일어서는 것을 볼 때에야 잠을 깬 듯이 덩달아 벌떡 일어서면

서,

"인전 사랑하는 사람이 피아노란 말이지. 피아노가 제일이구 나 같은 건……."

수척한 꼴이 가엾어서 동정을 느끼면서도 미란은 솔직하게 대답한다.

"누구보다도 나를 제일 부르는걸요. 잠깐만 밖에 나와두 금시 불러들이군 하면서——그런 새암쟁이는 없어요."

피아노의 매력에 비기면 단주 역시 한 마리의 나귀 폭밖에는 안 되었다. 훌륭하고 높은 것이 아닌 평범하고 속되고 다른 천만 가지와 고를 바 못 되는 흔한 것으로밖에는 안 보이는 것이다. 가엾기는 하나 어쩌는 수 없는 이런 감정으로 단주와 작별하면 쏜살같이 집으로 돌아와 피아노 옆에 앉는다. 마음은 조급하게 앞을 내닫건만 손가락은 제 고집만을 피우는 초조한 심사로 건반 위에 임할 때 천분에 대한 의혹이 생기면서 악기점에서 자기를 모욕한 젊은 피아니스트의 기억이 마음속에 떠오르는 적이 많았다.

'차차 천분이 알려지나.'

현마는 동경서 돌아온 뒤로부터 침착해진 듯 보이며 다시 점잖은 아저씨로 돌아가고 사의 일도 바빠져서 미란과 지내는 시간이 많지 않게 되었다. 저녁에 식사나 마치고 나면 대청에 들어가서 피아노 앞에 놓인 교칙본을 들고는,

"겨우 요것밖엔 못 나갔어?"

하고 페이지를 들척거린다.

"소설책이라구 뭐 며칠에 뗄까요."

미란은 샐쭉해지면서도 속으로는 부끄럽기도 하다.

"하긴 둔재는 일 년두 걸린다드구만——아침부터 밤중까지 둥둥거리고 그래 겨우……."

책을 놓고 담배를 붙여 물면서,

"천분이 있다구 해두 바른 방법과 적확한 연습이 필요한 것인데."

"선생을 얻어 주세요. 어서."

"배우는 바에는 격식대로는 좇아야지."

이런 의논이 난 후부터 현마는 미란의 계발을 진심으로 생각하는 마음에 훌륭한 선생을 염두에 두게 된 하룻밤 역시 대청에서 미란과 식후의 잡담을 건네다가 라디오를 틀었을 때 피아노 소리가 흘러나왔다. 피아노라면 귀가 뜨이게 된 미란의 주의가 집중되어 가는 동안에 그 곡조가 귀익은 생각이 났다. 폭풍우같이 열정적이다가 금시 고요해지면서 낙엽이 떠는 듯 잔잔하고 서글픈 멜로디로 변하는 대목——갈데없이 천재 소녀에게서 들은 《환상 즉흥곡》임에 틀림없었다. 쇼팽의 쓸쓸한 그 곡조였다. 연주하는 기술도 흡사 그날 밤의 소녀의 것과 같은 능란한 것임을 느끼면서 그 자리로 아침 신문을 헤치고 라디오란을 찾았다. 지방 방송의 연예 시간에서 쇼팽의 작품집이라는 대목을 발견하고 신진 피아니스트로 소개된 영훈이라는 이름을 신기한 것으로 들여다보았다. 영훈, 영훈——이름을 익히려는 듯 속으로 외어 보면서 쇼팽을 살리는 사람은 천재 소녀뿐만이 아니라 가까운 한 고장에 그런 숨은 사람이 있었구나 하는 생각이 들며 또 한 사람의 공명자를 얻은 듯 마음이 빛났다.

예술의 길은 서로 통하는 듯, 다 같이 쇼팽을 목표로 하는 천재 소녀, 영훈, 자기 …… 사이에는 한 가닥의 피의 흐름이라도 있는 듯이 친밀히 느껴지며 그런 이해를 가지고 들을 때 음악도 한층 정답고 아름다웠다. 동경의 밤의 감흥을 다시 느끼면서 감격에 취하는 반면 예술에 대한 조바심이 더욱 치밀어오른다.

"얼른 선생을 얻어 주세요. 영훈이를 밀치구 소녀를 따라가게."

조를 때 현마도 쇼팽을 웬만큼 짐작하는 터에 감동 속에 잠겨 있다가 정신을 차리며,

"알구 보니 제일 가까운 곳에 선생이 있군 그래."

라디오를 가리키면서,

"같은 쇼팽 해석자구 십상 됐어."

"영훈이 말예요?"

예술가의 이름은 소락소락 불러도 좋다는 듯 신문에서 알았을 뿐인 모르는 사람의 이름을 함부로 부르면서 미란은 딴은 그 생각을 그럴 듯한 것으로 여겼다.

"정말 것두 그래요."

동의하고는 금시 졸라 댄다.

"그럼 영훈이를 교섭해 주세요."

결국 영훈을 초빙하기로 작정하고 이튿날 현마는 방송국을 통해서 주소까지를 알아냈다. 여학교에서 음악 시간을 맡아 보는 외에 개인 연구소를 열고 제자들을 가르친다는 영훈을 현마는 미란과 함께 그날 오후 연구소로 찾기로 했다.

연구소란 것은 악기점 이층 넓은 방 두 칸을 얻어 장만해 놓은 것이었다. 악기점 옆골목으로 들어가면서 이층으로 오르는 층계가 제물에 벽에 붙어 있다. 가게로 들어가지 않고 바로 그 층계를 올라가 음악실이라는 데를 들어갔을 때 조촐한 방 안의 분위기부터가 마음에 들었다. 검소한 속에 피아노 한 대와 축음기가 있고 의자들이 놓이고 벽에 몇 장의 그림이 붙어 있을 뿐이나 그 침착한 장식 속에 알 수 없는 매력이 숨어 있었다. 마음이 달뜨면서 주인이 보이지 않는 잠시 동안을 못 참아 자리에 앉았다 일어서서는 벽의 그림을 보면서 서성거리는 미란이었다. 천칠백사십칠 년 프리드리히 대왕 때 궁정에 들어가 대왕 앞에서 피아노를 탄주하던 바흐의 사진 앞에서 한참이나 서서 부질없는 흥분에 잠겼다. 늠름한 왕은 한 손으로 턱을 어루만지면서 허리를 굽힌 채 대청을 거닌다. 그 등 뒤에 뭇신하들이 궁싯거리고 서 있는 엄숙한 자리에서 풍채가 위대한 바흐는 왕을 바라보면서 즉흥의 곡조를 울리는 것이다. 삼엄한 광경이 자아내는 아름다운 공상 속에 자기의 몸까지를 잠그면서 있노라니 옆방으로 통하는 문이 열리며 주인이 나타난 것도 잠시는 몰랐다.

"내가 영훈이외다."

목소리에 돌아선 미란은 앞에 선 주인 영훈의 자태에 놀라면서 그의 얼굴을 정신없이 쏘아보았다. 꿈인가 현실인가 바로 그 사람이었던가——벙어리같이 입이 붙어서 멍하니 있을 때,

"동경서 만난 양반들이군요."

저쪽에서도 놀란 듯 그러나 태연하게 먼저 기억을 일깨워 준다.

"세상에 우연한 일두 있지."

너그러운 웃음을 띠면서 두 사람에게 자리를 권하는 젊은 음악가의 태도는 동경 악기점에서 피아노 때문에 시비를 하던 때와는 판이하였다. 패기에 타면서 예술가의 기상을 주장하고 고집하던 때의 기색은 간 곳 없고 오늘은 부드럽고 연한 평인의 기상이다.

"한고장 한동리에 살면서두 그런 줄 모르구 그때엔……."

온화한 말소리에 미란도 엉겼던 마음이 누그러지면서 그렇게 되고 보니 도리어 오랫동안의 구면인 듯 농담의 한 마디도 건네게 되었다.

"나귀에겐 역시 거문고가 당치 않은 것 같아요. 아무리 혼자 끙끙거려두 마음대로 돼야 말이죠."

농임을 영훈도 알고 껄껄껄 웃으면서 이번에는 자기의 차례인 듯 피아노를 가리켰다.

"덕에 겨우 저런 것이 차례져 이 역 죽어라 하구 말을 들어야죠."

현마가 웃음 속에 참가해 오면서 결론을 말하게 되었다.

"서로 주인을 바꿔 만났나 보군요. 나귀에겐 나귀의 것 준마에게는 준마의 것이 가야 할 것을."

미란은 짜증을 낼 것도 없이 웃음 속에 화하면서,

"누구편에서든지 산 것만은 잘 했군요. 불편한 때가 있거든 얼마든지 집에 와서 쓰세요."

"쓸 뿐인가. 나귀를 교육해 주셔야지. 실상 오늘 온 것은 그 때문인데 가르쳐 보아서 유망하거든 잘 지도해 주셨으면."

현마의 말로 그들의 목적을 알고 영훈은 얼떨떨해졌다.

"간밤의 라디오의 쇼팽을 듣구 오늘 벼락같이 수소문해서 찾아온 거예요."

"고맙습니다만 책임을 맡아 보면 일상 힘이 부치는 것을 느끼군 해서 ……."

사양하는 속에서 은연중 약속이 되어 버리는 것이었다.

미란은 생각할수록에 그날의 인연이 이상스러웠다. 사람의 인연이란 어디서 어떻게 맺어지는 것인지 원수같이 으르던 영훈이 열흘을 채 못 넘어서 자기의 스승이 될 줄을 짐작할 수 없었던 것이다. 스승이 된 이제 그의 재주는 더욱 귀한 것으로 여겨지며 그의 예술에 대한 존경과 흠모의 생각이 한층 솟아오름을 느꼈다.

미란이 연구소를 찾는 때도 있었으나 영훈은 한 주일에 사흘씩 교사의 자격으로 미란들의 집으로 나왔다. 모든 것이 새로 시작되었다. 교칙본은 첫장으로 다시 돌아가서 정확하고 치밀하게 되풀이되었다. 바른손 연습 왼손 연습 두 손 연습——악보도 스케일에서 시작해서 점점 복잡한 것으로 변해 가고 한 가지 주제에 대해서 여러 가지의 변주법이 생기면서 바른 방법으로 진보는 빨랐다. 영훈은 언제든지 미란의 왼편에 나란히 앉게 되어 손가락을 지도하는 한편 간단한 연습에 대한 반주의 부분을 울릴 때에는 두 사람의 자태는 흡사 듀엣을 타는 한 쌍의 배필같이 보였다. 연습곡의 번호가 높아 감에 따라——미란의 발전이 날로 더함을 따라 두 사람은 더욱 친밀한 것으로 눈에 익어졌다. 제법 멜로디를 가진 곡조면 미란의 멜로디와 영훈의 화음이 합쳐서 귀여운 조그만 음악회를 이루어 세란과 현마는 귀를 기울이고 대청으로 모여들고들 했다.

그런 때 만약 단주가 그 자리에 있다면 그의 처지가 제일 딱했다. 미란과 자기와의 사이에 뛰어든 돌연한 침입자 영훈의 존재를 무심히 바라볼 수는 없었고 자기로도 설명할 수 없는 구름 같은 무거운 덩어리가 피어오르다가 차차 한 줄기의 날카로운 감정으로 변하는 것이었다. 날카로운 것은 스치는 것을 상하게 한다. 그 날카로운 감정은 우선 그의 가슴속을 난도질하기 시작했고 다음으론 주위의 사람들을 다치게 했다. 세란과 같이 앉으면 마치 세란의 허물인 듯이 잠자코 앉아서는 심술을 피우고 투정을 부린다.

"왜 내게 투정이야 ? 어디서 뺨 맞구 어디서 화풀이한다드라."

핀잔을 맞아도 헛것이서 단주는 뿌루퉁해서는 그에게 그 무슨 특권이나 남은 듯이 대꾸한다.

"동경인지 무엇인지를 간다구들 야단이드니 이런 일 꾸며 놓을랴구……."

"부러 일을 꾸미러 갔나. 결과가 그렇게 된 것인지."

"나를 따랴구 한 것이 아니구 무어요?"

"아니 결과구 무어구 영훈이가 무얼 어떻다구 벌써부터 이 야단이야."

한마디 박아 놓고는 세란은 여기서 전법을 돌린다.

"도대체 욕심이 많지. 물고기라구 한 손에 둘씩 낚으랴구 그러나. 세상에 그런 법이……."

"아니 그럼……."

단주는 세란과의 기쁨을 아주 잊어버린 듯 새로운 욕망에 대한 욕심으로서 인생의 입문을 뙤어 준 세란의 공이 지금 와서 점점 화되기 시작해 감을 느끼게 된다.

"애초에——"

미란이 원이었지 당신이 원은 아니었다는 듯한 말투이다. 선택을 그르쳤다는 듯 또한——미란을 얻기 위해서의 준비운동이었지 당신이 마지막 목표는 아니었다는 듯한——그런 말투이다.

"그게 욕심이란 거야——목표가 또렷하거든 목표만 보지 한눈은 왜 파."

"누가 한눈을……."

"남의 탈로만 돌리지 말구——한눈을 판 건 판 거지 무어야."

"남에게 씌울랴구?"

"아무튼 허물은 허물이지. 그렇게 쉽게 뺄 수가 있을까 봐서……."

길잡이로만 여겼던 것이 지금 와서는 커다란 책임을 요구해 오면서 무거운 짐으로 보여져 간다. 그런 요량이 아니었던 것이 의외의 결과로 나타났음을 야속하게 여기는 것이나 세란으로 보면 그 단주의 다정한 비위에 불만이 생기며 마음이 안온하지는 않았다.

"사람이 그렇게두 매정하구 뻔질뻔질할까."

무릎을 꼬집는 바람에 단주는 뜨끔해지면서 몸이 솟는다.

"한 덤불에 진득이 배겨 있지 못하구 딸기 찾는 아이같이 이 덤불 저 덤불을 기웃거리자는 셈이지?"

"오해하면 안 돼요."

"그래두 고집이야?"

"아야야ㅅ!"

다시 꼬집히고 소리를 치며 허리를 굽히는 것이 마치 항복이나 하는 듯——눈에는 뜻없는 눈물이 빠지지 고였다. 세란과 마주서면 당하는 재주 없었다. 불만과 투정과 심술로 시작된 장면이 번번이 이렇게 흐지부지한 농으로 끝나고 말았다.

차라리 사무실에서 현마와 마주앉았을 때 그를 은연중 졸라 보는 편이 단주에게는 보람있어 보이는 때가 있다.

"동경들을 갔다 왔대야 제겐 무슨 실속이 있어야죠."

"아직 맘이 달뜬 모양이지?"

"공연히 사람의 맘을 농락만 하는 셈이구……."

"아이가 결혼 말을 할 때같이 앙징스럽게 보이는 때는 없어. 자연스런 때라는 것이 있는 법이지. 그렇게 조급하게 군다구 되는 노릇인가. 그 동안에 얼마나 자랐다구."

세란과의 비밀을 모르는 것이 그를 이렇게 수다스럽게 한 것이지 단주가 참으로 그 동안에 얼마나 자랐나를 안다면 현마의 생각도 얼마나 달라졌을까.

"약속이란 무엇 하자는 것이구요?"

"약속이야 물론 약속이지만 천연스런 시절을 기다리자는 것이지."

자리가 이상하게 되어 나갔다. 마침 옆에 애영이 없었던 까닭에 현마는 일어서서 단주의 옆으로 간 것이다. 참으로 오래간만의——거의 일종의 간질병과도 같은 다따가의 야릇한 거동이었다. 별안간 솟아오르는 애정의 표현으로 단주에게 몸을 쏠리며 그의 입술을 찾은 것이다. 당초에 현마가 단주를 알기 시작했을 무렵에 그의 아파트에 찾아가서 두 사람만의 비밀한 시간을 가졌던 그때의 애정의 부활인 듯 벅찬 힘으로 단주의 육체에 접촉해 오는 것이다. 침실에서 아내 세란과 같이 지낼 때와 같은 조수같이 세찬 애정의 발로였다.

단주는 현마와 같이 지낼 때에는 언제든지 그래 왔고 그런 때 조금의 거역도 없이 잠자코 현마의 뜻에 모든 것을 맡기는 습관이었으나 이날은 웬일인지 부끄럽고 께끔한 생각이 들면서 하는 대로 가만히 있을 수 없었다. 전과는 다른 이미 일정한 자신의 뜻과 고집이 들어서 몸에는 뼈가 생기고 심지가 서게 되어 현마의 애정을 휘연휘연 잡아들이는 법없이 장승같이 뻣뻣한 몸에 힘까지 맺혀 있었다. 흡사 물이 밀려 와도 움찔도 안하는 말뚝같이 무뚝뚝하고 꿋꿋하고 멋없는 것이었다. 그것은 물론 단주의 성장을 의미하는 것으로 그런 애정을 받아들이는 소년의 경지를 벗어나서 이제는 자신의 사랑을 되레 대상 속으로 쑤셔 넣지 않고는 배길 수 없는 어른의 경지에 이르렀다는 증거로도 보였다. 부드러운 볼을 따끔따끔 찌르는 현마의 수염과 듬성한 가잠나룻이 전에는 탐탐하고 즐거운 것으로 생각되던 것이 오늘에는 그같이 천하고 추접스러운 것은 없듯이 느껴졌다. 자기 자신의 몸에 이미 그런 거칠은 수염을 단주는 준비해 가지고 있게 된 까닭이다. 자기 몸에 있는 것으로 다른 사람이 가진 것은 거개 천해 보인다. 그러나 그 단주의 수염을 민첩하게 느낀 것은 단주 자신보다도 도리어 현마 그 사람이었다. 그러기 때문에 단주가 현마의 이날의 애정을 거역하며 그의 몸을 밀치기보다도 이전에 그의 입술을 찾다가 되레 따끔하게 입술을 찔러 오는 단주의 수염에 놀라며 몸을 일으킨 것은 현마 자신이었다. 께끔해하고 추접히 여긴 것은 현마 자신이었다. 즉, 서로 몸을 밀치고 몸을 떼고 께끔해하고 천히 여긴 것은 피차 일반이었다. 그러나 현마로 보면 그 단주의 변화에 놀라지 않을 수 없었다. 벌에게 쏘인 듯 얼굴은 찡그리고 몸을 떼기가 바쁘게 자리로 돌아와 화나 피우듯 털썩 주저앉았다.

'짜장 자라기는 했군, 찔레덤불같이 어느결에 그렇게 늠출해지면서 가시까지 돋았어……. 자란다는 게 무서운 일 같다.'

자란다는 것이 추하면 추했지 아름다운 것이 아니라는 것——아름다운 것을 조각조각 빼어 갈 뿐이지, 아름다운 것을 남겨 놓지는 않는다는 것——을 생각하면서 현마는 커다란 환멸을 느꼈다. 무서운 일만 같았다. 아이가 자라서 가시가 돋고 거역하고 요구한다는 것이 도대체 신기하고 엄청난 것으로만 생각되었다.

'딴은 그만큼 자랐게 자꾸만 보채는걸…….'

벌써 장중의 구슬이 아니고 손을 벗어나 제대로의 인생을 구하려고 달음질쳐 나아가게 된 단주임을 오늘에서야 알고 더 그들을 붙드는 것이 자기 힘에 부침을 깨닫기 시작했다.

"애초에 자기들끼리 시작한 일을 지금 와서 날 조르면 어떻게 되누, 단주의 맘을 내가 모르는 것같이 미란의 맘두 내게는 알 수 없는 것이거든."

자기 손을 벗어나서 달아난 바에는 당사자끼리의 임의라는 듯 자기들끼리 처단하라는 듯——그런 어조였다.

"동경을 가느니 음악을 시작하느니 하면서……."

단주의 불만의 진의를 또렷이 알았을 때 현마도 말머리를 돌린다.

"동경행은 나두 성공이라구는 생각지 않네만."

성공이 아니라 실패였다. 마음의 기대와는 어그러져 조금도 잇속은 없었고 현마에게도 불만의 결과를 낳았을 뿐이었다.

"천재병에 걸려들어 천재 아닌 건 사람으로 치기나 한다구. 잔뜩 교만한 맘에 어떻게 달아날는지……. 폭 씌인 병이라 좀연히 낫지 않을걸."

두 사람 마음속에 똑같이 떠오르는 것이 영훈의 자태였다. 단주에게 영훈이 질색인 것같이 현마에게도 유쾌한 존재는 아니었다. 미란이 조르는 것을 이기지 못해 서둘러 준 것이었고 도시 화의 근원이 미란을 소녀의 음악회에 데려갔던 때부터 시작된 것이어서 현마는 그때의 불찰을 지금껏 뉘우쳐 오는 중이었다. 예술을 말하고 음악에 혹하고 천재를 찬양하는 것이 그때부터 시작되었던 까닭이다.

"자기가 천재가 못 되는 때는 밖으로 천재를 구하고 숭배하지 않고는 못 배기는 모양이거든."

말할 것도 없이 영훈은 미란이 구하는 바로 그 대상으로 나타난 것임을 현마도 모르는 바 아니었고 영훈이 들어섬으로 인해서 지금까지 미란의 마음속을 차지하고 있던 모든 것이——별도 하늘도 나무도 꽃도 영화배우 되려는 희망도 현마도 세란도——그리고 물론 단주까지도——미란의 마음속을 떠나 버렸음을 못 느낄 바 아니었다. 섭섭한 일이기는 하나 마음의 자유는 어쩌는 수 없는 것이며 한번 굴레를 벗어나 닫기 시작할 때는 인력으로는 붙드는 재주없는 것이다. 솔직하게 말하면 단주의 몫까지 걱정해 줄 여지가 없이 자기 자신의 마음의 불만을 가지고 있는 현마였다. 단주의 하소연이 자기에는 어려운 숙제여서 그것을 정리는커녕 구슬려 놓는 도리조차 없는 까닭이 거기에 있었다.

"엉뚱한 사람을 집에 거둬 넣고는……. 무엇이 되나 보지, 집꼴이."

단주의 걱정에 현마도 적어도 속으로는 동의를 표현하면서 이제는 같은 처지에 불행을 나누는 수밖에는 없게 되었다.

"시원할 때까지 놓아 두는 수밖에는 그 외에 다른 도리 있어야지."

비관적 결론을 내리고는 모르는 결에 실토를 하게 된 것을 어른답지 못한 것으로 여기면서 현마는 금시 오도깝스럽게 표정을 누그러뜨리면서 아무렴지도 않다는 듯이 헤적헤적 웃는 것이었다.

영훈을 맞이한 지 두어 주일 되었을 때 미란의 발기로 집에서는 조그만 환영의 잔치가 계획되었다. 가장 유쾌하게 서두르는 것은 물론 미란이어서 손수 부엌에 들어가 옥녀와 함께 음식을 장만한다, 대청을 치운다, 수선거리는 것이 세란에게는 자기에게 그런 시절이 있었던 것은 먼 옛날이었던 것만 같아 부럽게 보였다. 미란이 맞이하려는 청춘의 기쁨은 자기가 현재 가지고 있는 그것보다는 한 시대나 젊은 것인 듯 영훈과 미란과의 사이가 아무쪼록 원만하게 이루어지도록 축수하는 마음조차 일어났다. 당초에 그날의 계획에는 미란만이 아니라 세란의 뜻도 첨가되어서 세란은 현마나 단주와는 달라 영훈을 의외의 침입자로 생각하는 축이 아니고, 도리어 기뻐하고 미란과의 사이를 원하는 편이었다. 미란에게서 단주에게 대한 주의를 떼자는 것, 단주의 자리에다 영훈을 앉히자는 것, 단주를 고립시켜서 자기에게 대한 의식을 선명하게 하자는 것——그런 속심에서 나온 것은 물론이다. 야심이 없을 때에만 다른 한 쌍은 아름답게 보이는 법이다. 미란과 영훈의 한 쌍은 미란과 단주의 쌍보다는 세란에게는 훨씬 아름답게 보였다. 두 사람을 눈앞에 보고 마음속에 그리는 것이 즐거웠다. 그날의 잔치도 그런 마음의 원에서 나온 것이었다. 잔치래야 스스럽지 않아진 터이라 가정적인 초졸한 것이었고 다르게 말하면 하나의 조그만 음악회여서 이른 만찬이 끝난 후에는 영훈의 독주와 두 사람의 듀엣이 시작되었다. 현마는 물론 단주도 그날 참석은 했으나 우울한 상을 지니고 혼자 생각으로 가슴속이 그득 차면서 물 위에 뜬 기름같이 좌석과는 어울리지 않는 존재가 되었다. 유쾌하게 웃고 이야기하고 하는 한 자리의 좌석이라는 것이 떨어져 볼 때에는 정해 놓고 즐거운 것이나 실상 따져 보면 그 속에는 허다한 모순과 갈등을 내포한 것임을 그날의 좌석같이 증명해 보이는 자리는 드물었다. 식탁에 늘어들 앉아 술잔을 돌리고 이야기를 건네고 할 때 단주는 최후의 만찬 때의 유다와도 같이 유독 즐기지 않으며 마음이 갈라져 달아났다. 차례로 돌아오는 술잔을 찡그린 표정으로 거절하는 짓부터가 유다의 행세였다. 그러면서도 미란의 표정에는 바늘 끝같이 치밀한 주의가 가고 그의 눈치가 두려웠다.

"한자리에선 다같이 즐겁게 하는 것이 신사된 예의가 아니에요. 누구에게 허물이나 있듯 찌뿌득해하면 그 성미를 누구더러 받으란 말요."

기어코 미란의 한 마디가 터져 나왔을 때 단주는 무안해서 얼굴을 붉히면서 자기로 말미암아 이지러지는 자리의 공기를 살피게 되었다. 별수없이 한 자리의 속박이었다. 마음과 몸을 한 줄에 묶이우고 예의를 지키고 자리의 비위를 맞추어 나가지 않으면 안 되는 속박이었다. 그것도 미란을 위한 것이라면 참을 수밖에는 없는 것이었으나 식사가 끝난 다음 대청으로 들어가서 음악이 시작되었을 때는 견딜 수 없었고, 마음의 구속을 무한히 참지 않으면 안 될 법은 없을 듯했다. 영훈에게도 사실 자기가 가장 큰 관심의 대상이요, 주의의 초점이어야 할 법한데 그는 도시 자기를 대수롭지 않게 여기는 눈치였고 자기를 위해서는 신경의 한 가닥도 안 쓰는 듯이 보이는 것이 무시나 당한 듯해서 더욱 자리가 싫어졌다. 영훈과 미란과의 유치한 듀엣의 연주를 간신히 참으면서 들은 그로서 다음 영훈의 독주까지를 들어야 할 의무는 없을 듯했다. 베토벤의 소나타가 울리기 시작했을 때 자리를 일어나 뜰로 나왔다. 통일을 어지럽힌 셈이었다. 전체에 대한 반역이었다.

월광곡이었다. 제 일 악장 아다지오의 느릿한 환상이 개시되었다. 아다지오에서 알레그레토를 거쳐 프레스토로 악장을 따라 급속하게 변해 가는 그 곡조는 대체 어떤 감정의 고패를 나타내자는 것이었을까. 줄리에타에 대한 베토벤 자신의 이루지 못한 사랑을 나타냈다고 일컫는 그 곡조를 왜 하필 영훈은 선택한 것이며, 미상불 그의 기술이 놀랍지 않은 것은 아니었다. 고요하고 침통하고 엷은 화음이 쓸쓸하고 외로운 사랑의 환상을 표시하는 듯――시냇물 빛나는 달빛에 들으면 한층 효과있을 그 곡조가 저문 뜰 안에서 들어도 충분히 아름답다. 창으로 새어나오는 음률이 나뭇잎 사이를 흘러 뜰 안에 퍼졌다. 전날까지도 봄이 주춤주춤 망설이던 뜰 안은 어느덧 봄이 활짝 지나 구석구석 짙은 여름 빛이었다. 초목이 검푸르게 우거지고 꽃도 시절을 갈아 화단의 여름 화초가 피기 시작했다. 나뭇잎은 퍼질 대로 퍼져 군데군데에 밀접한 세계를 이루고 가족을 꾸미고 으늑한 그림자와 구석과 비밀을 마련하고 있다. 월광곡의 선율은 그 구석구석으로 새어들고 잦아들어서 사람의 정서를 초목 속에 퍼붓는 듯하다. 제일 악장의 음산한 데 비기면 경쾌한 제 이 악장은 '두 깊은 골짝 사이에 핀 꽃'인 듯 곱고 즐겁고 유쾌하다. 사랑하는 사람을 만나서 가슴이 뛰놀고 기쁘다는 것일까. 삼 악장의 격정적인 하소연으로 옮아 갈 때까지 한동안 그 유쾌한 선율이 울려 왔다. 모르는 결에 음악 속에 폭 잠기다가도 문득 자아로 돌아오는 단주였다. 무심한 음악 속에서까지 신경은 싸움을 계속하는 것이다. 유쾌한 음악이 자기의 것이 아니고 자기의 자리를 뺏은 영훈의 것임을 깨달을 때 얼굴의 표정은 이지러지며 질투와 증오로 변해 갔다. 유쾌한 곡조가 마음속에 파도를 일으킨 것이다. 그 무서운 표정을 만약 가만히 살펴본 사람이 있었다면 그는 음악의 효과를 얼마나 무서운 것으로 여겼을까. 공교롭게도 그 찌그러진 낯을 바라본 사람이 있었던 것이다. 옥녀였다. 지름길을 걸어 능금나무 있는 편으로 갈 때 풀숲 꽃포기 앞에 웅크리고 앉아 이쪽을 노리는 옥녀를 보고 단주는 주춤 머물러 섰다. 가소로운 꼴을 들켰을 때의 얼뻥뻥한 자세로 옥녀를 노리려니 옥녀는 성큼 일어서면서 웃어 보인다.

"뜨끔했지……. 고춧가루를 먹었나. 얼굴이 저렇게 상기가 됐게."

"왜 풀숲에 숨었니?"

"숨긴 누가 숨어. 나 있는 곳으로 됩데 오구두."

언제부터인지 농을 트게 된 사이였다. 단주가 옥녀를 수월하게 여긴 것과 마찬가지로 옥녀도 나어린 단주를 세란들과는 달라서 만만하게 볼 수 있었다.

"방 안에서들은 저렇게 즐겁게 노는데 또 심술인가. 혼자만 튀어나왔게."

"뭘 안다구 버릇없이."

"보나 안 보나 이게지."

팔뚝으로 밀쳐 내는 시늉을 하면서 외눈을 질끈하니 단주는 눈을 부릅뜨고 발을 구른다.

"까불면 용서없다."

"무슨 턱으로 뽐을 내. 부뚜막에는 독판 오르면서."

단주에게는 매일 것이 없다는 듯이 어려워하지 않는 옥녀의 말투, 단주가 어안이벙벙해 서 있을 때 옥녀는 납신거리며 두려울 바가 없었다.

"사람이 뺀질뺀질해두 유분수지. 생떼없이 뛰어들어 백줴 집 안을 쓸어 가자는 셈이지——내가 만약 작은아씨라면 까딱 집에 붙이지두 않겠다."

그래서야 단주는 말눈치를 짐작했다. 세란과의 관계라면 아침 저녁으로 시중을 든 옥녀만큼 눈치빠르게 알아 왔을 사람은 없었겠고 비밀의 열쇠가 그의 손에 간직되었을 것은 정해 논 이치였다.

"말만 냈다 봐라."

황당해서 어성을 높인다.

"겁이 나나 부지."

"번설만 했다간 이 집에 붙어 있지 못한다, 괜히."

"큰소리 작작해. 누군 붙어 있게 되구. 그렇게 되는 날에는 집 안이 한바탕 뒤집히구야 말걸, 무얼 믿구 큰소리야. 불한당 같으니."

맞거는 데는 허물 가진 몸이라 꿀리는 수밖에는 없었다. 단주는 공연한 벌집을 헤적거려 놓은 것이 아닌가 하는 뉘우침이 났다.

"정말 그러기냐."

목소리를 누그리면 옥녀는 도리어 기세나 얻은 듯 법석이다.

"숨은 도적같이 세상에 미운 게 있는 줄 알구. 집 안을 휘저어 놓구는 욕심스럽게 그래두 더 가져갈 것을 찾느라구 두리번거리는 도적——숨은 간교가 언제나 안 드러날 줄 알구. 눈앞에서 코를 베이랴구. 나으리가 아무리 사람이 좋기루 부처님두 성을 낸다구 알어만 보지."

"누구 앞에서 이렇게 대서. 괜히 거슬러만 봐라."

"모르는 주인에게 뙤어 주는 것이 옳은 일이 아니구 그럼."

생각지도 않은 곳에서 의외의 적이 나섰음에 놀라며 그 굳건한 대항을 좀체 휠 수 없음을 깨달으면서 불안한 마음이 불현듯이 솟았다. 미란만을 생각하고 그가 마음의 대상의 전부였음이 얼마나 행복스러웠던가를 느끼며 이제는 벌써 새로운 근심으로 해서——허물의 발로로 해서 미란을 생각함이 불측스럽고 그럴 자격조차 없는 것이 아닌가——눈앞이 어두워지는 듯도 하다. 옥녀가 큰 난관이 될 줄야 누가 알았으랴. 그의 입을 봉해 놓음이 지금에 있어서는 급선무임을 느끼면서 옥녀의 자태가 여간 만만치 않은 것으로 어리었다.

"정말 번설만 했다간……."

버썩 나서면서 위엄을 냈을 때 옥녀는 눈 하나 깜박거리지 않고 뻣뻣스럽게 맞섰다. 오돌진 태도에 단주는 화를 버럭 내며 반들반들한 얼굴에 손찌검을 하면서 다짐을 받으려고 한편 팔을 잡아 낚았다.

"주제넘게 사람을 왜 쳐. 가만 있을 줄 알구."

화를 내면서 옥녀는 손을 뿌리쳐 빼고는 샐쭉해서 외면해 버린다. 단주는 황당해지고 마음이 설레면서 옥녀를 잡으려 할 때 옥녀는 치마폭을 뿌리치고는 달아나는 것이다. 초라니를 놓쳐서는 큰일이 날 듯해서 손을 뻗치면서 뒤를 쫓았다. 풀숲을 뛰고 꽃포기를 휘무즈리고 가시덤불을 넘어서 지름길을 뱅뱅 돌면서 흡사 술래잡기였다.

"붙잡아 보지 용 용."

화단을 건너서 자작나무 아래로 간 옥녀가 눈을 까면서 으르면,

"붙잡기만 해 봐라."

주먹을 부르쥐고 앞으로 고꾸라질 듯이 달리면서 덩달아 으르렁댄다.

"내 입만 여는 날이면 저 꼴 무엇이 될까."

옥녀가 연못을 돌아 라일락 숲에 몸을 세웠을 때 단주는 한번 거리가

뜬 그를 따르기가 졸연치 않아서 돌부리에 채이고 찔레가시에 걸리면서 숨이 찼다. 연못가에 이르렀을 때 맞은편에서 납신거리는 옥녀를 손쉽게 잡으려면 단숨에 연못을 건너뛰는 수밖에는 없다고 생각했다.

"입을 열기 전에 혼을 뽑아 놓거든."

눈앞의 옥녀를 금세 붙잡을 듯 단걸음에 연못을 건너뛴 것이나 피곤한 맥에 아찔해지면서 돌 모서리가 발밑에서 흔들리고 미끄러진다.

"아차차!"

옥녀가 소리를 쳤을 때 단주의 몸은 헐어지는 돌과 함께 주르르 미끄러지면서 못 속에 하반신이 밀려들었다. 미처 발버둥을 칠 새도 없이 몸은 물 속에 잠겼다. 럭비를 놀 때의 볼을 잡고 넓적 엎어진 모양과도 같고 네 활개를 펴고 풀잎에 누운 개구리의 시늉과도 흡사했다. 못가의 풀뿌리를 붙들고 못 속으로 반신을 뻗은 채 넓죽이 엎드린 양이 가엾다기보다는 우스꽝스러워서 옥녀는 한참 동안 깔깔웃음을 대는 수밖에는 없었다.

"남을 쫓다가 싸지. 혼자 보기 아까운걸."

손뼉이라도 치고 싶게 통쾌한 것이었으나 단주 자신으로 보면 그런 겸연쩍고 가엾을 데는 없었다. 옥녀 혼자 보았기망정이지 다른 사람이 보았던들 얼마나 참혹한 꼴이었을까. 흙 위에 엎드려서 냉큼 일어나지도 않고 상기된 눈으로 옥녀를 반듯이 치어다보는 것은 부끄러운 탓일까, 원망하는 것일까. 마주 보기에 무서우리만큼 찡그린 험상궂은 표정이었다.

"얼른 일어나지 못하구 무슨 꼴야."

움직이는 기색이 없이 그대로 엎드려 있는 것이 이상해서 옥녀는 술래의 자격을 면하고 이번에는 동정하는 태도로 연못가로 향했다.

"다쳤단 말인가."

앞에 가서 부축해 주려고 손을 내밀고 몸을 굽혔을 때 단주는 기운이나 얻은 듯 옥녀의 손을 붙들고 벌떡 일어나더니 그 손으로 옥녀의 어깻죽지를 보기좋게 갈겼다.

"왜 쓸데없는 소리를 해서 남을 이렇게……."

옥녀가 대거리를 하려다가 즉시 멈추어 버린 것은 단주가 다리를 저는 것을 본 까닭이다. 젖어서 종아리에 들러붙은 바지에서는 물이 흘렀다. 그 초라한 꼴로 다리까지 저는 것을 볼 때 측은한 생각이 나면서 자기의 탓으로 느껴졌다. 어떻게 해서 오늘의 이 장난이 시작되었던고 하면서 짜장 자기가 쓸데없는 소리를 한 것이 아닌가 생각되었다.

"누가 당초에 뜰로 나오랬나. 방에나 가만히 있지."

집 안에서들 내다보지 않을까 해서 옥녀는 창 있는 쪽을 바라보면서 단주를 라일락 그늘 속에서 끌어들였다. 부상병같이 절름거리면서 풀 위에 주저앉았을 때 한편 무릎 위로 피가 내배어 있음을 보았다. 돌부리에 무릎을 상한 것이다. 다리를 걷어올리고 마른 수건으로 피를 훔쳐 내는 그 꼴이 전에 없이 가엾게 여겨지면서 방 안 사람들과 스스로 대조되는 것이었다.

잊고 있었던 음악 소리가 다시 귀에 들려 오면서 방 안의 단란이 짐작된다. 월광곡이 끝나고 쇼팽의 환상곡이 시작되어 있었다. 옥녀에게는 그것이 무엇인지를 분별할 수는 없으면서도 은근하고 미묘한 곡조가 행복과 기쁨을 나타내는 것임만을 짐작하면서 방 안의 행복에 비겨 초라한 단주의 꼴이 더욱 눈에 띄었다. 제 스스로 트집을 잡고 단란을 벗어나온 것이기는 하나 국외자로서 볼 때에는 그 쓸쓸한 꼴에 마음이 움직여진다. 웅크리고 앉아서 상한 무릎을 매만지는 모양이 무대에서 쫓겨난 등장인물과도 같고 자기의 역할을 다하고 뛰어나온 이야기 속의 인물과도 같으면서 넋 잃은 그림자가 저녁 그림자 속에 외로웠다.

"얼른 들어가 옷을 갈아입고 용감하게 대청으로 나가요."

무대 감독이나 되는 듯 단주를 격려시키면서,

'조화 많은 집 안의 형편이 대체 어떻게 되어 나갈꼬.'

하고 집 안에 숨은 역사가 궁금히 여겨진다. 수풀 속의 비밀같이 꽃 속의 비밀같이 밖에는 드러나는 법 없어 한정된 속세상 안에서만 풍파를 일으키면서 어지럽게 열려 가는 집 안의 앞일이 단주의 앞일과 함께 궁금히 생각되는 것이었다.

단주는 무릎에 붕대를 감고 자리에 눕게 되었다. 걸음걸이에는 지장이 있다 하더라도 그렇게 심한 정도는 아니요, 그만 것으로 병석에 눕는다는 것이 도시 야단스러운 짓이었으나 단주의 감정은 확실히 과장된 것이었고 트집을 부리는 아이의 행동과도 같은 것이었다. 탁자 위에는 탈지면과 가제와 알코올과 물약병이 있고 방 안에는 소독 냄새가 풍겨져 있는 속에서 자리옷 아래로 깨끗한 붕대를 하아얗게 드러내 놓고 침대 위에 누워 있는 꼴은 흡사 큰병이나 치르고 있는 것 같으면서——단주는 그 야단스러운 거동을 은근히 즐겨하고 그 속에서 슬픔을 꾸미고 과장해서 일부러 가련한 신세 속에 몸이 잠긴 듯 마음을 치장하는 것이었다. 멀쩡하던 몸이 왜 이렇게 별안간 앓게 되었누 누구 때문에 병이 생겼누——하고 그 병의 원인이 그 누구의 허물인 듯, 어린양을 상한 것은 사나운 이리라는 듯 슬픈 동화 속에 몸을 두고 정체없는 사나운 이리를 저주하고 어린양을 동정하면서 마음을 달래고 추스르는 단주였다.

화병에는 꽃이 꽂혀 있었으나 그것은 위문객이 가져온 것이 아니고 자기 스스로 아파트의 하녀에게 분부해서 사다 꽂은 것이었다. 그런 것이언만 그 한 떨기는 마치 위문객이 갖다 준 것인 듯 환상하면서 그 환상 속에서 울고 웃고 했다. 방 안에는 단순하지 않은 그의 생활의 역사가 차례차례로 흐른 것이었으니 곰곰이 생각하면 그 역사의 한 장 한 장이 모두 슬픈 것이었던 듯 즐거운 것은 조금도 없었던 듯 생각되면서도 그 슬픈 역사가 추억의 기쁨을 가지고 마음을 오물하게 했다. 가령 침대를 바라보면 침대의 역사가 차례차례로 떠오르면서 마음을 흐붓이 잠겼다. 역사가 만약 때요 이끼라면 장구한 시간의 덕지덕지의 때가 침대 기둥에 붙었을 것이 사실이요, 그 때 속에는 현마와의 불쾌한 때도 있을 것이요, 미란과의 안타까운 때도 섞였을 것이다. 폭풍우 날 밤 미란과 침대 위에서 떨면서 《전원 교향곡》을 들었을 때의 사적이 확실히 방 그 어느 한 구석에 남아 있을 듯 그것을 찾아 내고 맡아 내기에 단주의 노력은 집중되었다.

침대 위에 누우면 모두 그날 밤의 것인 베개와 홑이불이 안타까운 생각을 실어 오면서 눈물을 자아낸다. 눈물이 흐르기 시작하면 한이 없어서 한동안 폭 자아낸 다음에야 마음과 몸이 거뿐해진다. 베개를 질펀히 적신 눈물을 자기 혼자만이 보기에는 아까운 듯 세상 사람들에게 보이고 싶은 듯 눈물이 만약 물감이어서 베개를 푸르게 물들이는 것이라면 그 베개를 그대로 간직했다가 얼마나 눈물이 많은 것인가를 미란에게 보이고 싶은 그런 감정이 솟았다. 눈물을 흘린 다음 몸이 거뿐해지면 비로소 자리에서 일어나서 책상 앞에 앉아 트럼프로 그날 운수를 점쳐 본다. 스페이드의 검은 빛이 대기요, 하트나 다이아의 붉은 기호에 마음을 뛰놀리면서 거듭 피라미드 모양의 나열을 쌓았다가 헐고 쌓았다간 헐고 한다. 옳게 떨어지는 날은 즐거운 기대에 마음이 가벼웠고, 종시 말을 잃기고 막히는 날에는 마음이 무겁게 드리우고 흐려졌다. 위문객이 없는 것도 아니어서 현마가 오고 세란이 오고 미란도 왔다. 문제는 그 배합이어서 현마는 혼자 올 때도 있으나 대개 세란이나 그렇지 않으면 미란과 짝이 되었고 세란은 현마나 미란과 동무했고 미란의 편으로 본다면 현마나 세란과 같이 온 셈이었다. 물론 세란이 혼자 꽃묶음을 사 들고 온 때도 있었으니 단주에게는 그런 때가 난처하고 두려웠다.

세란은 때와 곳을 가리지 않고 열정을 요구한다. 사랑이라는 것에 처음으로 눈을 뜬 것 같았다. 현마와의 부부생활은 사랑의 생활이 아니고 단주에 의해서 처음으로 사랑을 안 듯한 그런 무더운 열정으로 단주를 조른다. 사람이 극도로 욕심스러울 때는 물이나 불을 헤아리지 않는 아이와 같이 날뛰는 것인 듯하다. 세란이 단주와 대할 때에는 피차의 지위가 거꾸로 바뀌어 세란이 아이가 되고 단주가 어른 노릇을 하지 않으면 안 된다. 아이가 지각없이 욕심을 부리면 어른은 그것을 누르고 조절해 주어야 한다. 창기병이 들기 시작한 세란의 투정을 단주는 벌써 당하는 재주없었고 이상한 것은 세란이 욕심을 피우면 피울수록 단주는 그의 열정이 달갑지 않아지고 귀찮아 갈 뿐이었다. 당초의 출발이 잘못되었다는 것 그른 제비를 뽑았다는 생각이 자꾸 들면서 불만한 생각만 늘어 갔다. 어떤 때에는 두려워지면서 웬만한 곳에서 그와의 사이를 청산해야 할 것을 느끼나 그런 티를 조금이라도 표면에 내면 세란은 더욱 물인지 불인지를 모르고 분별을 잃어버렸다.

"누가 그 눈치 모를까 봐. 사람이 앞이 닦여지면 욕심이 나는 법이라구. 룸펜 노릇을 하면서 찻집에서 뒹굴던 올챙이적 생각을 좀 해 보지. 이래저래 처지가 흡족해지니까 눈앞을 깔보구 아닌 욕심만 내면서……."

이런 말을 들을 때 반성되지 않는 바도 아니었으나 반성하면 할수록에 현마에게 대한 민망한 생각이 들며 세란과의 사이를 청산해야 하겠다는 결의는 더욱 굳어졌다. 세란은 참으로 무거운 짐이요, 비싼 대상이다. 그와 마주치면 모처럼 꾸며 두었던 슬픈 마음과 표정도 산산이 부서져 버리고 정염의 노예가 되어서 질질 끌리는 동안에 피곤해질 뿐이다. 창백하게 피곤한 속에서 미란에게 대한 생각이 외줄기 철사같이 가늘고 곧게 솟아오른다. 회오리바람같이 세란이 지나가 버린 후 빈방에서 홀로 다시 병든 사람의 감상을 회복하고 슬픈 표정을 시작하는 것이 스스로 생각해도 우스운 일이었으나 미란을 생각함은 그런 처지에서만 적절했고 그런 심정 속에서는 미란밖에는 떠오르는 사람이 없었다. 세란과 미란은 품격이 다르다. 한 사람이 휘저어 놓는다면 한 사람은 가라앉혔다. 어쩌다가 미란이 혼자서 찾아와 주는 때면 방 안은 고요하고 침대에 누운 단주의 모양은 한껏 슬프게 발휘되었다. 의지가지없는 외로운 사람이 여기에 병들어 누웠도다——그런 인상을 주기에 성공하였던 것이다.

미란이 단독 두 번째 찾아오던 날 저녁, 그런 효과는 예측 이상으로 발휘되었던 것을 단주는 안다. 자신 그런 효과를 꾸며 놓고는 동시에 다른 편에 서서 그것을 계산하고 측량하는 국외자——말하자면 자기도 모르는 동안에 한 사람의 배우 노릇을 하는 셈이었다. 그 한 칸의 방 안은 비극의 제 삼 막째 무대면이고 단주 자신은 홀로 등장하는 비극배우인 것이다. 새로 감은 하이얀 붕대며 잠옷이며 부러 코 아래 길러 온 수염이며는 배우로서의 분장인 셈이고, 새로 갈아 논 깨끗한 침대보며 어항 속에 죽어 버린 금붕이며는 일종의 무대장치인 셈이다. 화병에 꽂힌 아지랑이꽃과 호국 등속의 애잔하고 푸른 빛도 무대의 효과를 더하기에 도움이 되었다. 봄부터 차례로 진달래, 개나리, 장미, 스위트피, 튤립, 제라늄을 거쳐 화병도 어느덧 여름을 맞이하여 호국과 도라지꽃의 푸른 꽃을 가진 셈이나 붉은 꽃이나 누른 꽃과 달라 푸른 꽃같이 슬픈 것은 없다. 푸른 것이라면 화병의 푸른 꽃뿐이 아니라 방 전체를 푸르스름하게 물들여 주는 푸른 벽지며 침대보의 푸른 가장자리며 책상 위에 널려져 있는 푸른 표지의 책들이 모두 방 안의 빛깔을 한 가지 방향으로 통일하면서 비극적 색채를 나타내고 있다. 그 위에 특별히 그날 저녁의 효과로서 방 안이 유심히 푸르둥절하게 어두웠던 것은 대체로 창 밖 공기의 탓이기도 했다. 온 누리가 푸르스름하게 저물어 가는 저녁때라는 것이었다. 바닷속 세상을 그대로 들어다 놓으면 그런 것일 듯 짐작되는 주위가 안개나 연기가 낀 듯 푸르고 자옥해지면서 오고가는 사람들이 꿈속 사람들같이 보이는 그런 때가 있다. 그날이 마침 그런 저녁이어서 열린 창으로 푸른 세상이 내다보이며, 푸른 공기는 바닷물같이 창으로 흘러들어서는 방 안을 전체로 밖 세상과 같이 푸르둥절하게 만들어 놓았다. 그 푸른 분위기 속에서 주인공인 단주 자신도 푸른 빛에 물들어 얼굴은 창백하게 병색을 띠고 회춘회춘한 전신이 비극의 주인공을 방불시켰던 것이다. 두 무릎을 곧추세우고 깍지 낀 두 손 위에 뒷머리를 얹고 번듯이 누워 있는 꼴은 맞은편에 걸린 염소의 탈과도 같이 서글프게 보였다.

고물상에서 진귀한 고물이나 찾아 낸 듯 사다가 건 그 염소의 탈이 오늘 그의 연극의 반주를 하게 될 줄은 몰랐다. 두 뿌리의 뿔을 세우고 좁은 턱 아래로 수염을 드리운 염소의 모양은 비극의 모양 그것이다. 희랍의 옛적 디오니소스의 제삿날 사람들이 염소 가죽들을 쓰고 노래를 불렀을 때 비극이 시작된 것이 아니었던가. 그런 고사를 알든 모르든간에 단주는 염소탈을 사다 걸고 자기의 신세와 대조시켜서 비극을 가장한 셈이다. 그 바닷속같이 푸르고 고요한 방에 아무 예고도 없이 별안간 등장한 것이 미란이었던 것이다. 단주 자신이 비극의 주인공이고 아닌 것보다도 그가 그것을 꾸민 것이 중요한 것이요, 그 무대장치가 참으로 비극의 터가 되고 안 된 것보다도 미란에게 준 인상이 단주로서는 필요한 것이었다. 그 점에 있어서 그건 성공한 셈이었다.

짙은 옥색으로 아래위를 단장하고 나타난 미란은 시절의 물고기같이 기운찬 것이었으나 방 속에 들어오자 같은 빛 속에 잠겨지면서 금시 그 기운을 빼겨 버렸다. 푸르고 침침한 방 안 공기에 놀라면서 그 속에 누운 희끄무레한 단주의 얼굴이 더없이 쓸쓸하고 가엾은 것으로 보였다. 음울한 공기 속에서는 단주는 흡사 세상에서 쫓겨난 홀아이같이 고아원에서 데려온 고아같이 보이면서 전에 없던 측은한 생각이 한꺼번에 솟아올랐다.

"방이 왜 이렇게 푸르고 찰까."

창을 모조리 닫아 버리고는 책상 앞에 앉더니,

"꽃까지 이렇게 퍼렇구."

화병의 호국을 뽑아서 휴지통에 넣고 가지고 온 샐비어의 새빨간 묶음을 대신 꽂고는 책상 위를 차곡차곡 정리하는 것이다. 잡지는 잡지대로 소설책은 소설책끼리 모아서 시렁에 세울 때 소설 속에서 뽑아 써 낸 노트의 한 구절이 문득 눈에 걸린다.

"——즐거운 사람들이여, 고요히 고요히 춤 추라. 내 머리 아프고 내 가슴 쓰리나니——"

그 장을 떼서 쭉쭉 찢으면서,

"이런 슬픈 구절만 명심하니 병이 나을 리 있나."

혼자 서두르며 독백을 계속하는 동안에 방 안은 점점 어두워 가고 푸른 빛 속에 단주의 얼굴이 해쓱하게 솟기 시작했다. 몇 달 전에 첫사랑을 속삭이고 신변의 구속을 피해서 줄행랑을 놓으려고 계획했던 상대자가 바로

이 사람이었지 생각할 때 무척 오래 전의 일 같은 다른 사람의 옛이야기 같은 장구한 세월의 착각을 느끼게 되었다. 피차의 처지가 몇 달 동안에 왜 그다지도 변했던가, 어찌어찌하다가 여기에 지금 이 해쓱한 병든 사나이가 눕게 되었는가 하는 생각이 들었다.

"그만 불을 켤까."

어두운 데서 주의를 돌려 보려고 제의를 했으나 단주는 허수아비같이 침대 위에 일어나 앉은 채 고개를 흔들었다.

"요새는 밤중에두 불을 끄구 있는데. 캄캄한 속에서 눈을 펀둥펀둥 뜨구 있노라면 별별 신기한 환영이 다 눈 속에 닥쳐오면서 밤새도록 동무가 되어 주거든."

헝클어진 머리카락을 빗어올리는 손가락이 아스파라거스같이 길게 보인다.

"올빼미라구 캄캄한 속에서 눈을 펀둥펀둥 뜨구 있을까. 그러니까 몸이 자꾸 파래 가면서 꼴이 저 모양이지."

"올빼미와 다른 것 없지. 사람은 어둠 속에서 살 수두 있으니까."

딴은 어둠 속에 솟아 있는 단주의 자태를 미란은 오늘 그 어느 때보다도 아름다운 것으로 보았다. 어둠 속에 있는 하아얀 초상――고전의 명화 속에 그런 그림이 있었던 듯이, 있을 듯이 짐작된다. 얼굴의 잔 선들을 말살해 버리고 윤곽만을 드러내고 그 윤곽 속에 이목구비를 짐작게 하는 어둠의 수법이 놀라운 것이었다. 약한 것이 약함으로 말미암아 아름답게 보이는 때가 있다. 강한 것이 아니고 영웅이 아니고 천재가 아니고 약하고 병들어 있는 까닭에 아름다운 것――그날의 단주의 자태는 그런 것이었다. 아름다운 것에 대해서 사람은 이치도 연유도 없이 무턱대고 머리를 숙이고 항복해야 한다. 아름다운 것의 절대적인 특권인 것이다. 미란은 그날 저녁 오래간만에 단주의 모양에 정신을 뺏히었다. 반성을 허락하지 않는 순간의 감정인지는 모르나 그 순간의 감정이 절대적인 것이었다.

"괜히 법석을 하구 엎어지구 다리를 다치구……. 영훈 씨야 내가 선생으로 사모하는 것이지 그 이상——"

"사람이 자기 맘을 다 안다구."

"그야 여러 고패 변하는 것이기는 하지만."

미란은 확실히 자기 변명을 하고 있음을 내심으로 느꼈다.

"웬일인지 자꾸만 무서워지구 서글퍼지구……."

"앓구 누웠으면 그런 법이지. 그러게 얼른 일어나도록 하라니까."

"전에는 바로 손 닿는 곳에 있던 것이 어느결엔지 멀어져서 하늘 위로 달아나 버리는 듯——"

"파랑새인가 머."

"그 파랑새——놓쳐 버린 파랑새. 까맣게 쳐다보이는 파랑새."

"바로 옆에다 두구두."

가엾어지는 마음에 어떻게든지 해서 마음껏 위로해 주고 싶음을 느끼고 있을 때 이웃방에서 음악소리가 들려 왔다. 잠잠하고 어두운 방에 별안간 불이나 켜진 듯 한 줄기의 광명을 인도해 넣는 것이었다. 교향악이었다. 초목같이 우거져 나오는 굵고 복잡한 음율이 방 안을 환하게 비치는 듯 방 안의 모양이 음악 속에서 우뚝 떠올라 보이는 것 같았다. 두 사람은 당돌한 그 침입자로 해서 우두커니들 앉아서 귀를 기울이다가 귀익은 멜로디를 듣고 미란은 반가운 동무나 만난 듯 마음이 훤해지며,

"《전원 교향곡》이구먼."

동무의 이름이나 부르듯 기쁜 목소리였다. 단주에게도 그것은 반가운 동무다. 그도 마음속에 그 이름을 생각하고 있었던 것이어서 고개를 끄덕이며 미란의 목소리에 응답한다. 간간이 되풀이되는 귀여운 멜로디는 우거진 초목 속에 군데군데 피어 있는 꽃 같으면서도 그 아름다운 꽃이, 두 사람에게 먼 기억을 실어 왔다. 지나 버린 봄의 기억. 같은 방에서 같은 곡조를 들으면서 인생의 공포에 떨던 밤의 기억이 두 사람을 차차 황홀 속으로 끌어 넣어 갔다.

"폭풍우날 밤——"

요란한 화음의 폭포에 미란은 자리를 일어서면서,

"그날 밤을 생각하면 무서워져요."

침대로 달려갔다. 단주는 자기 몸에 와 닿는 미란의 몸이 떨리고 있는 것을 느끼며 전염이나 된 듯 자기의 몸도 덩달아 떨리기 시작하는 것을 걷잡을 수 없었다.

"오늘 밤두 흡사 그날 밤 같으면서——"

향기로운 화장 냄새를 맡으면서 단주는 바로 몇 치 앞 어둠 속에 미란의 하아얀 목덜미를 바라보았다. 달보다도 아름답고 해보다도 휘황하다. 액(額) 속의 그림같이 그 부분만 이 세상의 그 모든 물상과 구별되고 떨어져서 우주의 삼라만상 속에서 오려 내 온 가장 아름답고 엄엄하고 높은 것으로 보이면서 마음을 흠뻑 흡수해 들인다. 그 가장 아름답고 숭엄한 것이 바로 몇 치 앞에 놓여 있음을 깨닫자 눈알이 현혹해지면서 손바닥에 땀이 빠지지 나고 목구멍이 울린다. 동정이라는 것이었다. 미란은 그날 밤 일을 그렇게 시작되었다고밖에는 생각할 수 없었다. 단주로서 보면 일상 그가 꾸미고 늘이고 있던 감상의 그물 속에 그날 기묘하게 미란이 걸려 온 셈이었으나 미란으로서 보면 단주의 자태가 감상의 경지를 넘어서 참으로 쓸쓸하고 가엾은 것으로 보였던 것이다. 방 안의 공기라는 것이 푸르고 차게 가라앉아 있는 속에서 후줄그레하게 병들어 있는 단주의 꼴이 운명해 가는 염소같이 꺼져 가는 음악소리같이 애잔하게 보였던 것이다. 애잔한 것이 또 그렇게 아름답게 보인 적은 없다. 멸망의 아름다움이 정신을 뺏으면서 그 모든 것이 자기의 탓으로 생각될 때 동정의 마음이 솟았다. 동정 속에서는 대상이 아름다워지면서 전에 못 본 새로운 방면을 발견해 낸 듯이 그것이 지금에는 자기에게 가장 가까운 것으로 느껴졌다. 적어도 그 순간에는 음악보다도 천재보다도 더 가까운 것으로 느껴졌던 것이다. 불안과 공포가 없는 것은 아니었으나 몇 달 전 폭풍우의 밤과 같은 것은 아니었다. 즉 그날 밤의 공포의 경험으로 해서 그만큼 감정이 익숙해지고 부드러워졌던 것이다. 단주의 태연하고 침착한 것이 밉살머리스러우면서도 미란은 그에게서 그 침착성을 본받고 배우는 것이었다. 당초에 같이 길을 떠났음에도 지금 그 인생의 문을 들어서는 데 두 사람의 노정에는 차이가 있어서 단주는 미란보다는 하루의 선배가 된 셈이었으나 어떻게 해서 그가 미란을 따돌리고 인생의 스승이 된 것인가는 물론 아직 미란에게는 알 바 없었다. 단주보다도 미란의 감격이 더 컸던 것은 물론 이것이 벼르던 길이었구나, 대체 그것이 무엇일지를 모르면서도 안타깝게 떨면서 속히 그 문을 잡으려고 서두르고 계획하다가 결국 처음 번에는 실패했던 그 길이 바로 이것이었구나 하는 깨달음이 나면서 이치를 체득한 후의 아이와 같이도 감개가 컸었다. 한꺼번에 세상을 알아 버리고 복잡한 우주의 신비를 잡아 버리고 아까까지의 세상을 하직하고 새로운 세상에 들어선 듯――복잡한 감동이었다.

그러나 그런 순간의 감개가 지나간 후에 오는 반성의 채찍은 모질고 매웠다. 아무도 모르는 두 사람만의 짧은 시간의――사건은 극히 간단한 것이나 깊이 생각하면 기막히게 중대한 일을 순식간에 저질러 놓은 뉘우침이 났다. 물을 길러 갔다가 물동이를 반석 위에 와싹 깨뜨려 버린 듯 꼬까옷을 입고 나섰다가 진흙 속에 빠져 망쳐 버린 듯――뜨끔한 생각이 들었다. 옷을 적시거나 동이를 깨뜨리면 기껏해야 어머니에게 꾸중을 들으면 족한 것이나, 자기가 저지른 인생의 실책을 꾸짖을 사람은 어머니쯤이 아니고 더 큰 것 가령 조물주나 하늘이나 그런 무서운 것일 듯한 두려움이 솟았다. 저지른 이상 영원히 제대로 돌릴 수 없고 지울 수 없고 바로잡을 수 없는 것임을 생각할 때에는 죄의 의식으로 변해 갔다. 그 죄에는 벌이 있을 듯――자연의 계시를 기다리지 않고 마음대로 임의의 시간에 계율을 어긴 데 대해서 천벌이 있을 듯도 한 생각이 났다. 이런 복잡한 뉘우침과 반성은 곧 단주에게 대한 염증으로 변했다. 아까까지의 애잔하고 아름답던 것과는 판이해져서 누추한 노예같이밖에는 보이지 않는다. 병들고 약한 것은 병들고 약한 것일 뿐이요, 아름다운 것도 신비로운 것도 아니다. 방 안의 비극적 분위기가 결국 자기를 속였음을 알았다. 신비와 공상은 날아가고 어둡고 침침한 방 안은 환멸의 굴 속으로 변하고 감상을 위조하고 도룡뇽의 안개를 뿜고 있는 비극배우 단주는 평범하고 산문적인 한 마리의 나귀로 되돌아가고 말았다. 평범한 것이 자기의 바라는 것은 아니다. 모든 것이 뒤틀렸다는 생각이 들면서 비위가 거슬려졌다.

그 결과는 미란을 몰아다가 한갓 예술의 길로 향하게 했다. 정진에 대한 자각이 굳어지고 영훈에게 대한 존경이 극진해 갔다. 참으로 세상에서는 천재만이 귀하고 뜻있는 것이지 그 외의 모든 것은 하찮은 것이요, 어리석고 게으른 벌레밖에는 안 되는 것이다. 아무리 보아도 나귀밖에는 못되는 단주에게 가장 귀한 선물을 바친 생각을 하면 부끄럽고 애틋해지면서 그와의 사이는 그것으로서 끝을 막아 버리고 그 이상 더 결혼이고 무엇이고 하는 일절 생각을 칼로 베인 듯이 끊어 버릴 수 있었던 것이다. 한때의 악몽의 환영을 잊어버리려고 애쓰면서 자나깨나 음악을 생각하고 피아노 앞에 앉으면 밤 깊어 가는 줄을 잊었다. 영훈이 그의 재분을 발견하고 유망하다고 선언했을 때 두 사람의 이해는 깊었고 그에게 대한 경의는 더욱 짙어 가는 것이었다. 그를 놓치지 말고 힘껏 붙들고라야만 목적의 길을 완성할 수 있을 것을 생각할 때 지금에는 그만이 가깝고 친밀한 세상에서 단 한 사람이라는 것을 깨달아 갔다.

5

영훈이 학교를 사퇴하고 나온 후 세시부터 두어 시간 동안 연구소는 연구생들로 해서 한바탕 요란들 했다. 성악과 피아노의 초보의 연습생들이 차례로 수십 분씩의 시간을 잡으면서 지도를 받게 되었다. 음악학교를 지원하는 수험생이거나 그렇지 않으면 심심파적으로 음악을 시작하려는 패들이었다. 그중에서는 가야가 가장 실력 있고 착실한 편이어서 그가 부르는 슈베르트의 서정곡은 제법 제 식의 것이었다. 다른 패와는 달라 거의 날마다 연구소를 찾는 그는 다섯시가 지나 연구생들이 돌아간 후 소 안이 고요할 때까지 그 안에 혼자 남는 것이었고 밤에도 그의 그림자는 자주 눈에 띄었다. 그 이층은 영훈에게는 살림터로 되어서 연구실 옆 조그만 방이 거처하는 방이었다. 그 살림방에서까지 가야의 목소리가 새어나오는 적이 있었다. 가야는 반드시 음악을 배우러만 그곳을 찾는 것이 아니었고 이것은 아직 영훈만이 알고 있는 사실이었으나, 결혼기를 앞둔 가야는 집안 사람의 성화를 피해서 그곳을 피난처로 삼는 것이었다. 약혼자는 고명한 럭비 선수——여기에 비극의 근원이 있었다. 부모가 하필 체육가를 고른 것은 외딸의 약질임을 생각한 결과였으나 약질인 딸편으로 보면 그런 우생학의 입장같이 어리석은 것은 없었고 육체의 힘을 재주삼는다는 것이 인간의 재주로서는 가장 하질인 것이어서 체육 편중의 현대주의라는 것이 원시로 돌아가라는 고함 소리같이 속되게 들리는 것이었다. 육체라는 것은 인간의 원시적인 전제인 것이요 체육을 힘쓰지 않는다고 문화를 감당해 나가지 못하리만큼 체력이 퇴화되고 인류가 멸망할 법은 없는 것이다. 육체는 동물의 자랑거리일지는 몰라도 인간의 자랑거리는 못 된다. 수십 명을 때려누이는 권투가의 영광이라는 것은 투우장에서 두 뿔로 사람의 창자를 받아 넘기는 황소의 영광 이상의 것은 아니다——이런 의견을 가진 가야에게 체육의 선수 갑재는 처음부터 어그러진 배합이요 경멸의 대상이었다. 그에게는 권투나 럭비나 갑을을 매길 것이 못 되는 것이었고, 황소의 영광으로서 인간 일생의 영광을 짝지울 수는 없다고 생각했다. 부모와의 충돌을 피해서 집을 나오는 날이 많았다. 이 얼마간 봉건적인 육체 멸시의 정신주의는 어디서부터 유래했는지 모르나 가야의 마음속에 깊게 뿌리를 박고 있어서 이것이 영훈과의 사이의 관계도 스스로 규정해 주는 것 같았다. 그의 음악을 존경하고 재주를 찬양하는 마음이 어느덧 그를 사모하는 마음으로 변한 것이었으나 그 사모하는 마음이 바늘끝같이 점점 곧고 뾰족해졌다. 정신력이 유달리 강한 것일까, 한곳으로 집중되면서 밖으로 활짝 타 나가는 것이 아니고 안으로 뜨겁게 피어 들어가는 것이었다. 영훈과 마주앉으면 한 마디 하소연을 못하면서도 속으로는 무섭게 타오르는 불꽃을 느껴 갔다.

미란이 가야를 안 것은 연구소를 찾기 시작한 때부터였으나 당초에 그에게 그닷한 후의를 보내지 않은 것은 그닷 눈을 끌지 않았던 까닭이다. 이것은 대단히 중요한 것이다. 가야의 외양이 미란에게 미치거나 혹은 지났던들 미란이 그를 범연히 보았을 리는 만무한 것이요, 그녀의 우월감이 애초에 가야를 얕잡아보게 한 것이 사실이었다. 슬픈 일이었으나 가야의 외모의 인상은 백 사람 가운데서의 예외의 한 사람인 그것이었다. 백 사람이 가지고 있지 않은 표정을 가지고 있어서 그것이 그의 불행을 결정적으로 판박아 놓았다. 두 눈을 가지고 있으면서도 외눈으로 세상을 본다. 바른눈이 대상을 볼 때, 왼눈은 딴전을 본다. 두 눈의 초점이 각각 달라서 실상은 한 가지 대상을 노리는 것이언만 한편으로 또 다른 한 가지에 눈이 가고 있는 것이다. 이 육체적 불행이 그의 인상을 비극적으로 보였고 미란으로 하여금 그를 주의하지 않게 한 것이다. 피차의 용모의 비교라는 것이 여자끼리로서는 거의 운명적으로 일상의 의식의 중요한 부분을 차지하는 것이다. 가야와의 경쟁에서 미란은 첫순간부터 이긴 셈이다. 이기기보다도 먼저 그 불행을 측은히 여기는 데서 부주의가 왔고, 안심이 생겼다. 영훈과 세 사람이 한자리에 앉게 되면 가야의 시선은 영훈을 향하고 있는 것이나 왼눈동자는 엉뚱한 미란을 바라보고 있는 결과가 되었다. 한곳을 목적하면서도 뒤틀려져 나가게 되는 결과——거기에 가야의 비극의 암시가 숨어 있음을 느끼면서 미란은 가야의 영훈에게 대한 감정을 범연하게 추측하고 두 사람의 사이가 아무리 가깝다 하더라도 영훈에게 대한 자기의 자신을 잃지 않았던 것이다.

그 자신을 시험하고 영훈과 가야의 사이를 엿볼 수 있는 날이 왔다. 미란은 바이어의 교칙본을 두 달이 채 못 되어서 떼어 버리고는 다음 과정으로 체르니 삼십 번을 시작하고 있었다. 초년생의 신세를 면한 그는 연구소를 찾아 그곳 피아노를 이용하는 때가 많았다. 오후가 늦어서 영훈을 찾았을 때 연습실에는 아무도 없이 옆방에서 말소리가 새어나왔다. 익은 후이라 목소리도 안 걸고 불쑥불쑥 드나드는 터에 살며시 연습실을 들어선 것이 불찰이었던지는 모르나 옆방에서 흐르는 목소리는 영훈과 가야의 것이었다. 의자에 앉은 후에 새삼스럽게 인기척을 내기도 우스워서 잠자코 있는 동안에 말소리는 한마디 빠지지 않고 들려 왔다. 영훈은 철저한 구라파주의자여서 그와 마주앉으면 대개는 이야기가 그 방면으로 기울어졌다. 그는 흔히 뜰을 예로 들었다. 정원 안에는 화단도 있고 나무도 서고 풀도 우거지고 지름길도 있고 그늘도 있고 양지도 있는 것, 그 전체를 세계로 보면 그 속에서 구라파의 문화라는 것은 가장 아름다운 화단에 상당하다는 것이다. 색채와 그림자의 여러 폭의 부분이 합쳐서 화단을 중심으로 하고 정원 전체의 조화를 이루는 것이므로 그 부분 부분을 숭상하는 것은 어리석다는 것이다. 그의 구라파주의는 곧 세계주의로 통하는 것이어서 그 입장에서 볼 때 지방주의같이 깨지 않은 감상은 없다는 것이다. 진리나 가난한 것이나 아름다운 것은 공통되는 것이어서 부분이 없고 구역이 없다. 이곳의 가난한 사람과 저곳의 가난한 사람과의 사이는 이곳의 가난한 사람과 가난하지 않은 사람과의 사이보다는 도리어 가깝듯이, 아름다운 것도 아름다운 것끼리 구역을 넘어서 친밀한 감동을 주고받는다. 이곳의 추한 것과 저곳의 아름다운 것을 대할 때 추한 것보다는 아름다운 것에서 같은 혈연과 풍속을 느끼는 것은 자연스러운 일이다. 같은 진리를 생각하고 같은 사상을 호흡하고 같은 아름다운 것에 감동하는 오늘의 우리는 한 구석에 숨어 사는 것이 아니요 전세계 속에 살고 있는 것이다. 동양에 살고 있어도 구라파에서 호흡하고 있는 것이며 구라파에 살아도 동양에 와 있는 셈이다. 영훈의 구라파주의는 이런 점에서 시작된 것이었다. 음악의 교양이 그런 생각을 한층 절실하게 해 주었는지도 모른다. 음악의 세상에서 같이 지방의 구별이 없고 모든 것이 한 세계 속에 조화되고 같은 감동으로 물들어지는 것은 없다. 오래 전부터 그는 《인간의 노래》의 교향악의 작곡을 계획하고 있었다. 탄생, 싸움, 운명, 죽음 네 악장으로 되는 그 곡조 속의 수많은 주제는 전인류의 것이어야 할 것을 생각하고 있었다. 탄생의 기쁨, 죽음의 슬픔을 풀어 내는 주제는 동양의 것이며 동시에 구라파의 것이요, 구라파의 것이며 동시에 동양의 것이어야 할 것을 생각하고 있었다. 피아노를 위한 《생활의 노래》는 일곱 제목으로 되는 것이었다. 아름다운 것, 사랑, 행복, 잔치, 고독, 슬픔, 사상——즉흥곡의 형식으로 되는 이 일곱 가지의 제목 속에도 역시 가장 보편적이고 타당한 인류의 감정을 부어 넣자는 것이 그의 계획임을 미란은 알고 있었다.

"그 아름다운 것을 표현하기 위해서는 아름다운 것을 구해서 직접 구라파로 갈 작정이오. 화가가 그림의 모델을 구하듯이 나두 음악의 모델을 거기서 구할 생각이오."

그날 옆방에서 새어나오는 영훈의 목소리는 역시 그 구라파주의의 논의였던 것이다.

"왜 이 고장에는 아름다운 것이 없나요?"

가야의 대꾸였다.

"버려 둔 정원이나 빈민굴 같은 속에 아름다운 것이 있으면 얼마나 있겠습니까? 고려나 신라 때에 얼마나 아름다운 것이 있었던지는 모르나 오늘 어느 구석에 아름다운 것이 있습니까? 흰 옷을 입기 시작한 때부터 빛깔을 잊었고 아악과 함께 음악이 끊어졌고——천여 년 동안 흙벽 속에 갇혀 있느라구 아름다운 것을 생각할 여지나 있었습니까? 제 고장을 나무래기가 야박스러우니까 허세들을 부려 보는 것이지요."

"흰 옷은 흰 옷으로서 아름답지 않아요?"

"흰 것과 초록과 어느 것이 더 아름답습니까? 흙과 뺑끼와 어느 것이 더 아름답습니까? 흰 것이나 흙은 문화 이전의 원료이지 아름다운 것이라구 발명해 낸 것은 아니거던요. 아이들의 소꿉질과 같이 알롱달롱한 옷도 생각해 보구 유리창 휘장에 푸른 빛도 써 보구 하는 대담한 장난이 문화의 시초였고, 그런 연구 속에서 아름다운 것도 생겨 나오는 법이지 재료만으로 아름다운 것이 있을 수 있나요?"

"자연두 아름답구 인물두 아름답구……."

겸연쩍은 듯이 가야의 말꼬리는 가늘게 흐려진다.

"외국 사람의 말을 들으면 이곳의 자연이 유독 아름다운 것이 아닌 것 같구 사람으로 해두 터가 든든하구 등 뒤의 믿는 것이 굳은 때에 인물이 나는 법이지. 빈민굴 속에 인물이 있으면 얼마나……."

영훈의 말소리도 거기에서 흐려졌다. 사실 그의 말 속의 한 사람으로서의 미란도 그의 판단에 낯이 뜨거워지면서 가야의 앞에서 그렇게 대담하게 인물에 대한 단정을 내리는 것이 여북한 마음에서 나온 것일까를 느끼며 자기도 그런 대상의 한 사람이라면 얼마나 부끄러운가를 생각하는 것이었다.

"그런 환멸 속에서 어떻게 사세요?"

"그러게 예술 속에서 살죠——꿈속에서 아름다운 것을 생각하면서 살죠——그것이 누구나 가난한 사람의 사는 법이지만, 주위의 가난한 꼴들을 보다가두 먼 곳에 구라파라는 풍성한 곳이 준비되어 있다는 것을 생각하면 신기한 느낌이 나면서 그래두 내뺄 곳이 있구나 하구 든든해져요."

"구라파로만 가면 그 꿈이 채워질까요? 또 새로운 환멸이 생기지 않을까요?"

"그건 그때의 일, 아름다운 것을 흠빽 보구듣구 하면서 그 영감 속에서 맘먹은 일을 할 수 있다면 행복스럽겠죠. 《생활의 노래》 속의 '아름다운 것'을 창조하기 위해서 그곳 생활 속에 살면서 모든 아름다운 것을 볼 작정입니다. 예술두 보구 생활두 보구 고전두 보구 현실두 보구."

"사람이 그런 마지막 피난처를 가질 수 있다면 오죽 행복스럽겠습니까? 궁할 때에 도망질해 갈 수 있는 그런 마지막 구원을 가질 수 있다면."

미란은 마주앉아 가야의 얼굴을 바라보는 것이 아니건만 옆방에서 그의 뜻을 짐작할 수 없는 것도 아니었다. 두 눈으로 영훈을 곧바로 바라보려고 애쓰는 것이나 왼눈은 한결같이 빗나가서 딴전을 본다. 영훈은 그 양이 민망해서 똑바로 그를 맞보지 못하고 외면해 버린다——그런 그들의 모양이 눈앞에 보이는 듯도 하다.

"그 어느 하룻밤이나 꿈속에서 갑재에게 쫓기지 않는 날이 있을까요? 쫓기다가는 구렁 속에 빠지구 바다에 떨어지구. 그러나 바다나 구렁 속두 피난처는 못 돼서 거기까지 쫓기구 나면 전신에 진땀이 쭉 내배군 해요. 제겐 마지막 피난처가 없어요. 마지막 구원이 없어요."

영훈의 말까지에는 한참이나 동안이 떴다.

"예술에 더 힘쓰실 수두 있겠구……."

잔인한 권고였으나 미란에게는 그 한 마디가 구원의 목소리로 들렸다. 자릿자릿한 마음으로 동정을 살피고 있던 그로서 가장 듣고 싶던 결론의 한 마디를 들은 셈이었다.

"예술만으로 살 수 있을까요?"

"그만한 기품이 없이 어찌 어려운 예술의 길을 걸을 수 있겠습니까?"

"예술이 인생의 전부란 말씀이죠."

"그 요량을 하여야죠——예술의 길에 있어서는 전 언제까지나 좋은 동무가 되어 드리겠습니다."

남의 일이면서도 미란에게는 영훈의 선언이 청천의 벽력같이도 들리면서 몸에 식은땀이 흐르는 판이었다. 사랑의 까막잡기를 하다가 상대자의 선언을 들었을 때같이 세상에서 두려운 때가 있을까. 두 사람의 말소리는 그것으로 끊어진 채 어느 때까지나 침묵이 흘렀다. 아마도 그 다음은 말이 아니고 가야의 울음소리가 들릴 차례가 아닐까 하면서 미란은 그것을 조바심하고 기다리게 되는 무서운 순간이었다.

미란은 우연히 그들의 말을 엿듣게 된 그것만으로도 허물이나 저지른 듯 가야에게 대해서는 그의 중대한 비밀을 훔쳐 낸 듯 미안한 마음을 금할 수 없었다. 그 우연한 기회로 영훈과 가야의 내용을 확실히 안 셈이었고 가야의 비극의 인상을 확적히 손에 잡은 셈이었다. 가야의 초지를 가엾이는 여기면서도 한편 자기 자신의 비집고 들어갈 여지가 그대로 남아 있다는 의식에서 오는 안심——그것을 내심으로는 악마의 기쁨이라고 느껴는 보면서도 막을 수 없는 자연의 심정임을 어쩌는 수 없었다. 그런 심정을 탄할 사람도 없는 것이요, 막을 능력도 세상에는 없는 것이다. 경쟁과 싸움은 숨은 속에서도 거세게 계속되는 것이다. 치밀한 주의 아래에서 미란의 시험은 더욱 계속되었다. 두 사람 사이를 엿보고 가야의 마음의 성과를 살펴 나가는 동안에 처음 인상이 더욱 선명해 갈 뿐이었다. 영훈의 마음이 태연하고 범연한 데 비겨 가야의 감정은 반비례로 격해 가고 더워 가는 것을 미란은 애달프게 바라보았다.

사랑의 표현은 결국 글자로 나타나야 하는 것일까. 글자는 표식이 있으므로 가슴속에 담고 있을 때보다는 확적은 해지나 결과는 슬프고 애달픈 듯하다. 글자 속에 담긴 가야의 안타까운 감정을 보았을 때 미란은 남의 일 같지 않게 가슴이 떨렸다. 아무도 없는 연구소 연습실에서 하루 가야의 편지를 발견한 것이었다. 가야는 연거푸 날마다 연구소에 나타나다가도 여러 날씩을 번기는 때가 있었다. 그런 때에는 반드시 영훈에게로 편지가 오는 모양이었다. 편지를 내기 위해서 쉬는지도 모르고 만나서 못할 말을 편지 속에 부탁하자는 것인지도 모른다. 책상 위에 놓인 봉해 있는 편지를 미란은 견디기 어려운 숨은 충동으로 먼저 손을 대었다. 장황한 편지가 아니라 짧은 노래였다. 하아얀 백지 위에 가느다란 먹으로 적어 놓은 마음의 노래였다.

그 어느 하룬들
그 이름
안 부르는 날 있으리
일 년이라
삼백육십오 일
가슴속에

그 어느 하룬들
그 이름
안 부르는 날 있으리

자기 자신의 마음속을 엿본 듯 자기 자신의 하소연을 들은 듯 미란은 얼굴이 화끈해지면서 눈시울이 더워졌다. 그가 즐겨 부르는 가요곡 속의 한 구절일까. 손수 창작한 사랑의 노래일까. 글자 사이사이에 새겨진 마음의 고백에 놀라며 미란은 심상치 않은 결말을 예감하고 소름이 치는 것이었다. 무심중에 서랍을 여니 거기에는 한 묶음이나 되는 가야의 편지 뭉치가 들어 있는 것이다. 정신없이 이것저것을 닥치는 대로 뽑아서 임의로 펴 볼 때 모두가 같은 감정의 발로요, 슬픈 노래였다. 하아얀 종이 위에 피흔적같이 꼼꼼히 뿌려진 가느다란 먹 자취였다.

끝없는 사모의 생각
부질없는 바람결 같도다
내 슬픔 어쩌는 수 없고
내 눈물 그칠 바 모르도다
부질없는 이 내 생각
목숨이 진한대도
뉘우침 없으리
차라리 내 그를 원하노라

샘같이 솟는 슬픔의 감정. 악보 위에 적힌 것을 읽으면 목메이게 부르는 노래의 구절을 듣는 듯 마음이 설렌다.

가느다란 손가락으로
가리켜 보다

내 맘의 허공
내 맘의 허공
가느다란 손가락으로
가리켜 보다

무수한 노래가 꽃묶음같이 흔하다. 어느 구석에 그렇게 흔한 정서가 숨어 있는 것일까. 가야의 얼굴이 눈앞에서 떠오른다. 한 눈으로 사랑하는 사람을 보면서도 한 눈으로는 딴전을 보아야 하는 슬픈 얼굴이 떠오르면서 세상에서 몇째 안 가는 불행한 사람인 것같이 여겨진다. 슬픔 속에서는 마음이 체로 받친 듯이 맑게 고여 복잡하던 미란의 감정도 적어도 그 순간에는 불순하고 지저분한 티를 흘려 버리고 가야와 같은 감정으로 변해지고 개어 갔다. 영훈이 들어온 까닭에 그 감정을 제대로 되돌리기에 한참 동안의 노력이 필요했다. 책상 위에 널려진 종이들을 미처 수습할 새도 없이 목소리가 가까워 왔다.

"또 편집니까?"

자기가 먼저 헤쳤던 그날 편지를 내보이면서 미란은 서랍 속에 묵은 편지 묶음을 황급하게 몰아넣었다.

"비밀을 헤쳐 보려는 생각은 아니었으나——변명으로 들으세두 할 수 없구요."

"언제나 한 번은 말씀드리려구 한 것인데."

편지 뒤로 보냈던 시선을 돌리면서,

"가야는 시인이에요. 나더러 작곡을 해 달라구 수많은 시를 적어 보내나 제 정성이 미치지 못해서——"

"왜 아름다운 반주를 붙여 드리지 못해요? 고운 멜로디와 고운 화음으로."

"감동 없이 곡조가 생각나요? 영감이라는 것이 말하자면 운명적인 것이어서 아무리 기다려두 메마른 감동 속에서는 솟는 법이 아니거든요. 모두가 슬픈 노래——샘같이 솟는 그 흔한 슬픈 감정을 일일이 좇아갈 수가 없어요."

피아노 앞에 앉아 한참이나 고개를 숙이더니 손가락이 건반 위에 살며시 놓여졌다. 곡조에 맞춰 입에서 노래가 새어나왔다.

서글픈 날이었다
길을 걸어도
길을 걸어도
마음속 허붓한
서글픈 날이었다.
눈물 그칠 줄 모르고…….

베토벤의 《어두운 무덤 속에》와도 같은 무거운 화음이 방 안에 찼다. 영훈은 눈을 감고 마치 자기 자신의 노래인 듯 동정에 넘치는 조화된 즉흥의 한 곡조였다. 곡조가 끝나도 침통한 리듬이 방 안에 배어 귀에 쟁쟁하다.

"또 한 곡조——"

건반 위로 손가락을 달렸다.

그림자 속에 빛 있으니
흔들리는 꽃송이
제발 꺾지 마소…….

"모두 이런 슬픈 노래——"

돌아앉으면서 탄식하는 듯이 미란을 바라본다.

"그 슬픈 노래를 모두 즐거운 것으로 고쳐 쓰게 할 분은 영훈 씨밖엔 없잖아요?"

"운명이랄 수밖엔 없어도——인력으론 어쩔 수 없는."

선언과도 같았다. 미란은 몸이 오싹해지며 단순한 그 사실에 대한 동정만이 그 순간 일어났다. 인생이라는 것이 결코 뜻대로만 수월하게 되어나가는 것이 아니고 추상같이 엄격한 고비도 있느니 깨달아지면서 엷은 얼음장을 디디고 선 듯한 느낌이 솟았다.

"왜 어쩔 수 없나요?"

"어쩔 수 없으니 어쩔 수 없죠."

"그게 운명이란 건가요?"

"그렇게 마련된 건 마련대로밖에 안 되거든요."

아이 같은 질문을 던지면서 인생의 신비를 또 한 토막 발견했다는 표정이다.

"그래서 구라파로 내빼신단 말씀인가요?"

"원하는 고장이니까 간다는 게죠. 콕토를 만나구 작곡가 라벨을 만나구 아름다운 것이라는 건 죄다 모아서 세계의 '아름다운 것'을 노래해 볼 작정으로요——"

"아름다운 것이 대체 무엇이길래?"

수수께끼나 거는 듯 영훈은 어조를 변해 가지고,

"세상에서 제일 좋은 게 무언데요?"

"아름다운 것이란 말씀이죠?"

"무지개, 별, 꽃, 인물, 치장, 음악——그런 아름다운 것을 보고 가지고 할 때 마음이 뛰고 행복스럽지만 그런 것을 가지지 못할 때 얼마나 사람은 불행스럽습니까? 제일 훌륭하고 위대하고 힘을 가진 것이 아름다운 것이거든요. 돼지두 꽃만은 먹지 않는다든가요. 아름다운 것을 구하려고 애쓰는 건 예술가뿐이 아니라 모든 사람이 다 같아요. 그것을 제일 흔하게 가진 백성같이 행복스럽고 넉넉한 백성은 없어요."

"구라파 사람이 제일 행복스럽단 말씀이죠?"

"얕잡아 봐두 사실은 사실인걸요."

"이곳에두 아름다운 것이 그렇게 말랐을까요?"

"그야——"

영훈은 말머리를 돌리면서 웃음으로 어조를 달리했다.

"미란 씨 같은 아름다운 분두 계시기야 계시지만."

"어쩌나!"

미란은 고개를 숙이고 손수건 한 끄리를 입에 물었다. 솔직하게 말하면 반드시 농담이 아닌 그 한 마디야말로 가장 듣고 싶어하던 말이었던지도 모른다. 그 한 마디를 이제 결론으로서 그의 입에서 직접 들은 것이다. 자기의 아름다움을 뙤여 주는 것은 자기가 아닌 다른 사람이어야 하고 특히 사모하는 사람이어야 한다. 어리석거나 어질거나 구별없이 여자란 남자에게 그 반가운 판단을 들을 때같이 기쁜 때는 없다. 부끄러움이 아니라 기쁨과 자랑이 솟으면서 미란은 두 볼을 물들였던 것이다.

그날의 많은 이야기 중에서 미란에게는 그것이 가장 중요한 한 마디였고 얻음이었다. 오랫동안의 은근한 시험 끝에 얻은 중요한 결말이요 성적이었다. 가야의 앞에서 아끼던 말을 영훈은 미란의 앞에서 선뜻 말해 준 것이다. 낙제의 선언이 아니고 급제의 선언인 것이요, 경우에 따라서는 영훈의 상을 받게 될지도 모르는 것이다. 미란의 마음은 흐뭇하고 흡족했다.

그러나 한편 가야의 생각이 떠오르지 않는 것은 아니었다. 성공의 반면에 숨은 희생이 가야의 경우같이 큼이 없다. 상대되는 극단에 서 있으면서도 미란은 가야를 미워할 수 없는 처지에 있었다. 그의 슬픔에 부딪히면 마음은 깨끗하게 맑아져서 그를 측은히 여기게만 된다. 찻집에서 찻잔을 마주 앞에 놓고 앉으면 말을 잊은 앵무같이 가야는 언제까지든지 입을 열지 않는다. 경우를 따라서는 사람에게 말이 필요하지 않는다는 것을 그 무거운 침묵 속에서 역력히 읽을 수 있었다. 참으로 고집스런 그 침묵 속에서는 시간의 한계조차 분명치 못했다. 시간이란 말 속에 적히고 이야기 속에 흐르는 역사책에 적히고 고목나무 연륜 속에 새겨지는 것이다. 침묵 속에서는 때를 헤아릴 수 없어서 시간은 무한한 것 같고 슬픔도 무한하다. 슬픔이란 무엇일까——정체없이 감감하고 막히고 아득한 것——달랠 수 없고 막을 수 없는 것이 아닐까. 사랑의 슬픔이란 칼날같이 엄격하고 매운 것이 아닐까. 얼굴의 분은 한 번 으끄러져도 다시 칠할 수 있는 것이요, 마음에 안 드는 한 송이 과실은 그래도 참을 수 있는 것이나 어긋나는 사랑만은 어쩌는 수 없는 것이요, 그 슬픔에는 타협의 길이 없고 노력도 뜻없는 것이다. 어둠과 절망이 가로막혀서 그 앞에서 입을 벌리고 우두커니 서 있는 수밖에는 없다. 수술대에 누워서 살을 베일 때에 이를 물고 눈물을 빠지지 흘리며 가만히 참고 있지 않으면 안 되는——그런 처지와도 흡사하지 않은가. 육체의 슬픔이란 참으로 견질 수 없는 절대적인 것이다. 두 눈에 고인 눈물조차 부러 괴덕을 부리려는 거짓으로 보이면서 그것이 한층 뼈저린 효과를 나타내었다. 그런 때 공교롭게도 레코드에서 차이코프스키의 교향악 《파세틱》이나 흘러나오면 가야의 표정의 반주인 듯 미란의 심사를 찬바람같이 설렁거려 놓고 휘저어 놓는다. 세상의 슬픔을 죄다 몰아다가 마지막 악장에다 으깨어 놓은 듯도 하다. 늦은 가을 그믐밤 스산한 바람이 불어 마지막 나뭇잎을 떨어뜨리는 속으로 낙엽과 함께 휩쓸려 밀려가는 정경 앞에는 절벽이 있고 절벽 아래는 바다가 검다. 눈을 싸매고 그런 줄 알면서 절벽 위로 걸어갈 때의 슬픔, 죽음 한 걸음 전의 슬픔, 멸망으로 통하는 슬픔. 가야의 표정을 바라보며 《비창곡》을 듣노라면 미란의 마음은 멸망의 감정으로 젖어 버린다. 슬픔의 그 다음은 무엇일까. 미란은 차차 그것을 아름다운 것으로 느끼게 된다. 슬픔도 극에 달하면 아름다운 것으로 변하는 것인 듯하다. 아름다우리만큼 슬픔은 깨끗한 감정이다. 가야의 슬픔을 나중에는 한없이 아름다운 것으로 느껴 가면서 미란은 남의 슬픔을 울 밖에 서서 그것을 아름다운 것으로 바라볼 수 있는 자기의 입장을 행복스럽다고 생각하는 것이었다.

아파트에서의 그날 밤 일이 있은 후 단주는 씻은 듯이 몸이 개운하면서 다음날부터 병석을 털고 일어났다. 누웠던 때와는 달라서 거뿐하고 즐거우면서 투정을 부리고 꾀병을 하던 아이가 군것으로 달래임을 받고 무릎을 털고 일어난 격이었다. 태도가 다르면서 확실히 자기를 멸시하고 있는 미란의 표정을 알기는 하면서도 한편 역시 만족스런 마음을 금할 수는 없었다.

처음 한 번같이 중요한 한 번이 없다. 실수이든 진정이든간에 그 한 번은 다음엔 오는 열 번 백 번보다도 중하고 값있는 것이다. 미란이 이제와서 자기를 멸시하든 말든간에 그 한 번으로서 그의 비밀을 들춰 보았다는 듯 그의 전부를 차지해 보았다는 듯 흐뭇하게 포화된 감정이 솟았다. 손수 탐험하고 점령한 깊은 처녀지에는 자기의 발자취를 남기고 자기의 깃발을 꽂으면 족한 것이지 뒤에 누가 이민을 하고 어느 자손이 와 살든 그것까지를 독점할 수는 없는 것이다. 과실에 첫 입자리를 넣으면 자기의 것임이 틀림없고 한 번 받은 잔칫상은 다 먹든 말든 받은 사람의 차지이다. 단주의 만족과 자랑은 이런 정복의 쾌감에서 온 것이 사실이었다. 미란이 아무리 자기를 업신여기고 뽐내든간에 다 헛것, 나는 너를 다 안다는 항의가 심중에 솟으면서 굽힐 것이 없이 마음이 까불었다. 그것이 있기 전의 우울하고 애달프던 심정과는 소양지판의 변화였다. 그런 꼴을 볼 때마다 미란은 실수를 했다는 뉘우침이 커지며 두 사람 사이에 은연중에 싸움은 빼지 않았다.

"무얼 믿구 그리 우쭐대?"

"세상에서 나보다 더 장한 사람이 있는 줄 아나. 한 나라의 왕두 나보다 더 장할까?"

"낯가죽이 두껍긴 해."

"아무리 멸시해 보지. 이 자랑은 못 꺾거든."

미란은 풀이 죽어지며 더 대들어야 소용이 없는 것이어서 침착하게 타이르려 든다.

"실수라는 것두 있거든——술이 취하면 개천에 발을 넣을 수두 있구 상기가 된 김에 뭇사람 앞에서 옷을 벗는 수두 있겠구. 그것이 이 진정이 아니구 정신이 섞갈려서 생기는 일시의 허물이구 실수거든."

"허물이거나 실수거나 된 다음엔 상관이 없거든. 허물이라구 뉘우친다구 개천에 빠진 발이 금시에 씻겨질까? 아무리 뉘우치구 반성해두 허물은 허물이거든."

그의 목소리가 높아지는 데는 아찔하여서 미란은 주먹을 쥐고 몸을 부르르 떤다. 자기의 목소리가 도리어 고함으로 변한다.

"제발 더 말하지 말아요. 잊어버려요. 잊어버려 줘요."

"죽어두 그것만이야 잊을까 봐. 세상 일 다 잊는대두 그 기쁨만이야 잊을까 봐."

"내게 조금이라두 관계되는 것은 말갛게 잊어버려 줘요."

"남의 생명의 특권까지를 짓문지르려구?"

"싫어요. 생각만 해두――남을 그물 속에다 잡아넣으려구 못살게 구는 이 찰그마리 같은……."

진피를 부리는 단주의 태도에 미란은 화가 나고야 만다. 머리털까지 화끈 달아 올라올 때에는 그가 세상에서 제일 미운 것인 듯 어쩌다가 그런 사내와 인연이 맺어졌나 싶으면서 서러운 생각조차 들었다.

"……찰그마리 같은 냇보!"

저주는 목소리를 높여서가 아니라 마음속 깊이 하는 법이다. 창자 속에서조차 저주의 한숨이 길게 새어 올라서는 증오에 불타는 눈초리에 그득히 넘치는 것이다.

그러나 단주는 더욱 뽐낼 뿐으로 산을 등진 범같이 의기가 등등해서 이제는 자기가 제일가는 가장이요 어른인 척 집 안을 마음대로 짓문지르는 것이다. 어떤 때에는 미란의 피아노를 점령하고 앉아서 교칙본 이 군데 저 군데를 되고 말고 울려 보면서 미란이 폭발되기만을 기다리는 태도였다. 화음을 이루지 못한 어지러운 불협화음을, 음악이 아닌 잡음을 함부로 치는 것을 들을 때에는 벌집을 쑤셔 벌떼를 만난 것같이 미란은 신경이 아파지면서 음악을 모욕당하고 있는 것 같아서 한 마디 쏘아붙이지 않을 수가 없었다.

"고양이가 걸어가두 그보다는 낫겠다."

두 팔로 건반 위를 거의 덮다시피 하고 우레 같은 요란한 소리를 한꺼번에 내고는 미란이 그렇게 대들기를 기다렸다는 듯이 단주는 돌아앉으면서 대꾸하였다.

"고명한 선생에게서 배운다구 저 큰소리. 선생의 손가락이나 고양이의 발고락이나 일반인 줄은 모르나?"

"다시 음악을 모욕했다 봐라. 그대루 안 둘 테니."

"그 알량한 음악——그 알량한 선생. 아주 음악가라구 뽐을 내면서. 천재라는 게 한 세기에 한 두 사람쯤 태어나는 것이지 어중이떠중이 다 천재가 됐다간 세상이 왼통 천재 천지가 되게——제자의 품행이 병이라는 것을 알어두 그렇게 점잔을 뺄까."

"무엇이 어째, 무엇이——"

"어디 용기가 있거든 자기 품행 이야기 선생한테 좀 해 보지. 멀쩡하게 제 허물을 싸 버리고 제 품행은 갑이올시다구 탈을 쓰구 한눈을 팔면서두."

아픈 데를 찔리운 듯 전신의 피가 한 곳——얼굴로 모여 미란은 발끈해지면서 마루를 구른다.

"얄궂은 망나니!"

"언제든지 부처님같이만 하구 있을 줄 알구——내게 거역만 해 보지 가만 있을 줄 아나. 입만 한 번 벌리면 하룻밤 일쯤야 단박에 세상이 알걸 가지구."

"비겁한 것!"

"못난 것!"

참을 수 없어 닥치는 대로 손을 쥐이는 책권을 단주에게 던진다. 책은 그의 낯짝을 갈기고는 떨어져 건반을 요란하게 스친다. 힘만 자란다면 달려들어 목이라도 눌러 버리고 싶게 몸이 수물거릴 때 수선스런 기세를 듣고 안방에서 세란이 뛰어나온다.

"웬일이냐? 요새——개와 고양이니."

책망은 하면서도 은근히 두 사람의 옥신각신을 염려는커녕 환영하고 있음이 사실이다. 단주가 미란에게로 한 걸음이라도 가까워 감이 반가운 일이 아니기 때문이고 미란의 거역이 한 걸음이라도 단주를 물리치기를 원하고 있기 때문이다. 요새의 두 사람의 태도가 웬일인지 점점 자기의 원대로 뜨기 시작한 것이 그에게는 숨은 기쁨이었다. 그러나 단주에게는 단주로서 비밀이 있음을 세란인들 어찌 알았으랴. 세란이 어른답게 책망을 하며 법석을 하는 것이 단주에게는 남 모르는 기쁨을 자아내게 한 것은 세란에게 대해서 스스로의 비밀을 가지고 있음을 기뻐하고 자랑으로 여기고 있기 때문이다. 비밀이란 것이 무서운 괴롬이 아니고 그에게는 기쁨이요 자랑이었다. 미란과의 비밀을 단주는 아무것도 모르는 세란의 앞에서 한없이 즐기면서 내게는 또 이런 수도 있었다는 듯 한 꺼풀 윗길로 그를 속여 보는 것이 신기한 자랑이었던 것이다. 같은 비밀을 가지고도 단주와는 반대로 세란에게 대해서 그것을 한없이 부끄러워하고 괴로워하는 것은 미란이다. 순간의 실수로 뜻하지 않는 비밀의 가지게 된 미란은 형이 만약 그것을 알면 자기의 꼴을 무엇으로 여길까 해서 세란의 앞에서 무한히 부끄러워하는 것이었다. 그가 만약 세란과 단주와의, 도리어 자기 이전의 비밀의 안다면 이런 생각도 얼마간 변할는지는 모르나 조물주가 아닌 그가 형들의 그것을 알 리는 없었던 것이다. 미란은 형에게 비밀을 감추려고 하고, 세란은 동생에게 비밀을 감추려고 하면서 두 사람은 방패의 각각 자기편의 한쪽 빛만을 알고 건너편의 남의 빛은 모르고 있는 장님이었던 것이다. 장님은 자신이 없고 염려가 깊은 법이어서 두 사람의 대담하지 못하고 활달하지 못한 태도는 그 서로의 흠집을 가지고 있는 데서 왔다. 세란과도 비밀을 가지고 미란과도 비밀을 가진 단 한 사람 단주만이 두 사람의 비밀의 열쇠는 자기의 손아귀에 쥐고 있다는 듯이 두 사람에게 대해서 자랑을 보이고 은근히 위협을 하면서 기세를 올리는 것이다. 세 사람 속에서는 그만이 가장 유식하고 자랑스럽고——사람의 자리가 아니라 조물주의 입장에 서 있는 셈이다. 두 사람을 한꺼번에 마음속에 거느리고 지배하고 운전하면서 활개를 펴고 뽐을 내는 셈이었다.

"나를 다시 업신만 여겨 봐라……."

세란의 부축으로 힘을 얻은 단주는 미란을 한 겹 더 엎어씌운다.

"중병이나 하는 듯 끙끙거리면서 가짜의 표정을 꾸미구 어쩌다 남을 올개미 씌워 가지구는 지금 와서 천하나 잡은 듯이……."

미란은 불같이 퍼붓다가 세란의 앞임을 깨닫고는 정신을 차리면서,

"다시 내게 말을 걸었다 봐라. 대꾸를 해 주니까 괜듯만 싶어서……."

"아니 왜들——"

세란의 말리는 소리를 옆귀로 흘리면서 고개를 뽑고 눈을 부르대고,

"비루한 것!"

외치고 대청을 뛰어나가는 미란이었다. 집이 굴속 같으면서 잠시도 머물러 있기가 거북하고 싫다. 종종걸음으로 뜰을 헤치고 문 밖에 나서서는 그 모양 그대로 내달았다. 거리에서 그를 용납하는 곳은 어디이던가. 연구소밖에는 없다. 그러나 그날은 연구소에도 괴변이 일어나 있었다.

전차를 타고 걷고 했으나 가라앉지 않는 마음에 조금 번잡스런 시늉으로 연구소의 문을 열었을 때 의외의 광경이 자기를 기다리고 있는 듯 벌어져 있었다. 만약 방 안에 영훈 혼자만이 있었던들 미란은 문을 열자마자 뛰어 들어가면서 그날만은 기어코 그에게 달려들어 분한 마음을 하소연하고 애정을 구했을는지 모르는 것이며, 미란은 그것을 마음속에 원했던 것이다. 그런 것이 방 안의 공기는 의외의 긴장을 띠어 불길한 예감이 등줄기를 흘러내리는 것이었다. 영훈의 옆에 가야가 앉아 있는 것이요, 그 옆으로는 알지 못하는 초면의 사나이가 앉아 있었다. 근골이 장대한 그 위장부는 아무리 보아도 연구생의 한 사람인 듯싶지는 않았다. 이름난 스포츠맨의 한 사람일 듯——스포츠맨이란 생각에서 미란은 가야의 약

혼자 갑재가 아닐까 하는 느낌이 났고 말을 듣는 동안에 아니나다를까 바로 익히 들은 문제의 그 사람임을 안 것이었다. 갑재임을 안 때 벌써 세 사람의 그 자리의 공기와 관계도 대략 짐작되었으나 보고 있는 동안에 그 관계라는 것은 급속도로 험악해 갔다. 영훈과 가야와는 달라 갑재는 미란의 출현을 그다지 대수롭게 여기지도 않고 주의도 안하면서 담판을 계속해 가는 것이다.

"……음악이란 간판이구 낚시인 셈이지."

그 전에 얼마나 말은 말이 오고 갔는지 벌써 말은 단순한 말이 아니고 싸움의 쟁기였다.

"세상에 음악가라는 위인들같이 눈에 거슬리는 것이 있을까. 저를 위한 음악이 아니구 세상에 보이려구 하구 세상을 놀래려구 하기에 급급한 그런 것이 요새 음악가가 아니구 무언구?"

"당신들 체육가두 자기를 위해서 체육하는 게 아니구 세상에 보이려구 하는 것인가. 펄쩍펄쩍 뛰면서 세상을 놀래려구――그처럼 무의미하구 쓸데없는 짓이 또 있을까?"

영훈의 대꾸에 체육가는 불끈하고 혈기를 돋우면서,

"간판을 걸구 왜 사람들을 모으는 거야? 꽃에 나비떼 모아들듯 거리의 달뜬 것들을 휩쓸어다간――"

그 달뜬 남녀들의 한 사람이 거기에도 있지 않느냐는 듯 그제서야 갑재는 미란을 멸시하는 눈초리로 흘끗 바라본다.

"나비야 모여들든 말든 꽃은 꽃대로 있는 게지. 나비 위해 있는 꽃인가."

영훈의 목소리에 비기면 갑재는 아우성을 지르는 셈 말끝마다 어성이 높아졌다.

"그래두 뻔질뻔질하게 대꾼가?――멀쩡한 사람을 후려 낸 건 누구냐? 허구한 날 집을 떠나 여기 와 박히게 하구. 유인이 아니구 무어야."

"약혼자의 일건을 자기로서 처리를 못하구 이 법석을 하는 당신이 얼마나 부끄럽구 어리석은 줄을 모르나? 약혼자에 대해서 당신 이상으로 알 사람이 누구란 말야. 자기를 모욕하구 약혼자까지를 모욕하는 셈이지."

가야에게는 과혹했을까. 그러나 영훈은 자기의 입장을 바로세우기 위해서 거기까지 말하지 않을 수 없었다. 가야는 고개를 숙이고 울고 있지나 않는가도 싶었다. 미란에게는 그 분위기가 견딜 수 없는 것이었다. 사람의 감정을 짓밟고 신경을 장작개비로 짓쑤셔 놓는 듯한 그런 야만스런 분위기였다. 그의 날카롭고 미묘한 감정은 실오리같이 헝크러졌다. 그러나 그 정도쯤을 야만이라고 생각한 것은 미란의 오산이었다. 참으로 야만이 온 것이다. 갑재의 자태는 육신이며 말투가 미란으로서 보면 그대로가 감정에 교육이라고는 받지 못한 야만인의 그것이었다.

"그래두 어느 때까지 사람을 농락할 생각인가?"

"당신 약혼자를 사람으로 여기구 하는 소린가 그게?"

영훈의 말이 떨어지자 가야는 자리를 차고 벌떡 일어섰다.

"좀 그만들 둬요, 제발."

눈은 누구를 보는 것일까, 초점이 흩어졌고 얼굴에는 눈물이 어리어 보인다. 방 안의 그 무거운 공기를 참을 수 없다는 듯이 문께로 휑하니 걸어갈 때 그의 뒤를 잇는 듯 선뜻 자리를 일어선 것이 갑재였다.

"이 염치 없는 것. 남의 일을 죄다 틀어놓구."

거대한 몸집으로 다짜고짜로 달려들면서 영훈의 멱살을 쥐어잡았다.

"주먹이 떨릴 때 그까짓 말이라는 게 무슨 소용 있는 것이냐? 이것이 체육가의 버릇이다. 어디 대답을 하려거든 얼마든지 해 보렴."

미는 바람에 영훈은 나뭇가지같이 해깝게 뒷걸음을 쳐서 들창 기슭까지 밀려가고 말았다. 미란이 놀라서 어쩔 줄을 모르고 주먹을 쥔 것은 물론이요, 문을 열려던 가야도 선뜻 돌아서면서 걸음을 멈추었다.

그것이 야만이었던 것이다. 사랑의 감정은 아무리 진보되어도 야만과 그다지 거리가 멀지 않은 까닭에 스스로 야만을 부르고 요구하는 것일까.

사내들의 싸움을 보지 못했지만 미란에게는 별안간에 벌어지는 그 한 장면이 진저리가 났다. 공격하는 갑재와 당하는 영훈은 별것 아니라 야만과 문명과의 대립이었다. 야만의 힘이 눈으로 보기에는 항상 사나운 것이어서 그만큼 그 대립의 꼴은 보기 민망하고 안타까웠다. 미란은 마음이 아파지면서 그런 꼴을 보게 된 것을 불행히 여겼다. 그날은 흡사 싸움의 날 같아서 집에서 단주와 다투고 나오자 또 그 정경이다. 그러나 사내끼리의 그 싸움에 비기면 단주와의 옥신각신쯤은 아무것도 아닌 듯 그만큼 미란이 받은 충격은 컸다.

"해결의 방법으로 이렇게 빠른 건 없거든——강다짐이든 무어든 맹세를 받을 수 있는 건 이 방법뿐이야."

"완력으로 해서 이긴다구 생각하는 것처럼 어리석은 건 없어. 맘껏 해보렴."

"맘만 살아서 힘이 얼마나 장하다는 걸 모르구……."

무서운 짓이었다. 갑재는 참으로 자기의 힘을 자랑하는 듯 육중한 몸으로 영훈을 깔아 버린 것이다. 영훈은 창 기슭에 머리를 누이고 내려덮치는 힘을 막으려고 발버둥을 치는 것이나 졸연해 그 힘을 물리칠 수 없을 뿐이 아니라 바위 밑에 눌린 자라같이 일신이 괴로워 가고 급해 갈 뿐이다. 미란과 가야는 그런 급한 경우에도 어쩌는 수 없이 한참 동안이나 주먹만을 쥐고 서 있는 수밖에는 없었으나 참으로 경우가 긴급해졌을 때 거의 본능적으로 새우들 싸움에 한몫 참가하게 되었다. 갑재가 여전히 부락스럽게 힘을 쓰는 바람에 깔린 영훈은 멱살을 들리운 채 열린 창 밖으로 머리가 밀려 나간다. 창 밖은 바로 뒷골목 거리로서 이층이라 땅 위까지는 눈이 한참 내려간다. 갑재는 흥분된 판에 무슨 짓을 할는지 모르는 것이요, 영훈의 몸은 한 마디 거역도 없이 점점 밀려 나가고 있음을 볼 때 가야와 마란은 무언중에 반사적으로 달려들었다. 미란에게 대해서 갑재는 대체 무슨 뜻을 가지는 것일까. 내 편도 아니거니와 원수도 아닌 것이다. 가야의 존재를 의식에 둘 때 원수라기보다는 되레 그 반대의 것이 아닐까——이런 반성이 있을 겨를이 없이 가야가 화병을 들고 나섰을 때 미란은 엉겁결에 보면대의 니켈몽둥이를 집어들고 가야와 합력해서 갑재의 뒤통수를 겨누었던 것이다. 영훈의 몸을 빼려고 갑재의 힘을 깨뜨리는 수밖에는 없었고 여자의 손으로서는 물건의 힘을 빌리지 않을 수 없었다. 머릴 모질게 얻어 맞고 의외의 강적의 출현에 놀라 흘끗 돌아본 갑재는 그 분풀이를 영훈에게 하려는 듯 더욱 사나워 갔다. 미란과 가야는 이어 교자와 책들을 집어들고는 갑재를 박살해 버리려는 듯 후려갈겼다. 요행 공을 이루었게 망정이지 그렇지 않았던들 영훈의 몸은 일순에 창 밖으로 떨어졌을는지 모른다. 갑재가 흠! 소리를 치면서 휘청휘청 정신을 잃고 그 자리에 주저앉았을 때 두 여자는 달려들어 영훈의 몸을 일으켜세웠다. 충혈된 얼굴이 홍당무같이 빨갛고 눌리었던 목은 숨이 차는 듯이 맥이 쇠진한 채로 그 자리에 주저앉아 버리는 것이다.

"……전 전 무어라구 할 말이 없어요."

가야는 눈물을 흘리고야 말았고 미란도 목안이 달면서 눈시울이 뜨거워졌다. 싸우고 난 두 사내의 승패는 대체 무엇이었던가. 함께 쓰러져 버리고 만 두 사람을 둘러싸고 미란과 가야는 애달프고 슬펐다.

승패는 상반이라고 하더라도 육체의 힘에 농락을 당한다는 것이 모욕 중에서도 얼마나 큰 모욕인가. 세상에서 싸움하는 꼴같이 그것도 한 편이 기울어져 가는 꼴같이 보기 흉측하고 참혹한 것은 없다. 몸서리가 치고 진저리가 나는 그보다도 더 추한 광경은 없을 성싶다. 면상을 짓찢기고 힘에 굴욕을 당하고 있는 영훈의 모양을 볼 때 미란은 부끄러운 생각에 얼굴이 달아지고 귓불이 빨개졌다. 세상에서 아름다운 것을 제일로 치고 그것을 위해 살고 그것을 찾기 위해서 모든 것을 바치고 있는 영훈의 감정을 그 모욕이 얼마나 상하게 하고 아픈 상처를 주었을 것인가. 활촉에 날개를 상한 비둘기같이 얼마나 면목이 없고 가슴이 떨릴 것인가. 생각할수록 슬픈 일이었다. 다행으로 싸움이 거기에서 그쳤게 말이지 갑재가 폭력을 더 써서 목숨에까지 불행한 결과를 끼쳤더면 무슨 꼴이었을까 생각할 때 미란은 그날을 흉한 날이라고 거듭 느끼게 되었다.

결말없는 싸움이 공연히 각 사람의 가슴속에 상처만을 남기고 그 중에서도 미란에게 특별히 한 고패의 슬픔을 더하게 한 것은 그 일이 있은 이튿날로 돌연히 영훈의 자태가 거리에서 사라졌음이다. 연구소와 학교는 물론 거리의 웬만한 곳을 샅샅이 들쳐 보아도 자태는 보이지 않았다. 어디로 간 것이었을까. 한 마디의 말도 없이 사라졌다. 싸움에서 받은 부끄럼이 그렇게도 컸던가. 며칠 동안의 간단한 여행을 떠난 것인지도 모르기는 하나 한편 행여나——하고 불길한 예측이 들지 않는 것도 아니었다. 하기는 학교도 이미 여름휴가를 잡아든 것이므로 피서를 겸해 그 기회를 타서 산 속이나 바닷가에 가 있음직한 것이 가장 적당한 추측인 것이요, 미란은 그러기를 마음속에 원해도 보았다. 영훈이 거리에 있을 때에는 마치 책상 위에 늘 놓여 있는 화병같이 기쁘기는 해도 심드렁하던 것이 일단 그가 자취를 감추었을 때 그에 대한 생각이 간절하게 솟아올랐다. 이제는 벌써 한 사람의 스승에 대한 사모가 아니요, 그 이상의 애끓는 그리움이었다. 피아노 앞에 앉아도 건반의 한 구석이 떨어진 것 같은 헙헙한 회포가 솟았다.

6

시절은 시절만을 위해 있는 것이 아니라 사람을 위해서도 있는 것이다. 여름이 한창 짙어서 날이 무덥고 초목이 무성해진 것은 '푸른 집'의 정원을 빈틈없이 울창하고 짙은 녹음 속에 무르녹게 해 준 것이요, 따라서 집안 사람들의 감정까지도 거기에 맞도록 변해 주자는 것이었다. 나뭇잎은 우거질 대로 우거지고 풀은 자랄 대로 자라고 꽃은 필 대로 피어서 뜰 안은 모래를 깐 하아얀 지름길만을 남겨 놓고는 전면 푸른 바다요 찬란한 색채의 동산이었다. 기운에 넘치는 풀줄기는 때로는 지름길의 경계선 넘어서 길 위를 덮어 버려 이른 아침의 첫길을 헤치는 사람은 흔한 이슬로

해서 옷자락과 발을 흠빽 적시고야 만다. 옷을 적시게 하는 것은 이슬뿐이 아니어서 화단 위 꽃들도 벌써 남은 봉오리가 없이 활짝 피어나서 오색의 화려한 색채가 눈을 아프게 하고 꽃밭에 들어서는 날이면 어느결엔지도 모르게 옷자락 군데군데에 꽃물이 들어 버리는 것이었다. 모든 것이 자랄 대로 자라고 필 대로 피어서 청춘이라는 것, 생명이라는 것을 한껏 내보이며 그 이상 더 자랄 틈이 없는 마지막 가위에 이른 듯했다. 뜰 안은 아름답고 찬란하고 자랑이 있고 힘이 넘치고 으늑한 그늘이 져서 그림자와 깊이가 생겼다. 그것은 그대로 바닷속을 흐르는 세찬 조수와도 같이 사람에게 옮아 오고 영향을 주어서 창을 덮고 대청 안을 물들이는 푸른 빛에 그대로 젖으면서 모르는 결에 자연의 풍속을 본받고 모방하고 그것과 완전히 화하고 일치되어 제물에 청춘의 자랑을 배우고 자극을 흡수하고 생명력의 발전을 계획하고 비밀을 음모했다. 화단에 들어설 때 단주는 아직도 찬란한 희망을 버리지 않는 것이요, 풀 속에 설 때 세란은 진할 바 없는 울창한 정력을 맡길 바 없어서 기지개를 쓰고, 창 밖으로 어두운 나무 그늘을 내다보는 현마의 마음속에는 으슥한 비밀이 거미줄같이 피어올랐다. 세상에는 아무에게도 말할 수 없는 마음의 비밀——어머니에게도 말할 수 없고 하늘과 땅에도 고백할 수 없고 나뭇가지 위 새에게도 하소연하기가 부끄럽고 아니 자신에게조차 일러들이기가 무서운 마음의 비밀이 있다. 현마는 그런 마음의 비밀에 떨면서도 그것이 점점 곰팡이나 좀같이 마음속을 먹어 가고 점령해 가는 것을 억제할 도리가 없었다. 그가 내다보는 나무 그늘 아래에 선 미란은 자기가 바로 그 현마의 마음의 비밀의 대상이 되어 있을 줄은 꿈에도 생각지 못하고 그는 그로서의 딴 생각과 회포 속에 잠겨서 먼 것을 꿈 꾸는 것이었다. 낮과 밤으로 한가한 틈을 타서는 봉선화를 뜯어서 손톱을 물들이고 꽃밭에 들어 꽃씨를 찾고 하는 옥녀조차가 아득한 앞날을 내다보며 서글픈 기쁨을 느끼고 있는지 모른다——이렇게 해서 집 안 전체가 시절의 영향을 입고 자연의 숨결을 받아서 다 각각 자기의 경영에 잠겨 있는 것이었다.

그런 속에서 시절의 행사의 하나인 피서의 문제가 누구의 입에선지도 모르게 제출되었을 때 각각 의견이 많고 의논이 분분했다. 대체로 한가하다고는 해도 사의 잡무가 빼지 않는 현마로서는 피서니 무어니 나서서 법석을 할 수는 없었고 집이 그렇게 넓고 시원하니 새벽에 풀이슬이나 맞고 넓은 목욕실에 냉수나 대놓고 무시로 철벅거리면 제물에 피서가 되는 것이 아니냐는 의견인데 대해서 반대파의 괴수가 세란이어서 냉수 속에 철벅거리는 것이 대체 피서란 것이냐고 핀잔을 주며 일 년 동안 집에만 갇혀 있던 값으로 오래간만에 기차도 타 보고 딴 세상의 공기도 마시고 풍경도 보고 사람도 만나고 하는 것이 피서의 뜻이라는 것을 누누이 설명했다. 거기에 맞추어서 맞장구를 치는 것이 단주였고 미란은 도대체 그런 의논에 귀도 기울이려고 안하고 혼자 떨어져 생각에만 잠기고 있는 것은 영훈을 잃어버린 쓸쓸한 마음에 피서니 무어니 넉넉한 여유는 없었던 까닭이다――그렇게 며칠 동안이나 해결을 못 보고 우물쭈물하던 정세가 하루아침에 돌변하면서 세란의 일파가 세력을 얻어 드디어 피서행이 결정된 것은 이외의 사정이 일어난 까닭이었다. 식료품 무역상 구미양행의 축들 만태와 죽석 부부의 권고를 받아 한데 어울리게 된 것이다. 오랫동안 적당한 별장터를 구하고 있던 남편 만태가 장사일로 만주를 여행하다가 관북지방에 들렀던 길에 주을 산골에다가 한 채의 별장을 사게 되었던 것이다. 온천에서 삼 마장쯤 들어간 산골은 망명해 있는 외국 사람의 부락 '노비나'촌이라는 것인데 여름이 되면 그 부락이 피서지로 변해서 도회에 있는 외국인들이 한동안 모여들고는 했다. 마침 영국인이 소유하고 있던 별장이 팔리게 된 것을 알고 만태는 공교롭게 그것을 손에 넣게 되었다. 원체 헐값이었던 까닭에 굴러온 호박이라고 욕심을 낸 것이었으나 막상 집안을 자세히 살펴보았을 때 얼마나 많은 가족을 위해서 설계한 것인지 넓고 휑휑해서 적은 식구에게는 도저히 부적당할 뿐 아니라 쓸모가 적음을 느끼게 되었다. 식구래야 죽석과 단 두 부부뿐인 것이니 아무리 시원스런 피서라고는 해도 넓은 마당에 단 두 마리 자웅의 닭이 어슬거리는 격이어서 집 한 구석에서 남편이 차를 끓여 오라고 소리를 쳐도 다른 한 구석에서 책을 읽고 있던 사랑하는 아내에게는 그것이 문 밖을 스치는 바람소리로밖에는 들리지 않는 데도 걱정인 것이다. 그렇다고 오랫동안 원이던 별장을 사놓고 쓰지 않는 것도 멋쩍어서 한여름 동안 우선 시험을 해 볼 결심으로 부부 협의의 결과 죽석은 동무 세란을 생각하고 그들 가족을 청하기로 작정한 것이었다. 세란은 기쁜 소식에 귀가 번쩍 뜨이며 막역한 사이라 물론 사양할 것도 없었으나 그것으로서 현마에 대한 피서의 구실이 확적히 선 것을 기뻐해서 생각 여부가 없이 그자리로 무릎을 쳤던 것이다. 현마에게 의논하는 것이 아니라 자기 의견을 욱박아대서는 결국 그 모처럼의 호의를 받게 되고 우물쭈물 망설이던 피서행이 순식간에 해결을 본 것이다. 죽석과 세란이 친한 것만큼 현마는 만태와 벗하는 사이였으므로 그도 그다지 찌뿌득한 것은 없었으나 어떻든 이미 현마가 함락된 이상 단주쯤은 세란의 앞에 문제도 아닌 것이요, 미란도 그것이 바다가 아니요 산 속이라는 점에서 귀가 솔곳하지 않은 것도 아니었다. 쾌활한 미란으로서도 여름 한철의 해수욕장의 풍경만은 견딜 수 없었다. 구라파주의를 대체로 찬동하고 받아들이면서도 남녀들이 벌거벗고 원시의 풍속을 과장하면서 육체와 청춘을 자랑하는 듯이 모든 생각을 육체 위로만 유혹하고 인도하는 것을 상스러운 풍습으로만 생각하는 미란에게는 피서지로서의 바다보다는 산이 항상 그리운 곳이었다. 그러기에 죽석의 별장 제공의 일건이 사실 달갑지 않은 바는 아니었으나 그래도 영훈의 생각으로 말미암아 망설이던 마음에 공교롭게도 제물에 그런 우울한 심사가 해소되고 별장으로 떠나게 되게 한 사건이 생긴 것이었다.

세란의 성화에도 잠자코 생각에만 잠기면서 하루 저녁 저물어 가는 뜰을 창으로 내다보고 있을 때였다. 저녁 기운이 안개같이 자욱한 속에서 뜰도 푸르고 창도 푸르고 미란의 마음도 푸르렀다. 푸른 것은 바다같이 먼 것을 실어 오면서 아득한 생각이 마음기슭을 아물아물 감돌았다. 그 아물아물한 것을 노리고 있노라면 줄을 타는 광대를 바라보고 있는 듯한 위태위태한 느낌이 나면서 당돌하고 신기한 생각이 차례차례로 마음을 스친다. 보통때에는 생각도 못하던 당치도 않은 대담한 광경의 토막토막이 요지경 속의 그림같이 편득편득 지나는 것이다. 수풀 속이 나오고 바닷속이 나오고 기선 속의 방 한 칸이 나오고 절벽 위가 나오고——환영이라는 것이 대개 그런 것이지만 연락도 관계도 없는 산만한 장면의 토막이면서도 그러나 그 장면마다 반드시 영훈과 자기의 자태가 어리는 것이며 두 사람은 마치 딴 세상 사람같이 그 속에서 자유롭게 때로는 부끄러운 시늉을 짓는 것이었다. 일상에 막연히 원하고 바라던 희망이 간단히 밤 꿈속에 나타났고 꿈에서 밀려난 대부분의 희망은 그런 때 그런 혼몽한 의식의 틈을 타고 나타나는 것인지도 모른다. 기상천외한 대담한 그 마음의 그림에는 사실 번번이 귓불이 발개지고 얼굴이 달면서 바로 그때 등뒤에 사람이 있어 그 붉은 마음속을 들여다나 보고 있는 듯 마음이 서성거려져서 미란은 잠깐 방 안을 살피고는 다시 창 밖으로 시선을 보내곤 했다. 바닷속같이 자욱하게 검푸른 속에서 여전히 영훈의 환영의 계속을 찾게 되어서 오늘은 왜 이리도 번잡하게 그의 그림자가 떠오르는고 하고 마음이 분주할 때 별안간 벽의 전화기가 요란하게 울리면서 홀연히 나타나기 시작하던 환영을 홀몰아 버렸다. 얄궂은 전화라고 탄하면서 수화기를 들었을 때 반드시 얄궂은 전화가 아니었던 것은 의외에도 거기에 역시 영훈의 꿈이 연속되어 나타난 까닭이다. 전화는 바로 영훈이었던 것이다.

"누구세요……."

아련히 들려 오는 목소리에 미란은 꿈을 뺏긴 심술도 덮쳐서 퉁명스럽게 재촉할 때,

"모르시겠어요? 알아보세요."

목소리는 여전히 가늘고 아련하다.

"이름을 대세요, 얼른."

주제넘게 사람을 놀리는 셈인가 하고 홧김에 끊어 버리려다가,

"미란 씨! 미란 씨!"

하는 목소리로 문득 자기를 찾아 낸 듯 귀가 뜨이면서 수화기를 바싹 귀에다 대었다. 그리운 사람의 목소리로는 자기의 이름이 가장 귀익은 것이고 정답게 들리는 것인지도 모른다. 미란은 자기의 이름의 발음으로 그것이 영훈임을 알아맞힌 것이었다.

"누군가 했죠. 겨우 알았어요, 용서하세요. 난 또……."

"그렇게두 몰라 주세요. 가제 맡은 교실의 학생들 이름만큼두 기억하시지 않는 모양이니."

원망하는 독한 어조――무척 반갑다.

"너무 잘 기억하구 있으니까 되레 모르나 봐요――지금두 막 창 기슭에서 누구 생각을 하구 있었게요. 목소리가 왜 그리 가늘어요. 그러니까 대뜸 못 맞춰 냈죠――대체 어디 계세요? 언제 오셨어요?"

"어디 있는지 맞춰 보시면 얼마나 용하실까."

"학교?"

"천만에요."

"찻집?"

"찻집에서 하는 목소리가 왜 그렇게 가늘겠어요."

"그럼――"

"목소리가 가늘 이치를 생각해 보시죠. 목소리라는 건 멀수록 가늘지 않아요. 지금 이렇게 큰 목소리로 지껄여두 미란 씨 귀에는 그렇게 적게 들리지 않습니까?"

"시내가 아니란 말씀이죠?"

"제 목소리는 지금 수천 리 길을 걷구 있답니다."

"머니나――그럼 아직 이곳에 돌아오시지 않으셋단 말예요? 난 또……."

"제 목소리는 지금 자꾸 수천 리 길을 걷구 있어요――산맥을 넘구 들을 닫구 강을 건너구 서울을 지나구 철도를 타구 미란 씨의 귀를 향해서 뒤를 이어 휑휑 내빼구 있어요――그러게 그렇게 가늘구 아득하구 멀게 들리죠. 내닫는 동안에 바람에 불리구 새에게 쫓기구 공기에 얼구 하느라구…….”

“대체 어디세요? 얼른 대 주세요.”

“서울서두 기차를 타구 동해안을 끼구 북쪽으로 하루를 더 온 곳. 천 리가 넘는 곳 산골. 미란 씨가 계신 곳과는 엄청나게 다르구 먼 곳. 기차 속에서 바라본 그 첩첩한 산과 강과 벌판이 지금 우리 사이에 가로놓인 것을 생각하면 사실 이 전화두 거짓말 같구 미란 씨의 목소리가 귀에 들려 오는 것이 신기해 못 견디겠어요. 지금 눈앞에 떠오르는 미란 씨의 자태를 생각하면서 그 사이에 놓인 그 많은 거리와 장애를 생각하면 견딜 수 없이 마음이 안타까워요. 그 먼 곳에서 어떻게 이렇게 목소리가 울려 오는 것인지 그 목소리에는 미란 씨의 입김과 체온이 숨어서 그것이 외줄 철사를 타구 수천 리를 달아오구 있겠죠.”

“그러니까——”

“아시겠죠——사람들은 피서를 하느라구 이 고명한 피서지를 자꾸 찾아와서는 산 속을 번화하게 하구 온천 거리를 흥청흥청하게 해 놓지만 그런 것이 제겐 다 관계없는 것같이 전 외롭구 적적하구——그러기 때문에 오늘 별안간 건 이 전화두 용서하세요.”

“그러니까 바로——”

영훈의 지금 가 있는 곳이 바로 자기들의 피서지로 택해서 여행을 계획하고 있는 그곳일 줄야 어찌 알았으랴. 불유쾌한 기억을 씻어 버리기 위해 그가 거리에서 실종을 하고 그런 먼 온천지에 가 있음이 그로서는 자연스런 일이겠으니 우연히도 자기들의 목적지와 일치되었음이 신기하기 짝없었다.

“이 집은 온천에서두 제일 큰 여관. 지금 객실에는 저 혼자만이 있을 뿐, 복도에는 간간이 하녀들의 그림자가 어른거리구 창 밖으로는 저무는 개울물이 내다보이며 흰 반석 위에 낚싯대를 드리운 한가한 강태공들이 왼종일이래두 유유히 서 있는 것이 보이구, 건너편 언덕 위 초가에는 좀 있으면 노오란 저녁 등불이 켜질 테구, 전 막 저녁 목욕을 하구 나온 판이라 몸이 이렇게두 시원하구……."

먼 곳의 정경을 손에 잡을 듯이 들으면서 미란의 마음이 뛰노는 것이나 민망한 걱정도 솟아서,

"장거리 전화를 거시면서두 왜 이리 장황하게 말씀하세요. 미안해서 못 배기겠어요. 용건만 말씀하세요. 저를 기쁘게 하기 위하신 것이라면 그만——"

"장거리 전화란 왜 용건만을 말하란 것인가요. 특별한 볼일이 있어서 건 것이 아니구 미란 씨의 목소리를 들어 볼 양으로——제가 요새 날마다 생각하구 있든 게 무어게요."

"지금 얼마나 기쁜지 몰라요. 안심두 되구요. 아무 기별없이 깜쪽같이 사라지신 걸 알구 오늘까지 얼마나 걱정이 된 줄 아세요. 그러던 것이 별안간 이 전화——"

전화로는 마주 대면했을 때의 스스러움이 없어 무슨 말이든지 부끄러운 것 없이 지껄일 수 있는 것 같았다. 미란이 실토를 했으므로 말미암아 전화는 다시 장황하게 계속되었다.

"그날 연구소에서 당한 봉변쯤은 잊어버린 지 오래예요. 그것을 잊기 위해 딴 생각——용서하세요, 미란 씨를 생각하기루 한 것이 요새 와서는 미란 씨가 모든 생각을 전부 차지하게 됐거든요. 생각하기 시작하면 자꾸만 생각나서 자나깨나 생각하구 또 생각하노라면 이상스런 것은 되레 깜박 잊어버려져요. 얼굴이 잊혀지구 목소리가 잊혀지구——오늘도 아침에 잊혀진 미란 씨의 목소리가 진종일을 두구 생각해야 귓속에 떠올라야 말이죠. 땀을 흘리구 생각하다가 결국 까마아득하구 멀기에 기어코 이 전화를 건 것이에요. 지금 이 맘이 얼마나 빛나고 있는지 몰라요. 이 장거리 전화는 그런 뜻인 것이지 결코 용건이 있어서 건 것이 아니에요. 목소리를 더 들려 주세요. 수천 리를 날아오는 그 목소리가 얼마나 신기한지……."

영훈의 전례가 없이 수다스럽고 장황한 것도 대면이 아니고 전화의 중매를 중간에 세운 까닭일까. 놀라리만큼 다변한 영훈의 오늘의 태도는 여간 심상한 것으로는 느껴지지 않았다. 그런 것이 사랑의 고백이라는 것이 아닐까. 오랫동안 마음속에 묵었던 감정을——대면해서는 말하기 거북한 하소연을 전화로 하는 것이 아닐까. 기다려 오던 마음의 증거를 얻은 듯 미란은 흥분되어 갔다.

"아무리 말을 해두 말로는 외려 부족해요. 하루를 말한들 한 달을 말한들 맘이 시원하겠어요. 오늘 저를 다따가 놀라게 해 주신 것같이 저두 며칠 있으면 선생님을 깜짝 놀라게 해 드릴 테예요."

"어떻게요. 전화로요?"

"전화보다 더한 것——살며시 등뒤에 나타나서 아웅 소리를 질러 드릴 테예요."

"제 등뒤에 나타나서요?"

"그러믄요. 바로 선생님 등뒤에——"

"이곳으로 오신단 말씀입니까?"

"거기까지 가르쳐 드리면 놀라게 하는 셈이 되나요. 참으시구 기다리세요. 이만 끊으세요. 더 묻지 마시구 끊으세요. 미안해서 그래요. 끊으시라니까요……. 안 끊으시면 제가 끊을 테예요. 노여 마세요. 끊어요……."

그러다가는 한이 없을 것 같아서 마음을 독하게 먹고 미란은 자기편에서 수화기를 걸 수밖에는 없었다. 조급해하는 영훈의 목소리가 귓속에 쟁쟁하게 남으면서 가엾기도 했으나 그것이 그를 위하는 마음이거니 생각하고는 기쁜 판에 세란에게로 뛰어갔다.

"나두 피서 가요."

다짜고짜로 선언하고는 원족을 떠나는 아이같이 서성거리는 것이다.

"가구말구요. 나두 가요, 가요."

세란은 빙그레 웃으며,

"큰 분부 내렸다. 어쩌다 별안간 맘이 내켰누. 이제야 미란이 덕에 집 안 사람이 모두 피서를 떠나게 됐으니."

"작정된 바엔 내일로래두 곧 떠나요."

"아따 쫄쫄 늘이다가 이제 와서 독판 조급히 군다."

눈초리에 주름을 잡으면서,

"누가 전화 못 들었을 줄 알구. 한 마디두 놓치지 않구 다 들었다나——선생과 제자의 정의가 그렇게 자별스러운 건 내 또 첨 봤어."

"생쥐라구 남의 전화는 엿듣나. 이 투실투실한 생쥐 같으니라구."

옆구리를 찌르는 바람에 세란은 몸을 틀었다가 금시 표정을 바로잡는다.

"네가 부러워 못 견디겠다. 지금 내 상 위에 있는 것은 향기 높은 한 잔의 홍차가 아니구 한 접시의 비계인 것이 슬퍼 못 견디겠다. 홍차의 향기를 잊은 지가 벌써 언제든지 까마아득하게."

"이렇게 살이 찌구두 무슨 염치에 향기를 찾아. 욕심두 분수가 있지."

"그러게 안타깝단 말이지. 아무리 살이 찌구 나이가 늘어두 언제든지 그리운 건 향기! 비계를 먹은 후같이 불쾌한 때는 없거든."

"날더러 지금 홍차의 시대란 연설이지."

"소원대로 얼른 그 향기를 찾아 주겠단 말이다. 나두 멀리서 향기의 찌꺼기나 맡게——피서는 내일로 곧 떠나기로 하구."

"내일!"

"어서 죽석한테 전화를 걸어야지."

일어서는 세란의 엉덩이를 밀치면서 미란은 날뛰었다.

피서행이 결정되자 그것만으로 집 안은 한 고패 열린 듯이 별안간 번잡해져서 각각 자기의 행장들을 꾸미는 것을 한 가지의 중대한 사업이나 하는 것처럼 필요이상으로 정성을 들이고 힘을 들이고 하면서 그렇게 시간을 보내기를 기쁨으로들 여겼다. 미란은 의장을 들쳐서 여름옷에다가 등산복을 준비한다 소설책을 모아들인다 하면, 세란은 화장품에 한층의 주위를 더하고 사진 기계를 수리하고 망원경을 사 들이곤 하면서, 그 두 사람의 법석으로 집 안은 파장 후같이 너절부러하게 흐트러져서 그 뒷수습을 하는 것이 옥녀의 한 가지 덧붙인 일이 되었다. 일상의 찻그릇이며 기명에 유달리 사치한 그들이 요행 그 점에 마음을 쓸 필요가 없었던 것은 별장 안에 외국 사람 쓰던 것이 그대로 남아 있다는 까닭이었다. 생활에 드는 일체의 양식도 죽석들 편에서 준비하게 되어 직접 가게에서 잼이니 소시지니 버터니 통조림이니 하는 것들을 그것만으로 한 짝의 짐이 충분히 되리만큼 흔하게 집어 내고 한편 쌀과 야채를 수하물로 한 짐이 되게 부쳤고 한 가지 딱한 것은 크림이니 잼이니 베이컨이니 설레는 그들로서 그것들이 든 부대 속에 따로 된장과 고추장의 오지항아리를 준비하지 않으면 안 되었던 것이다. 구라파주의에 젖어서 자나깨나 그것을 원하고 갈망하는 그들로서 오히려 된장 단지를 절대로 필요로 한 것을 보면 피부에 배어진 고향의 냄새와 빛깔을 떨칠 수 없는 모양이다. 그들의 주의가 철저하지 못한 탓인지도 모르기는 하나 그 풍토적 양식에 한 사람도 반대하는 사람은 없었으며 묵묵한 인정 가운데에서 향토인 산물은 짐 속에서 의젓한 자리를 차지하게 되었던 것이다. 구미양행은 주로 외국인을 상대로 하고 있는 까닭에 만태의 요량으로는 그들이 거반 피서를 떠나 거래가 조금 뻠할 때 아우에게나 가게를 맡기고 일행과는 떨어져 떠날 생각으로 우선 죽석만을 세란들의 한패와 먼저 동행시켰다. 그렇게 되니 결과로 보면 원래는 자기들이 계획하고 권고한 것이었으나 수의 비례가 너무도 기우는 까닭에 우세한 세란의 식구들 속에서는 주인과 여러 사람의 손님——세란들의 한패는 일가족속이 달려들어 주인의 자리를 뺏고 자기들만을 위한 피서를 결의한 듯한 느낌이 있었다. 세란과 미란은 물론 현마도 제일차에 참가하게 되었고 단주만이 당분간 떨어지게 되었다. 현마도 사 일과 집 건사의 관계로 단주와는 교대의 약속이어서 그의 피서의 기간은 반 달 동안 단주가 집을 지키고 사 일을 보다가 교대하러 올 때까지라는 것이었다. 현마는 가장으로서 할 수 없는 노릇이라 달관도 할 수 있었으나 단주에게는 그 조건이 반드시 반가운 것이 아니었다. 될 수만 있다면 미란들과 함께 피서지에서 온 여름을 나고 싶어서 반지 빠르게 절반의 기한이라는 것이 싫었고 빈 집을 지키느라고 혼자 떨렁하게 남아 있기도 쓸쓸했다. 그러나 그런 불만을 품으면서도 결국에는 솔곳이 남아 있게 된 것이니 썩 내키지는 않는다고 해도 역시 거기에 마땅한 숨은 마음의 이유가 없는 것이 아니었다. '옥녀와 자기'——전에는 그다지 주의를 끌지 않았던 것이 어느 결엔지 새로운 제목으로서 마음속에 떠오르기 시작했던 것이다. 확실히 그가 몇 달 전보다는 엄청나게 자라났던 탓이요, 세상이 한결 허랑하게 넓어진 증거였다. 한번 야산으로 나서 짐승 맛을 들인 이리의 식욕 앞에는 골짝을 뛰는 한 마리의 토끼도 심상하게는 보이지 않는다. 인생을 알기 시작한 지 단시간에, 우둔한 백치같이 다른 생각 다 없이 식욕만이 무섭게 날카로워지면서 어느 결엔지 이리의 악덕을 배우게 된 것이다.

옥녀의 존재가 시선의 초점이 되기 시작한 것은 확실히 미란과 일이 있은 후부터였다. 입이 살졌다고 진미 이외의 것이 천하게 보이는 것이 아니라 반대로 그것까지가 구미를 돋우어 주는 셈이었다. 단주는 원래 악식가였고 세상에 이런 악식가는 많은 것이다. 입을 오므리고 가장 고귀하고 사치한 척 차려진 포도를 두어 알 따서 점잖게 오물거리는 것이나 기실 악식가의 소질을 다분히 갖추고 있어서 눈에 뜨이지 않는 곳에 들어가면 띠를 풀고 활개를 펴고 개구리를 들어라, 뱀도 좋다, 대구 입을 벌리고 갖은 악식을 도맡아 할는지 모른다. 사람치고 누구 한 사람이 굴레를 벗어날 사람이 없을는지도 모른다. 단주도 그런 악식가의 한 사람임을 면하지 못하는 것이며 자기도 모르는 동안에 차차 그 본능과 면목을 발휘하려고 하는 것이었다. 빈 집에서는 자기가 왕 노릇을 하게 될 것이며 모든 것이——뜰도 초목도 피아노도 옥녀도 자기의 지배를 벗어나고 거역할 수는 없을 것이라는 것이 은연중의 그의 의식을 지배하고 있었다. 자기에게 가장 가까운 것이 옥녀임에 그것이 가령 미란이나 세란일 때와 비기면

월등의 손색이 있다고는 해도 그 대신 처녀지라는 신선한 식욕이 벌충해 주는 것이었다. 이런 것은 욕망도 계책도 아닌 것이요, 채 그런 것으로 나타나기 전의 숨은 마음의 이유였던 것은 물론이다. 떠나는 날은 집 안이 금시에 폐가나 된 듯 세란과 미란과 현마가 빠져 나가자 방 안과 뜰이 휑덩그렁하게 비어졌다. 세 사람이 각각 가방들을 들고 가벼운 차림으로 대문을 나섰을 때 그들을 보낼 양으로 나선 단주와 옥녀는 그 휑휑한 뜰을 돌아다보면서 전에 없이 집 안이 넓어진 것을 느꼈다. 지금까지 옥녀는 집 안에서는 온순한 한 사람의 몫을 못 보고 언제든지 한 구석에 있는 둥 만 둥 숨어서 대수롭지 않은 처지에 있었던 것이 별안간 넓어진 그 집 안에서는 잠깐 동안은 어떻든 네 활개를 펴고 의젓한 한 사람으로서의 자기의 존재를 굳세게 주장할 날이 온 것도 같았다. 이 방 저 방을 내 것같이 왔다갔다하고 화장품도 마음대로 써 볼 수 있는 것이요, 뜰의 화초도 참으로 즐거운 마음으로 사랑할 수 있게 된 것이다. 세란처럼 혹은 미란처럼 집 안을 참으로 내 것같이 휘둘러 보고 지배할 수 있는 것이다——옥녀가 그런 생각에 잠길 때 단주는 집 안을 돌아보고 섭섭하고 쓸쓸한 생각을 버릴 수는 없었으나 그 쓸쓸한 생각을 없애려면 역시 옥녀를 바라보며 모든 다른 생각을 말살해 버리는 수밖에는 없었다. 미란들의 유쾌한 자태와 피서지에서의 기쁜 날들을 탐내고 부러워해서는 안 된다. 빈 집 안을 한가한 것으로 보아야 하고 옥녀의 자태를 그들에게 밑지지 않는 것으로 보아야 한다고 느끼면서 옥녀를 바라보는 눈에는 애써 유쾌한 빛을 띠고 애정을 담으려고 했다. 그러나 그런 노력의 표정에서 의외에도 영향을 받은 것은 세란이었다. 세란의 민첩한 눈에는 단주와 옥녀의 자태는 문득 심상한 것이 아니라고 느껴지면서 별안간 의혹과 근심이 솟는 것이었다. 애초에 세란은 피서하는 동안 단주와 함께 있기를 원했고 당분간이라도 그를 혼자 남겨 두기를 즐기지 않았으나 형편상 하는 수 없이 그렇게 된 것을 미안히 여기고 있던 터에 옥녀와의 표정의 교류는 떠나는 그날 처음으로 목도한 것이어서 그 미묘한 눈치를 보고는 마음이 설레기 시작한 것이다. 빈 집에 둘만을——그것도 속이 무궁한 단주와 어느 결엔지 철이 들 대로 든 옥녀와를 남겨 둠이 옳은 일일까——병들 기회를 일부러 주는 셈이지 그들의 사이가 언제까지든지 성할 것인가——이런 불안이 솟으면서 두 사람의 나란히 선 자태를 바라보려니까 그만 여행의 구미조차 떨어졌다. 우두커니 섰는 것을 미란이 재촉해서 등을 밀치는 바람에 걸음을 떼놓기는 했으나 쏘는 듯이 날카로운 세란의 시선을 단주는 멸시하는 듯 항의하는 듯 되쏘아 붙이면서 말뚝같이 거만하게 버티고 섰었다. 남의 감정을 누그려도 보고 농락도 해 보고——대체 그런 기술을 어느 틈에 배운 것일구 하면서 단주는 스스로 자기의 태도에 경탄하는 수밖에는 없었다.

죽석들의 별장은 온천과 '노비나'촌과의 중간쯤되는 언덕 허리에 있었다. 그렇기 때문에 '노비나'촌 사람들과 어울릴 필요도 없었고 온천 거리의 번잡한 속에 휩쓸릴 것도 없어서 흡사 한적한 곳에 독립된 왕국을 이룬 감이 있었다. 온천까지는 물을 맞거나 양식을 살 때 내려가면 그만이요, 사람이 그리우면 '노비나'촌에 가서 멋대로 근처를 거닐면 그만이었다. '노비나'까지는 두어 마장, 온천까지는 삼 마장 가량의 거리밖에는 안 되었다.

뜰에는 하아얀 모래를 깐 위로 사치한 사시나무가 잎새는 물론 회초리째 바람에 간들간들 흔들리고 높은 시렁 위로는 머루와 다래넝쿨이 친친 감겨올라 제물에 정자를 만들고 그 아래에 차 식탁이 놓여 휴게소를 이루었다. 잘고 마딘 잡초를 군데군데 깎아 버리고는 긴 이랑을 만들어 한 이랑에 한 가지씩 색다른 화초를 심었다. 모든 격식이 야지와는 달라서 미란은 역시 도회의 집보다는 한결 낫고 시원하다고 느끼면서 행복된 여름의 기쁨을 금할 수 없었다. 말에 들은 것같이 집 안 구격이 지나치게 넓어서 그렇게 일행이 대거해 왔기에 망정이지 부부쯤이 와서는 어느 구석에 박혔는지를 모를 법도 했다. 복판에 강당만한 넓은 객실 겸 공동실이 있고 그 양편으로는 한 편에 두 칸씩 조그만 독방이 합 네 칸 붙어서 그 네 방의 문이 모두 객실로 열렸고 창 있는 양편 밖으로는 넓은 복도이자 베란다가 길게 뻗쳤다. 따로 요리실과 목욕실과 헛간이 붙은 것은 물론, 흡사 합숙소같이도 대규모의 집이었다. 전에 있던 주인이 이사해 간 후이라 방 안에는 침대와 의자와 탁자들만이 앙상하게 남아 한산한 느낌이 났으나 만태는 별장을 망간 손에 넣었을 뿐으로 아직 설비도 치장도 베풀 사이가 없이 떠나들 왔던 까닭에 첫해의 설핀 살림을 살 수밖에 없이 된 것은 개척자들의 슬픔으로 하는 수 없는 노릇이었다. 설핀 속에서 각각들 가지고 온 것으로 방들을 꾸미고 치장하고 새로운 경영에 맞도록들 힘썼다. 도회에서 흘러온 순회 극단의 비애였던지도 모른다. 낯선 극장 설핀 무대를 장식하느라고 못 박는 소리들을 탕탕 내면서 배경을 세우고 막을 드리우고 조명을 장치하느라고들 설레는 그 식이었다. 연극을 다한 며칠 뒤이면 다시 부수고 뜯고 할 것을 그래도 공들여 그 며칠을 위해서 꾸미고 만드는 것이다. 부서질 줄을 번연히 알면서도 애써 꾸며야 하는 것이 인간의 소중한 경영이라는 것을 안 점에서는 미란들 피서단의 일행도 순회극단의 일행에 밑질 것이 없었다. 피서는 연극같이 불과 며칠에 그치는 것은 아니었으나 그들이 정성껏 꾸며 가는 정신은 일반이었다. 넓은 창과 탁자 위를 덮기 위해서는 가지고 왔던 알록달록한 헝겊을 이모저모 오려서 벼락 커튼과 탁자보를 만들어야 하고 휑하니 무미한 벽을 감추기 위해서는 잡지 속의 그림이라도 모조리 뜯어 붙이는 편이 안 붙이는 것보다는 나은 것이며, 침대맡에는 화병도 놓고 인형도 세우고——가지고 온 것들을 모조리 적당하게 이용하는 수밖에는 없었다. 여자들의 모양을 보고는 현마도 자기만이 팔짱을 끼고 있을 수도 없어서 산에서 나무를 베어다가는 톱과 자귀로 날림의자를 만드는 것이었다. 무엇보다도 집에는 의자가 부족해서 만태가 나올 때 여러 벌 사 가지고 오기로는 되어 있으나, 우선 아쉬운 판에 현마는 자진적으로 목수가 되어서 못을 개개 빗박으며 제 조작의 의자 제작에 종사했다. 필요가 행동을 요구하고 직업을 준다. 현마는 서투른 자귀질을 하다가는 빙그레 웃으면서 일종의 기쁨을 금하지 못하며 생활의 철학이라고나 할까, 전에는 꿈에도 생각해 본 적이 없던 한 가지의 이치를 터득하기 시작했다. 그 날림의자가 대단히 소중한 것이어서 여자들은 다투어서 한 개씩들을 침실로 나르며 객실에 놓으며들 했다. 비교적 호사스럽게 자라온 미란에게는 그런 궁박한 처지는 처음 맛보는 것이나 그릴 것이 없이 자란 아이에게도 원족을 나간 하룻동안의 부자유는 도리어 즐겁게 참을 수 있는 격으로 미란도 생후 처음으로 살림살이의 한몫을 거들어 요리도 하고 나무도 패고 장에도 가고 하는 동안에 격에 없는 생활의 기쁨을 알고 곤란을 곤란으로 여기지 않게 되었다. 현마에 밑지지 않게 도끼를 들고는 장작을 우겨 댔으며 바구니를 들고 온천으로 장을 보러 갈 때에는 휘파람을 불며 어깨춤을 추며 하는 것이었다.

마침 네 사람이었던 까닭에 네 칸의 침실을 한 칸씩 차지하고는 밤 이외의 시간은 대개 객실에서들 지내기로 되었다. 한쪽 편의 두 칸에는 세란과 미란의 형제가 들고 맞은편 두 칸에는 현마와 죽석이 들게 된 것은 별로 계획과 순서가 있는 것이 아니라 닥치는 대로 한 칸씩을 점령들 한 결과였다. 누구보다도 죽석이 주인인 까닭에 그에게 가장 좋은 방을 주게 되었던 것이요 나머지 세 칸 중에서는 제일 협착하고 작은 방이 있었으니 이것은 세 사람 중에서는 불가불 현마의 차지가 되지 않을 수 없었다. 현마는 두 여자 앞에서 신사의 예절로서 그 가장 작은 방을 싫어하지 않고 받을 수밖에는 없었다. 그 결과 결정되고 배당된 것이 그런 형식이었던 것이다. 그러나 그런 형식 속에서 네 사람은 방이야 아무 편에 붙었든간에 한 칸의 방은 결국 독립된 한 칸의 방이므로 부자유도 불편도 없이 아직은 나날을 무사히 지내 갔었다. 무엇보다도 각자의 방이 필요한 것은 잠잘 때뿐이요, 하루의 많은 시간을 객실과 문 밖 뜰과 산과 길에서 지내게 되는 까닭에 방의 배당의 의식은 네 사람을 그다지 괴롭히지는 않았다. 미란은 저녁때만 되면 자기가 도맡아 보는 일과인 듯이 바구니를 들고 온천 거리로 내려가거나 별장 아래편 과수원으로 내려갔다. 과수원에서는 푸른 풋능금이나 토마토를 사는 것이요, 거리의 가게에서는 배추니 무니 파니 신선한 야채를 샀다. 물론 야채만을 사는 것이 목적이 아니라 중요한 목표는 천 바구니의 야채보다도 한 사람의 사람이었다. 여관에 유숙하고 있는 영훈은 일행이 오던 날로 별장을 찾아와서 이삿짐을 거들어 주고 한 후 거의 날마다 별장을 찾게는 된 것이나 미란은 역시 온천에 그와 단둘이 있을 때가 자유롭고 행복스러웠다. 피서지에서는 별장에 돌담과 울이 없는 것같이 모든 것에 테두리가 없고 경계선이 없었다. 지름길과 언덕 위 나무들과 길바닥의 화초와 골짝의 시냇물과 양편에 아카시아 나무 우거진 산보길은 근처의 모든 사람의 것이지 한 사람의 것이 아니었으며 이웃 별장의 뜰 앞을 기웃거렸다고 책망하는 법도 없고 모르는 집 들창의 안과 밖에서 모르는 사람끼리 미소를 던지고 받는 수도 있는 것이다. 별장 사람들이 온천으로 자유로 내려가고 온천 사람들이 별장터로 마음대로 올 수도 있어서 그것이 피서지의 풍속인 듯 시스러울 것이 없고 해방적이었다. 영훈이 별장에 와서 아무리 눅진하게 궁둥이를 붙여도 허물할 사람이 없으며 미란이 온천에 내려가서 마음껏 어질러 놓아도 무방한 것은 이런 풍속에서 은연중에 온 습관이었다. 현마는 영훈의 출현에 깜짝 놀라서 마음에는 그 순간 약간의 금이 갔을는지 몰라도 겉으로는 대환영이어서 세란의 설명으로 모든 곡절을 비로소 알고 미란과 영훈을 함께 방그레 바라보는 것이었다. 환영이라면 여자들의 환영이 더 큰 것이어서 그 지나친 환영을 받을수록에 현마의 눈치는 괴로워만지면서 영훈도 온천에서 미란과 한가한 시간을 보내기를 좋아했다. 집에 있을 때 같은 예절이라는 것이 없이 미란은 성격이 일변한 듯 유쾌하게 데설거리면서 영훈의 방 안을 한바탕은 어질러 놓고 헤뜨려 놓고야 말았다. 천진난만하게 즐거울 때에는 이야기에 일정한 주제도 없고 거동의 통일도 없고 즉흥적이요, 산만하고 불꽃같이 돌발적이었다. 그렇게 의식의 통일이 없이 날뛰다가고 일단 밖으로 나와 나란히 서서 길을 걷고 자연을 바라보고 할 때면 마음이 가라앉으며 비로소 의식의 방향이 작정되고 반성이 솟으면서 말의 터가 작정되는 것이었다.

"일전 걸어 주신 장거리 전화 지금두 그 목소리 귀에 쟁쟁해요."

"이후로는 다시 두 번 그 얼굴 목소리 잊지 않구 까먹지 않도록 실컷 보아 두구 들어 두어야겠어요. 휑하니 외어 둬두 가끔 가다 잊어지는 건 웬 까닭인지요? 하로 열두 시간 그 얼굴 바라보구 그 목소리 들어두 부족하구 못마땅하거든요……."

장거리 전화의 연장인 듯도 했다. 시스럽고 부끄럽던 것이 그 전화로 말미암아 성격이 달라지고 마음이 갈아든 셈이었다. 지금 두 사람의 회화는 전과는 한 시대가 바뀌어진 느낌이 있었다. 별장으로 향하는 길은 좁아지고 산 속에서는 꽃이라는 것이 아주 흔한 것이어서 길바닥에까지 아깝게 헤뜨러져 있다. 산비탈 헐어진 곳에는 황토가 벌겋게 내솟았고 도라지꽃과 싸리나무 포기가 서서 자줏빛 싸리나무꽃에서는 눅진한 향기——꿀 냄새가 흘러왔다. 꿀 냄새같이 좋은 것이 없다. 영훈은 행복감에 넘치면서,

"세상에서 지금 누가 제일 행복스러울까요?"

목소리를 높여 본다.

"제가 제일 행복스럽죠."

수수께끼를 가장 옳게 풀어 낸 듯 미란의 자신에 넘치는 대답.

"내가 제일 행복스럽다나요."

영훈도 자기의 대답을 가장 옳다고 생각한다.

"전 어떻게 하구요?"

"내가 제일 행복스럽다니까요."

"아니에요, 저예요."

"십칠 억 중에서 가장 행복스러운 게 나예요."

"제가 제일예요."

"내가 제일예요."

"제가 제일예요."

실랑이를 치다가 결국 마주보고 껄껄껄 웃으면서 좁은 길을 앞서거니 뒤서거니 내닫는 것이다. 행복감의 표현과 사랑의 고백은 점잖은 말과 태도로는 어울리지 않는 것이요, 차라리 어린아이같이 허물없는 태도와 오도깝스런 방법으로만 되는 것이 아닐까. 두 사람은 모르는 결에 훌륭하게 그것을 해치운 셈이다. 전화로 시작된 사랑의 말이 이날에는 은연중에 열매를 맺은 것이다. 두 사람의 마음은 마지막으로 알 것을 알아낸 듯 만족스러웠다. 싸리꽃 냄새를 맡으면서 지름길을 걸어가던 그들은 사실 십칠억 중에서 첫째 둘째로 행복스러운 사람들같이 보였다.

미란의 한 가지의 걱정은 피아노의 연습을 게을리하는 수밖에는 없는 것이었다. 그러나 이 문제가 간단히 해결된 것은 산 속에서 의외에로 한 대의 피아노를 발견하게 된 까닭이다. '노비나'촌 한가운데에는 극장과 무도실을 겸한 조그만 홀이 있었고 그 안에 피아노가 놓인 것을 영훈은 마을의 주인 양코스키 씨와 교섭한 결과 세를 맡기로 한 것이다. 사용료를 주고 하루에 몇 시간씩 홀에 들어가서 사용할 권리를 산 것이다. 미란의 걱정은 해소되어 영훈과 함께 날마다 홀에 다니는 것이 일과의 하나로 불었다. 악보들을 가져온 것이 다행해서 미란에게는 하루하루가 뜻있어지고 놀아도 마음이 놓이고 피서가 한층 즐거운 것으로 되어 갔다.

나무 그림자 속에 묻혀 있는 까닭에 홀 안은 낮에도 어두웠다. 교회당같이 기다란 창에서 빛이 흘러든다 해도 원체 휑한 방 안은 구석에 박쥐라도 날아날듯 어두컴컴했다. 무대 바로 아래편에 놓여 있는 피아노는 창에서 흘러드는 빛을 정면으로 받게는 되었으나 그래도 촛불이라도 켰으면 할 정도의 어둠이었다. 건반을 향해서 두어 시간 들볶다 밖으로 나오면 눈이 부시고 골이 띵했으나 이런 때에는 시냇물에 내려가 바람도 쏘이고 산에 올라 나무 사이를 헤치기도 했다. 하루는 어두운 홀 안에서 막 연습을 시작하려 할 때였다. 밖에서 별안간 가제 들어가면 한참 동안은 눈이 어두워서 건반조차 확실히 보이지 않았으니 그 보이지 않는 어둠 속에서 미란은 영훈의 체온을 가까이 느낀 것이었다. 번개 같은 순간의 일이었다. 횃불같이 전신을 덮게 하면서 입술이 와 닿았다. 선지피를 끼얹은 듯 얼굴이 달며 두 팔이 전신을 꼭 죄었다. 바닷속에서 낙지에게나 잡힌 듯 전신의 피가 엉겨드는 듯하다. 밝은 속에서는 도저히 용기를 못 낼 그런 돌발적인 행동——애정의 표현은 벼락같이 감행하지 않고는 못하는 것일까. 어두운 것이 다행이었다. 미란도 본능적으로 그의 팔에 전신을 던지고 그의 뜻에 몸을 맡기면서 자기의 팔에도 힘을 주었다. 부끄러운 김에 캄캄한 속에서도 눈을 감고 있었던 까닭에 무더운 어둠 속에서 그 똑같은 자세로 얼마나 시간이 흘렀는지 모른다. 몸에 불이 붙은 채 깊은 바닷속에 가라앉아 가는 것도 같았다. 그날의 연습은 물론 틀려서 두 사람은 악보를 그대로 던져 두고 그 단 몸으로 밖으로 나와 버렸다. 좀체 식지 않고 말을 잊은 듯이 입들이 벌어지지 않았다. 아카시아나무 아래를 걸어오는 야한 색채의 옷을 입은 외국 여자가 유심히 자기들을 바라보는 것이 마치 홀 안에서의 비밀이나 알고 있는 듯 미란은 제물에 고개가 숙었다. 그를 지내 놓고 별장으로 향하는 길로 나섰을 때 미란에게는 다시 부끄러움이 솟으면서 사랑이라는 것을 깨닫기 시작했다. 무덥고 피가 끓고 혼몽해지면서 바닷속으로 잠겨 들어가는 것이 그것이 사랑이란 것인가——생각하면서 비로소 훌륭한 세상을 안 듯도 싶었다. 흡족하고 자랑스러우면서 간들바람을 맞는 육체가 상쾌하고 거뿐했다. 그 자랑스럽고 훌륭한 것을 받기에 자기의 몸이 부족하고 부적당한 것이 아닐까 하는 걱정이 솟았다. 결코 작은 걱정이 아니었다. 문득 마음속에 돋아났던 것이 마치 흡수지 위에 퍼지는 잉크 방울같이 볼 동안에 활짝 퍼지면서 구름장같이 마음을 덮었다. 그 걱정이란 자기 몸의 허물과 관련되는 것이었다. 허물있는 몸으로 그가 주는 맑은 행복을 받는 것이 그를 농락하는 것이 아닐까 느껴지면서 단주와 무의미하게 저지른 지나간 하룻밤 일이 무서운 채찍같이 몸을 매질하는 것이다. 몸이 맞도록 지울 수 없는 영원한 흠집이 이제 와서 마음을 여위고 몸을 저밀 결과가 될 줄을 어찌 알았으랴. 그 지난 허물을 영훈에게 말함이 옳을까, 안함이 옳을까, 말함에는 어떻게 해야 할 것인가, 대체 그런 것을 터놓고 말할 수 있는 것인가——생각할수록에 마음이 섞갈려지고 괴로워지면서 행복이 금시 불행으로 변해지는 그 조화에 두려운 생각이 났다.

"사랑에는 열정과 정성만으로 족한 것일까요?"

오물하고 있던 질문을 선생 앞에 던지는 아이 같은 그의 태도를 영훈은 찬찬히 바라보면서,

"더 무엇이 필요할까요?"

"자격이라는 것이 필요하지 않을까요?"

"자격이라니요?"

"바다를 건너 외국에 들어갈 때에는 왜 신체검사가 엄중하지 않아요?——몸이 허약하지 않은가, 병을 가지지 않았나 하는."

"몸이 허약하다구 사랑에 부적당하다는 법이 있나요?"

하필 몸이 허약하다는 것을 드는 까닭에 미란은 어떻게 설명했으면 좋을지를 몰랐다.

"제겐 암만해두 자격이 없을 듯해요."

"난 외국의 세관 관리두 아니구 이민단의 검사원두 아니거든요."

"당장에서 눈을 감았다가 나중에 알리는 경우에는 뉘우침이 큰 법예요."

"난 나중두 모르구 과거두 모르구 현재만을 사랑해요. 과거에 병이 있었든 마든 미래에 병이 생기든 마든 그것이 무엇입니까? 현재의 열정과 정성을 버리구 무엇을 구하겠습니까? 적어두 사랑에 있어서는 난 그런 태도를 가지는 사람예요."

"전 점점 죄나 져 들어가는 듯한 생각이 들면서……."

"병적인 망상이죠."

"그럴까요?"

하면서도 미란의 걱정은 일반이다. 영훈은 자기의 말하는 속뜻을 확적히 알고 있는 소리인지 그렇지 않으면 자기의 비유를 그다지 큰 것으로 잡지

못하고 막연한 것으로 그릇 알고 말함인지를 분간할 수 없었다. 자기가 말한 것은 막연한 추상이 아니고 무서운 구체였다. 구체를 말함에는 불가불 비유를 쓸 수밖에는 없었던 것이다. 그 비밀과 곡절을 영훈은 참으로 아는 것일까, 모르는 것일까, 걱정에 넘치는 마음은 영훈의 간곡한 태도의 표시로도 쉽사리 누그러질 줄을 몰랐다.

그러면서도 영훈을 사랑하는 마음은 억제할 수 없도록 솟는 것이었고 열정이 넘치면 넘칠수록에 자책의 마음도 더욱 솟았다. 그렇다고 그후로 영훈이 번번이 요구해 오는 애정을 물리칠 수 없었던 것도 물론이요, 그것을 알뜰히 받아들일 뿐이 아니라 일층 바라면서 그 속에서 모든 반성을 잊어버리려고 했다. 피서라고는 해도 산을 헤매고 물 속에 잠기고 꽃을 보고 바람을 쏘이는 것만이 능사가 아닐 것이요, 별장에서는 그 단조한 일과에 맥이 나게 되고 더구나 긴 밤은 파적거리가 없이는 지내기 어려웠다. 객실에 우두커니 모여들 앉으면 조그만 포터블에 몇 장 가지고 오지 못한 레코드도 싫증이 나서 트럼프를 놀아 보았다 화투를 쳐 보았다 고심들을 하고 시간을 지우기에 노력들을 하는 형편이었다. 심심한 속에서 영훈은 밤에는 더욱 귀하고 반가운 손님이 되었다. 화투를 놀든지 음악을 듣든지 그는 필요한 한몫을 보았다. 하루는 아마도 세란의 제의였던 듯하나 춤을 추어 보자는 의논이 나자 즉석에서 찬동을 얻어 이후 밤마다 그것이 유쾌한 파적거리가 되었다. 영훈은 온천에서는 구면이 되어 버린 까닭에 여관에서나 이웃집에 레코드를 긁어모아다가는 밤마다 제공했고 그 값으로 못 추는 춤의 교습을 받기로 되었다. 현마들 식구끼리는 허물없는 것이었고 영훈도 그 속에 한몫 끼이는 것이 부자연스럽지 않았으나 죽석만은 멀리 두고 온 남편의 생각도 있고 남의 가족 속에 혼자 끼여서 건둥거릴 수도 없어서 처음에는 사양도 해 보았으나 세란의 고집에는 배겨내는 장사 없었고, 무엇보다도 개중에서 그는 상당히 춤이 익숙한 편이어서 남들이 흔들거리는 것을 보고는 가만히 앉아 있을 수 없어 나중에는 제스스로 팔을 벌리고 나서게 되었다. 춤이 익숙한 것은 죽석뿐이 아니라 세란도 믿지지 않으리만큼 그 길에는 능란해서 둘이 겨루면 왈츠니 탱고니 못 추는 것이 없었으나 가장 중요한 현마와 영훈이 하잘것없는 것이 섭섭하고 멋쩍었다. 벼락공부로 익혀 가지고 추기 시작한 것이 기껏해야 트롯 정도였다. 그러나 간단한 스텝도 열중하기 시작하니 흥이 나서 레코드 한 면이 짧고 성이 안 차는 것이었다. 미란은 약간 그 방면의 소양이 있던 터에 터득이 빨라서 얼마 안 가 부드러운 스텝을 밟게 되었다. 사람이 적은 까닭에 돌려 가면서 추느라고 영훈은 세 사람과 한 번씩은 다 겨뤄 보게 되었다. 미란과는 물론 세란과도 죽석과도 손을 잡아 보는 것이나 미란과의 때에는 스텝보다는 높아 가는 감정에 얽매이게 되어 발이 빗나가고 자세가 뒤틀어지기가 일쑤였다. 춤 추는 일과가 생긴 후부터는 영훈은 그 어느 날이나 밤이 패이는 줄 모르고 열중하게 되어 대개는 밤이 깊어서야 온천으로 내려갔다. 밤참을 먹고 차를 달여 마시고 난 후 영훈이 온천으로 향할 때에는 미란은 따라나와서는 밤길을 중간쯤까지나 동무해서 걸었다. 몸에는 춤에서 받은 율동이 그대로 남아 있어서 즐겁고 유쾌한 기분에 밤기운이 한 방울 한 방울 술같이 몸에 젖어들었다. 그 아름다운 날마다의 밤이 무슨 까닭에 자기의 것이 되며 그 행복이 무슨 까닭에 자기의 차지가 되는가, 행복이 있다가는 필연코 불행이 뒤를 잇는 것이 아닐까 하면서 행복이 도리어 무서운 것으로 여겨지기도 했다. 불행이란 어떤 데서 오는 것일까, 어떤 사람이 불행한 것인가——가야의 생각이 무뜩무뜩 떠오르는 것도 한두 번이 아니었다. 가야는 지금 어디서 어떻게 하고 있을 것인가——이 생각은 가슴을 앙칼지게 에우는 때도 있었다.

"가야를 생각하면 괴로워서 못 견딜 때가 있어요."

입 안에 뱅돌던 그 말을 기어코 하룻밤 입밖에 내지 않을 수 없었다. 가야라는 이름이 영훈의 가슴속에서도 물론 사라진 것이 아니었고 안개같이 서리우면서 마음을 항상 무겁게 둘러싸고 있었던 터이다. 아픈 상처를 다칠까 봐 그대로 살며시 버려 둔 셈이었던 것을 그날 밤 미란이 따짝거려서 뜨끔뜨끔 쑤시기 시작하게 만든 것이었다.

"가야의 이름은 찰그마리같이 차져서 가슴속에서 씻어 낼래야 씻어 낼 수 없습니다만."

"제가 가진 허물 중에서 가야에게 대한 죄두 여간 큰 것이 아닌 듯해요. 그를 낭떠러지로 밀쳐 버리구 나 혼자만이 솟아날려구 죄를 짓구 있는 것만 같아요. 변명을 해 본 대두 결과에 있어선 그런걸요."

"가엾은 생각으로야 나두 일반이지만, 그런 생각과는 형편이 다르지 않습니까? 그의 뜻을 짓밟어 주구 불행으로 몰아넣은 것은 내나 미란 씨가 아니구 눈에 보이지 않는 힘이 아니겠습니까? 그 힘을 낸들 어떻게 하겠습니까?"

"……지금 어디서 무엇을 하구 있을지 가야의 그 헤뜨러지는 눈동자를 생각하면 뼈가 저려져요. 눈물이 그렁그렁 맺혀서 부옇게 흐려지는 그 눈! 세상에서 그보다 가엾은 게 또 있어요?"

"그러게 나두 자꾸 잊으려구 애쓰죠……. 쓸데없는 일 더 생각하지 말기로. 즐겁던 밤을 이렇게 슬프게 끝막을 까닭이 있나요?"

달려들어 급스럽게 안아 주는 바람에 미란은 간신히 서글픈 속에서 깨어나기는 했다. 영훈의 힘은 날로 벅차 가는 것이어서 그 속에 몸을 맡기고 열정의 바닷속에 잠기면서 미란은 사실 한시라도 속히 모든 것을 잊게 되기를 원했다.

7

단주는 한 가지를 계획하면 낙자가 없다. 세란과의 경우가 그랬고 미란과의 경우가 그랬고 옥녀와의 경우 또한 그랬다. 하기는 그중에서 옥녀와의 경우가 가장 헐하고 수월했던지는 모른다. 그 어느 때보다도 빨리 성공했던 것은 옥녀 자신이 발을 맞추어 주고 스스로 걸어와서 그 계획을 참가해 주었던 까닭인지도 모른다. 옥녀는 그 하루를 한계로 사람이 변한 듯 지저거리고 날뛰고 새장 속에서 놓여 난 듯 히히덕거렸다. 단주가 전과는 달라서 은인이라는 생각이 나면서 그 앞에서 자기의 노예인 듯 그를 위하고 받들었다. 푸른 집은 두 사람을 위해서 생긴 보금자리, 그 속에서 시원스럽게 휘돌아치고 단주를 실컷 보고 농탕치고 하는 것이 다시 없을 행복이었다.

실속으로는 피서지 별장보다는 나아서 살림살이는 그 어느 때보다도 흡족했다. 별장에서처럼 의자가 부족할 리도 없고 레코드를 탄식할 것도 없고 부엌의 양식을 걱정할 것도 없었다. 가게 차인꾼에게 단주는 얼마든지 먹을 것을 분부했고 음악도 시들해서는 걸어논 레코드를 바늘이 갈리는 대로 언제까지든지 버려 두었고 미란이 오면 핀잔을 맞을 것을 각오하면서도 피아노를 밤낮으로 울리고 이 방 저 방을 돌아다니면서 목청을 놓아 노래를 부르며 두 사람만의 집 안이 전보다는 한층 요란하고 수선스러웠다. 피서 못 간 화풀이로 목욕통에는 철철 넘치게 수도물을 대놓고 하루에도 몇 차례씩 철벅거리고 단주는 수영복을 입고 옥녀에게도 새빨간 한 벌을 사 입혀서 뜰을 해변으로 벌거벗은 채로 나서서는 수도의 호스를 끌어 나무, 꽃밭, 풀숲 할 것 없이 물줄기를 대서 비 온 뒤같이 풀을 온통 질펀하게 적셔 놓고는 무지개 돋은 그 속에서 꽃을 밟고 숲속에 숨기며 날을 지웠다. 옥녀에게는 주인들 떠난 것이 자기의 팔자를 고쳐 준 듯 기쁜 날이 될 수 있는 대로 오래 있도록 축수하고도 싶었다. 자기를 생각하는 단주의 마음도 길이길이 변하지 않고 언제까지든지 같도록 원했다.

"가짜로 사람을 농락해 보구는 이제들 돌아오면 되루 본체 만체 하려구?"

"난 이 집에서 너 같은 아이는 없다구 생각하는데."

"정말. 미란이보다두."

"그럼."

"세란이보다두?"

"그럼."

"요……생판 거짓말만."

꼬집는 바람에,

"아야야얏."

비명을 올리면서 단주는 풀숲으로 나뒹굴며 쓰러진다.

"미란이보다 낫다면 세상에서 원할 것이 없게. 열두 번 죽어서 그렇게 태어날 수 있다면 열두 번이래두 죽겠다. 바른말을 해 달라니까."

"미란이 다 무어게? 독판 잘난 척 교만하구 주제넘구 언제든지 뾰로통하구 그까짓 게 다 무어게."

"밀려났으니까 그 따위 소리지."

"밀려나긴 누가 밀려나? 괜히 칭찬해 줘두 그러는구나."

"정말 미란보다 낫단 말이야. 그럴까. 해가 서에서 돋는 셈이게."

"그래두 그런다."

"그럼 왜 속으로 얼른 피서를 가게 됐으면 해? 그 눈치 누가 모를까봐."

"피서는 누가. 그까짓 피서를 누가 가. 여기 이렇게 있는 게 얼마나 낫게."

여자의 앞에서는 마술에 걸린 것같이 어디까지가 본심이고 어디까지가 가짜인지 제 마음을 헤아릴 수 없었다. 참으로 미란을 옥녀보다 못하다고 생각하는지 어쩐지 피서지로 가기를 속으로 원하고 있는지 아닌지를 분간할 수 없었다. 미란과 옥녀는 비교할 것이 아님이 사실이었고 피서지로 가고 싶다고 원하고 있었던 것도 사실이었으나 옥녀의 앞에서 꼬집히면서 대답한 것도 거짓말은 아니었다. 이제 와서는 제 마음조차 알 수 없게 된 것이다. 머릿속이 어리둥절하면서도 눈앞에 다구지게 맞붙어 앉은 옥녀를 역시 고운 것이라고 여기고 있는 것만은 진정이었다.

"또 한 번 말해 봐——피서 안 가구, 내가 미란이보다 낫구. 또 한 번 말해 보라니까."

"피서 안 가구 미란이보다 낫구."

"왜 이리 수다스럽게 묻는구 하면——그것이 여자루서 제일 듣구 싶은 말이거든. 누구보다두 잘생겼다는 것. 옆을 떠나 주지 않겠다는 것. 누구나 여자의 맘을 뒤집어 보지 겉으로는 점잖은 체해두 이 원을 품구 있기는 일반일 테니. 여왕으로부터 노예에 이르기까지 누구 한 사람 빼놓지 않구 죄다 그럴 테니."

혼자 부지런히 지껄이고는 옥녀는 벌컥 단주의 팔을 끌어 일으켜 손목을 끌고는 뜰을 내닫는 것이다. 단주는 완전히 허수아비였다. 소녀의 열정의 포로가 되고 있는 것을 뻔히 알면서도 별수없이 지시대로 몸을 맡기는 것이다. 그 위치의 바뀌어진 것을 사실 속으로는 놀라고 있었다. 그것이 있은 때부터 두 사람의 자리는 정반대로——단주가 아래로 옥녀가 위로 바뀌어진 것이었다. 분화산같이 터져나오는 소녀의 열정에 눈을 휘둥그렇게 굴리면서 어느 결엔지 거기에 끌려가는 신세가 되고 있었던 것이다. 대청으로 들어가면 창으로 나무 그림자가 그대로 들어와서 푸른 그늘을 지은 그 아래에서 옥녀는 단주를 위해서 먹을 것과 마실 것을 냉장고 속에 흐붓하게 준비했다.

삼복 더위는 유난스럽게도 심해서 줄곧 찬물 속에나 얼음 속에 있기 전에는 대청에서도 견디기 어려워서 크림을 먹어도 그때뿐 더위가 확확 치뜨려 와서 단주는 주체스런 수영복까지 벗어 버리는 것이었다. 그늘 속에 가려진 집 안은 밖 세상과는 떨어진 별천지여서 그 속에서는 옥녀도 단주를 본받았다. 기발하고 자유스런 의욕——원시로 환원하려는 것이다. 그 야릇한 세상 속에서 원시인의 자웅은 멀거니 서 있기가 거북해서 술래잡기를 시작한다. 옥녀가 내달으면 단주는 뒤를 쫓아서 방에서 방으로 기어코 옥녀를 잡아 버린다. 구석에 쓰러진 것을 욱박아대고 항복을 받으면서 원시의 풍속을 모방했다. 점령이요, 점령인 것이다. 그렇게 처녀지를 한 곳 두 곳 점령해서 영토가 점점 늘어가는 것이 단주에게는 둘도 없는 인생의 기쁨이었다.

"정말 모른 체만 하는 날이면 난 죽을 테야."

"모른 체는 왜. 누구보다두 널 제일 좋아하는데."

"언제부터 내가 눈에 들었게?"

"처음부터. 내가 이 집에 온 첫날부터."

"미란이를 좋아하면서 나두 눈에 들었어?"

"미란이를 좋아한 건 좋아한 거구 너두 맘에 들더구나."

"한꺼번에 두 사람씩을 좋아한단 말이야. 사람이 아니구……."

"두 사람을 왜 못 좋아해. 넌 꽃밭의 꽃을 꼭 한 가지만 좋아하니. 다알리아두 좋구 애스터두 좋구 카카리아두 좋구 해바라기두 좋구 봉선화 패랭이꽃 다 좋지 한 가지나 싫은 것이 있다더냐. 꽃을 가지구 면 좋구 면 싫다구 태를 피우는 녀석같이 거짓말쟁이는 없더라. 꽃이란 다 좋은 게란다. 널 꽃이라는 건 아니나 미란이를 좋아하면서 너까지 좋아하는 게 거짓말이란 법이 어디 있다더냐. 미란을 보는 한편 눈으로는 너를 뱀같이 노려 왔단다."

"어디가 맘에 들었게?"

"눈두 좋구 코두 좋구 입도 곱구……."

"귀는?"

"귀두 복스럽구."

"또?"

"머리카락두 맘에 들구 살결도 희구."

"다리만은 미란에게두 밑지지 않는다나."

"옳지 그 다리. 다리두 곱구 발두 자그만하구."

"그리구?"

"손목도 얌전하구 가슴두 탐스럽구……."

"……."

"그리군. 그리군 모두가 곱지. 한 가지나 빠지는 데가 있다더냐. 손가락에서 발가락까지가, 어깨 허리 할것없이 모두가 이렇게 맘을 뒤흔드는구나."

단주는 몸을 던지면서 말 이상의 설명을 몸으로 하는 수밖에는 없었다. 옥녀를 한층 부채질해 주는 결과가 되어서 찰거머리같이 엉겨들게 될 때 단주는 자기가 시작한 그 열정의 도가니 속에서 도리어 숨이 막히고 기가 지쳐서 낙지다리같이 후줄그레해지고는 말았다. 세란과의 때와도 흡사했다. 저편에서 결어 오는 열정이 처음에는 단술이어서 마시기 시작한 것이 차차 진해지면서 모르는 결에 흠뻑 취해 와서 기진맥진한 끝에 혼몽 상태에 이르게 되는——그런 눅진한 열정을 욕심스럽게 요구하는 점에서 옥녀는 세란과 흡사했다. 조그만 몸 속 어느 구석에 그런 무진장의 열정이 숨어 있나를 의심하면서 단주는 까빡 취해 버리고야 말았다. 탁하고 혼몽한 속에서는 한 모금의 찬물을 원하게 되듯 단주에게는 으레 한 줄기의 깨끗하고 맑은 것——미란을 생각하게 되는 것이 버릇이었다. 세란과의 때에도 번번이 미란의 자태가 날카롭게 솟던 것이 이제 옥녀와의 불더미 속에서도 역시 미란의 초초한 환영이——그만이 세상에서 귀하고 신성한 것인 듯 눈부시게 떠오르는 것이다. 정신을 차리고 손을 내미는 것이나 환영은 손가락에 닿지 않고 깜박 꺼지고 자기의 몸만이 추접한 불더미 속에 남는다. 불더미 속이 답답해지고 구역이 치밀면서 좀더 맑은 정신으로 사라진 환영을 찾고 높은 것을 구하려는 마음에 벌컥 자리를 일어서려면 옥녀의 손이 놓아 주지 않는다. 옥녀를 박차고 나가서 많은 바람을 쏘여야겠다는 의욕이 솟으면서도 눈앞의 바오리에 묶여 꼼짝달싹 못하면서 번민 속에서 헐덕거리게 되는 것이 피할 수 없는 운명같이 여겨지면서 자기가 파놓은 함정 속에 빠져서 헤어나지를 못하고 언제까지나 신음하는 셈이었다.

단주가 그리워하고 꿈 꾸는 미란에게는 영훈과의 맑은 사랑이 날로 덥게 피어 가는 중 푸른 집의 혼탁한 열정이 반드시 전염되었을 법은 없으나 별장에도 돌개바람같이 혼란이 오게 되었다.

음악도 시들해지고 춤들도 단조로워져서 다른 신기한 소일거리는 없나

하고 고심들하게 되어 유다른 것이 있으면 정신을 쏟게 되었다. 피서로서는 역시 도회 가까운 바닷가가 변화 많고 번화해서 낫다는 것을 깨달으며 세란은 한시를 무료히 여기게 되었다. 미란과 영훈의 무료해하지 않는 자태들을 바라보면서 그 향기를 자기도 한몫 맡고는 싶으나 영훈은 단주와는 애초에 인금이 다른 것이요, 손가락 하나 범하는 수 없어서 아쉬운 대로 단주나 속히 왔으면 원하면서 현마와만의 단조한 풍습에 싫증이 났다. 하루는 등산의 제의가 나자 세란도 무거운 몸에 잠방이를 입고 룩색을 짊어지고 따라 나섰다. 영훈까지 끼여서 일가 총출동으로 앞개울을 건너 물줄기를 따라 올라갔다. 일대에는 싸리꽃이 흔해 그 꿀의 풍미가 훌륭하다는 바람에 수나 좋으면 벌집을 만나 꿀을 빼어 오자는 것이었으나 벌은 눈에도 뜨이지 않고 험한 숲속을 헤치노라고 결국 반날의 노독을 얻어 가지고 돌아왔을 뿐이나 날을 지우자는 것이 목적인 그들에게 그 하루의 원족으로서는 흡족한 것이었다. 유쾌한 소득이 있다면 개울가를 더듬어 내려올 때 눈에 뜨인 한 자웅의 사슴의 아름다운 정경을 보았음이다. 깊은 골짝에서 물을 마시러 내려온 모양인 듯 반석 위에 서서 긴 목을 뽑고 유유하게 물을 마시는 알록 자웅의 광경이 속세의 것 아닌 고결한 것으로 보였다. 그 산골짝의 인상적인 그림이 가슴속에 배면서 골짝을 더듬어 내려오는 것이 미란에게는 여간 유쾌한 것이 아니었다. 부락까지 돌아왔을 때에는 피곤한 김에 해는 길게 남았어도 일이 손에 잡히지 않아서 온천으로들 내려가 목욕을 하고 이른 저녁을 먹고는 늦어서야 별장으로 돌아왔다. 피곤은 했어도 긴 날이어서 초저녁부터 침실로 들어가기도 멋쩍은 판에 객실에 불을 켜놓고 이곳 저곳에 앉아 소설책에 정신을 팔기 시작했다. 다 각각 몇 권씩의 소설책들을 지니고 왔던 것이 다행이어서 산 속에서는 영훈이 날마다 온천에서 갖다 주는 신문과 함께 오락물의 하나가 되었다. 평소에 책읽기를 싫어하고 잔 한 줄 한 줄을 어떻게 꼼꼼스럽게 읽어 가노 하고 글과는 담을 쌓고 있던 세란이나 죽석도 별수없이 무료한 속에서는 그 한 줄 한 줄을 꼼꼼스럽게 읽을 수밖에는 없었다. 기껏 가지고 왔다는 소설들이 《데카메론》이나 모파상의 장편소설이니 슈니츨러의 단편들이니 하는 것들이어서 그런 소설들을 차례로 읽으면서 세란은 자기 비위에 맞는 대문만을 이해하고 감동하면 그만이었다.

그날은 무슨 책들을 나눠 쥐었는지 뻔히 서로들 아는 책이면서도 진진한 대문을 읽을 때에는 일종의 비밀을 느끼면서 자기만이 그것을 알고 있는 듯 숨은 기쁨을 입속에 가만히들 감추었다. 현마가 읽고 있던 것은 초서의 《캔터베리 이야기》의 번역이었다. 〈방앗간집〉의 요절을 할 이야기엔 눈초리에 주름을 잡으면서 술잔으로 한 모금 한 모금을 축이고 있노라니 세란과 미란이 뛰어와서 조롱을 하면서 위스키의 병을 번갈아 빼앗아서 한 잔씩들 기울이는 것이다. 술을 먹는 버릇도 별장에 와서 익힌 것인데 심심한 판에 맛보게 된 것이 이제 와서는 제법 쓸쓸할 때의 술 먹는 맛이라는 것을 알게 되었다. 죽석의 허물인지도 모르기는 하다. 떠날 때에 가게에서 순수한 외국치라고 자랑삼아 포도주니 큐라소니 진이니 위스키니를 여러 병씩 짐 속에 넣었던 것이다. 현마 혼자로서는 그 많은 것을 다 제칠 수는 없는 노릇이어서 옆에서 거들기 시작한 것이 먹게 된 시초였고 현마는 양코스키의 아들 왈리엘 군과 어느 결엔지 친하게 되어 위스키 병이나 들고 가면 워카를 몇 병이든지 바꾸어 올 수 있어서 별장에는 술만은 뻴 새가 없었다. 세란과 미란이 현마에게 매어달려 술들을 뺏는 것을 보고 죽석도 식성이 동하지 않는 것이 아니어서 슬그머니 일어나서 포도주 한 병을 들고 나온다. 여자들 비위에는 그것이 맞는다는 듯이 세란과 미란은 즉시 그리로 몰려가서 세 사람이 한패가 되어서 현마와 대거리나 하는 듯 불란서에서 왔다는 떫은 포도주를 벌떡벌떡 켜는 동안에 접시 위에 햄을 베어 놓고 치즈를 저며 놓고 완전히 술추렴이 되고 말았다. 피곤한 판에 자옥하게 저물어 가는 창 밖을 내다보면서 한 잔 두 잔 기울이는 것이 제법 홍취가 도도해지면서 도회에서 맛보지 못하던 홍취를 숨은 산 속이기 때문에 맛볼 수 있게 되었음을 행복스럽게 여기는 동안에 흠뻑들 취해 갔다. 어른 앞에서 못하던 장난들을 어른이 없는 새에 숨어서 살며시들 해 보는 아이들의 놀음과도 같은 것이 여자들의 술타령인지도 모른다. 읽던 책들도 던져 버리고 수군덕수군덕 이야기들을 하다가 거나한 김에 축음기를 틀어 놓고 춤을 추다가는 흔들거린다 쓰러진다 하는 것이었다. 현마도 혼자서 조금씩 머금을 때에는 모르던 것이 눈앞에 어릿거리는 여자들의 자태를 바라볼 때 눈이 흔들거리면서 까빡 취했음을 깨달았다. 건들건들 춤 추는 것을 보고 있으려니 전신이 휘뚱휘뚱 기울어지면서 들고 있는 책의 활자가 요술같이 커졌다 작아졌다 해 갔다. 미란이 와서 책을 차 버리고는 손목을 끄는 바람에 허전허전 일어서서 그 숲에 한몫 끼이게 되었다. 미란은 유쾌한 마음 같아서는 뛰어가서 영훈을 끌고도 오고 싶었으나 취한 꼴로 밤길은 위태할 것 같아서 내일도 날이거니 하고 섭섭한 생각을 억제할 수밖에는 없었다. 춤이 아니라 쓰러지고 붙들고 난장판이었다. 현마는 닥치는 대로 세 사람을 붙들어서는 팔목을 쥐고 발등을 밟고 하는 통에 나중에는 그에게 붙들리지 않으려다가 그대로 까막잡기가 되어 버렸다. 현마는 손수건으로 두 눈을 싸매우고 방구석으로 몰려다니는 세 사람을 잡으려고 팔을 벌리고 어둠 속을 더듬게 되었다.

"두 눈을 싸매고 내 찾으려는 것 그 무엇이냐……."

소리를 높여 타령을 시작하면서 조심스럽게 발을 떼놓는다.

"……눈은 어둡구 앞은 맥히구 날은 저물구 길은 먼데 내 찾 으랴는 것 무엇이며 내 원하 는것 무엇 이냐 꼭 한 가지 원하는 것 무엇 이냐 자나 깨나 원하 는것 무엇이냐 자나 깨나 원하는 것 무엇이냐 하늘 에 두말 못 하구 땅에 다두 말 못 하구 달에 다두 말 못 하구 새에 게두 말 못하구 맘 속 에만 파묻어 두구 내 일상 바라 는 것 무엇 이냐……."

"취했어 취 했 어 잠 꼬 대를 하나 성주 풀이를 하는 셈인가 경 상도 안 동 땅에……."

세란 자신 취해서 비틀거리다가 벽에 면상을 부딪히고 비틀비틀 되밀려 나오는 것이었다. 뒤를 따르는 현마도 같은 벽에 호되게 맞치면서 쓰러지더니 털고 일어나 여전히 중얼거린다.

"……황금 이냐 아니 로다 권력 아냐 아니로다 부귀 두 아니요 영화 두 아니 요 내 일생 원 하는 것 아무 게두 말 못할 내 맘속에 만 감 돌구 있는 것 생각 만 해두 무안하구 무섭구 그러나 내 목숨 있는 동안 자나 깨나 뗼 수 없는 생각 이 몸이 멸망하기 전에는 어쩔 수 없는 생각 성인 군자의 맘 내 모르고 석가 예수의 속 내 몰라 두 범부의 이 내마음 거짓 없는 이 내마음 어쩌는 도리 없도 다."

"수수꺼낀 가 장타령 인가. 그럼 난 여자의 맘을 일러 주지. 여자가 세상 에서 제일 원하는 게 무엇 인데. 어디 어디 알아 보면 용하지……."

휘젓거리다가 세란은 의자를 차면서 쓰러진다. 현마 또한 밀리는 의자에 다리가 걸려서 쓰러지면서 세란을 잡아 버렸다.

"여자 가 제일 원하는 것, 그까짓 걸 모를 까봐. 사내를——쵸——서 가 머 랬 드 라——옳지 사내를 깔랴 는것, 내 주장해 보랴는 것. 에잇 싫다 세상 에서 여편네같이 시들 한게 있을까. 늘 신는 구두 식성없는 아침 상 빛낡은 옥편책 중한 지는 모르나 시들 하고 김 빠진 것 내 원 하는 것 그것 아니다 물러 가라 내 앞을 막지 마라 내 찾는 건 아직 멀다……."

밀쳐 버리는 바람에 세란은 마루에 코를 박고 넘어졌으나 혼몽한 속에서 무엇이 무엇인지를 분간하지 못하며 세상이 돌아가는지 섰는지 자기를 밀친 것이 천사인지 악마인지 아물아물하는 의식 속에서 두 눈을 가슴츠레 뜨고 있을 뿐이었다. 고기 떼같이 함께 몰려다니고 있던 죽석은 의식이 혼몽한 속에서도 온전히 정신들을 잃은 미친 짓들에 겁이 나면서 그만 침실로 숨어 버릴 양으로 세란의 팔을 끄는 것이었다. 떼에서 밀려난 외마리 고기같이 아직 의자 좌우로 빙빙 도는 미란을 쫓으면서 현마는 여전히 웅얼거린다.

"솔로몬 이 부럽 다면 그의 왕위 아니요 그의 보물 아니요 그의 지혜 원할 소냐 내 탐내구 부러 워 하는 건 그의 사랑 수많은 사랑이로다 무수한 아내 로다 그의 행복 속에서 가장 행복 된 것이 사랑 이로다. 내 솔로

몬 되기를 원하나 원하는 사랑 한가지두 얻지 못했도다. 그를 생각 할때 내맘 뛰구 내 속 타다 흡사 내 고향 인듯 그걸 생각 할때 슬퍼 지구 눈물 지다 고향 떠나 살수 없는 듯 근심에 차서 가슴 쓰리 도다 밤중에나 새벽에나 아이 같이 눈물 지으며 먼 하늘 바라 보구 먼 별 생각 하며 고향을 얻을날 원 하도다……."

죽석은 세란을 데려다 누이고 자기도 침실에 들어가 문을 닫아 버린 뒤였다. 그제서야 미란도 자기 혼자만이 남아서 쫓기고 있는 것을 깨닫고 멋도 없거니와 지치기도 한 판에 현마에게 항복을 하고 화평을 구하려고 했다.

"우리두 그만들 두어요. 밤두 깊었으니 어서들 쉬세요."

"나는 항복을 바라지 않는 사람 평생을 걸려서두 찾을 건 찾구야 말걸."

달려드는 현마의 기세에 미란은 웬일인지 덜컥 겁을 먹으면서 허둥지둥 뛰어서 자기 방으로 들어갈 때 현마도 뒤를 쫓아 그를 문간에 잡아 버린 것이다.

"내 원하는 건 그대 내 잡으려는 건 그대——"

죽석과 세란들은 침대에들 쓰러져서 눈들을 감았을 뒤이라 강감한 속에서 미란은 취기가 사라지고 정신이 떠었다.

"얼른 방에 가 주무세요."

"애써 잡은 걸 그렇게 호락호락 놓을 줄 알구."

눈을 싸맸던 손수건을 풀어 버리고 현마는 앞으로 다가선다. 그와 함께 여러 해를 살았고 그의 아래에서 철이 들다시피 했건마는——함께 동경을 여행했을 때에는 같은 여관에 들고 피아노를 사준다기에 입술까지를 허락했던 그였마는 그날 밤 그 순간같이 무섭고 험상궂게 바라보인 것은 없었다. 동경 여행 때에는 자기의 지각이 덜 나고 그의 태도도 부드러웠던 탓일까. 오늘의 그는 부드럽기는커녕 세상에서도 사납게 진저리나는 것으로 바라보인다.

"들어오면 소릴 지를 테예요. 모두를 깨나서 집 안이 빨끈 뒤집히게."

"어디 질러 보지. 내일로 세상이 뒤집히구 내 한몸이 멸망한대두……. 날 아저씨로 여기지두 말구 악마로 여기든지 무엇으로 여기든지 소원대로 ——"

"정말 지를 테예요."

"이러거든."

방문이 덜컥 닫히면서 두 사람은 바람에나 불린 듯 한꺼번에 방 안으로 밀려 들어가고 말았다. 순간 미란의 날카로운 목소리가 찢어진 듯도 했으나 금시 자갈을 머금은 말같이 목소리는 끊어졌고 도수장으로 끌려 들어간 후의 무서운 침묵만이 남는 것이었다.

두 눈을 싸매고 두 팔로 더듬으면서 내섬긴 현마의 장황한 성주풀이는 취한 바람에 나온 헛소리였던가 진정으로 나온 참소리였던가. 현마 자신에게 물어도 모를는지 모른다. 그는 사실 자신의 마음조차도 똑바로 헤아릴 수는 없었던 것이다.

온전히 악마의 변신이었다. 만약 도회의 집이었던들 그래도 거기까지 이르지 않았을는지도 모른다. 늘 살던 집 늘 살던 습관과 질서 속에서는 아무리 마력을 빌린다고 해도 수월하게 인습과 질서를 깨뜨릴 수는 없다. 달라진 주위환경과 서먹서먹한 분위기 속에서는 개힘이 나고 부락용기가 솟는 법으로 산 속의 익숙하지 않은 공기와 허수한 풍속이 사람들의 마음 속에 틈을 주어 허렁하게 만들어 놓았던 것이다. 현마의 음모와 불법은 확실히 땅의 궁벽함에도 말미암았다고밖에는 볼 수 없었다.

얼마 후 미란이 문을 박차고 내달아왔을 때에는 넋을 잃은 것같이 기맥이 빠져 보였다. 어쩔 줄 모르고 미쳐서 날뛰는 고패를 지난 후 실망과 낙담 속에 가라앉은 그때의 고요한 자태였다. 어깨가 떨리는 것은 느끼는 까닭인 듯하다. 기어코 목소리를 놓으면서 울음이 터지는 것이었으나 즉시 목을 누르고 입을 막는 까닭에 울음 소리는 뚝뚝 끊어지면서 그 대신 전신이 파도같이 흔들렸다. 현마가 따라나와 잠자코 고요한 속에서 미란의 어깨를 어루만진다. 허물을 진 직후의 사람의 마음같이 착하고 어질어지는 때는 없다. 현마의 평생으로도 그 순간같이 마음이 아름다워지고 동정이 솟은 때는 없었으리라. 미란의 어깨를 어루만지는 그의 손에는 거짓도 음모도 없었던 것이요, 다만 측은히 여기는 마음이 있을 뿐이었다.

"미란이 생각엔 지금 내가 오죽이나 미울까. 밉거든 어떻게든지 마음대루 속시원할 대루 해두 좋아. 원수를 갚든지 어쩌든지. 어떤 괴롬이든지 달게 받을게."

그러나 미란은 어깨를 다치는 그의 손을 물리쳐 버리면서 잠자코 넓은 객실을 걸어간다. 세란과 죽석은 아마도 지금쯤은 단꿈 속을 헤매이고 있을 듯, 한지붕 아래에 망간 일어난 비극을 알 도리도 없이 집 안은 더없이 고요하다.

"어떻게 하면 미란이 맘이 시원할꾸. 내가 지금 이 자리에 쓰러져 보일까. 내 손으로 내 몸을 죽여 보일까. 소원이라면 내 무엇이든지 하지."

미란이 문을 열고 밖으로 나가려 할 때 현마는 처녀의 고집에 겁이 났다.

"야밤중에 어디루. 이 어둡구 늦은데."

따라나갔으나 미란은 밖으로 나가자 놓인 말같이 어둠 속을 쏜살같이 내달으며 돌아다보지도 않는다.

"미란이, 미란이……."

부르면서 몇 걸음 따라 내려가도 헛일이어서 미란의 자태는 볼 동안에 어둠 속으로 사라져 버렸다.

"미란, 미란이……."

목소리조차 없다. 야밤중이라고는 해도 그 주제로 뒤를 쫓는 것이 수상하고 우스울 것 같았고 미란의 달아나는 방향이 온천 쪽임을 안 까닭에 영훈에게로 가는 것임이 틀림없을 듯해서 현마는 그대로 발을 돌리는 수밖에는 없었다.

"내 진 죄가 그렇게두 큰가. 무슨 벌이든지 달게 받을 테다. 무슨 벌이든지…….”

그것을 원할 때에는 그 원만이 세상에서 가장 바르고 떳떳하고 귀한 줄 알았던 것이 지금 와 보면 그 귀한 원이라는 것이 별것 아닌 자기 한 사람의 욕심이었던 것을 안 것이다. 남의 뜻을 뺏고 희생해서 손에 넣게 되었을 때 그것은 벌써 원이 아니고 죄였다. 그 허물을 덜기 위해서 무릎을 꿇고 합장을 하고 빌고 싶은 마음조차 솟았다. 방으로 들어와 의자에 주저앉았을 때 던져진 소설책들이며 쓰러진 술병들이며 까막잡기를 한 뒤의 어지러운 모양이 밝아 가는 현마의 눈에는 여러 해 전에 지나간 옛일의 장면같이 먼 것으로 어리우면서 무거운 생각이 가슴속에 꽉 차고 들어앉는 것이었다.

이튿날 아침 별장에서는 북새가 일어났다. 간밤 까막잡기 이후의 일을 모르는 세란과 죽석에게는 미란의 자태가 안 보임이 수상도 하고 걱정도 되었다. 산보를 나간 것이면 얼마 안 가 돌아오려니만 짐작한 것이 아침이 훨씬 넘었고 아무리 영훈에게는 놀러 간다고 해도 때를 빠진 일은 없었는데 하고 근심을 할 때 현마도 겉으로는 시침을 떼고 있으나 걱정되지 않는 바 아니어서 스적스적 온천으로 내려가 보았다. 놀란 것은 온천에도 미란의 자태가 없는 것이다. 영훈은 현마의 설명을 듣고 걱정을 하면서 근처의 수풀 속과 개울가를 찾아보나 종시 눈에 뜨이지 않는다. 그 길로 별장으로들 올라왔을 때 미란이 돌아왔을 리는 없었고 별장 안은 발끈 뒤집혔던 것이다.

미란은 간밤 무서운 절망 속에서 영훈을 찾재도 마음이 허락되지 않았고 그렇다고 여관에 밤중에 투숙할 수도 없어서 겁도 잊어버리고 시오 리나 되는 밤길을 역까지 걸어갔다. 걷는 동안에 눈물도 말라 버려서 처음에는 캄캄하던 마음속에 차차 영훈의 자태가 들어오기 시작하면서 내내 마음을 위로하고 채워 주는 것이었다. 막차 시간을 대어서 서울 가는 차에 몸을 실었다. 그런 줄을 꿈에도 알 리가 없어서 현마들은 혹시 철없는 짓이나 저지르지 않았을까 하고 종일토록 산 속과 물 속을 헤매이다가 저녁때가 되었을 때 마지막 희망을 가지고 현마는 미란을 찾아 한 걸음 먼저 고향으로 가기로 했다. 단주에게 전보를 쳐서 자기와 교대로 떠나도록 분부해 놓고 역으로 향해 저녁차로 떠난 것이었다.

단주는 전보를 칭탁해서 옥녀를 간신히 떼놓고 구미양행의 만태와 함께 후반기의 늦은 피서를 떠나게 되어 역시 그날 밤차를 탔다. 그런 까닭에 이들 일행과 현마와는 타고 있는 차 속에서 길이 어긋나서 남북으로 각각 다른 목적들을 품고 모르는 속에서 어깨들을 스치고 지난 것이었다.

현마는 서울을 거쳐 일 주야 만에 고향인 도회지를 찾은 것이나 그다지도 마음을 죄게 한 미란의 자태가 집에도 없는 것이다. 옥녀는 눈을 멀뚱하게 뜨고 대체 웬일들인가 필연코 무슨 일이 있었지 하면서 현마를 바라보았다. 집으로 안 들어온 이상 고향으로 돌아왔을 리는 만무하다고 현마는 회사 사무실도 보고 영훈의 연구소도 기웃거린 후에 크게 실망하는 수밖에는 없었다. 뉘우침이 커 가고 근심이 늘었다. 집에 들어가 대청에 앉을 때에는 주인없는 피아노의 검은 자태가 유난스럽게 눈을 끌면서 원래의 시초는 저것이 아니었던가 그까짓 피아노쯤이 미란에게 비기면 무엇인가, 나라를 가졌다면 그 반이라도 끊어 주고 싶은 미란이 아닌가 싶으며 저지른 허물을 생각할수록에 미란을 고결한 것으로 여기는 마음도 커졌다. 사무소에 우두커니 앉아 있어도 머리에 떠오르는 것은 미란의 자태여서 몸이 무겁게 그 무엇에 끌리우곤 했다.

미란의 자태가 영훈의 연구소 방 속에 숨어 있을 줄은 아무도 몰랐다. 도착하는 즉시로 그곳에 숨은 것이 두문불출 낮이나 밤이나 올빼미같이 그 속에서 혼자 지내 왔다. 상처를 입은 그 몸으로는 완전한 것밖에는 생각할 것이 없었고 영훈에게 대한 사모는 날로 간절해 갔다. 좁은 한 칸 방이 그에게는 편안한 안식처였다. 바로 영훈의 자리에서 영훈이 하던 것같이 잠자고 일어나고 하는 속에서 몸의 허물을 생각하고 허물 속에서 깨끗한 심정을 돋우면서 수녀가 수도원에서 기도생활을 하는 것같이 꼭 한 가지만을 생각했다. 영혼을 생각하는 것은 별것 아니라 수녀가 주를 원하는 바로 그 마음이었다. 상처 있는 몸으로 그를 생각하고 사랑하지 못할 법은 없을 것이며 상처가 있으므로 더욱 그를 바라고 붙잡을 특권이 있는 것이 아닐까. 주인 없는 방을 독차지하고 문을 걸고 오는 사람들을 따버리는 것이 그로서는 불측한 짓으로 여겨지지 않고 차차 당연한 것같이 느껴지는 것이었다.

별장에서는 단주와 만태를 맞이하게 되자 두 사람씩이나 인물들이 변한 까닭에 기분들이 일신되고 기풍이 새로워졌다. 죽석에게는 만태로 해서 비로소 피서의 의미와 생활의 기쁨이 생겼고 세란에게도 단주는 처음부터 원하던 인물이어서 두 사람은 함께 새날을 맞이한 것 같았다. 피서가 시들해지던 것이 다시 흥을 띠어 가고 만태가 풍족하게 가지고 온 양식이니 술이니 하는 것으로 핍박해 가던 사람도 풍성풍성해 갔다. 죽석이 흡사 가제 시집 온 신부같이 만태를 대할 때 세란도 전에 없던 기쁨으로 단주를 맞은 것은 사실이었다. 두 쌍의 부부같이 이야기하고 웃고 놀고 눈에 보이지 않는 곳에서도 세란과 단주 역시 죽석들 부부의 형식을 본받았다. 세란은 단주를 꼬집으면서 집에서 성하게 지냈느냐고 옥녀를 다치지 않고 제대로 점잖게 지냈느냐고 족치면 단주는 아우성을 치면서 고개를 절레절레 흔든다. 정말, 정말이지, 만약 건드렸다면 그대로는 안 둘 테야, 둘 다 내쫓을걸, 더욱 족치면 단주는 얼굴이 파랗게 질려 가면서, 그까짓 옥녀가 무어게 누가 그까짓, 펄펄펄 뛰면서 무릎을 쥐고 도는 것이었다. 요란한 소리에 만태들은 방문을 비끔히 열고 세란들의 방 쪽을 건너다보면서 눈살을 찌푸리고, 일은 났어 집에다 공연히 족제비들을 기르다 현마 망신할 날두 멀지 않았지, 쓸데없이 첩은 왜 두구 미소년은 왜 사랑하는 거야, 아무리 지각없는 것들이기루 환장을 한 셈이지, 자기들을 길러 주는 주인의 눈을 속여 그래 저렇게까지 농탕을 칠 법이 있단 말인가 하면서 아내 죽석에게 몸서리를 쳐 보였다. 세란의 열정은 날이 갈수록 더해만 가서 단주는 무더운 정염에 둘러싸이고 있을 때에는 일신의 뼈 끝에서 푸른 불꽃이 날리는 듯한 피로감이 나고 문득 독약 냄새를 코끝에 맡은 것 같은 착각이 생겼다. 옥녀에게도 같은 것을 느끼던 판에 이번의 피서는 일종의 도피행인 것이었으나 세란에게서 또다시 전날의 연속을 당하고 날 때 생각나는 것은 미란뿐이었다. 이번 걸음도 미란을 만나자는 것이 큰 목적이던 것이 와 보니 그의 자태는 어디론지 빠져 버렸던 것이다. 세란들의 불충분한 설명으로는 그가 대체 집으로 간 것인지 어쩐지조차도 추측할 수 없어서 도리어 근심을 산 셈으로 날마다 생각나는 것이 그였다. 그렇다고 세란의 체면 앞에서는 오던 길로 다시 돌아설 수도 없는 노릇이어서 우울한 시간이 많았다. 수선스런 별장 안의 공기를 떠나서는 홀로 길을 거닐고 개울가에 나가는 때가 늘었다.

미란에게 대해서 같은 회포를 가지고 역시 홀로 온천길을 거닐고 바람을 쏘이려 개울가에 나가는 것이 영훈이었다. 대체 무슨 일이 있어서 어디로 별안간 종적을 감춘 것인가. 하기는 별장의 공기라는 것이 온전한 것이 아니고 병든 데가 있어서 모르는 결에 자기도 눈썹을 찌푸리는 때가 있었던 것이요, 도대체 그 집안 식구들의 기풍이 밖에서는 엿볼 수 없는 그 무슨 숨은 그림자와 으늑한 그늘을 감추고 있기는 했으나 미란의 일신상에 대체 어떤 불측한 일이 있었기에 나에게까지 말이 없이 사라진단 말인가. 언제인가 일신상의 상처를 암시하면서 그것이 얼마나 마음을 아프게 에우는지를 말한 일이 있었으니 아무리 그에게 상처가 있단들 전신이 피투성이라고 한들 내 마음이야 변함이 있을 것인가. 왜 말도 없이 사라져 버린 것인가——곰곰이 생각하면서 회포는 진하지를 않았다. 음악에 대한 생각도 요새 와서는 미란보다 지위가 떨어져 작곡의 계획도 흐지부지 헤뜨러지기가 일쑤였다. 사랑이 없을 때 '아름다운 것'의 노래가 나오지를 않으며 개울물 소리를 들어도 나뭇잎 나부끼는 소리를 들어도 악보 위에 적어야 할 아름다운 감흥이 솟지를 않는다. 넓은 반석 위에서 단주를 만나면 그 야릇한 집 안의 한식구인 그의 꼴이 불유쾌한 것으로 보이면서 번번이 머릿속이 혼란해 갔다. 내가 모르는 비밀을 도리어 저녀석이 알고 있지나 않을까, 나를 돌려 놓고 저녀석도 그 비밀 속에 한몫 참가해 있는 것이 아닐까. 적어도 미란에게 대해서 나보다 한층 위에 것을 알고 있는 아닐까——하는 의혹이 생길 때에는 견딜 수 없이 몸이 수물거리면서 한동안 행복스럽던 것이 왜 금시에 이렇게 불행하게 된 것인가, 행복이라는 건 늘 구름같이 왜 그리 속히 꺼지는 것인가, 복잡한 괴롬이 솟으면서 마음이 어지러워 갔다.

그런 의혹을 품고 있음은 단주도 일반이다. 가까워 오는 영훈을 바라볼 때 저녀석이야말로 모든 일의 화근이 아니던가, 이번의 미란의 실종에도 속에 숨어서 계책을 꾸미고 농간을 부리는 것이 아닐까, 피아노를 가르치러 온 때부터 미란의 마음을 한꺼번에 빼어 간 것이요, 그후부터 미란의 마음속에서는 내가 떠나고 저녀석이 들어앉게 된 것이다. 비록 미란의 처녀지에 첫 발자국을 낸 것은 나라고 해도 미란이 그것을 뉘우치고 있음을 알 때 내 사랑은 여지없이 부서져 버렸다. 마음의 굴복이 첫째지 토지의 점령은 뜻없는 일이다. 나는 허수아비에 지나지 못하는 것이요, 진짜 행복을 차지한 것은 저녀석인 것이다. 나 없는 동안에 이 깊은 산 속에서 둘 사이에 무엇이 있었는지는 알 수 없는 것이며 저녀석은 모든 것을 빼어 간 엉뚱한 침입자요, 도적이 아닌가. 결혼이니 무어니 단말로 나를 꼬이고 달래더니 집안 사람들도 요새는 까딱 그런 소리도 없이 나는 완전히 빼돌리우고 말았다. 차라리 언제든가 그 첫 봄날 미란과 함께 도망을 쳤던들 일이 이렇게는 되지 않고 좀더 다르게 전개되었을 것을 헛물을 켜게 된 것이 아닌가. 생각할수록 원통하고 애달프고——하는 생각이 들며 영훈의 자태가 세상에서도 원망스러운 것으로 어리었다.

'저놈은 그대로 두어야 옳단 말인가?'

물소리도 바람 소리도 귀에 들리지 않으며 주의가 영훈에게로만 옮겨 가는 것이다. 버드나무 포기를 헤치고 조약돌을 밟으며 반석 위로 껑충껑충 뛰어 올라갈 때 피가 수물거리며 분이 치밀어올랐다. 이 저주스러운 존재를 왜 하필 이날 이 자리에서 만나게 된 것인가——자기 스스로도 그날의 흥분을 의아해하리만치 마음의 동요를 이기는 재주없었다.

"미란이 간 곳을 그래 자네두 모른단 말인가?"

싸움을 걸러 그 자리로 그렇게 그를 찾아온 것인 듯 단주는 영훈의 앞으로 나선다.

"내가 물으려든 말을 자네는 먼저 물은 셈이네."

영훈의 마음도 그 순간 단주와 똑같은 보조를 맞추는 것이다. 사랑이나 미움이나는 모르는 결에 교통하게 되는 것이다. 이쪽에서 사랑하면 저 편에서도 직각적으로 느끼는 것이요, 이 편에서 미워하면 고하지 않아도 본능적으로 그것을 깨닫게 된다. 단주의 미움은 번개같이 영훈의 마음속으로 전염해 갔다. 준비나 하고 있었던 것같이 퉁명스런 대답에 단주는 벌컥 화가 치밀었다.

"반달 장간을 한 곳에 있으면서두 간 곳을 모른다면 거짓말이거나 그렇지 않으면 팔불용이지."

"자네가 계책이나 쓴 것이 아닌가 하구 있었는데 이렇게 안달을 하는 것을 보면 그렇지두 않은 것 같아 안심은 되네만 사실 나두 몰라 딱해하구 있는 중이네."

"그 동안에 미란에게 무례를 한 것은 아니겠지?"

하고 싶던 말을 그 기회를 이용해서 물어 보고 마음의 안정을 얻자는 것이 영훈을 노엽힌 결과가 되었다.

"아무렇게 지냈든간에 자네에게 무슨 아랑곳인데."

"아랑곳이 아니구. 미란이 누군 줄 똑바로 알구나 말인가. 나와 결혼한다는 걸 알구나 말인가?"

"결혼——"

"자네는 피아노를 가르치는 선생에 지나지 않는 것이지 분수를 넘었다가는 코 다치리."

몸이 떨리는 것을 영훈은 참으면서 그의 태도를 될 수 있는 대로 대수롭지 않게 받으려는 생각이었다.

"결혼을 하든 무엇을 하든 뉘 알랴만 대체 미란이 자네를 얼마나 사랑하구 있는 셈인가. 어디 들어 보세나."

"사랑이구 무엇이구 그런 문제가 아니거든. 사랑 다음엔 무엇이 오겠나. 자네에겐 말할 필요두 없지만 벌써 사랑 여부쯤 문제가 아니야."

"무엇이 어째. 또 또 한 번……."

피가 화끈 달면서 영훈의 눈에 불꽃이 피어올랐을 때 단주는 의기가 도도해서 한 번 더 입을 놀리는 것이다.

"모든 것을 점령해 버린 이제 사랑 여부의 문제가 아니란 말야. 세상에서 미란을 제일 첨으로 알아 버린 것이 나란 말이네."

말이 끊어져 버린 것은 영훈의 주먹이 그의 입을 막아 버린 까닭이다.

"그것이 네 자랑이냐?"

영훈에게는 언제인가 미란이 은근히 암시한 그의 상처의 출처가 바로 단주임을 직각하고 그에게 대한 노여움이 불길같이 뻗쳐 올랐다. 얼굴에 진흙을 끼얹히운 듯 모욕을 느끼면서 분노와 괴롬이 한데 합쳐서 단주에게로 향했다. 영훈에게 비기면 단주는 아직도 격년의 차가 있어서 아이인 셈이었으나 와락 달겨들게 될 때 호락호락 눌러 버릴 수는 없어서 기어코 두 사람은 달라붙은 채로 얼리게 되었다.

"화평한 집 안에 엉뚱하게 뛰어들어선 모든 것을 문란하게 해 놓구 남의 맘까지 뺏으랴는 도적 같으니."

씨름이나 하듯이 뻗디디다가 결국 그 자리에 쓰러져서는 엎치락뒤치락 어울린 채 떨어지지 않는 것이다. 시원스럽게 때리고 눕히는 것이 아니라 끈적끈적 붙어 두 마리의 게같이 넓은 반석 위를 조금씩 밀린다. 반석 아래는 깊은 웅덩이가 져서 길이 넘는 물이 푸르게 고여 있는 속으로 헤엄치는 물고기 그림자가 어른거린다. 반석 높이래야 한 길 장간밖에는 안 되는 것이나 고기 떼는 그 바위 위에서 겨루고 있는 두 마리의 미끼를 바라고 있는 듯 좀체 헤어지지 않는다.

"간특한 계교를 미끼삼아 얼마나 남의 맘속에 괴롬을 주구 있는지를 생각하면 너 같은 죄인은 없는 줄 알어라."

"연구소니 무어니 하구 음악을 미끼삼아 여자들을 농락하는 부랑자 같으니……."

가야 때문에 연구소에서 싸우다가 그의 약혼자 갑재에게서 들은 똑같은 말을 단주의 입에서 들을 때, 영훈은 무지한 것에 대한 분이 한결 솟으면서 단주를 발길로 밀어서 모질게 돌 위에 던지고야 말았다. 단주가 일어설 때 다시 발길로 차려다가 또 한데 어울리고 말았다. 갑재에게 변을 당하던 때와는 반대로 단주에게 대해서는 영훈의 힘이 윗길이어서 물인지 불인지를 헤아리지 않는 언제 끝날지를 모르는 싸움이었다. 게같이 이 구석 저 구석 밀려다니다가 바위 아래 물 위로 떨어지지 않았더라면 날이 맞도록 두 사람은 갈라지지 않았을는지 모른다. 속히 결말을 지으려는 듯, 두 몸은 바윗가까지 밀려 나갔고 기슭에서 지긋들거리다가 물 속에 텀벙 빠지게 된 것은 한 사람의 뜻이 아니라 두 사람 공동의 의사인 모양이었다. 두 사람의 결머리가 다 물 속에 빠지는 것쯤은 대단히 여기지 않는 것이다. 바위 위에서 겨루던 두 사람은 물 속에서는 갈라질밖에는 없어서 바위를 떨어지는 순간까지도 내 약혼자다 손가락 하나 건드려 봐라 하고 고함을 치던 단주도 물 속에 잠기게 되니 그뿐 말을 뺏기어 버렸다. 물 위에 뜨면서 숨이 막혀 입을 버끔버끔하고 두 팔을 휘저으면서 별수없이 이제는 물과 싸우게 되었다. 웅덩이를 헤어나면 얕은 여울이 져서 흰 돌만 붙들면 고생은 면하는 것이나 단주에게는 그만한 재주도 없었다.

"약혼자니 무어니——물 속에서나 구해 보지."

영훈은 헤엄의 연습이 있었던 까닭에 물을 먹으면서도 웅덩이를 밀려나와 여울의 돌을 붙들었다. 물에 빠진 쥐여서 몸이 무거운 데다가 기맥이 쇠진해서 돌에다 몸을 의지하고 정신없이 하늘을 우러러본다. 하늘빛이 푸른지 흰지도 분간할 수 없고 미란의 자태도 적어도 그 순간만은 의식 속에서 잊혀져 버렸다. 웅덩이 속에서 허부적거리는 단주의 꼴이 가여웠으나 그렇게 생각하는 자기의 꼴도 역시 가여운 것을 깨달으면서 영훈은 이긴 것도 아니요 진 것도 아닌 그 속에서 갑재와 싸웠을 때와도 같은 비참한 꼴을 느낄 뿐이었다.

8

영훈의 방에서 마치 그 방의 주인인 것처럼 잠자고 일어나고 영훈만을 생각하고 지내는 미란에게는 참회의 수녀 같은 기쁨이 있었으나, 한편 그 기쁨의 반주를 하는 슬픔이 없었던 것이 아니다. 슬픔은 가야가 보내는 것이었다. 기괴한 인연을 맺게 된 가야는 언제든지 그의 뒤를 따르고 슬픈 그림자를 던져 준다. 음악실에서 북새가 있은 후로는 까딱 자태가 눈에 안 뜨이고 못 보아 온 지는 오래였으나 그 자태 대신에 혼은 날마다 연구소를 찾아온다. 방문을 잠가 놓아도 영훈에게로 오는 편지 속에 날개를 싣고 날아드는 것이다. 아침에 일어나 미란이 방 안을 정리하고 피아노 앞에 앉았노라면 문틈으로 배달부가 전하는 한 장의 편지가 삐죽이 들어와서는 마루에 떨어진다. 영훈에게로 오는 가야의 글씨임을 알 때 그대로 덮어 두기에는 마음이 허락지 않아서 기어코 헤쳐 보면 일상 하던 격식으로 한 장 종이 위에 슬픈 노래가 적혀 있곤 했다.

마음 덮이고
괴롬 더하면
때도 잊고
여위어 가다.

전에 그가 부르던 같은 노래의 계속이다. 참으로 지금쯤은 얼마나 여위었을까 생각하면 마음이 아파 갔다. 그렇게 되기 시작하면 그 하루가 전부 가야의 생각으로 채워져서 날이 맞도록 울가망한 것을 날이 새면 또 다른 편지가 숨어드는 것이다.

이 내 몸 부질없이
먼 하늘 헤매이다
불리는 잎새같이
날리고 또 날려서
한없이 병들어 가다.

가야의 눈이 떠오른다. 여위고 병들어 바람결에 날리는 것이 눈에 보이는 듯하다. 왜 그와 알게 되었던고, 왜 하필 영훈을 싸고 그와 맞서게 되었던고——기구한 인연이 원망스럽다. 가야는 남을 한하는 법도 없고 무턱대고 영훈에게 대한 마음껏의 정성을 보이고 있을 뿐인 것이 더욱 괴롭고 견딜 수 없다. 자기를 미워하고 저주해 주었으면 차라리 마음이 편할지 모른다. 악한 것보다도 착한 것 앞에서는 마음이 괴롭고 두려운 것인 듯하다.

이 괴롬 면하고
진할 날 언제리.
슬픈 노래 남기고
진할 날 언제리.

이 노래를 읽는 날 미란은 무서운 예감이 들고 겁이 벌컥 나면서 편지를 떨어뜨렸다. 마지막 노래나 아닐까 생각이 들면서 불길한 예감이 전신을 흘렀던 것이다. 수많은 노래를 불러 오다가 마지막 노래에 이른 듯——그 마지막 노래를 부르기 위해서 그 이전의 수많은 노래를 불러 온 것인 듯——느껴진다. 가야의 일이 아니고 바로 자기의 일인 것만 같아서 그 하루는 그 생각으로만 그득 찼었다.

짜장 이튿날부터 가야의 편지는 끊어져 버렸다. 미란은 이제는 오히려 그 슬픈 노래를 더 기다리는 마음으로 아침이면 단정하게 피아노 앞에 앉아 조바심을 하면서 문께를 바라보는 것이나 편지는 종시 안 오는 것이다. 슬픈 위에 슬픈 것을 기다리는 마음——슬픈 노래 더 안 오는 것이 미란에게는 도리어 불행이었던 것이다. 만약 가야에게 마지막의 불행이 있다고 하면 자기도 그 속에 한몫 참가해 온 셈이 되지 않는가——그의 슬픔의 원인이 되고 그의 불행을 한몫 거들어 준 셈이 되지 않는가——자기가 없었다면 가야의 비극이 그렇게 절대적으로 결정은 되지는 않았을 것이요, 반대의 결과를 가져왔을는지도 모르는 것이 아닌가——이런 반성과 번민이 솟았기 때문이다. 자기에게 유독 무슨 특권이 있기에 한 사람의 인격을 물리치고 그에게 불행을 주게 되었는가, 가야보다 낫고 그를 이길 무엇이 자기에게 있는가, 재주인가, 마음인가, 육체인가, 영훈을 사랑하는 마음에 있어서 그토록 간절한 가야의 순정이 자기에게 떨어질 법은 없는 것이며 그러면 육체——이것을 생각할 때 눈앞이 캄캄하며 괴로워 갔다. 육체로 말하더라도 자기가 가야보다 나을 것이 없는 것이 순결하고 맑은 점에 있어서 겹겹으로 허물을 입은 자기는 그 앞에 낯도 쳐들지 못할 처지가 아니었던가. 그 무엇 하나 가야보다 나은 것은 자기에게만 주어진 특권이라고는 없는 것이다. 참으로 훌륭한 사랑이라는 것은 목욕재계하고 맑은 마음으로 제단 앞에서 드리는 제사와도 같이 경건한 것이어야 할 때 허물없는 자랑과 영광으로 그 제사를 드릴 자격이 자기에게 있는 것일까. 영훈의 사랑을 받고 그를 사랑할 자격이 자기에게 있는 것일까. 영훈은 가야의 것이어야 한다. 가야의 사랑을 받고 가야를 사랑해야 한다. 사랑이 그렇게 호락호락 눈으로부터만 드는 것이라면 무슨 값이 있는 것인가. 영훈의 상대로는 가야만이 참으로 만 사람 중에서 선택된 단 한 사람의 자격있는 사람인 것이다. 그 옳은 길을 모르는 영훈을 띄여주고 인도해 주는 것이 자기의 의무요, 슬픈 가야를 위해서 보여 주어야 할 정성이 아닌가——이렇게 생각해 올 때 미란에게는 비장한 감격이 솟고 높은 정신이 싹트기 시작하며 그날 하루는 또 그 생각으로 날을 맞는 것이었다.

그러나 사람의 생각같이 수월하고 여러 갈래인 것은 없다. 생각은 자유로운 것이요, 반드시 행동의 동반을 요구하지 않는 까닭이다. 미란은 그런 희생의 정신 이상으로 영훈을 사랑하고 있는 것이다. 그 괴롬 속에서 돌연히 영훈을 맞이하게 되었을 때 미란은 모든 것을 잊어버리고 그의 애정 속에 머리를 묻었던 것이다. 단주와 싸운 이튿날로 영훈은 온천을 떠나 고향으로 향했다. 의외에도 자기 방을 차지하고 있는 미란을 발견했을 때 그 역 모든 것을 잊어버리고 전보다 곱절의 애정이 솟음을 억제하는 수는 없었다. 마음속에 여러 가지 질문과 불만과 문책을 준비하지 않은 바도 아니었으나 눈앞에 미란을 볼 때 그런 것은 자취없이 사라지는 것이요, 사모의 정만이 솟았다. 참으로 미란을 사랑하고 있음을 느끼며 그 정을 거역없이 받아들이는 미란의 태도에서 그 역 자기를 사랑함을 깨달으면서 두 사람은 그 순간 전까지의 생각은 고스란히 잊어버린 것이었다. 영훈은 가야에게 맡기고 자기 한몸은 빠지려고 생각하던 미란의 궁리가 종적없이 사라진 것도 물론 모르는 동안에 욕심이 마음속에 서리서리 서리워서 반성을 덮어 버리고 희생의 정신을 막아 버리고 있음을 자기 자신인들 어찌 알았으랴. 영훈이 책상 위의 가야의 편지를 발견하고 한 장 두 장 펴 보게 되었을 때에야 비로소 가야가 다시 커다란 제목으로 떠오른다.

"가야에게 무슨 일이나 있을 것 같은 예감이 자꾸만 들어요."

영훈은 마지막 노래를 눈으로 훑고 나서는 우두커니 창 밖을 바라본다.

"설마——"

"처녀의 맘이 안 그래요……. 가장 수월한 것인지두 몰라요."

"내 죄란 말요?"

영훈은 괴롭다 못해 화를 낸다.

"죄라면 차라리 제 죄죠."

기회를 잡았다는 듯이 뒤를 잇는다.

"말씀드리려구 벼르던 것이나 제겐 아무리 생각해두 가야를 희생시킬 자격이 없는 것 같아요. 제비를 잘못들 뽑았죠. 전신에 상처와 흠집투성이구 세상에서두 누추하구 부끄러워서 말 못하구 속이구 있는 것이 한두 가지가 아니구……."

"그만두라니까."

영훈이 막아 버리는 김에 말을 멈추어 버렸다.

"아무 말이나 하면 다 말인 줄 알구."

자리를 벌떡 일어서면서 책망하는 어조이다.

"속이긴 무얼 속이구 누굴 속인다구 속히 울 사람이 어디 있다구. 누군 몰라서 가만 있구 입이 없어서 가만 있는 줄 아나. 쓸데없는 건 말할 필요가 없구 캐낼 필요가 없으니 가만 있는 것이지."

"아니——"

영훈의 말에 놀라서 미란도 덩달아 자리를 일어서면서,

"——아신단 말예요. 대체 무얼 아신단 말예요. 절 어떻게 생각하신단 말예요 말씀해 주세요. 어서 말씀해 보세요."

조바심이 되고 안타까워서 발을 동동 구른다.

"그렇게 쓸데없는 말은 싫다니까. 말에는 반드시 필요한 것과 불필요한 것이 있구 진실이라는 것은 야릇한 것이어서 밝히는 것이 필요는 하면서두 무서운 때가 있거든."

사실 야릇한 것이 진실인 듯하다. 미란은 영훈에게서 모든 것을 들으려고 원은 하면서도 한편 공포에 마음이 죄어지는 것도 사실이었다. 떨리면서도 그래도 그 진실이 부질없이 듣고 싶은 것이다. 조르는 아이같이 영훈의 팔에 매어달렸다.

"시원스럽게 말씀해 주세요——제 일을 모두 아신단 말씀예요."

"결론을 먼저 말하지——무엇을 알았든간에 내 사랑에는 변함이 없다는 것."

팔을 붙들어서 의자에 앉히고 그 앞에 막아서서 그의 얼굴을 징긋이 노린다.

"——온천에서 단주와 싸워 버렸어."

그 한 마디의 반응이 미란의 얼굴에는 햇빛보다도 빨리 나타났다. 뜨끔하면서 얼굴이 달라지고 표정이 그림자같이 미묘하게 변했다.

"——단주나 현마나 다 같은 놈들이야. 애초부터 그 집 안 공기를 탁하고 불결하다구 느꼈더니 아니나다를까 그 혼란 그 계책——그러나 차라리 모든 것을 알아 버린 것이 내 스스로의 맘을 시험해 본 셈도 되어 내게는 다행하다구 생각돼서 쓸데없는 말은 하지 않으려구 한 것이 조르는 바람에……."

미란은 고개를 숙이더니 어깨를 떨기 시작한다. 두어 마디 느끼다가 기어코 터져 버린다. 목소리를 놓고 아이같이 우는 것이다.

"무거운 감정 죄다 털어 버리구 불결한 집 안을 벗어 나와 버리면 그만 아니오?"

"살아선 무엇하겠어요."

미란은 겨우 고개를 들듯이 하다가 도로 숙여 버린다.

"공연한 소리를 자꾸."

"저 때문에 길을 헤매시는 것만 같아요."

"귀찮게만 굴면 요번에는 내가 됩데 화를 낼 테야."

그러는 두 사람 앞에 별안간 나타난 것이 뜻밖에 가야의 소식이었던 것이다. 완전히 가야의 존재를 잊어버리고 자기들만의 사정으로 정신이 없을 때 그들의 주위를 끌려는 듯이 바람결같이 방 안으로 불어들었다. 미란은 울고 불고 속태우던 좁은 자기의 세상에서 눈을 뜨면서 어지러운 자기의 꼴을 돌아보고 자세를 바로잡았다.

낮이 훨씬 넘은 때였다. 문을 벌컥 열고 나타난 후리후리한 사나이를 두 사람은 찬찬히 바라보다가 겨우 갑재임을 알았다. 창 기슭에서 영훈과 싸우던 그 럭비 선수, 그의 머리를 미란이 화병으로 때려누이던 가야의 약혼자 갑재를 알아내는 데 왜 그렇게 한참 동안의 시간이 걸렸던지 모른다. 확실히 두 사람은 자기들의 일만에 정신을 뺏히우고 있었던 것이다. 싸우러 나타났을 것이 아닌 갑재는 성큼성큼 걸어들더니 전날의 그 버릇 그 표정으로 두 사람 앞에 막아서는 것이었다.

"다시는 안 올려구 했던 것이 또 이렇게 찾아오게 된 것을 생각하면 내 자신 가소로워서 못 견디겠으나 문을 연 순간 느낀 것이 세상에서 가야같이 불쌍한 여자는 없다는 것이네."

"가야니 무어니 또 시부렁거리러 왔나."

영훈이 정색할 때 갑재는 빈중빈중 입술을 휘면서 말을 똑바로 받으려고 하지 않는다.

"시부렁거릴 필요두 없거니와 자넨 벌써 싸움의 대상이 못 되는 것이며 나와 싸울 자격이 없어. 자네들 꼴을 보구 안심했다느니보다 자네를 멸시하기로 했네. 불쌍한 것은 가야야. 가야는 세상에서두 제일 무성의한 사내를 골라선 생각하구 사모하느라구 아까운 반생을 바친 거야. 자네 따위는 열두 번 죽었다 나두 가야의 사랑에 값 가지는 못하리."

"어쩌자는 수작인가 이렇게 장황하게."

"첨에는 가야를 원망두 했으나 지금 와 보면 가야같이 장한 여자는 없어. 마지막까지두 애를 쓰구 목소리를 놓아서 부르던 그 알뜰한 사내가 자네임을 생각할 때 자네같이 무도한 사내는 없구 가야같이 불쌍한 여자는 없단 말이야. 한 사람의 인간으로서 가야를 존경하구 자네를 미워하구 싶네."

"가야가 어쨌기에——"

영훈은 뜨끔해지면서 금시 목소리가 황당해졌다.

"마지막 정경을 보면 자네게두 눈물이 있으리."

"마지막이라니? 가야가——"

영훈은 외치면서 어느 때까지 능적을 부리는 갑재의 태도가 밉살스러웠다.

"병원에 누워서 얼마 남지 않은 목숨이라네. 아침에 약을 먹구 신음하면서 자네 이름을 부르는 것이——오죽하면 내가 이렇게 굴욕을 무릅쓰고 왔을까."

"어쩌나."

미란은 어쩔 줄을 모르고 무의미하게 그 자리를 설설 헤매이다가 겨우 방에 들어가 옷을 갈아입었다.

갑재를 따라서 병원으로 달렸을 때 간신히 마지막 순간을 대었다. 병실에는 집안 사람들이 모여들 있는 속에서 가야는 막 운명하려는 것이었다. 사람들의 얼굴에는 눈물이 번쩍일 뿐 무표정하고 심상들한 것은 눈앞의 죽음이 감동들을 빼앗아 버린 까닭인 듯하다. 가야는 눈앞을 와 막는 영훈의 그림자로 눈을 뜨고 입을 벙긋거리고 팔을 들려고 했으나 뜻을 이루지 못하고 그대로 눈을 감아 버렸다. 딴 세상으로 발을 옮겨 놓는 마지막 발디딤이었다. 느끼고만들 있던 울음이 한꺼번에 터지면서 방 안은 요란해졌다. 죽음이라는 것이 무엇이며 슬픔이라는 것이 무엇인지 분간할 수 없는 미란에게는 슬픔보다도 그 순간 겁이 버쩍 솟으면서 그 어지러운 속에 더 있기가 거북스러워서 문을 열고 복도로 나와 버렸다. 소파에 한참이나 고개를 숙이고 앉아서 방 안에서 새어나오는 울음소리를 듣고 있노라니 비로소 눈물이 솟으며 가야가 죽었다는 뜻이 확적히 깨달아졌다. 가야는 벌써 자기 세상 사람이 아니라는 것, 다시 볼 수 없다는 것, 다시 슬픈 노래를 적어 보내지 않는다는 것——이 알려지며 죽음의 뜻이 가슴을 쳤다.

'……다시 안 오는 것이라면 가야의 그 몸은 어떻게 되는 것인구. 무엇 때문에 자기 손으로 자기 한 목숨을 끊었는구. 슬픔은 그렇게두 큰 것인가. 죽음보다두 큰 것인가. 누구 때문인가. 영훈 때문인가 나 때문인가. 영훈을 위해선가 나를 위해선가. 세 사람이면 왜 안 되는 것인가. 왜 한 사람은 없어져야 하는가. 없어지는 것이 왜 가야의 차례여야 하는가. 가야보다두 나래야 옳은 것이 아닌가. 차례가 바뀌어진 것 같다. 내가 가야 옳은 것이다. 가야를 남기구 내가 가야 옳은 것을 가야가 잘못 가 버린 것이다. 내 허물이요, 내 죄요, 내 책임이 아닌가. 가야여, 왜 그리 조급하게 왜 그리 빨리 가 버렸는가. 나를 오죽이나 원망하구 오죽이나 한하면서 갔을까. 가야, 가야, 가야…….'

백 가닥 생각이 마음을 할퀴면서 울음소리가 터져나오고 말았다. 가야의 눈과 표정이 피뜩피뜩 머릿속에 떠오르자 몸부림이 나면서 사람들의 눈치조차 무시하고 목소리를 놓아 버렸다. 방문이 열리는 바람에 방 안의 수선스런 기색이 물결같이 밀려나왔다. 소파에 나와 앉은 것은 영훈이다. 미란 옆에 주저앉아 손수건으로 얼굴을 가리우더니 그 역 봇살같이 울음이 터졌다. 느낄 대로 느끼고 몸을 떨 대로 떨었다. 영훈이 추스리는 바람에 미란은 한층 감정이 볶이우고 울음이 더해졌다. 두 사람에게는 지금 우는 것밖에는 없다는 듯 마음껏 우는 것이 가야에게 보내는 정성이라는 듯——눈물이 뒤를 이었다.

죽음은 정리를 가져왔다. 슬픔은 그 정리를 위해서 요구되는 희생인 듯하다.

영훈과 미란 두 사람에게는 한동안은 가야의 죽음이 세상에서 제일 큰 사건이어서 그것을 생각하고 슬퍼함에 마음과 몸을 그대로 바쳐 왔다. 아침에 잠을 깼다 밤에 다시 잠들 때까지 무엇을 하든간에 그것은 마음을 붙들어서 뜻대로 떨쳐 버릴 수는 없었다. 시간을 쌓는 수밖에는 길이 없었다. 죽음이니 슬픔이니 하는 것이 세상의 큰 괴변이라면 그런 것들보다 한층 윗길의 괴변이 시간이다. 시간이 주름 잡히는 동안에는 죽음이니 슬픔이니 모든 것이 신통하게도 주름 사이에 접혀 들어가서 잊혀지고 정리되어 버린다. 날이 거듭되고 주일이 거듭되어 한 달이 지나는 동안에 두 사람에게는 가야의 죽음에서 받은 상처가 점점 나아지고 눈물 자취도 뿌덕뿌덕 말라 갔다. 평화롭고 고요한 추억 속에서 두 사람은 가야를 차차 멀고 그리운 것으로 생각하면서 겨우 자기들 일신 위로 주의를 돌리고 생활을 정리하게 되었던 것이다.

생각하면 두 사람의 생활의 정리를 위해서 가야는 가 버린 셈이나 둘만이 남았던 까닭에 생각은 단출해지고 방향은 단순해졌다. 두 사람에게 누구보다도 가장 가까운 것이 가야였다. 영훈이 미란을 생각할 때에도 그 등뒤에는 반드시 가야의 자태가 떠오르는 것이었고 미란이 영훈을 생각할 때에도 역시 등뒤에 가야의 자태가 한몫 끼이던 것이 가야가 가 버린 까닭에 두 사람은 피차에 한 사람씩만을 생각하면 족하게 된 것이다. 가야의 희생이 이 단순화를 두 사람에게 선물로 보낸 셈이다. 오랫동안 헤매이던 미란도 이제는 확적한 마음의 안정을 얻게 되어 두 사람의 애정은 제물에 결정적으로 맺어지고 굳어졌다. 조촐하고 검소한 두 사람의 사랑이 원하는 것은 창조적인 것의 생산이요, 예술의 완성이었다. 그것을 생각할 때 영훈에게 오는 문제는 구라파행의 계획이었다. '아름다운 것'의 창조를 위한 여행의 일건이었다.

이 계획을 속히 구체적으로 서두르게 한 것은 미란이 뜻을 같이하게 되었음이다. 미란도 구라파에 대한 원념을 은연중 불 붙여 오던 중 영훈과 맺어지자 그와 응당 행동을 같이하려고 한 것이다. 영훈은 준비를 위해 시골에 있는 자기의 몫을 정리할 양으로 여러 차례나 왔다갔다하게 될 때 미란도 스스로의 요량이 있었다.

교직을 물러서고 연구생들을 물리치고——한 가지의 목적을 위해서 모든 것을 정리해 갔다. 신변도 정리하고 생활도 간단하게 해서 언제든지 쉽게 길을 떠날 수 있도록 생활을 단순화했다. 방 안에는 몇 짝의 커다란 트렁크와 피아노와 그 위에 몇 장의 악보가 남았을 뿐으로 되었다. 주위는 단순해지고 생각은 한 가지 방향으로 쏠려서 그처럼 몸이 거뿐할 데는 없다. 헌출한 방에 두 사람이 마주앉으면 어지럽고 복잡하던 혼돈한 세계에서 두 몸만이 솟아서 편안한 세상에 이른 것도 같은 가벼운 심사가 들면서 지나간 가지가지의 일이 꿈결같이만 생각되었다.

"동경서 피아노 때문에 싸우던 일 생각나세요?"

"먼 옛날 일만 같구려."

"봄이 가구 여름이 갔으니 옛날두 옛날이죠. 그때 싸우던 일 생각하면 지금 이렇게 될 줄 누가 알았겠어요."

"사람의 일 하나나 알 수 있소?"

여행의 계획 속에 적힌 첫번의 중요한 도회는 하르빈이었다. 동경보다 하르빈을 고른 것은 그곳에 음악의 명인들이 많고 구라파 음악의 전통이 알뜰히 살아 있다는 까닭이었다. 거기서 수법의 교정을 받고 기술을 닦아서 수업을 쌓아 가지고 구라파로 떠나자는 생각이었다.

거기까지 계획이 섰을 때 벌써 좀 있으면 떠나게 될 여행의 기쁨에 가슴들이 술렁거리면서 거리를 걸어도 자랑스럽고 하늘을 우러러보면 꿈의 무늬가 아롱거렸다. 백화점에 들어가면 두 사람은 아래층 투어리스트 뷰어로에서 사무원들을 앞에 놓고 어느 때까지나 속달질이었다. 책상 위에는 두꺼운 유리 아래로 넓은 세계지도가 깔려 있어서 미란은 시름없이 그것을 들여다보고 철도를 타고 도회에서 도회를 더듬으면서 가슴속에 꿈이 화려하게 피어올랐다. 유리 속에는 미란의 얼굴과 철을 갈아입은 짙은 색 저고리가 비치어서 그 자기 자태에 황홀해지며 세계가 자기의 차지인 양 목소리를 높여서 행복을 사람들에게 자랑하고 싶었다. 흰 얼굴에 푸른 양복을 입고 신수가 멀끔한 젊은 사무원은 체험에서 오는 것인지 그렇지 않으면 얻어들은 지식인지 세계여행에 관한 풍부한 지식을 헤쳐 보이면서 수많은 도회에 대한 인상을 간명하게 일러 주었다. 하르빈에 관한 것은 거짓말이 아닌 듯해서 장황하게 늘어놓는 속에는 실감이 흘러 있었다.

"……한창 지금이겠습니다. 여름이 끝나구 막 가을을 잡아들랴구 할 때가 제일 좋은 때죠. 송화강 수영의 시절이 끝날 무렵, 강에는 늦은 패들이 있을 뿐 그 많던 남녀들이 이번에는 거리로 쓸려나오기 시작해서 시절의 복색들을 갈아입으면 거리는 꽃밭같이 찬란들 하죠. 나뭇잎이 물드는 것두 여기보다는 빨라서 가로수가 사람들 본을 받는 듯 곱게 치장을 하구 아침 저녁이면 안개가 깊을 때가 있어서 그 안개 속에서 보는 풍경은 한층 정서있는 것, 공원에서는 밤마다 음악회가 열려서 동양에서는 첫째 가는 관현악단이 고전의 교향악을 연주하면 시민들을 흠뻑 흡수해 들이군 해요. 하르빈만 가면 구라파는 다 간 셈. 인정으로 풍속으로 음악으로 풍경으로 하나나 이국적인 정서를 자아내지 않는 것이 없거든요 …….”

사무원 자신의 환영의 재현이요, 꿈의 되풀이인 것이다. 다시 그 땅을 밟아 볼 길이 아득한 김에 미란들을 붙잡고 자기의 취미를 말하고 꿈을 말하면서 스스로를 위로하고 만족시키자는 것이다. 장황한 설명이 미란들의 편으로 하면 한없이 여정을 북돋아 주고 자극해 주는 셈이 되었다. 그의 어투는 설명이라느니보다도 능란한 묘사여서 구절구절이 실감을 띠고 울려 와서는 마음을 들까불게 해 놓았다.

“웬만하면 게서 이 해를 날 작정입니다만.”

“좋구말구요. 가을뿐이 아니라 겨울은 또 겨울로서 좋은 데죠. 눈 오는 거리 무더운 방 안 다 각각 그 정취가 있거든요. 놀기두 좋구 공부하기두 좋구 각각 직책을 따라서 얼마든지 즐겁게 할 수 있거든요. 난 세상에서 여행하시는 분같이 행복스럽구 부러운 분은 없어요. 평생 동안 여행할 수 있는 사람은 세상에서 제일 행복된 사람임은 말할 것두 없죠. 반생의 짧은 여행에서 절실히 느꼈어요. 지금은 이렇게 갇혀서 꼼짝달싹 못합니다만…….”

하다간 사무원은 마음이 켕기는지 옆 동료들을 피뜩 바라보고 빙긋이 웃음을 띠우면서,

“……평생 원이 여행이에요. 외국에 대한 동경――이것을 버릴 수는 없어요. 색다른 것이 왜 그리 맘을 끄는지――아마도 사람의 본능이 아닌가 해요. 지금 제 눈엔 두 분같이 행복스런 사람은 없는 것 같습니다. 다시 이 고장으로 돌아오실 것이 없이 한번 구라파로 가면 평생을 거기서 지내구 싶지 않나 두구 보시죠. 그야 악덕두 많지만 유유한 품이 예서같이 그렇게 좀스럽게 뜯구 할퀴는 법은 없거든요.”

사무원이 아니라 동무로서 자기의 주의까지를 헤쳐 보이는 것이다. 영

훈들의 주의주장을 그 또한 가지고 있어서 의외의 곳에서 공명자를 얻은 셈이나 생각하면 새것에 대한 호기심, 모르는 것에 대한 원——그런 것이 보지 못한 외국에 대한 그리운 마음을 누구에게나 일으켜 주고 북돋아 주는 것인 듯하다. 사람에게는 태어난 고장이 영원한 고향이 아닌 것이요, 고향을 한번 떠남으로써 새로운 고향을 찾고자 하는 원이 마음에 생기는 것인가 보다. 외국을 그리워함은 고향을 찾아서 떠난 긴 평생 속에서의 한 고패요, 향수(鄕愁)인 것이다. 영훈은 '아름다운 것'의 발견을 위해서 고향 밖을 그리는 것이나 근본 회포에 있어서는 사무원의 심중과 다른 것이 없었다.

사무원의 설명으로 여정을 북돋아 가지고 거리에 나서면 두 사람은 한시가 바쁘게 마음이 술렁거린다. 익숙한 거리도 얼마 안 가 작별하게 될 것을 생각하면서 걸으면 친밀하고 반가운 것으로 보이면서 지난날의 불유쾌한 기억의 가지가지가 자취 맑게 사라져 버린다. 산에 오르면 흉금을 헤치는 간들바람에 푸른 하늘이 더욱 가깝고 눈 아래 강물이 한층 빠져서 맑다. 뷰어로에서 사 가지고 온 여행 잡지 속의 그림보다도 풍물이 깨끗하고 맑아 보인다. 강 건너 비행장에서는 마침 오후의 길을 떠나는 여객기의 자태가 눈에 띈다. 푸드득거리고 날개 소리를 내면서 질편한 벌판을 자유로 내닫다가 사뿐하게 땅을 차고는 볼 동안에 뜨기 시작한다. 평지에서 보던 것과는 달라 멀리 내려다볼 때 한 마리의 새같이 무심한 것으로 바라보인다. 비행장 허공을 맴도는 법도 없이 뜨기 시작하자 그대로 강을 건너서는 비스듬히 북쪽 하늘로 날아가는 것이다. 수리같이 활짝 편 날개가 오후의 햇빛을 받아서 고기비늘같이 새하얗게 반짝반짝 눈을 찌른다. 북쪽 강산으로 날아가는 새하얀 봉새! 행복을 실은 자유로운 혼.

"우리가 탈 것이 바로 저것이라나."

머리 위를 요란하게 울리고 지나갈 때 영훈은 하늘을 손가락질하면서 고함을 쳤다. 날개 위에는 사람의 그림자가 조그맣게 보인다.

"얼른 타 봤으면!"

미란에게는 세 번째의 희망이었다. 봄에 단주와 계획하던 것이 실패로 끝났던 것이요, 다음 현마에게 끌려 동방을 날았던 것이요——지금 세 번째 영훈과 함께 북으로 날려는 것이다. 첫 번 두 번에서 인생을 시험하다가 실패한 미란은 이제 세 번째의 시험에 성공해서 행복을 완전히 잡은 것이다. 이번 비행은 전 두 번과는 뜻이 다른 것이요, 방향도 다르다. 모험의 불안과 시험의 공포에 떠는 안타까운 출발이 아니고 졸업과 승리의 안정한 출발인 것이다. 지난 반 년 동안이 그 어느 때보다도 파란 많고 곡절이 많았던 것은 인생의 생장의 가장 중요한 부분을 치르게 된 까닭이었다. 두어 시절이 갈렸음에 지나지는 않아도 그의 마음속에 받은 인상으로 하면 여러 해를 살아온 듯한 첩첩한 느낌을 주는 것이었다. 이제 그의 인생으로서는 처음의 평온한 시기를 맞이한 셈이다.

"얼른 타구 북쪽 하늘을 날아 봤으면!"

여객기의 자태가 점점 작아져 나중에는 한 개의 점이 되어 먼 산을 넘을락말락할 때 미란은 활개를 펴고 제기를 디디면서 원을 또 한 번 외쳐 보았다.

9

현마는 그 뒤에도 걱정되는 마음에 미란을 찾아서 몇 차례나 연수소를 기웃거렸는지 모르나 미란들은 번번이 그를 돌려 버린 까닭에 미란이 짜장 거리로 돌아오지 않고 모를 곳으로 실종을 해 버린 것으로만 여기게 되었다. 겁이 나는 바람에 별장에다 통지를 해서 세란과 단주를 부른 까닭에 피서고 뭐고 두 사람 또한 놀라 부리나케 집으로들 돌아왔다. 피서를 떠나기 전과 마찬가지로 집 안은 다시 웅성거리기 시작하면서 왁자지껄들 했으나 식구들이 모였다고 쓸데없이 설렐 뿐이지 그것이 미란을 찾아 내는 데 조금도 도움이 되지는 않았다. 역시 마음이 다는 것은 현마, 다음에는 단주여서 그는 현마를 본받아 거리를 다닐 때에도 유난스럽게 주의를 하면서 혹시나 미란의 자태가 눈에 띄지나 않을까 하고 살피는 것이었으나 현마가 못 찾아 내는 미란을 그가 찾아 낼 리 만무했고 연구소에는 영훈과 온천에서 싸움한 후부터는 꺼리게 되었고 그 위에 현마의 말을 믿고는 살필 염도 안했던 것이다. 불길한 예감이 드는데다가 모든 곡절이 수상스러워서 단주는 분을 현마에게로 씌우면서 사무소에 단둘이 앉게나 되면 항의와 공격으로 현마를 못살게 구는 것이었다.

"어떻게 했게 멀쩡한 사람을 충충대 냈단 말요. 시원스럽게 곡절을 말하구려."

"곡절이 무슨 곡절이겠나. 밤중에 도망한 사람의 곡절을 낸들 알 수 있나."

단주가 아무리 족쳐도 현마로서는 마음의 비밀을 훌훌히 말할 리 없고 어떤 일이 있더라도 말할 것이 아님을 하늘에 맹세하고 있는 것이다. 한평생 비밀로서 덮어 둘 것이요, 그렇듯 그것은 미란은 위해서보다도 자기를 위해서 귀중한 비밀이었던 것이다.

"술을 먹구 까막잡기를 하다가 밤중은 돼서 어떻게들 됐단 말예요?"

"각각 방에들 쓰러져 잔 걸 낸들 나 잔 것밖엔 무엇 알겠나?"

"쓰러져 잔 것이 무얼 원망해 밤중에 도망을 쳐요?"

"그렇게 판사나 검사같이 족쳐 대면 날더러 거짓말이래두 꾸며 대란 말인가?"

"거짓말은 왜. 참말을 하라는 거죠. 누가 그 눈치 모르겠다구. 첨엔 그래두 영훈을 의심해서 싸우기까지 했겠나요. 허물은 바로 어두운 등잔 아래 있는 줄을 모르구."

"시끄럽단밖에, 쓸데없이."

현마가 호령을 한댔자 격하기 시작한 단주는 그 한 마디로 가라앉기는 커녕 더욱 화를 내며 시부렁거리기 시작하는 것이다.

"남 멋대로 하게 버려 두지 않구 왜 붙들어 놓구는 결혼을 시켜 주겠다구 얼리면서 미란만을 살짝 빼서 동경엔지로 데리고 가더니 괜히 설구쳐 음악은 무어구 피아노는 무어구 선생은 다 무어야? 남을 훼방하구는 제 놀음들만을 위주하구, 그 놀음에 들어 멀쩡한 사람만 병신으로 맨들어 놓으면서 결혼은 다 무어야――자 언제 결혼시켜 주구 언제 모두 제대로 해 준단 말요. 대체――"

"결혼을 하느니 무어니 자기들 뜻에 달린 게지 내게 무슨 아랑곳인가?"

"그럼 왜 애초에 가만두지 못하구."

"어떻든 결혼이구 무어구 직접 미란의 마음을 물어 볼 것이지 내게 대든들 어떻게 하란 말야."

"남의 마음을 뒤집을 대로 뒤집구 설구칠 대로 설구쳐 놓구 이제 와서 미란의 마음과 물어 보라구. 사람을 욕 주어두 분수가 있지――어서 미란의 맘을 제대로 바로잡어 놓든지 그렇지 않거든."

"발칙한 것. 그렇지 않거든 어쩌란 말이야. 배은망덕두 유분수지 내게 이렇게 버릇없이 대들 법이 있단 말이냐? 개를 기르다 다리를 물리운다더니 원."

"개니 무어니 얼마나 길러 주었다구 그런 악담을――내일부터래두 그까짓 집을 나가면 그만이지. 개는 무슨 개란 말야."

거리에서 굶주리고 헤매이는 것을 데려다가 길러 주고 사랑해 준 미소년 '아도니스'의 반항인 것이다. 당초에는 아내 세란보다도 더 사랑해서 집에 데려다가 한식구를 만들어 주었던 그 소년이 어느 결에 이렇게 거역하고 배반하게 된 것인가. 현마는 어이가 없어서 찬찬히 바라보면서 벌렸던 입이 아물어지지 않을 지경이었다. 괘씸하다고는 해도 나어린 소년을 상대로 소리를 높이기도 어른답지 않아 하는 수 없이 목소리를 낮추는 것이었으나 괴변에 심중은 물론 안온하지 않았다.

"집을 나갈 때 나가드래두 세상에 이럴 법이 있나. 철부지라구는 해두 대체 무슨 턱을 잡구 이렇게 대드는 거야. 아무리 하치 않어두 주인은 주인이 아닌가."

"여러 말 말구 어서 미란을 찾어 내놔요. 제대로 맨들어 내놔요. 맨첨의 순진하든 그때의 미란을 만들어 내놔요."

말이 미란의 일건에 이를 때 현마도 꼼짝하는 수 없었다. 아픈 상처에 손이 와 닿은 듯 저지른 허물의 생생한 흔적이 마음을 찔렀다. 노염으로 한다면 단주를 그 자리에서 매질이라도 하고 싶으나 미란을 거들고 대드는 데는 꼼짝하는 수 없었다.

"조르지 말구 더러 나서서 찾어 보라는데두."

"어서 미란을 찾아 내놔요. 두말 말구 미란을 찾어 내놔요."

생떼같이 덤비는 데는 어쩌는 수 없이 한수 꿀리는 현마였으나 그러나 하루 우연히도 기르던 개에게 참으로 다리를 물리운 것을 알았을 때 그는 노염에 정신이 착란되어서 단주에게 대한 마지막 단정을 내리고 무서운 철퇴를 던지게 되었다. 기르던 개에게 다리를 물리었다거나 하는 비유로는 부족하리만큼 현마에게는 무서운 사실의 발로였다. 단주로서는 현마에게 배은망덕을 했을 뿐이 아니요 그를 몰아 패가망신케 한 셈이다. 원래 현마 자신이 그 음침한 푸른 집의 으늑한 분위기를 꾸며 놓은 괴수요 근거였던 까닭에 어느 결엔지도 없이 이루어진 탕일한 풍습에 정신을 차릴 여유가 없었던지도 모른다. 등하불명으로 모르는 것은 남편인 현마뿐으로 되어 마지막 순간까지도 그는 관대한 부처님의 위용을 지니고 집 안 사람들을 거느리고 탈없이 다스려 왔다고——적어도 미란의 경우만을 빼놓고는 그렇게 생각했던 것이다. 이 바위 같은 신념이 깨뜨려졌을 때 현마의 노염은 하늘을 찌를 듯이 솟고 정신이 착란되어 물인지 불인지 모르고 집 안 사람 모두에게 무서운 증오와 복수를 느꼈다.

——현마와 단주가 미란의 종적에 대해서 근심하고 걱정하는 데 비해서는 세란과 옥녀는 심드렁한 편이어서 남의 일보다도 자기 자신들의 일에 더 급급한 형편이었다. 옥녀는 개중에서 척분이 아닌 한 사람으로서 미란에게 대해서 무관심한 것이 당연하다고 하더라도 세란의 편으로 본다면 동생의 일건에 그렇게까지 심드렁한 것이 아무리 생각해도 주책없다고

밖에는 볼 수 없었다. 그의 주책없음은 단주를 사이에 두고 일어나는 심정이니 피서지에서 극도로 달했던 그 심정이 그대로 남아 집으로 온 후까지도 버릴 수 없었던 것이다. 열정이니 무어니 하기보다도 일종의 생리적 병증이었던지도 모른다. 산바람과 태양에 얼굴은 그을 대로 그을었고 육신 마디마디에 산에서 받은 정기가 넘쳐서 원래가 야생의 여자인 세란은 푸른 집을 바로 별장 그것으로 여기게 되었다. 전에 없이 호담스럽고 대걸해져서 현마쯤은 손 안의 노리개로 어려울 것도 두려울 것도 없게 되었다. 뜰에 나설 때에는 피서지의 뜰인 양 일광욕을 한다고는 위통을 벗고 방 안에서도 무더운 판에 눈에 남는 거동이 빠지 않았으며 그 맞장구를 치는 것이 단주여서 그도 벌써 산 속의 풍습에 젖은 후 허랑한 마음에 현마를 깔보기 시작한 지가 오래였고 더구나 그와 사무실에서 미란의 일건으로 말다툼이 있는 후부터는 거역하는 마음에 일부러 현마의 눈에 거슬리는 거동도 꺼리지 않게 되어서 집 안은 완연 세란과 단주 두 사람의 세상이었다. 그러나 두 사람의 방약무인의 태도가 현마에게보다도 옥녀에게 더 많은 영향을 주게 된 것이요, 현마의 태도가 관대한 데 비해 옥녀의 신경은 곧추설 대로 서서 눈에 불심지가 솟고 속이 타면서 원망의 불길이 피어올랐던 것이다. 그런 질투의 자격은 그가 단주와 관계를 맺었음으로 말미암아 생긴 것은 물론이나 그렇게도 자기를 알뜰히 여기고 굳게 언약을 한 단주가 세란의 앞에서는 사족을 못쓰고 옥녀 같은 것은 지릅떠보지도 않는 것이다. 불만이 차차 커지면서 옥녀는 어느 결엔지 앙칼진 원망을 가슴속에 준비해 갔다. 나두 밸두 있구 입두 있다는 것, 여차직하면 가만 있지는 않으리라는 것을 작은 가슴속에 겹겹으로 포개 넣고는 단주에게 대한 원망, 세란에게 대한 노여움을 깊이 간직하고 있었다. 하루하루가 그에게는 알맞은 기회 아닌 바가 아니었으니 큰 소리로는 떠들지 못할 단주와의 사이의 몸의 허물을 가지고 있었던 까닭에 참고 있었던 것이 한시도 견디기 어려운 세란의 충충댐으로 인해서 기회는 의외에도 빨리 왔다. 세란은 단주에게서 끝끝내 항복은 못 받았어도 자기가 없었던 동안의 옥녀와의 사이를 민첩하게 눈치채고 옥녀에게 대한 미움은 날로 커 가고 학대가 심해서, 주제넘은 년 년 집 안 일에 참견할 권리가 없다는 기세를 노골적으로 보여 옥녀의 반감을 사게 된 것이 드디어 심판의 날을 속히 잡아당긴 원인이었다. 오십 보가 아니면 백 보요 더 악할 것도 더 착할 것도 없이 한데 어울리게 된 집안 사람의 꼴들이란 흙탕물 속에서 진흙 싸움을 하는 격이어서 선악을 가릴 수도 없고 흑백을 고를 수도 없는 혼란하고 불결한 정경이었다. 혼돈한 속에서는 시초라는 것도 없는 것이나 역시 세란의 교만이 화가 되어 그날 일이 터졌던 것은 사실이다. 옥녀에게 분부해서 다른 날보다도 일찍이 목욕물을 끓여 놓고 세란은 온천에서 하던 버릇으로 더운물 속에서 철벅거리면서, 오후를 조금 지났을 뿐이던 까닭에 현마가 속히 나오지는 않으리라는 예측도 있었고 다른 한편 옥녀에게 대한 시위 운동도 겸할 요량으로 목욕실에서 단주를 불렀던 것이다. 단주 역시 미란이 없는 이제 세란 앞에서는 투정을 부릴 수가 없어서 대개는 뜻대로 좇게 된데다가 현마가 올 시간이 멀었다는 의식이 도와서 옥녀의 눈을 무릅쓰고 목욕실로 뛰어들었다.

정신없는 짓들이요 세상을 너무도 달게 여기고 얕잡아 본 짓들이었다. 만사가 자기들만을 위해서 생겼다고 보는 데서 온 염치없는 수작들이었다. 그러지 않아도 비밀이란 조물주의 총애보다도 미움을 받고 있는 터에 비밀을 비밀로 여기지 않고 해뚱해뚱 날뛸 때 그 스스로 즐겨서 조물주의 미움을 사자는 것이요 화를 부르자는 셈이다. 천벌은 즉시 두 사람을 내리쳤다. 아궁 앞에서 불을 살피면서 목욕실에서 장난치는 남녀의 목소리를 들으려니 옥녀는 피가 용솟음치면서 눈앞이 캄캄해졌다. 물이 금시 불로 변해서 두 몸을 태워 버렸으면도 원하고 창으로 번개가 기어들어 두 몸을 박살해 버렸으면서도 저주하면서 불측한 남녀를 위해서 불행이 일어난다면 그것을 원해서 그 자리로 무슨 짓이든지 할 것 같았다. 기도에는 목소리를 내어도 저주에는 목소리를 내는 법이 아니다. 참으로 옥녀는 목소리만이 없이 마음속으로 깊고 날카롭게 저주하는 것이었다. 그 뼈에 사무치는 저주가 통달했음일까. 일이 공교롭게 되었다느니보다는 그의 저주의 공으로밖에는 돌릴 수 없는 것이 그가 문득 뜰 안에 인기척을 듣게 된 것은 마침 눈을 감고 합장을 하고 한참 저주에 열중해 있는 중이었다. 정신을 차리면서도 열어제친 안방 창 밖으로 뜰을 흘끗 바라보았을 때 조물주의 지시였던지 아직도 시간이 먼 현마의 자태가 나타난 것이 아니던가. 옥녀는 본능적으로 벌컥 겁을 먹으면서 자리를 일어섰다. 두 사람을 저주하던 그였만 그 한순간만은 그들의 위험을 직각하면서 막아 주자는 본능이 일어난 것은 사실이었다. 쏜살같이 부엌을 뛰어 뜰 안으로 나와 현마 앞에 막아 선 것은 그런 본능적인 충동인 외에 아무것도 아니었다. 다음 순간 반성이 솟고 날카로운 증오가 복받쳐오르지 않았던들 그는 그때까지 늘 해 오던 버릇대로 현마를 문 밖에 따놓고 다른 데로 주의를 쏠리게 해서 잠깐 유예하는 동안에 날쌔게 서둘러 모든 것을 제대로 바로잡고 평화로운 상태로 돌려 놓았을지 모른다. 그러나 그렇게 알뜰히도 싸오고 받들어 오던 세란에게서 그의 마음이 떠난 지는 오래였고 순간의 전율에서 깨어날 때 세란들에게 대한 분은 새로 솟아나면서 순간의 본능은 자취도 없이 사라진 것이었다. 백 번 생각해도 미운 것들이다 불측한 것들이다——불길이 가슴속에 솟으면서 현마 앞에서 던진 한 마디는 정직하고도 무서운 한 마디였다.

"얼른 들어가 목욕실을 보시지. 아예 대경실색해서 그 자리에 쓰러지시진 말구."

옥녀의 태도에 현마도 뜨끔하면서 모든 것을 직각했던 것도 싶다. 아니 그 한 마디를 들을 날을 무의식중에 기대하고 있었던지도 모른다. 최후의 한 마디의 뙤임이 필요했던 것이지 아무리 심드렁하다고는 해도 집 안 사람들의 기맥을 그렇게까지 모르고 지내 왔을 리는 만무하다. 낯빛이 변하면서도 엄연한 그의 태도 속에 그런 의미가 스스로 번역되어 있는 것이 아니었을까.

"왜 이리 설레는 거야?"

속에 끓는 불덩어리를 싸 가지고도 자약한 말솜씨다.

"집 안 꼴이 지금 어떻게 되어 있는지를 보시면 설레는 이치를 아시겠죠."

"잔소리 말구 내 앞을 물러서라니깐."

고함은 쳐도 옥녀 보기에는 그의 전신은 부들부들 떨리고 걸음걸이도 허전허전한 것이었다. 현관으로 향하는 것이며 문을 힘껏 드르렁 여는 것이며 들가방을 홱 내던지는 것이며가 보통때의 거동은 아니요, 그 속에 무서운 분노의 흐름을 감춘 것이었다. 옥녀는 한편 시원도 하고 두렵기도 해서 몸을 움츠리고 부엌으로 뛰어 들어가서는 금시 쏟아질 폭풍우를 기다리는 마음으로 아궁 앞에 납신 웅크리고 앉았다. 눈앞이 핑핑 돌면서 세상이 뒤집히지나 않을까 하는 염려가 화기와 함께 전신을 달게 한다.

현마의 수선스런 거동에 목욕실에서는 기미를 알아채었는지 숨을 죽인 듯이 말소리들이 그치고 잠잠하더니 밀창이 열리면서 차례차례로 화다닥들 튀어나가는 눈치였다. 지저귀던 새들이 포수를 만나자 무뜩 그치면서 수풀 속으로 숨어 버리는 셈이었다. 목욕실 문은 활짝 열어제친 채 감감해진 대신 포수의 총소리가 집 안을 울리고야 말았다. 옷들이나 갈아입었는지 어쨌는지 혼란한 옥녀의 귀에 현마의 고함이 들린 것은 그런 여유도 없을 바로 그 즉석인 듯했다. 우레가 좀해 쉬지 않듯 현마의 고함은 한참 동안이나 계속되어도 세란과 단주의 목소리는 쥐죽은 듯 한 마디도 들리지 않았다. 옥녀는 몸이 숭숭거리는 판에 순간순간이 견디기 어렵다. 침침한 부엌에 박혀 있기가 더욱 괴로워서 일이고 무어고 집어치우고 뜰로 뛰어나가 현관 앞에 살며시 앉아 버렸다. 일이 그렇게 된 이상 자기에게도 누가 미쳐 올 것은 사실이요 이제는 될 대로 되고 올 대로 오라는 배짱으로 집 안의 기맥을 엿듣게 되었다.

"고얀 것들! 짜장 기르던 개에게 다리를 물리었구나."

현마는 그 육중한 몸으로 그렇게 번민해 본 적은 없었다. 장대한 육체에 고민이 올 때 표정이나 거동으로 나타나는 것이 아니라 앓는 황소같이 꿍꿍거릴 뿐이요 무표정하기 짝이 없다. 단주가 옷을 대충 걸치고 안방에서 대청으로 어슬어슬——그에게도 또한 그 수밖에는 없었던 것이나——들어올 때 현마의 격동한 목소리는 농으로나 들릴 정도로 되레 희극적인 어투를 띤 것이었다.

"고얀 것들! 짜장 기르던 개에게……."

"개 개 하니 얼마나 길러 주었게 사람을 그렇게 천하게 본단 말요 원."

가만히 있어도 좋았을 것을 단주는 잠잠한 것이 멋쩍은 김에 말대꾸를 시작한 것이다.

"도적질을 하다 들켜두 발명을 한다더니 뻰질뻰질한 말버릇 봐라."

현마는 얼굴을 물들이고 펄쩍 뛴다는 것이 어깨를 으쓱하면서 고함을 친다. 고함만은 표정과 달라서 고래 같은 대성에 단주는 뜨끔해지면서, 놀라면 또 무엇이던지 주워 대야지 그대로 못 있는 성미였다. 몸은 떨면서 목소리만이 간들간들 살아 나온다.

"내 뜻으로 그렇게 된 건가. 그저 시키는 대로 하라는 대로 한 거죠. 바른 정신이 없었어요. 모르는 결에 홀린 것같이 덤벙덤벙 들어가서는 꿈속을 헤매다 나오면 전신에 땀이 나구 정신이 혼몽해서 햇빛에 낯을 바로 쳐들 수 없게 눈이 부시구……."

엄연한 현마의 앞에서 미소년 아도니스는 비로소 정신이 들면서 참회나 하는 듯이 웅얼거리나 현마의 귀에는 벌써 참회로 들리지도 않는 것이요 눈앞에 보이는 것은 미소년인 대신에 가장 추악하고 알미운 족제비였던 것이다.

"짐승을 길러두 그렇게까지 배은망덕을 한 법은 없겠다. 어서 내 눈앞을 물러가라. 썩 물러가라."

"잘 했다는 것은 아니나……."

"나가랄밖엔!"

"나가라면 나가죠만."

그 한 마디가 현마를 빨끈 불 질러 놓아 몸이 활짝 타오르는 바람에 손에 쥐는 것을 물인지 불인지도 헤아리지 않고 단주에게 던진 것이다. 팔죽지를 맞히고 떨어진 것은 화병이었다. 육중한 사기 화병이 떨어지자 헤뜨러지는 꽃, 쏟아지는 물과 함께 단주도 흠! 소리를 치면서 그 자리에 쓰러졌다.

"어서 나가라니깐. 집을 더 더럽혀 놓지 말구 맘대로 나가. 도로 거지로 돌아가려무나."

그러나 단주는 대꾸는새로 금시 얼굴이 파랗게 질리더니 눈을 감고 팔죽지를 만지면서 신음하는 것은 꾀를 피우는 것이 아니라 짜장 화병에 맞은 팔죽지가 떨어질 듯이 쑤시면서 감각이 마비되어 버렸던 까닭이다. 금시에 피가 불어서 넘치는 것 같으면서 입을 벌릴 수도 없고 몸을 꼼짝달싹 요동할 수도 없었다.

"그대로 꺼꾸러지는 것이 너로선 옳은 신세다. 어서 꺼꾸러져라."

그것쯤으로 현마의 화가 풀릴 리는 없어서 손에 잡히는 책을 집어 더욱 단주의 어깨를 갈길 때 안방에서 얼굴을 묻고 있던 세란도 그제서야 뛰어나오면서 쓰러진 단주의 꼴을 보고는 부끄럽던 심정도 사라지면서 현마를 노리는 것이었다.

"뭘 잘 했다구 이 야단이오. 그럴 걸 누가 당초부터 집에 붙이랬나. 집에 들이지 않았다면야 누가……."

"발악을 할려거든 지옥으로나 가 해라. 사람의 입이 보물은 보물야. 무슨 짓을 하구서래두 말구멍은 있거든."

"사람을 집구석에만 버려 두구 밖에서 독판 숨어서 갖은 짓을 다 하면서 누구 죄란 말요. 아무리 여편네기로서니 쓸쓸할 때두 있겠구……."

"시끄럽다. 모두 나가라니깐."

눈앞에 선 것은 벌써 아내도 아니요 사람도 아니요 기름진 악마로도 보이고 요사스런 아귀로도 보였다. 눈에 충혈이 되고 손에 살기가 넘쳐서 책상 위에서 집어 든 것은 잉크병인 모양이었다.

"집에다 불을 놓아 버리기 전에 나가라니깐. 나가서 거지나 돼서 바가지나 긁으라니깐."

세란은 면상을 얻어맞고 흑! 느끼며 고개를 떨어뜨렸다. 한참이나 손으로 왼편 눈을 가리고 섰더니 그제서야 아이구! 소리를 치면서 현마에게 와락 달려든다.

"사람 죽이누나."

여자가 대드는 것은 표범같이 사납다. 앙칼진 목소리에 현마는 한때 멍하니 서 있다가 전신을 쏠려 오는 세란의 몸을 받으면서 뒤로 물러서게 되었다. 물러서기야 아무것도 아니었지만 어쩔 줄을 모르고 팔을 벌리고 있는 동안에 별안간 면상이 뜨끔해지는 것을 느꼈다.

엉겁결에 외치는 동안에 물린 한편 볼에서는 검은 피가 쭉 돋았다. 잇자리가 몸을 찌를 듯이 아픈데다가 거머리같이 달라붙은 세란의 몸은 좀체 안 떨어진다.

"사람을 치구 받구 하구두 누구를 뒵데. 살인이다, 사람 살려라."

소리소리 지르며 밀려드는 바람에 현마는 한참이나 맞서다가 세란을 안은 채 뒤로 나둥그러지고 말았다. 나둥그러지면서 눈에 뜨인 것이 세란의 눈이다. 피가 흐르는 것은 자기의 볼만이 아니라 세란의 왼눈시울도 시퍼렇게 멍이 든 속으로 검은 피가 쏟아지는 것이다.

"나가라면 무서워할 줄 알구. 나가구 말구. 얼른 사람이나 살려 내놔, 생사람을 저렇게 쳐서 쓰러뜨리구두 무엇이 부족해서……."

한데 엉겨서 자리 위를 밀리는 동안에 현마는 여전히 쓰러진 채 일어날 염도 못하는 단주의 꼴을 흘끗 보게 되었다. 얼굴을 자리에 박은 채 침을 흘리고 신음하면서 처음에 쓰러진 그 시늉으로 꼼짝 안하고 있다. 미소년 아도니스는 참으로 멧돼지에게 물려 벌판에 쓰러진 것인가. 그 피 흐른 자취에서 아네모네가 피어날 것인가——팔을 부러뜨리운 것일까 거꾸러진 것일까——현마는 겁도 나서 자기의 상처도 잊어버리고 은연중에 그쪽으로 눈이 가고 주의가 쏠렸다. 그러나 몸을 뻗치고 손을 베풀 여가도 없이 발악을 하며 덮쳐오는 세란에게 밀려서 한편 구석으로 쏠려 가곤 하는 것이었다. 한참 동안이나 들볶이다가 다시 단주의 곁으로 쏠려 갔을 때 현마는 문득 그 앞에 서 있는 한 사람을 본 것이다. 옥녀였다. 현관 앞에서 엿듣고만 있다가 싸움이 수월치 않음을 느끼고 뛰어든 옥녀였다. 쓰러진 단주 앞에 서서 그를 돌보아 줄까 어쩔까 망설이고 있는 자태였다.

"옥녀야 이년 너두 같은 년이지. 앙큼스럽게 고발은 왜 했어. 너 뉘 종이더냐. 단주의 손가락 하나래두 까딱 다쳤단 봐라."

옥녀는 어느 때까지 망설이고 있는 것은 세란의 이 책망 때문인 듯도 했다. 현마는 세란의 입을 막으면서 옥녀에게 눈짓하고 일어서려는 것이었으나 지칠 대로 지쳐 맥이 풀리고 몸이 느른한 그들이었다. 싸우다 피차에 쓰러지고 만 용과 범이었다. 흑백이 없고 옳고 그른 것이 없는 피장파장의 피곤한 두 개의 육체였던 것이다.

미란이 오래간만에 뜻을 먹고 사무실로 현마를 찾은 것은 자기의 여행에 대한 한 가지의 계책을 마지막으로 상의해 보려는 목적이었으나 붕대로 얼굴을 친친 감고 있는 그의 꼴을 보고 미상불 놀라지 않을 수 없었다. 미란보다도 더 놀란 것이 현마였다. 오랫동안 종적을 감추어서 갖은 염려를 다하게 하던 미란이 그렇게 다따가 찾아올 줄은 생각지도 못하던 터이라 기쁜 마음이 울연히 솟았다. 놀라고 기쁘고 고마웠다. 찾아온 것 그것만으로 자기의 허물을 용서해 준다는 듯이도 보였던것이다. 물론 지난 허물은 허물이 될 뿐 앞으로 그 이상 더 어떻게 되리라고는 원할 바 못 되었으나 그러나 마음만으로 한다면 미란은 세상에서 가장 그리운 사람이었고 한 송이의 절벽 위의 꽃으로 평생 그를 우러러보고 생각하고 싶었던 것이다. 지금에는 깨끗하고 기쁜 마음으로 그를 대할 수 있었고 그를 위해서는 아무런 희생을 해도 아깝지 않겠다는 생각조차 솟았다.

"가을이라구 벌써 붕대지짐인가요?"

농도 반가워서 현마는 그간 형편을 대충 귀띔해 주었다.

"집에선 큰 난리가 났었어. 결국 될 대로 되고 오는 데까지 왔다구 보면 그만이나 세란과 단주의 꼴들을 보구야 가만 있을 수두 없어서 집을 떨어 버릴 작정으로 접전이 일어난 것이 상하긴 다 일반, 나두 붕대를 감게 됐지만 저희들두 병원 맛을 보게 됐어. 단주는 팔을 꺾구 세란은 눈알을 깨뜨리구——무더운 병실에서들 아마두 나보다는 견디기 더 어려울 걸."

미란은 눈살이 찌푸려지고 속이 뉘역거리면서도 그 역 올 것이 왔다고 느끼는 마음은 현마와 일반이었다.

"무서운 집 안——일찍이 나오기를 잘 했지. 그 꼴들을 보았더라면 맘이 얼마나 뒤집혔을까."

"나두 그중의 한 사람이구 그런 풍습을 꾸며 논 것이 나였던지두 모르긴 하나 생각할수록 몸서리나는 집이긴 해. 담쟁이와 초목 속에 숨어서 왼통 푸른 속에서 무엇이 있는지를 까딱 모르구 왔단 말야. 얼마나 오래 끌었는지 결국 그다지 길게두 안 가 판이 드러나구 결말이 오는 것을."

"집을 벗어나온 후부터 난 이렇게 맘이 거뿐해졌어요. 지옥을 벗어나온들 이다지야 개운하겠어요. 사람에겐 불행이라는 게 있는 법이니까 결국 잊어버리는 수밖에 없는데 언제까지나 울구불구만 있을 수두 없는 일, 모든 것을 씻어 버리구 난 지금 아침해를 보는 사람이에요."

원망하는 법도 없고 한하는 법도 없이 침착하고 재생의 소식을 전해 주는 미란의 마음씨를 현마는 고맙게 받으면서 그 맑은 정신의 교류 가운데에서는 지난 허물은 기억 속에 떠오르지도 않을 뿐 아니라 그의 길을 찬동하고 축복해 주는 생각으로 가슴속으로 차졌다.

"암 미란에게는 영훈과의 그 길이 가장 옳구 바른 것은 물론 내야 부러워하구 탐내야 하는 수 없구 다만 멀리서 바라보고 빌어 줄 뿐이지만——꼭 한 마디 말할 자격이 있다면 평생 가야 난 맘속에서 미란을 잊을 수 없다는 것, 미란의 맘과 아무 관계없이 내 이 맘만은 첨부터 생긴 것이구 어느 때까지나 변할 리 없는 것——괜히 쓸데없이 장황하게 말할 것두 없는 것이나…….”

미란이 맞장구만 친다면 현마의 회포와 하소연은 끝날 틈이 없었을는지 모른다. 미란의 심정으로는 아무리 길게 그것을 듣는대도 무방한 것이기는 하나 목적이 있어 온 그는 알맞은 곳에서 용건을 말하지 않으면 안 되었다. 이미 마음을 작정했던 이상 스스러울 것도 없고 부당하다고 생각되지도 않아서 말을 내기가 곤란한 것은 아니었다.

“세란이 어찌 됐든지간에 난 세란의 동생임이 틀림없고 지금 말하는 것두 그 동생의 자격으로서 하는 것인데 아시다시피 이번 여행을 떠나게는 됐으나 내 부담까지를 영훈에게 씌울 수두 없구 해서 생각하던 차에.”

“좋구말구. 솔직하게 말을 해 준 것부터가 내게는 기쁜 일인데 요행 내게는 힘두 있구 힘 자라는 데까지야.”

미란의 말이 끝나기도 전에 뜻을 요량하고 앞서서 언하에 말을 주는 것이다.

“――세란의 동생이라는 뜻을 떠나구 지난날의 지저분한 기억과두 떠나서 참으로 맘속으로 난 그것을 원하는 터에 한 사람을 위해서 그 무엇을 바친다는 것이 얼마나 즐거운 일인지 내 처지에 서지 않으면 아마도 모를걸. 내게는 재산이 있기는 하나 영화니 무어니 이런 노름에밖엔 쓸 길두 없는 것이구 그까짓 하찮은 재산이 다 무어게. 될 수 있다면 그보다 더 귀한 것이라두 희생하구 싶은 맘인데 잘 말해 주었소.”

그 자리로 서랍을 열더니 소절수장을 집어 냈다. 가진 사람으로서의 자랑을 보이려는 것이 아니요, 숨은 발톱을 감춘 것도 아닌 단순하게 보이는 거동이었다.

“예금 관계로 우선 이것만을 적으나 필요하다면 언제든지 또 쓰구말구.”

내젓는 붓 끝에서 떨어지는 숫자는 삼천 원이었다. 담담한 태도에 미란은 넋을 잃은 사람같이 흥미도 감격도 느끼지는 않고 숫자라는 것이 참으로 쓰기 수월한 것이로구나 삼천이라는 숫자가 대체 그렇게도 헐하고 어처구니없는 것일까 생각하면서 우두커니 바라볼 뿐이었다. 흡사 남의 연극을 보고 있는 것같이 힘도 맥도 안 들고 신비도 자극도 없는 일순간이었다.

"돈이 원래 더러운 것이긴 하나 아예 더러운 것으로 여기지 말구 맘속에 엉겼던 것 다 풀어만 버린다면 그 돈을 쓰기가 그다지 괴롭진 않을 것이오. 길바닥에서나 얻어 본 듯 아예 맘쓰지 말구 헐하게 없애시오. 영훈에게 말하기 거북하거든 저금했던 것을 찾았다구 해두 좋을 것이구 앞으로도 필요할 때에는 언제든지 일러만 주면 더 도와 줄 작정이요. 외국에 가서 곯는 것같이 섭섭할 때는 없을 테니깐."

미란은 미처 고맙다고 말을 할 사이도 없었거니와 그런 말이 그자리에서는 쓸데없는 것으로 들릴 성싶었다. 아이가 이웃집에 가서 엿 한 가락 얻어들고 뒤도 본체만체 달려오듯 미란도 결국 한 마디 말도 보낼 여가가 없이 털고 자리를 일어서는 수밖에는 없었다. 처음에는 그 목적을 위해서 겸연쩍은 생각에 주저도 하고 망설이기도 한 것이 현마의 자발적인 호의로 그렇게 수월하게 해결되었을 뿐이 아니라 당초의 스스럽던 생각은 흔적도 없이 사라지고 미란의 마음은 평온하고 떳떳한 것으로 변했다. 말은 없어도 감사의 생각이 가슴을 밀고 오르면서 좀더 섰으면 눈물이 돌 것도 같아서 든손 문으로 향했다. 친친 감은 현마의 붕대가 돌부처의 새하얀 귀고리같이 가슴속에 배어 오면서 미란은 더 뒤를 돌아볼 용기조차 없었다.

사람의 행복이란 어떤 길에서 찾아지고 어떤 고패에서 작정되는 것인지는 아무도 모른다. 이 길이 행복스럽게 보이다가도 저 길이 탐나 보이며 저 길이 탐나 보이다가도 문득 이 길이 행복스럽게 보이는 수도 있는 것이며——아니 저 길에 서면 이 길이 좋은 것 같고 이 길에 서면 저 길이 행복되어 보이는 것이다. 행복을 구해서 헤매이고 갈팡질팡 설레는 것이 온전히 그 까닭인 것이나 그러나 행복이란 그것만으로는 형상을 잡을 수도 없고 종적을 가릴 수도 없다. 불행 속에 있는 사람이 반드시 자기의 불행을 느끼지 못하듯 이 행복 속에 사는 사람이 반드시 그 행복을 느끼지 못하는 적도 있으며 되레 게정을 부리다가 일껏 온 행복을 손 안에 들었던 미꾸라지같이 놓쳐 버리는 수도 있다. 불행과 마주설 때에 행복을 행복으로 느낄 수 있음은 행복과 대립될 때 불행의 맛이 알려지는 것과도 흡사하다. 이 편이 불행할 때 저 편이 행복되어 보이고 저 편이 불행할 때 이 편의 행복이 몸 속에 사무치게 느껴지는 법이다. 피서지에서 문득 세란의 편지를 받은 죽석의 심경이 바로 이 경우에 속하는 것이었다. 세란의 편지 속에 자세히 적혀 있는 최근 푸른 집에 일어났던 변괴에 죽석과 만태는 크게 놀라며 세란들의 불행을 뼛속에 배이게 느끼는 한편 오랫동안 잊었던 자기들의 행복이라는 것을 생각해 보게 되었다. 자기는 자기들과 세란들의 두 경우에 어느 편이 행복스럽고 어느 편이 불행한 것인지——자기들이 행복스러운 편이고 세란들이 불행스런 편인지는 일률로 말하기 어려운 것이나 죽석은 적어도 자기들의 경우를 행복스러운 것이라고 단정했던 것이다. 그도 한때는——이것은 그만의 마음이 비밀이요, 남편 만태에게도 고백하기 어려운 속뜻인 것이나——세란의 신세를 부러워하고 그가 세상에서 아마도 가장 행복스러운 여자라고 느껴도 보았다. 피서의 전반기 만태가 아직 별장에 오기 전에 세란들과 술을 먹고 춤을 추고들 했을 때 밤중이면 세란이 자기의 방에 살며시 숨어들어 색정의 진의를 설명하고 실감을 말하면서 한 사람의 남편과 검은 머리가 파뿌리 될 때까지 수절한다는 것이 천치의 증거라느니 하면서 소군소군 들려 주는 말이 천사의 말도 같고 딴 나라의 유혹도 같으면서 사실 자기는 바보일까 천치일까 하면서 의혹도 해 보고 번민도 해 보았다. 그러던 것이 지금 와서 우연히도 세란들의 불행으로 말미암아 그 한때의 뜬 생각도 변해지며 세란이 반드시 최대한도로 행복스런 처지는 아니라는 것 색정의 유희라는 것이 도시 위험하고 걱정 많은 것임을 느끼면서 자기들의 자극없고 무미한 생활을 다시 한 번 고쳐 반성해 보게 되었다. 그 결과 그깐에는 자기들의 단조한 생활이 결코 불행한 것이 아니고 행복된 것이라는 것, 행복 속에 있기 때문에 그 행복을 느끼지 못했다는 것을 알기 시작한 것이었다. 편지를 받은 날 부부는 그 어느 날보다도 자별스럽게 머리를 모으고 오래도록 재깔재깔 지껄이면서 세상에서 자기들이 제일 행복스러운 짝이라는 듯 화평한 가정풍경을 이루었던 것이다.

죽석들이 그때까지도 도회에 돌아가지 않고 별장에 머물러 있었던 것은 만태가 가게 일의 일체를 맡기고 왔던 까닭에 언제까지든지 넉넉하게 늑장을 부릴 수 있었던 터에 피차의 건강을 위해서 산기운을 흠뻑 맞아 가지고 가자는 것과 피서지의 진미는 늦여름과 첫가을 사이에 있는 것이므로 이왕이면 시골맛을 싫도록 보고 가자는 뜻에서 나온 것이었다. 피서객들이 거반 다 흩어져 가 버린 뒤의 쓸쓸하고 고요한 산 속에서 부부는 조금도 적막을 느끼기는새로 도리어 한가하고 시원하다고 생각하면서 큰 별장을 지니고도 처음 예측과 달라 세란들의 한 패가 가 버린 후도 결코 휑휑하다는 느낌없이 피서의 진미를 완전히 음미하고 있었다. 산 속의 시절은 봄이 늦은 데 비해 가을 철수는 한결 속히 재촉되어서 야지보다는 빠르다. 뜰의 잡초가 건들하고 훌쭉해 갈 때에는 나뭇잎도 재빠르게 한 잎 두 잎 물들어 간다. 공기가 차지고 개울물 소리가 맑아지면 산길에는 산 사람들이 따 가지고 가다가 떨어뜨린 잃은 머루송이가 군데군데 구르게 되고 누른 다래잎새도 그 속에 섞이게 된다. 화단을 비추이는 대낮의 햇볕은 짜링짜링 따가우면서도 아침저녁으로는 몸이 다가들면서 첫서리 올 날이 오늘일까 내일일까 기다려지며 그 첫서리로 시절을 헤아리려는 듯 즐거운 조바심이 생긴다. 그날 죽석들 부부가 그렇게 일찍 눈들을 뜬 것은 아마도 간밤의 침대 속이 전에 없이 추웠던 모양, 새벽에 이들을 덜덜 갈면서 일어나 객실로 나왔을 때 아니나다를까 창 밖으로 먼 산의 첫서리가 희끄무레하게 눈에 띄었다. 곧게 뻗친 마을길도 침침한 속에서 눈에 뜨이도록 하아얗게 분가루를 썼고 뜰 앞 나뭇잎도 축 늘어져 보인다. 서리가 왔다는 느낌이 새삼스럽게 몸에 찬물을 끼얹자 부부는 금시 소름이 돋고 한층 추워지면서 그것만으로 하나의 일거리가 생긴 듯 되레 감동하고 기뻐하면서 수선을 떨고 옆방에서 아직도 잠들어 있는 식모를 들볶아 깨웠다. 세란들이 떠나자 온천에서 한 사람의 여인을 구해 두었던 것이 넓은 별장에서는 식모인 것만이 아니라 친한 놀음동무도 되었다. 눈을 비비면서 일어나는 식모에게 분부해서 짧게 패인 장작을 날라다가 불을 피우게 한 것이다. 객실에는 한편 벽에 벽돌로 단정하게 쌓아올린 벽로(壁爐)가 있었다. 일상 때에는 헛간같이 쓰지 않고 묵여 두고 그 위에 책을 쌓아 놓거나 화병을 올려 놓거나 할 뿐이던 그 화덕이 시절의 필요에 응해서 비로소 귀중한 것으로서 등장하게 된 것이다. 휑휑한 속에다 장작을 무지고 불을 달여 놓으니 그해의 첫 불을 피운 셈이다. 마른 나무에 불은 쉽게 붙어 활활 피어오르면서 침침한 새벽 방 안을 불그레 비추이고 따뜻하게 눅여 주었다.

의자들을 끌어다가 화덕 앞에 놓고 부부가 시절의 첫 불을 싸고 앉아 손들을 내밀었을 때 그곳이 집 안에서 가장 행복스런 자리가 되고 두 사람에게는 즐거운 생활의 의욕이 흔흔히 솟아올랐다. 따뜻한 불은 그대로가 바로 행복감의 상징이요, 생활감의 달가운 도가니다. 세란의 편지를 받은 것은 바로 그런 때였던 까닭에 죽석들의 행복감은 한층 의식 위에 샘솟아 올랐던 것인지도 모른다. 편지는 아마도 전날 저녁때 배달되었던 것인지 만태가 아침마다의 습관으로 현관문을 열고 밖에 달린 우편통을 열었을 때 세란의 두꺼운 편지가 손 안에 집혔다. 묵직한 무게를 기뻐하면서 벽로 앞에서 아내와 함께 봉투를 뜯었을 때 그 내용이었던 것이다. 부부는 의외의 소식에 놀라고 동정하고 하다가 차차 자기들의 생활과의 대립이 의식에 떠오르자 행복감이 넘쳐흐르면서 아침 내내 화덕 앞에서 즐거운 생각과 회화가 계속되었다. 돌연히 알게 된 남의 불행을 말하고 반성하고 하는 것이 그대로가 바로 자기들의 행복을 뒤집어 말하는 셈이 되었다. 남의 불행을 이용해서 자기들의 행복감을 불러일으키는 것이 불측하다고 해도 하는 수 없는 노릇, 두 사람은 넘쳐 나오는 행복감을 어쩌는 도리 없었던 것이다.

"……단주는 팔이 부러지구 세란은 한쪽 눈이 멀어지구 현마는 볼이 째지구 옥녀는 쫓겨나구 했다니 결국 한 집안이 몰싹 불 속에 빠졌던 셈이죠."

물론 동정은 하는 것이나 그것이 미소가 되어서 죽석의 입을 비죽이 헤치고 나올 때 남편 또한 그 미소를 받아,

"병원에서 수술을 한 건 단주와 세란이니 그들 둘이 제일 무거운 벌을 받은 셈이지. 하긴 내가 본 경우로 봐서두 그게 흡족한 벌은 못 돼. 팔 하나 떨어지구 눈 하나 먼 게 그까짓 무어게. 현마 편으로 본다면 아직두 천벌이 부족한 듯해. 그것쯤으론 맘이 시원하지 못할걸."

"아무튼 오래는 들키지 않구 용케들 끌언왔어. 그 길에는 선수요, 천재니 말할 것두 없지만 세란의 농간과 재주가 무척은 용하거든."

"세란두 그만하면 잠이 깼겠지. 인생이 그렇게 수월한 것이 아니라는 것두 알았을 테구 장난이나 연극을 하는 것같이 늘상 흥분만 있구 좋은 일만 있는 것이 아니라는 것두 터득했을 테구――인생이 좀 어렵다는 걸 알아야지 아무리 말괄량이기루."

"알았으면 이 편지를 했겠소. 집을 쫓겨났으니 앞으론 별장을 빌려 달라는 뻔질뻔질한 소리를 부끄러워서두 그 입으로 하겠소. 어떻든 팔병신 눈병신이 동부인을 하구 걸어오는 것두 가관일걸……. 일껏 말한 걸 별장을 안 줄 수두 없구 지금 식모두 아마 당분간은 그대로 붙여 줘야지 않겠소. 인정상 야박하게 딸 수두 없는 노릇이니."

"나 일체 간섭 안할 테니 생각대로 하우……. 뭐니뭐니해두 그 중에선 미란이 제일 사람이 됐어. 내 눈에 어김이 없어. 첫눈에 벌써 세란과는 피는 나눴는지 몰라두 인물은 딴판이라구 노렸더니 아니나다를까 제일 똑똑하게 제 처사 제가 하지 않았소?"

"미란은 나두 좋아했어요. 인물이 출중한 데다가 경우가 바르구 정이 있구 게다 영훈이같이 훌륭한 사람을 만났으니 행복두 받구 음악에두 성

공하리다."

"지금쯤은 하르빈서 두 사람이 활개를 펴구 거리를 휘젓구 다니렸다——현마는 붕대를 감구 사무실에 들어 엎드려서 무슨 궁리를 할꾸. 아마도 맘을 잡을려면 한참은 지나야 할걸."

"옥녀두 벌써 뉘집 고용살이로 들어갔겠지. 똑똑하구 야무러진 게 식모로는 아깝더니 웬만하면 우리 집에나 둬 두었을걸."

"어떻든 미란들같이 행복스런 패는 없어——우리두 가을이나 깊거든 하르빈으로 구경이나 떠나 볼까."

"정말. 아이구 얼마나 좋을까. 꼭 떠나요, 네. 안 떠났단 안 돼요, 괜히."

다따가 죽석은 마음이 싱숭거리는 바람에 발로 마루를 구르면서 의자에서 몸을 요동한다. 만약 엿보는 눈이 없었더라면 남편에게 달려들어 몸을 안으면서 응석을 부렸을는지도 모른다. 얼마나 오랫동안 재깔들거리고 있었던지 어느 새 식모가 들어와 아침 식사를 고하는 바람에 죽석은 몸을 지만하고 마음을 누르고 자리를 일어선 것이었다.

참으로 어느 결엔지 활짝 아침이 밝아 와서 방 안은 훤하고 화덕의 불도 마저마저 사그러지는 판이었다. 만태도 정신을 차리면서 화덕 앞을 떠나 창께로 가서 활짝 열어제쳤을 때 먼 산은 햇빛 속에 환히 솟아나고 마을길에는 사람의 그림자가 어른거렸다. 개울둑에는 어느 결엔지 누런 소가 매었고 소등어리에서는 더운 김 무럭무럭 피어오르는 것이 바라보인다.

"서리 온 날은 개인다더니 오늘두 날씨는 훌륭하군."

만태는 먼 개울가 소에게나 지껄이는 듯 소리를 지르면서 활개를 펴고 심호흡을 하면서 체조를 시작한다.

"고기나 낚으러 갈까요, 오늘두 또."

죽석이 등뒤에 와서 대답하면서 그도 남편을 본받아 라디오 없는 아침 체조를 시작한다. 창으로는 맑은 공기가 무한량으로 쏟아져 들어와서는 두 사람의 몸을 씻어 준다. 이름 모를 새가 날아와서 창 밖 자작나무에서 높은 단 마디의 노래를 시작한 것은 부부의 체조의 장단을 맞추어 주자는 것이었을까. 라디오의 음악이 아닌 그 소리가 체조의 반주로는 어색한 것이었으나 부부는 그것을 구태여 허물할 것 없이 솔곳이 들으면서 팔을 휘젓고 다리를 들고 여전히 체조를 계속해 가는 것이었다. 부부에게는 아름다운 아침이었다.

약령기

해가 쪼이면서도 바다에서는 안개가 흘러온다. 헌칠한 벌판에 얕게 깔려 살금살금 기어오는 자줏빛 안개는 마치 그 무슨 동물과도 같다. 안개를 입은 교장관사의 푸른 지붕이 딴 세상의 것같이 바라보인다. 실습지가 오늘에는 유난히도 넓어 보이고 안개 속에서 일하는 동물들의 모양이 몹시도 굼뜨다. 능금꽃이 피는 시절임에도 실습복이 떨리리만큼 날씨가 차다.

쇠스랑으로 퇴비를 푹 찍어 올리니 김이 무럭 나며 뜨뜻한 기운이 솟아오른다. 그 속에 발을 묻으니 제법 훈훈한 온기가 몸을 싸고 오른다. 그대로 그 위에 힘없이 풀썩 주저앉았다. 그 속에 전신을 묻고 훈훈한 퇴비 냄새를 실컷 맡고 싶었다.

"너 피곤한가 부구나."

맥없는 학수의 거동을 보고 섰던 문오가 학수의 어깨를 치며 그의 쇠스랑을 뺏어 들고 그 대신 목호에 퇴비를 담기 시작하였다.

"점심도 안 먹었지."

"……."

"(중략) 배우는 학과의 실험이라면 자그마한 실습지면 그만이지, 이렇게 넓은 땅을 지을 필요가 있나. (중략)……."

혼잣말같이 중얼거리며 문오는 퇴비를 다 담고 나서,

"자, 이것만 갖다 붓고 그만 쉬지."

학수는 힘없이 일어나서 목호의 한 끝을 메었다.

제삼 가족의 오늘의 실습 배당은 제이 온상(溫床)의 정리였다. 학수는 온상까지 가는 길에 한 시간 동안에 나른 목이의 수효를 헤어 보았다. 열일곱 번째였다. 그 사이에 조금이라도 게을리하여서는 안 되는 것이다. 퇴비를 새로 만드는 온상에 갖다 붓고 나니 마침 휴식의 종이 울린다.

"젖 먹는 힘 다 든다——실습만 그만두라면 나는 별일 다 하겠다."

옆에서 새 온상의 터를 파고 있던 삼학년생이 부삽을 던지고 함정 속에서 뛰어나온다. 그도 점심을 못 먹은 패였다. 흐르는 땀을 손등으로 받아 뿌리면서 물을 켜러 허둥지둥 수도 있는 곳으로 걸어갔다.

학교를 둘러싸고 있는 사면의 실습지 구석구석에 퍼져서 삼백여 명의 생도는 그 종적조차 모르겠더니 휴식 시간이 되니 우줄우줄 모여들어 학교 앞 수도를 둘러싸고 금시에 활기를 띠었다.

온상을 맡은 가족은 그곳으로 가는 사람이 적고, 대개 그 자리에 주저앉아 땀을 들였다. 학수도 문오도——같은 사학년인 두 사람은 각별히 친밀한 사이였다——떨어지지 아니하고 실습복 채로 땅 위에 주저앉았다.

"능금꽃이 피었구나."

확실한 초점없는 그의 시야 속에 앞 밭에 능금나무가 어리었다. 흰 꽃에 차차 시선이 집중되자 능금꽃의 의식이 새삼스럽게 마음속에 떠올랐다.

"——아니, 마른 가지에."

보고 있는 동안에 하도 괴이하여서 학수는 일어서서 그곳으로 갔다. 확실히 마른 가지에 꽃이 피어 있다. 그 알 수 없는 힘의 성장을 경탄하고 있을 때에 등뒤에서 부르는 소리에 그는 뒤로 돌아섰다.

남부농장에서 실습하던 같은 급의 창구가 온상 옆에 서 있다.

"꽃구경 하고 있다."

싱글싱글 웃으며,

"능금꽃 필 때 시집 가는 사람은 오죽 좋을까."

괭이자루를 무의미하게 두드리고 앉았던 다른 동무가 문득 생각난 듯이,

"아, 참. 금옥이가 쉬이 시집 간다지."

창구가 맞장구를 치며,

"마을의 자랑거리가 또 하나 없어지는구나. 두현이 가으로 넘어갔을 때 우리는 마을의 자랑거리를 또 하나 잃었더니 이제 우리는 마을의 명물을 또 하나 잃어버리는구나——물동이 이고 울타리 안으로 사라지는 민출한 자태도 더 볼 수 없겠지."

"신랑은 ××사는 쌀장수라지——금옥이네도 가난하던 차에 밥은 굶지 않겠군."

"우리도 섭섭하지만 정 두고 지내던 학수 입맛이 어떤가."

싱글싱글 웃으면서 창구는 학수를 바라본다. 비인 속에 슬픈 기억이 소생되어 학수는 현기증이 나며 정신이 흐려졌다.

"헛물만 켜고 분하지 않은가——그러나 가난한 학생에게는 안 준다니 할 수 없지만."

창구의 애꿎은 한 마디에 학수는 별안간 아찔하여지며 정신을 잃고 그 자리에 쓰러졌다.

핏기 한 점 없는 해쓱한 얼굴로 뻣뻣하게 쓰러지는 학수를 문오는 날쌔게 달려와서 등뒤로 붙들었다. 창구가 달려와서 그의 다리를 붙들었다.

"웬일이냐."

보고 있던 동무들이 우르르 모여들었다.

"——가끔 빈혈증을 일으키니."

"주림과 실습과 번민과——이 속에서 부대끼고야 졸도하기 첩경이지."

그 어느 한 편을 부축하려고 가엾은 동무를 둘러싸고 그들은 우줄우줄하였다.

"공연히 실없은 소리를 했더니 야유가 지나쳤나 부다."

창구는 미안한 생각을 금할 수 없어서 몇 번이나 사과하는 듯이 말하면서 문오와 같이 뻣뻣한 학수를 맞들고 숙직실로 향하였다.

다른 가족의 동무들이 의아하여 울레줄레 따라왔다. 감독 선생이 두어 사람 먼 데서 이것을 보고 좇아왔다.

숙직실에 데려다 눕히고 다리를 높이 고였다. 웃통을 활짝 풀어헤치고 물을 추겨 가슴을 식히고 있는 동안에, 핏기가 얼굴에 오르면서 차차 피어나기 시작한다. 십 분도 채 못 되어 의사가 달려왔을 때에는 학수는 의식을 회복하고 눈을 떴다. 의사가 따라 주는 포도주를 반 잔쯤 마시고 나니 새 정신이 들었다. 골이 아직 띵하였으나 겸연쩍은 생각에 학수는 벌떡 일어났다.

"겨우 마음놓았다. 사람을 그렇게 놀래니."

창구는 정말 안심한 듯이 웃으며,

"실없은 말 다시 안하마."

"감독 선생께 말할 터이니 실습 그만두고 더 누워 있어라."

문오는 학수 혼자 남겨 두고 창구와 같이 실습지로 나갔다.

숙직실에 혼자 남아 있기도 거북하여 학수는 허둥지둥 방을 나와 마음 편한 부란기(孵卵器) 당번실로 갔다.

훈훈한 비인 방에 혼자 누워 있으려니 여러 가지 생각과 정서가 좁은 가슴속을 넘쳐 흘러나왔다.

"병아리만도 못한 신세!"

윗목 우리 속에서 울고 돌아치는 병아리의 무리——그보다도 못한 신세라고 학수는 생각하였다.

"병아리에게는 나의 것과 같은 괴로움은 없겠지."

창 밖으로는 민출한 버드나무가 내다보였다. 자랄 대로 자라는 밋밋한 버드나무——그만도 못한 신세라고 학수는 생각하였다. 아마 생각없이 순진하게 자라야 할 어린 그에게 너무도 괴로움이 많다. 그 가지가지의 괴로움이 밋밋하게 자라는 그의 혼을 숫제 무지러뜨린다. 기구한 시정에 시달려 기개는 꺾어지고 의지는 찌그러진다. 금옥이——서로 정 두고 지내던 그를 잃어버리는 것은 피차에 큰 슬픔이었다. 성 밖 능금밭에서 만나던 밤 금옥이도 울고 그도 울었다. 그러나 학수의 괴로움은 그 틀어지는 사랑의 길뿐이 아니다. 집에 가도 괴롭고 학교에 와도 괴롭고 가난과 부자유——이것이 가지가지의 괴로움을 낳고 어린 혼의 생장을 짓밟았다.

생각하고 있는 동안에 두 눈에는 더운 것이 넘쳐흘렀다. 뒤를 이어 자꾸만 흘러왔다. 웬만큼 눈물을 흘리면 몸이 가쁜하여지건만 마음속에서 서리운 검은 구름이 풀리지 않는 이상 눈물은 비 쏟아지듯 무진장으로 흘러 내렸다.

흐릿한 눈물 속으로 학수는 실습을 마치고 들어온 문오의 찌그러진 얼굴을 보았다.

"너무 흥분하지 말아라."

어지러운 그의 꼴이 문오의 눈에는 퍽도 딱하였다.

"……금옥이 때문에?"

"보다도 나는 학교가 싫어졌다."

"학교가 싫어진 것은 지금에 시작된 일이냐? 좋아서 학교 오는 사람이 어디 있겠니. 기계가 움직이듯 아무 의지도 없이 맹목적으로 오는 데가 학교야. 그렇다고 학교에 안 오면 별수가 있어야지."

"즐겁게 뛰노는 곳이 아니고 사람을 ××히는 곳이야."

"흙과 친하라고 말하나 (중략) 흙과 친할 수 있는가."

"어디로든지 먼 곳으로 가고 싶어."

"가서는 어떻게 하게? 지금 세상 가는 곳마다 다 괴롭지. 편한 곳이 어디 있겠니?"

"너무도 괴로우니 말이다."

"가 버리면 집안 사람들은 어떻게 하겠니——꾹 참고 있는 때까지 있어 보자꾸나."

"……."

"오늘 밤에 용걸이한테 놀러나 갈까."

문오는 학수를 데리고 당번실을 나갔다.

아침.

조례 시간에 각 학년 결석 보고가 끝난 후, 교장이 성큼성큼 등단하였다.

엄숙하게 정렬된 삼백여 명의 대열이 일순 긴장하였다. 교장의 설화가 있을 때마다 근심 반 호기심 반의 육백의 눈이 단 위로 집중되는 것이다.

"다달이 주의하는 것이지만……."

깨어진 양철같이 울리는 목소리의 첫마디를 들은 순간 학수는 넉넉히 그 다음 마디를 짐작할 수 있었다.

"번번이 수업료 미납자가 많아서 회계 처리에 대단히 곤란하다……."

짐작한 대로였다. 다달이 한 번씩 이 말을 들을 때마다 학수는 마치 죄진 사람같이 마음이 우울하였다. 다달이 불과 몇 원 안 되는 금액이지만 가난한 농가의 자제에게는 무거운 짐이었다. 교장의 설유가 있을 때마다, 매 맞는 양같이 마음이 움츠러졌다.

"이번 주일 안으로 안 바치면 단연코 처분할 터이니……."

판에 박은 듯한 늘 듣는 신고이지만 학수의 마음은 아프고 걱정되었다. 종일 동안 마음이 우울하였다.

때도 떳떳이 못 먹는 처지에 그만큼의 돈을 변통할 도리는 도저히 없었다. 달마다 괴롭히는 늙은 아버지의 까맣게 끄스른 꼴을 생각만 하여도 가슴이 저렸다. 가난한 집안을 업고가기에 소나무같이 구부러진 가련한 꼴이 그림같이 그의 마음속에 들어붙어 떨어지지 않았다. 일 년 동안이나 공들여 길렀던 돼지는 달포 전에 세금에 졸려 팔아 버렸다. 일 년 더 길러 명년 봄에 팔아 감자밭을 몇 고랑 더 화리맡으려던 아까운 돼지를 하는 수 없이 팔아 버렸다. 그만큼 세금의 재촉이 불같이 심하였던 것이다.

그날 일은 학수는 지금까지도 잘 기억하고 있다. 면소에서는 나중에 면서기가 술기를 끌고 나왔다. 어머니는 그것이 소용없는 일인 줄 알면서도 욕지거리를 하였다. 아버지는 뜰 앞에 앉아 말없이 까만 얼굴에 담배만 푹푹 피웠다. 밥솥을 빼어 실은 술기가 문 앞을 굴러나갈 때, 어머니는 울 모퉁이까지 따라나가며 소리를 치며 울었다. 하는 수 없이 아버지는 다음날 아끼던 돼지를 팔고 밥솥을 찾아 내었다. 돼지를 없애고 어머니는 세 때나 밥술을 들지 않았다. 그때 일을 학수는 잊을 수가 없다.

"돼지도 없으니 이달 수업료를 어떻게 하노."

걱정의 반날을 지우고 집에 돌아갔을 때 밭에 나간 아버지는 아직 돌아오지 않았다.

호미를 쥐고 뜰 앞 나물밭을 가꾸고 있는 동안에 아버지가 돌아왔다. 그러나 피곤하여 맥없는 그 꼴을 볼 때 귀찮은 말로 그를 더 괴롭힐 용기가 나지 않았다.

가난한 저녁상을 마주 대하고 앉았을 때, 아버지 쪽에서 무거운 입을 열었다.

"요사이 학교 별일 없니?"

"늘 한모양이지요."

"공부 열심히 해라. 졸업한 후 직업에라도 속히 붙어야지, 늙은 몸으로 나는 더 집안을 다스려 갈 수 없다."

그것이 너무도 진정의 말이기 때문에 학수는 도리어 적당한 대답을 찾지 못하였다.

"날씨가 고약해서 농사는 올해도 낭패될 것 같다. 비료도 몇 가마니 사서 부어야겠는데 큰일이다. 작년에도 비료를 못 쳤더니 땅을 버렸다고 최 직장이 야단야단 치는 것을 올해는 빌고 또 빌어서 간신히 한 해 더 얻어 부치게 되지 않았니."

학수는 다시 우울하여져서 중간에서 밥숟갈을 놓아 버렸다.

"암만해도 돼지를 또 한 마리 사서 기를 수밖에는 도리가 없다. 닭을 쳐도 시원치 못하고 그저 돼지밖에는 없어——학교 돼지 새끼 낳았니?"

아버지는 단 한 사람의 골육인 아들에게 모든 것을 이야기하고 의논했다.

그러나 농사일에 정신없는 아버지 앞에서 학수는 차마 수업료 말을 꺼내지 못하였다. 물을 마시고는 방을 뛰어나갔다.

밤이 이슥하였을 때 학수는 울타리 밖 우물에 물 길러 온 금옥이에게 눈짓하여 성 밖에서 만나기로 하였다.

달이 너무도 밝기에 따로따로 떨어져 학수는 먼저 성 밖으로 나가 능금밭 초막 뒤편에 의지하여 금옥이가 나오기를 기다렸다.

보름달이 박덩이같이 희다. 벌판 끝에 바다가 그윽한 파도 소리와 함께 우련한 밤 속에 멀다. 윤곽이 선명한 초막의 그림자가 그 무슨 동물과도 같이 시꺼멓게 능금밭 속까지 뻗혀 있고 그 속에 능금나무가 잎사귀와 꽃이 같은 푸르스름한 빛으로 우뚝 솟아 있다. 달밤의 색채는 반드시 흰빛과 목화빛만이 아니다. 달빛과 밤빛이 짜내는 미묘한 색채——자연은 이것을 그 현실의 색채 위에 쓰고 나타난다. 이것은 확실히 현실을 떠난 신비로운 치장이다. 그러나 달밤은 또한 이 신비로운 색채뿐이 아니다. 색채 외에 확실히 일종의 독특한 향기를 품고 있다. 알지 못할 그윽한 향기——이것이 있기 때문에 달밤은 더한층 아름다운 것이다. 인류가 태고적부터 가진 이 낡은 달밤——낡았다고 빛이 변하는 법 없이 마치 훌륭한 고전(古典)과 같이 언제든지 아름다운 달밤.

그러나 괴롬 많은 학수에게는 이 달밤의 아름다운 모양이 새삼스럽게 의식에 오르지 않았다. 금옥의 생각이 달보다 먼저 섰던 것이다. 만나는 마지막 밤에 다른 생각 다 젖혀 버리고 금옥이를 실컷 생각하고 그 아름답고 안타까운 마지막 기억을 마음속에 곱게 접어 두고 싶었다.

초막 건너편 능금나무 사이에 금옥이가 나타났다. 능금꽃과 같은 빛으로 솟아 보이는 민출한 자태와 달빛에 젖은 오리오리의 머리카락——마지막으로 보는 이런 것이 지금까지 본 그 어느 때보다도 더한층 아름다웠다.

"겨우 빠져 나왔어요."

너무도 밝은 달빛을 꺼리는 듯이 손등으로 얼굴을 가리우고 금옥이는 가까이 왔다.

"요새는 웬일인지 집안 사람들이 별로 나의 거동을 살피게 되었어요. 날이 가까웠으니 몸조심하라고 늘 당부하겠지요."

학수는 금옥이의 손을 잡으면서,

"며칠 안 남았군."

"그 소리는 그만두세요."

"그날을 기다리는 생각이 어떻소?"

"놀리는 말씀예요."

"놀리다니, 내가 금옥이를 놀릴 권리가 있나?"

"그렇지 않아도 슬픈 마음을 바늘로 찌르는 셈예요."

"누가 누구의 마음을 찌르는고!"

"팔려 가는 몸을 비웃으려거든 그날이 오기 전에 나를 어떻게든지 처치해 주세요."

"아, 어떻게 하면 좋은가! 나같이 힘없고 못생긴 놈이 있을까!"

말도 끝마치기 전에 학수에게는 참고 있던 울음이 탁 터져 나왔다. 목소리가 높아지며 어린아이 모양으로 엉엉 울었다. 금옥이의 얼굴도 달빛에 편적편적 빛났다.

그는 벌써 아까부터 학수의 눈에 띄지 않게 눈물을 흘리고 있었던 것이다.

"어떻게든지 처치해 주세요."

느끼는 목소리로 간신히 말하고 얼굴을 학수의 가슴에 푹 파묻었다. 울음소리가 별안간 높아졌다.

"처치라니. 지금의 나에게 무슨 힘이 있고 수단이 있나? 도망——그것은 이야기 속에서 나오는 일이지 맨주먹의 우리가 어떻게 그것을 하노."

"그것도 할 수 없다면 두 가지 길밖에는 없지요. 불쌍한 집안 사람들의 뜻은 어길 수가 없으니 그날을 점잖게 기다리든지, 그렇지 않으면 내 한 목숨을 없애든지……."

금옥이의 목소리는 떨렸다. 며칠 동안에 눈에 띄리만큼 여윈 것이 학수의 손에 다닥치는 그의 얼굴 모습으로 알렸다. 턱이 몹시 얇아지고 손목이 놀라리만큼 가늘졌다.

"어떻게 하면 좋은고."

학수는 괴로운 심장을 빼내 버린 듯이 몸부림을 쳤다.

"사람의 일이란 될대로밖에 안 되는 것 같아요——이것이 우리들이 만나는 마지막이 될는지도 모르지요."

울음 속에서도 금옥이의 태도는 부자연스러우리만큼 침착하다.

아무 해결도 없는 연극의 막을 닫는 듯이, 달이 구름 속에 숨기고 파도 소리가 별안간 요란히 들린다.

눈물에 젖은 금옥이의 치맛자락이 배꽃같이 시들었다.

모든 것을 단념한 후의 무서운 괴로움과 낙망 속에 금옥이의 혼인날이 가까워 왔다. 능금밭 초막에서 만난 밤 이후, 학수는 금옥이를 만나지 못한 채 그날을 당하였다.

통곡하는 마음을 부둥켜안고 학교에도 갈 생각없이 그는 아침부터 바닷가로 나갔다. 무슨 심술로인지 공교롭게도 훌륭한 날씨이다. 너무도 찬란히 빛나는 햇빛에 학수는 얼굴을 정면으로 들기가 어려웠다. 하들하들 피어난 나뭇잎이 은가루같이 반짝반짝 빛났다. 굵게 모여 와서 깨뜨려지는 파도 조각에 눈이 부셨다. 정어리 냄새와 해초 냄새와——그의 쇠잔한 가슴에는 너무도 세인 바다 냄새가 흘러왔다.

포구에는 고깃배가 들어와 사람들의 요란히 떠드는 소리가——생활의 노래가 멀리 흘러왔다. 사람 자취없는 물녘에는 다만 햇빛과 바람과 파도 소리가 있을 뿐이다. 끝이 없는 먼 바다의 너무도 진한 빛에 눈동자가——전신이——푸르게 물드는 듯도 하다. 두 다리를 뻗고 앉아서 학수는 모래를 집어 바다에 뿌리면서 금옥이와 같이 물녘에서 놀던 가지가지의 장면을 추억하였다. 뿌리는 모래와 함께 모든 과거를 바닷속에 묻으려는 듯이 이제는 눈물도 없고 울음도 나오지 않았다. 다만 빠직빠직 타는 속에 바닷바람도 오히려 시원찮았다.

주머니 속에 지니고 왔던 하이네의 시집을 집어 냈다. 금옥이와 첫사랑을 말할 때 책장이 낡아 버리도록 읽던 하이네를 이제 마지막으로 또 한 번 되풀이하고 싶었다. 그것으로서 슬픈 첫사랑의 막을 내릴 작정이었다.

수없이 사랑의 노래와 실망의 노래——아무 실감없이 읽던 실망의 노래가 지금의 그에게 또렷한 감정을 가지고 가슴속에 울려 왔다. 다음 시에 이르렀을 때 그는 그것을 두 번 세 번 거푸 읽었다. 그것은 곧 학수 자신의 정의 표시요 사랑을 묻은 묘의 비석이었다.

낡아빠진 노래의 가락 가락 음과
마음을 괴롭히는 꿈의 가지가지를
이제 모두 다 장사지내 버리련다.
저 커다란 관을 가져오너라……. 그리고 열두 사람의 장정을 데려오너라.
퀼룬의 절간에 있는
크리스톱 성자의 상(像)보다도 더 굳세인 열두 사람의 장정들.
장정들에게 관을 지워서 바닷속 깊이 갖다 버려라.
이렇게 큰 관을 묻으려면 커다란 묘가 필요할 터이지.

여기에서 그만 슬픔의 결말을 맺고 책을 덮어 버리려다가 그는 시의 힘에 끌리어 더욱더욱 책장을 넘겨 갔다. 낮이 지나고 해가 기울었다. 연지 찍고 눈을 감은 금옥이가 채밑에서 신랑과 마주앉아 상을 받고 있을 때였다. 학수는 모래 위에 누운 채 몸도 요동하지 않고 시에 열중하였다.

가느다란 갈대 끝으로 모래 위에 쓰기를,
"아그네스, 나는 너를 사랑하노라?"
그러나 심술궂은 파도가 한바탕 밀려와,
이 아름다운 마음의 고백을 여지없이 지워 버렸다.
약한 갈대여 무른 모래여.
깨어지기 쉬운 파도여. 너희들은 벌써 믿을 수 없구나.
어두워지니 나의 마음 용달음치네.
억세인 손아귀로 노르웨이 숲속에서
제일 큰 전나무 한 대 잡아 뽑아라.
타오르는 에드나의 화산 속에 담가,
새빨갛게 단 그 위대한 붓으로
어두운 하늘에 줄기차게 써 볼까.
"아그네스, 나는 너를 사랑하노라!"

학수는 두 번 세 번 거듭 여남은 번 이 시를 읽었다. 읽을수록 알지 못할 흥이 솟아나왔다. 아그네스를 금옥으로 고쳤다가 다시 여러 가지 다른 것으로 고쳐 보았다. 그것이 무엇이라고 꼬집어 말할 수 없는 위대한 감격이 가슴속에 그득히 복받쳐 올라왔다.

"백두산 꼭대기에 제일 큰 참나무 한 대 뽑아다 이 가슴의 열정으로 시뻘겋게 달궈 가지고 어두운 하늘에 줄기차게 써 볼까. 그 무엇이여, 나는 너를 사랑하노라!고."

모래를 차고 학수는 벌떡 일어났다. 저물어 가는 바다가 아득하게 멀고 쉴 새 없이 날아오는 파도빗발에 축축히 젖었다.

그날 밤에 학수는 며칠 전 문오와 같이 찾아갔던 후로는 다시 만나지 못한 용걸이를 찾아갔다. 오래 전에 빌려 온 몇 권의 책자도 돌려보낼 겸.

독서에 열중하고 있던 용걸이는 책상 앞에서 몸을 돌리고 학수를 맞이하였다. 좁은 방에는 사면에 각 색표지의 책이 그득히 쌓여 있다. 그 책의 위치가 구름의 좌향같이 자주 변하였다. 책상 앞에 펴 있는 두꺼운 책의 활자가 아물아물하게 검고 각테안경 속에 담은 동무의 열정이 시꺼멓게 빛났다. 열정에 빛나는 그 눈. 바다 같은 매력을 가지고 항상 학수의 마음을 끄는 것은 그 눈이었다. 깊고 광채있고 믿음직한 그 눈이었다. 학교에 안 가도 좋고 눈에 띄게 하는 일없이 그는 두 눈의 열정을 모아 날마다 독서에 열중하는 것이 일과였다.

그가 서울을 쫓겨 고향으로 내려온 지 거의 반 년이 넘었다. 근 사 년 동안 어떤 사립학교에서 공부하다가 작년 가을에 휴교 사건으로 학교를 쫓겨난 난 후 다시 고향으로 내려온 것이다. 학교를 쫓겨났다고 결코 실망하는 빛없이 도리어 싱싱한 기운에 넘쳐 그는 고향을 찾아왔다. 부끄러워하는 대신에 그에게는 엄연한 자랑의 티조차 있었다. 그 부끄러워하지 않고 겁내는 법없는 파들파들한 기운에 학수들은 처음에 적지않이 놀랐다.

그들의 어둡고 우울한 마음에 비겨 볼 때 용걸이의 그 파들파들한 기운과 광채는 얼마나 부러운 것이던가. 같은 마을에서 같은 어린 시절을 보낸 그들을 이렇게 다른 두 길로 나누어 놓은 것은 용걸이가 고향을 떠난 사 년 동안의 시간이었다. 사 년 동안에 용걸이는 서울서 무엇을 배우고 무엇을 하고 그의 굳은 신념은 무엇에서 나왔던가를 학수는 문오와 같이 그의 집에 자주 드나드는 동안에 짐작하고 배워 왔다. 마을에서는 용걸이를 위험시하고 각가지의 소문을 내었으나 그는 모든 것을 모르는 체하고 싱싱한 열정으로 공부에 열중하였다. 그 늠름한 태도가 또한 학수들의 마음을 끌고 잡아 흔들었다.

"요사이 번민이 심하지?"

용걸이는 학수의 사정을 대강 알고 그의 괴로움을 짐작할 수 있었다.

"아니 오늘 잔칫날 아닌가?"

다시 생각하고 용걸이는 검은 눈에 광채를 더하여 숭굴숭굴 웃었다.

학수에게 아무 대답이 없으니 용걸이는 웃음을 수습하고 어조를 변하였다.

"그러나 그런 개인적 번민은 누구에게나 한두 가지씩은 다 있는 것이네."

이어서,

"가지가지의 번민을 거치는 동안에 차차 사람이 되지."

경험 많은 노인과 같이 목소리가 침착하고 무겁다.

성공하지 못한 용걸이의 과거의 연애 사건을 학수도 잘 알고 있다. 근 일 년을 넘은 연애가 상대자의 의사와 그 집안의 반대로 깨어지고 말았다. 물론 그들의 반대의 이유가 용걸이의 가난에 있다는 것을 말하지 않아도 확실한 것이었다. 용걸이의 번민은 지금의 학수의 그것과 같이 컸었고 그의 생각에 큰 변동이 생긴 것도 이때부터였다. 그는 이를 갈고 독서에 열중하였다. 그러는 동안에 배척받은 열정을 정신적으로 바칠 다른 큰 것을 발견하였던 것이다.

"개인적 번민보다도 우리에게는 전 인류적 더 큰 번민이 있지 않은가."

드디어 이렇게 말하게까지 된 것이다.

"그러기 때문에 나도 오늘에는 개인적 번민을 청산하고 새로 솟는 위대한 열정을 얻었단 말이네."

하고 학수는 해변에서 느낀 감격이 사라질까를 두려워하는 듯이 흥분한 어조로 그 하루를 해변에서 지낸 이야기와 하이네 시에서 얻은 위대한 감격을 이야기하였다.

"하, 그렇게 훌륭한 시가 있던가——읽은 지 오래여서 하이네도 이제는 다 잊어버렸군."

하이네의 시를 듣고 용걸이도 새삼스럽게 감탄하였다.

"백두산 꼭대기에서 제일 큰 참나무 한 대 잡아 뽑아다 이 가슴의 열정으로 시뻘겋게 달궈 가지고 어두운 하늘에 줄기차게 써 볼까. 짓밟힌 ×××이여 나는 너를 사랑하노라!고."

'백두산'의 구절이 조금 편벽된 것 같다고는 하면서도 용걸이는 학수가 고친 이 시의 구절을 두 번 세 번 감동된 목소리로 읊었다.

"용걸이 있나?"

이때에 귀익은 목소리가 나며 문이 펄떡 열렸다.

들어온 것은 성안의 현규였다.

"현균가?"

학수는 그의 출현을 예측하지 않았기 때문에 오래간만의 그를 반갑게 바라보고 있다.

"공부 잘 하나."

현규는 한껏 이렇게 대꾸하면서 학수를 보았다. 그만큼 그들의 관계와 교섭은 그다지 친밀한 것은 못 되었다. 그가 들어왔기 때문에 학수와 용걸이의 회화가 중턱에서 끊어졌고 또 학수가 있기 때문에 용걸이와 현규의 사이도 어울리지 아니하고 서먹서먹한 것 같았다.

현규——그도 역시 용걸이와 같은 경우에 있었다. 학교를 중도에서 폐한 후로부터는 용걸이와 같은 길을 걷게 되었던 것이다. 두 사람은 자주 만났다. 그러나 그것은 결코 사람들의 눈에 띄지 않게 교묘하게 하였다. 용걸이는 학수를 만나보는 것과는 또 다른 의도와 내용으로 현규와 만나는 것 같았다.

오늘 밤에도 그 무슨 일로 미리 약속하고 현규가 찾아온 것이 확실하리라 생각하고 학수는 그만 자리를 일어섰다.

"그러면 이번에는 이것을 가지고 가서 읽어 보게."

나가는 학수에게 용결이는 두어 권의 작은 책자를 시렁에게 뽑아 주었다.

기울어지는 반달이 흐릿하게 빛났다.

좁은 방에서 으슥하게 만나는 두 사람의 청년——그 뜻깊은 풍경을 학수는 믿음직하게 마음속에 그렸다.

무슨 새인지, 으슥한 밤중에 숲속에서 우는 새소리를 들으면서 희미한 밤길을 더끔더끔 걸었다.

이튿날 학수는 수업료 미납으로 정학처분중에 있는 줄을 번연히 알면서도 오후부터 학교에 나갔다. 그날 학우회 총회가 있는 것을 안 까닭이다. 학우회에는 기어이 출석할 생각이었다. 예산 편성 등으로 가난한 그들에게 직접 이해관계가 큰 총회를 철모르는 어린 동무들에게 맡겨 망치고 싶지 않았던 것이다.

실습을 폐하고 총회는 오후부터 즉시 시작되었다. 사월에 열어야 할 총회가 일이 바쁜 까닭에 변칙적으로 오월에 들어가는 수가 많았다.

새로 선 강당은 요란하게 불어 올랐다. 학생들은 하룻동안 실습이 없어진 그 사실만으로 벌써 흥분하고 기뻐하였다.

천장과 벽과 바닥의 새 재목 빛에 해가 비쳐 들어와 누렇게 반사하였다. 그 속에 수많은 얼굴들이 떡잎같이 누르칙칙하게 빛났다. 재목 냄새에 강당 안은 금시에 기가 막혔다. 발 벗은 학생이 많았다. 가끔 양말을 신은 사람이 있어도 다 떨어져 벌허리만에 걸치고 있는 형편의 것이었다. 냄새가 몹시 났다. 맨발에는 개기름과 땀이 지르르 흘러 무더운 냄새가 파도같이 화끈화끈 넘쳐 밀려 왔다.

여러 번 창을 열고 공기를 갈면서 회가 진행되었다.

교장의 사회가 끝난 후에 즉시 각부 예산 편성 결정으로 들어갔다. 학교에서 작성한 예산안 초안을 앞에 놓고 와글와글 떠들기 시작하였다. 부마다 각각 자기의 부를 지키고 한 푼의 예산도 양보하지 않았다. 떠들고 뒤끓으며 별것 아니요 벌떼의 싸움이었다. 하다못해 공책 한 번 쥐어 본 적 없는 아무 부에도 속하지 않는 중간층의 학생들은 이 부에도 저 부에도 붙지 못하고 중간에서 유동하였다. 두 시간 동안이 지나도 각부의 예산은 결정되지 못하였다.

뒷줄 벤치 위에 숨어 앉은 학수는 무더운 화기에 정신이 얼떨떨하였다. 지지할 만한 또렷한 한 부에 속하지 않은 그는 한 마디도 입을 열지 아니하고 싸우는 꼴들을 냉정히 바라보고 있을 뿐이었다. 생각으로는 운동의 각부보다도 변론부, 음악부, 학예부 등을 지지하고 싶었으나 예산 편성이 끝난 후 열을 토하고 ×××지 않으면 안 될 더 중요한 가지가지의 조목을 위하여 그는 열정의 낭비를 피하고 입을 꾹 다물었다. 해마다 문제되는 스포츠 원정비의 적립을 철저히 반대할 일—— (중략)

이것이 제일 중요한 조목이었다. 다음에 학우회 기본금과 입회금의 적립 반대, 가족 실습의 수입 이익은 가족에게 분배할 일…… 등 등의 일반 학생의 이익을 위하여 싸워 뺏지 않으면 안 될 여러 가지 조목이 그의 가슴속에 뱅돌고 있었다.

거의 네 시간이 지났을 때에야 겨우 예산이 이럭저럭 결정되고 선수 원정비 시비에 들어갔다.

서울과의 거리가 먼 까닭에 스포츠, 더욱이 정구와 축구의 원정에는 막대한 비용이 들었다. 빈약한 학우회비만으로는 도저히 지출할 수 없는 까닭에 기왕이면 기부금 등으로 이럭저럭 미봉하여 왔으나, 금년부터는 매월 학우회비를 특별히 더하여 원정비로 채우려는 설이 학교 당국에서부터 일어났다. 이 제의를 총회에 걸어 그 시비를 결정하자는 것이었다.

교장의 설명이 있는 후 즉시 운동부장인 ××이가 직원 좌석에서 일어섰다. 개인개인의 산만한 운동보다도 규율있는 단체적 스포츠가 필요함을 그는 역설하고 그럼으로써 원정비 적립을 지지하라는 일장의 설화를 하였다.

학생들의 의견도 나기 전에 미리 뭇 의견의 방향을 결정하려는 그 심사가 괘씸하여서 학수는 벌떡 자리에서 일어서서 첫소리를 쳤다.

"지금의 학우회비로서 지출할 수 없다면 원정은 그만두자. 우리들의 처지로 새로이 회비를 더 내서까지 원정을 갈 필요가 있는가?"

회장이 물 뿌린 듯이 고요하다.

어린 학생들은 대개 어떻게 하는 것이 옳을지를 몰라 갈팡질팡하는 때가 많다. 그것을 잘 아는 학수는 절실한 인상으로 그들을 바른 방향으로 인도하겠다고 그 자리에서 선 채 말을 이었다.

"지금의 수업료도 과한 가난한 농군의 자식인 우리들에게는 다만 이 이십 전이 결코 적은 돈이 아니다. 지금의 수업료조차 못 내서 쩔쩔 매면서 이 위에 또 더 바칠 여유가 있는가. 철없는 맹동은 모두들 삼가자!"

그가 앉기가 바쁘게 다른 학년의 축구선수가 한 사람 일어서서 잘 돌아가지 않는 혀로 원정의 필요를 말한 후, 기왕에 원정 가서 얻어 온 우승기——그것을 영구히 학교의 것으로 만들 작정이니 원정을 후원하라고 거의 애걸하다시피 하였다.

우승기——이것이 철모르는 눈을 어둡히고 이끄는 것임을 문득 느끼고 학수는 한층 목소리를 높였다.

"그렇게 말하는 너부터 잘 생각해 보아라. 한 사람의 선수를 한 사람의 영웅을 내기 위하여 이 많은 사람이 마음에도 없는 희생을 당하여야 옳단 말이냐. 한 사람의 선수가 우리에게 무엇을 가져왔나, 우승기? 아무 잇속없는 한 폭의 허수아비에 지나지 못한다. 학교의 명예? 대체 무엇하는 것이냐. 그따위 명예가 우리에게 무슨 이익을 갖다 주었나. 우승기. 명예——일종의 허영에 지나지 못하는 것이다. 동무들아 선수 원정을 반대하자! 원정비 적립을 반대하자!"

"옳다!"

"원정비 반대다!"

동의의 소리가 이 구석 저 구석에서 일어났다.

××이의 얼굴이 붉어지고 직원석이 수물수물 움직였다.

하급생 좌석에서 어린 학생이 일어서서 수물거리는 시선과 주위를 일신에 모았다. 등뒤에 커다란 조각을 대인 양복을 입은 그는 이마에 빠지지 흐르는 땀을 씻으면서 가느다란 목소리를 내었다.

"실습, 그것이 우리에게는 훌륭한 운동이다. 이외에 무슨 운동이 더 필요한가. 알맞은 체육이면 그만이지 우리에게 그 이상의 기술과 재주는 필요하지 않다. 가난한 우리는 너무도 건강하기 때문에 배가 고픈데 이 위에 더 운동까지 해서 배를 곯릴 것이 있는가?"

허리춤에서 수건을 뽑아서 땀을 씻고 한참 무주무주하다가 걸터앉았다. 그 희극적 효과에 웃음소리가 왁 터져 나왔다. 수물거리는 당 안을 정리하려고 학수는 다시 자리를 일어서서 목소리를 더한층 높였다.

"옳다. (삼십 자 생략) 괴로워하는 집안 사람들을 이 위에 더 괴롭힐 용기가 있는가. 수업료가 며칠 늦으면 담임선생이 불러들여 학교를 그만두라고 은근히 퇴학을 권유할 때, (이십오 자 생략) 우리는 우리들의 처지를 생각하여야 한다."

같은 형편과 생활에서 나온 절실한 실감이 동무들의 가슴을 뒤집어 흔들었다.

"그렇다."

"원정비 적립을 그만두자."

찬동의 소리가 강당을 들어갈 듯이 요란히 울렸다.

"학수, 학수!"

요란한 가운데에서 별안간 날카로운 고함이 들렸다. 직원좌석이 어지럽게 동요하고 그 속에서 ×××이의 성낸 얼굴이 학수를 무섭게 노렸다.

"학수. 너는 당장에 퇴장하여라. 수업료도 안 내고 가만히 와서 총회에 출석할 권리가 없다."

(이백 줄 생략)

그는 아무 일도 안 일어났던 듯이 시치미를 떼고 천연스럽게 집으로 돌아갔다.

정주에서 어머니가 뛰어나왔다.

"학수야."

끄슬은 얼굴과 심상치 않은 목소리에 학수는 당황한 어머니를 보았다.

"학수야, 금옥이가……."

어머니는 달려와서 그의 옷자락을 붙들었다.

"금옥이가……."

어머니의 눈에 그렁그렁하는 눈물을 보고 학수는 놀라서,

"금옥이가 어떻게 했단 말예요?"

"——떠났단다."

"예?"

"바다에 빠져서."

"금옥이가 죽었단 말예요? 금옥이가……."

"대체 어떻게 된 노릇이냐. 혼인날 종일 네 이름만 부르더니 밤중에 신방을 도망해 나갔단다."

"그래 지금 어디 있나요? 지금 어디."

"금옥이네 집안 식구들은 지금 모두 바다에 몰려가 있다——아까 포구 사람이 달려와서 시체를 건졌다고 전했단다. 지금 모두 해변에 몰려가 있다."

"바다——금옥이."

학수는 엉겁결에 허둥지둥 뛰어나갔다. 바다로 향하여 오 리나 되는 길을 줄달음쳤다. 며칠 전에 학수가 사랑을 잊으려고 하이네를 읽으며 하루를 보낸 바로 그 자리를 금옥이는 마지막의 장소로 골랐던 것이다. 가지가지의 추억을 가진 그곳을 특별히 고른 그 애처로운 마음을 학수는 더한층 슬피 여겼다.

물녘에는 통곡 소리가 흘렀다. 집안 사람들은 시체를 둘러싸고 가슴을 뜯으며 어지럽게 울었다.

얼굴을 가리운 시체——보기에는 참혹한 것이었다. 사람의 몸이 아니라 물통이었다. 입에서는 샘솟듯 물이 흘러 나왔다. 혼인날 입은 새 복색 그대로였다. 바다에서 올린 지 얼마 안 되는지 전신에서 물이 지어서 흘렀다. 그 자리만 모래가 축축히 젖어 있다.

미칠 듯한 심사였다.

학수는 달려들어 그 자리에 푹 쓰러졌다. 수건을 벗기고 얼굴을 보았다. 물에 씻기운 연지의 자리가 이지러진 얼굴에 불그스레하게 퍼져 있다. 홉뜬 흰 눈이 원망하는 듯이 학수를 보았다.

"금옥이……."

얼굴이 돌같이 차다.

"왜 이리 빨리 갔소."

가슴이 터질 듯이 더워지며 눈물이 솟았다.

"학수. 어쩌자고 이럭해 놓았소."

금옥이의 어머니가 원망하는 듯이 학수를 보며 들고 있던 한 장의 사진을 주었다.

"학수의 사진을 품고 죽을 줄이야 꿈에야 생각했겠소."

받아 보니 언제인가 박아 준 그의 사진이었다. 학수 대신에 영혼 없는 사진을 품고 간 것이다.

겉장을 벗기니 물에 젖어 피어난 글씨가 흐릿하게 읽혔다.

학수. 나는 가오. 태산같이 막힌 골짜기에서 나는 제일 쉬운 이 길을 취하였소. 당신에게만 정을 바친 채 맑은 몸으로 나는 가오. 혼자 간다고 결코 당신을 원망하지 않으리다. 공부 잘 해서 가난한 집안을 구하시오.

"결국 내가 못난 탓이지……. 그러나 이렇게 쉽게 갈 줄이야 몰랐소."

학수는 시체를 무릎 위에 얹고 차디찬 얼굴을 어루만졌다.

"금옥아, 학수 왔다. 금옥아. 눈을 떠라."

어머니는 마주앉아서 찬 수족을 만지면서 몸을 전후로 요동하며 울었다.

"학수. 생사람을 잡았으니 어쩌잔 말이오. 그러면 그렇다고 혼인 전에 진작 말이나 해주었드면 좋지 않았겠소? 금옥이가 갔으니 어떻게 하면 좋소."

통곡하는 소리가 학수의 뼛속을 살근살근 갈아 내는 듯하였다.

"집으로 데리고 갑시다."

학수는 눈물을 수습하고 일어났다.

"금옥아 이 꼴을 하고 집으로 다시 들어오려고 나갔더냐?"

금옥이의 아버지가 시체를 일으켰다.

"내가 업지요."

들것에 메우기가 너무도 가엾어서 학수는 시체를 등에 업었다.

돌같이 무거웠다. 중량밖에는 아무 감각이 없는 무감동한 육체였다. 똑똑 떨어지는 물이 모래 위와 길 위에 줄을 그었다.

조그만 행렬이 길 위에 뻗쳤다.

어두워 가는 벌판에 통곡 소리가 처량히 울렸다.

짧은 그의 생애가 너무도 기구하여서 학수는 금옥이의 옆을 떠나지 않고 그를 지켰다.

피어오르는 향불의 향기——일전에 능금밭에서 마지막으로 만났을 때 맡은 달밤의 향기와 너무도 뼈저린 대조였다.

촛불에 녹은 초가 눈물과 같이 흘러내렸다.

금옥이의 장삿날이 왔다.

진한 안개가 잔뜩 끼어 외로이 가는 어린 혼과도 같이 슬픈 날이었다.

너무도 짧은 장사의 행렬이었다. 빨리 간 그의 청춘과도 같이 너무도 짧은——시집에서는 배반하고 나간 그의 혼을 끝까지 돌보지 아니하였고 장례는 전부 친가에서 서둘러 하였다.

상여 뒤에는 바로 학수가 서고 그 뒤에 집안 사람들이 따라 섰다.

짧은 행렬이 건듯하면 안개 속에 사라지려 하였다.

외로운 영혼을 남몰래 고이 장사지내 버리려는 듯이.

앞에서 울리는 요령소리조차 안개 속에 마디마디 사라져 버렸다.

학수의 속눈썹에도 안개가 진하게 맺혀 눈물과 함께 흘러내렸다.

어린 초목의 잎이 요령소리에 떨리는 듯이 안개 속에서 가늘게 흔들렸다.

산모퉁이를 돌아 행렬은 산골짜기로 들어갔다.

묘지까지 이르렀을 때에 상여는 슬픔과 안개에 푹 젖었다.

주검을 묻는 것이 첫경험인 학수에게는 그것이 너무도 끔찍한 짓같이 생각되어 뼈를 긁어 내는 듯한 느낌이었다.

젖은 흙 속에 살이 묻혀지는 것이다. 사람의 의식(儀式)으로 이보다 더 참혹한 것이 있는가. 퍼붓는 눈물이 흙을 적시었다.

"너도 같이 가거라."

학수는 지니고 왔던 하이네 시집을——해변에서 금옥이를 생각하며 읽던 그 시집을 금옥이의 관 위에 같이 던졌다. 금옥이를 보내는 마지막 선물로 그의 관 위에 뿌려 줄 꽃 대신으로 생전에 같이 읽던 노래를 던져 주었다. 그것은 동시에 그의 슬픈 과거를 영영 장사지내 버리는 셈도 되었다. 그는 장사지내는 하이네 시집 속에서 백두산 꼭대기에서 제일 큰 참나무 한 대 뽑아 위대한 열정을 얻은 것과 같이 금옥이의 죽음에서도 슬픔만이 온 것이 아니라 말할 수 없는 일종의 힘이 솟아 나왔다.

"그대의 혼을 지키면서 나는 나의 힘이 진할 때까지 일하고 싸워 보겠다."

시집과 관이 흙 속에 완전히 사라졌을 때에 학수는 그 위에 다시 흙을 뿌리며 피의 눈물과 말의 슬픔으로 그 조그만 묘를 다졌다.

어느덧 황혼이 짙어 안개가 더 깊었다.

"나도 떠나겠다."

어느 때까지 울어도 슬픔은 새로워질 뿐이지 한이 없었다.

학수는 시에서 얻은 열정과 죽음에서 얻은 힘을 가지고 묘 앞을 떠났다.

그러나 뒷걸음하여 마을길로 돌아서지 아니하고 고개를 향하여 앞으로 앞으로 걸음을 떼어 놓았다.

"어디로 가오?"

금옥이네 식구들이 물었다.

"고개 너머 먼 곳으로 가겠소."

"먼 곳이라."

"이곳에서 무엇을 바라고 살겠소."

대답하고 학수는 속으로 혼자 중얼거렸다.

"용걸이의 걸은 길을 밟도록 먼 곳에 가서 길을 닦겠소이다."

그들과 작별하고 학수는 고개로 향하였다.

고개 너머 정거장에서 기차를 타고 어디로든지 향할 작정이었다.

"어디로? 너무도 막연하다——그러나 항상 막연한 데서 일은 열리고 시작되는 것이 아닌가. 막연한 모험과 비약——이것이 없이 큰 일을 할 수 있는가."

고개 위에 올라서니 거리가 내려다보이고 그 속에 정거장이 짐작되었다.

"아버지는? 집안 사람은?"

고향을 이별하는 마지막 순간에 그에게는 여러 가지의 생각이 한꺼번에 솟아올랐다.

"내가 학교를 충실히 다닌다고 아버지와 집안을 근본적으로 건질 수 있을까? 차라리 이제 가서 장래의 큰길을 닦는 것만 같지 못하다."

중얼거리며 주먹을 지긋이 쥐었다.

"아버지여, 금옥이여, 문오들이여. 고향이여——다 잘 있으오. 더 장한 얼굴로 다시 만날 날이 있으오리."

눈물을 뿌리고 학수는 고향을 등졌다. 한 걸음 두 걸음 고개를 걸어 내려가는 그의 마음속에서는 결심이 한층 더 새로워질 뿐이었다.

수 탉

을손은 요사이 울적한 마음에 닭시중도 게을리하게 되었다. 그 알뜰히 기르던 닭들이 도무지 눈에도 들지 않으며 마음을 당기지 못하였다. 모이는새려 뜰 앞을 어른거리는 꼴을 보면 나뭇개비를 집어들게 되었다. 치우지 않은 우리 속은 지저분하기 짝없다. 두 마리를 팔면 한 달 수업료가 된다. 우리 안의 수효가 차차 줄어짐이 그다지 애틋한 것은 아니었다. 도리어 제때 자기 운명을 못 가지고 우리 안을 헤매는 한 달 동안의 운명을 벗어난 두 마리의 꼴이 눈에 거슬렸다. 학교에 안 가는 그 한 달 수업료가 늘려진 것이다.

그 두 마리 중에서도 못난 한 마리의 수탉——가장 초라한 꼴이었다. 허울이 변변치 못한 위에 이웃집 닭들과 싸우면 판판이 졌다. 물어뜯긴 맨드라미에는 언제 보아도 피가 새로이 흘러 있다. 거적눈인데다 한쪽 다리를 전다. 죽지의 깃이 가지런하지 못하고 꼬리조차 짧았다. 어떤 때면 암탉에게까지 쫓겼다. 수탉 구실을 못하는 수탉이 보기에도 민망하였으나 요사이 와서는 민망한 정도를 넘어 보기 싫은 것이었다. 더구나 한 달의 운명을 우리 안에 더 붙이게 된 것이 을손에게는 밉살스럽고 흉측하게 보일 뿐이었다.

학교에 못 가는 마음이 몹시 답답하였다.

능금을 따고 낙원을 쫓기운 것은 전설이나 능금을 따다 학원을 쫓기운 것은 현실이다.

농장의 능금은 금단의 과실이었다.

을손들은 그 율칙을 어긴 것이다.

동무들의 꼬임에 빠졌다느니보다도 을손 자신 능금의 유혹에 빠졌던 것이다. 능금은 사치한 욕망이 아니다. 필요한 식욕이었다.

당번은 다섯 명이었다. 누에를 다 올린 후이라 별로 할 일이 한가하였던 것이 일을 저지른 시초일는지도 모른다.

잡담으로 자정이 되기를 기다렸다가 일제히 방을 나가 어둠 속에 몸을 감추고 과수원의 철망을 넘었다.

먹다 남은 것을 아궁지 속에 넣은 것은 깜쪽같았으나 마지막 한 개를 방구석 뽕잎 속에 간직한 것이 실책이었다.

이튿날 아침 과수원 속의 발자취가 문제되었을 때 공교롭게나 뽕잎 속의 그 한 개가 발견되었다.

수색의 길은 빤하다. 간밤의 다섯 명의 당번이 차례로 반 담임 앞에 불리게 되었다.

굳게 언약을 해 놓고서도 어느 때나 마찬가지로 그 어디로부터인지 교묘하게 부서진다. 약한 한 사람의 동무의 입에서 기어이 실토가 된 모양이었다. 한 사람씩 거듭 불려 들어갔다.

두 번째 호출이 시작되었을 때 을손은 괴상한 곳에 있었다.

몸이 무거워 그곳에 들어간 것이 아니라 얼마 동안의 귀찮은 시선을 피하려 일부러 그런 곳을 고른 것이었다.

한 사람이 들어가 간신히 웅크리고 앉았을 만한 네모진 그 좁은 공간, 거북스럽기는 하여도 가장 마음 편한 곳도 그곳이었다. 그곳에 앉았으면 마치 바닷물 속에 잠겨 있는 것과도 같이 몸이 거뿐한 까닭이었다.

밖 운동장에서는 동무들이 지껄이는 소리, 웃음소리, 닫는 소리에 섞여 공 구르는 가벼운 소리가 쉴새없이 흘러와 몸은 그 즐거운 소리를 타고 뜬 것 같다.

을손은 현재 취조를 받고 있을 당번의 동무들과 자신의 형편조차 잊어버리고 유유히 주머니 속에서 담배를 한 개 집어 내서 불을 붙였다. 실상인즉 담배도 능금과 같이 금단의 것이었으나 규칙을 어김은 인류의 조상이 끼쳐 준 아름다운 공덕이다. 더구나 그곳에서 한 모금 피우기란 무상의 기쁨이라고 을손은 생각하는 것이었다.

이것도 그곳의 특이한 풍속으로 벽에는 옷을 입지 않을 때의 남녀의 원시적 자태가 유치한 필치로 낙서되어 있다. 간단한 선 서투른 그림이면서도 그것은 일종의 기쁨이었다.

을손도 알 수 없는 유혹을 받아 주머니 속에서 무딘 연필을 찾아 향기로운 연기를 길게 뿜으면서 상상을 기울여 그림을 그리기 시작하였다.

능금을 먹은 위에 담배를 피우며 낙서를 하며, '위반'을 거듭하는 동안에 을손은 문득 학교가 싫은 생각이 불현듯이 들었고, 가령 학교에서 능금을 딴 제자를 문초한 교사가 일단 집에 돌아갔을 때 이웃집 밭의 능금을 딴 어린 아들을 무슨 방법으로 처벌할 것이며 그 자신 능금을 따던 소년시대를 추억할 때 어떤 감상과 반성이 생길 것인가. 또 혹은 학교에서 절제의 미덕을 가르치는 교사 자신이 불의의 정욕에 빠졌을 때 그 경우는 어떻게 설명하여야 옳은 것인가……. 마치 십계명을 설교하는 목사 자신이 간음의 죄에 신음하는 것과도 흡사할 경우를.

가깝게 생각하여 특수한 과학과 기술을 배워야 그것을 이용할 자신의 농토조차 없는 편이 아닌가.

변변치 못하다. 초라하다.

잔단 보수를 바라 이 굴욕을 받는 것보다는 차라리 좁고 거북한 굴레를 벗어나 아무데로나 넓은 세상으로 뛰고 싶다.

을손의 생각은 고삐를 놓은 말같이 그칠 바를 몰랐다.

아마도 오래 된 듯하다.

하학 종소리가 어지럽게 울렸다.

이튿날 아버지는 단벌의 나들이 두루마기를 입고 학교에 불리었다.

무기 정학의 처분이었다.

아버지는 어안이벙벙한 모양이었다, 정든 아들을 매질할 수도 없었으므로.

을손은 우리 안의 닭을 모조리 홀두드려 팔아 가지고 내빼고 싶은 생각이 불같이 났으나 그것도 할 수 없어 빈손으로 집을 떠났다.

이웃 고을을 헤매다가 사흘 만에 다시 집으로 돌아왔다.

밭일도 거들 맥 없어 며칠은 천치같이 보낼 수밖에 없었다.

우리 안의 닭의 무리가 눈에 나보였다. 가운데서도 못난 수탉의 꼴은 한층 초라하다. 고추장에 밥을 비벼 먹여도 이웃집 닭에게 지는 가련한 신세가 보기에도 안타까웠다.

못난 수탉, 내 꼴이 아닌가. 을손은 화가 버럭 났다.

한가한 판이라 복녀와는 자주 만날 수 있는 처지였으나 겸연쩍은 마음에 도리어 주저되었다.

을손의 처분을 복녀는 확실히 좋게 여기지 않는 눈치였다.

복녀는 의지의 여자였다. 반 년 동안의 원잠종 제조소의 견습생 강습을 마친 터이라 오는 봄부터는 면의 잠업 지도생으로 나갈 처지였다. 건듯하면 게을리되는 을손의 공부를 권하여 주고 매질하여 주는 복녀였다. 학교를 마치면 맞들고 벌자는 언약이었으나 을손의 이번 실수가 복녀를 실망시킬 것은 확실하였다. 무능한 사내, 복녀에게 이같이 의미없는 것은 없었다.

하루 저녁 복녀를 찾았을 때 을손에게는 모든 것이 확적히 알려졌다.

나온 것은 복녀가 아니요 복녀의 어머니였다.

"앞으론 출입도 피차에 잦지 못하게 될 것을 생각하니 섭섭하기 그지 없네."

뜻을 몰라 우두커니 서 있으려니 복녀의 어머니는 말을 이었다.

"기어이 알맞은 사람을 구해 봤네."

천근 같은 무쇠가 등골을 내리쳤다.

"조합에 얌전한 사람이 있다기에 더 캐지도 않고 작정하여 버렸어."

복녀는 찾아볼 생각도 못하고 을손은 허전허전 뛰어나왔다.

복녀의 뜻일까, 춘향모의 짓일까.

물을 필요도 없었다.

눈앞이 어둡고 천지가 헐어지는 것 같았다.

며칠 동안은 눈에 아무것도 어리지 않았다.

앙상한 밤송이 같은 현실.

한 달이 넘어도 학교에서는 복교 통지도 없다.

저녁때였다.

닭이 우리 안에 들어 각각 잠자리를 차지하였을 때 마을 갔던 수탉이 어슬어슬 돌아왔다. 또 싸운 모양이었다.

찢어진 맨드라미에는 피가 생생하고 퉁겨진 죽지의 깃이 거꾸로 뻗쳤다.

다리를 저는 것은 일반이나 걸어오는 방향이 단정치 못하다. 자세히 보니 눈이 한쪽 찌그러진 것이었다. 감긴 눈으로 피가 흘러 털을 물들였다.

참혹한 꼴이었다.

측은한 생각은 금시에 미움의 감정으로 변하였다. 을손은 불같이 화가 버럭 났다.

그 꼴을 하고 살아서는 무엇 해.

살기를 띤 손이 부르르 떨렸다. 손에 잡히는 것을 되구마구 닭에게 던졌다.

공칙하게도 명중되어 순간 다리를 뻗고 푸덕거리는 꼴에서 을손은 시선을 피해 버렸다. 끊었다 이었다 하는 가엾은 비명이 을손의 오장을 뒤흔들어 놓는 듯하였다.

분 녀

1

우리도 없는 농장에 아닌 때 웬일인가들 의아하게 여기고 있는 동안에 집채 같은 돼지는 헛간 앞을 지나 묘포밭으로 달아온다. 산돼지 같기도 하고 마바리 같기도 하여 보통 돼지는 아닌데다가 뒤미처 난데없는 호개 한 마리가 거위영장같이 껑충대고 쫓아오니 돼지는 불심지가 올라 갈팡질팡 밭 위로 우겨든다. 풀 뽑던 동무들은 간담이 써늘하여 꽁무니가 빠져라 산지사방으로 달아난다. 허구많은 지향 다 두고 돼지는 굳이 이쪽을 겨누고 욱박아 오는 것이다.

분녀는 기급을 하고 도망을 하나 아무리 애써도 발이 재게 떨어지지 않는다. 신이 빠지고 허리가 휘는데 엎친 데 덮치기로 공칙히 앞에는 넓은 토벽이 막혀 꼼짝 부득이다.

옆으로 빗빼려고 하는 서슬에 돼지는 앞으로 왈칵 덮친다. 손가락 하나 놀릴 여유도 없다. 육중한 바위 밑에서 금시에 육신이 터지고 사지가 떨어지는 것 같다. 팔을 옴짝달싹할 수 없고 고함을 치려야 입이 움직이지 않는다.

분녀는 질색하여 눈을 떴다. 허리가 빼근하여 몸이 통세난다.

문득 짜장 놀라서 엉겁결에 소리를 치나 소리는 나오지 않는다. 입 안에는 무엇인지 틀어 막히우고 수건으로 자갈을 물리어 있지 않은가. 손을 쓰려 하나 눌리었고 다리도 허리도 머리도 전신이 무거운 돼지 밑에 있는 것이다. 몸에 칼이 돋히기 전에는 이 몸도독을 물리칠 수 없지 않은가.

어둠 속에서도 경풍할 변괴에 부끄러운 생각이 났다. 어머니 앞에서도 보인 법 없는 몸뚱이를 하고 옷으로 덮으려 하나 생각뿐이다. 어머니는, 하고 가까스로 고개를 돌리니 윗목에 누웠고 그 너머로 동생의 코 고는 소리가 들린다. 같은 방에 세 사람씩이나 산넋이 있으면서도 날도둑을 들게 하다니 멀건 등신들이라고 원망할 수도 없는 것은 된 낮일에 노그라져서 함빡 단잠에 취하여 있는 것이다. 발로 차서 어머니를 깨우고도 싶으나 발이 닫기에는 동이 떴다.

삼경이 넘었을까 밤은 막막하다. 열린 문으로는 바람 한술없고 방 안이나 문 밖이 일반으로 까마득하다. 먼 하늘에는 별똥 하나 안 흐른다.

'원망할 것 없다. 둘만 알고 있으면 그만야. 내가 누구든……. 아무에게나 다 마찬가진걸.'

더운 날숨이 이마를 덮는다. 부스럭부스럭하더니 저고리 고름을 올가미지워 매어 주는 눈치다.

간단하고 감쪽같다. 도둑은 흔적없이 '훔칠 것'을 훔치고 늠실하고 나가 버렸다.

몸이 풀리자 분녀는 뛰어일어나 겨우 입봉창을 빼기는 하였으나 파장 후에 소리를 치기도 객쩍다.

대체 웬 녀석인가. 뛰어나가 살폈으나 간 곳 없다. 목소리로 생각해 보아도 알 바 없고 맺혀진 옷고름을 만져 보는 건 뜻없다. 하늘이 새까맣다. 그 새까만 하늘이 부끄럽고 디딘 땅이 부끄럽고 어두운 밤을 대하기조차 겸연스럽다.

몸이 무시근하다. 우물에서 물을 두어 드레 퍼올려 얼굴을 씻고 방에 들어가 등잔에 불을 켰다. 어둠 속에서 비밀을 가진 방 안은 밝을 때엔 천연스럽다. 땅 그 어느 한 구석이 무지러 떨어졌을 것 같다. 하늘의 별 한 개가 없어졌을 것 같다. 몸뚱이가 한 구석 뭉척이지러진 것 같다. 반쪽 거울을 찾아들고 얼굴을 비추어 보았다. 코며 입이며 볼이며가 상하지 않고 제대로 있는 것이 도리어 신기하게 여겨졌다. 어차피 와야 할 것이겠지만 그것이 너무도 벼락으로 급작스레 어처구니없게 온 것이 분녀에게는 알 수 없이 겸연스러웠다.

얼굴과 몸을 어루만지며 어머니의 잠든 양을 물끄러미 바라보려니 별안간 소름이 치며 가슴이 떨린다. 무서운 생각이 선뜻 들며 어머니를 깨우고 싶다. 그러나 곤한 눈을 멀뚱하게 뜨고 상기된 눈망울로 이쪽을 바라보는 것을 보면 분녀는 딴소리밖엔 못하였다.

"새까맣게 흐린 품이 천둥하고 비올 것 같으우."

묘포 감독 박추의 짓일까. 데설데설하며 엄부렁한 품이 아무 짓인들 못할 것 같지 않다. 계집아이들 틈에 끼여 인부로 오는 명준의 짓일까. 눈질이 영매스러운 것이 보통 아이는 아니나 워낙 집안이 억판인 까닭에 일껏 들어간 중등학교도 중도에서 퇴학하고 묘포 인부로 오는 것이 가엾긴하다. 그러나 그라고 터놓고 을러멨다고 하면 응낙할 수 있었을까. 군청사동 섭춘이나 아닐까. 한길에서도 소락소락 말을 거는 쥐알봉수. 그 초라니라면 치가 떨려 어떻게 하나.

잠을 설굳혀 버린 분녀는 고시랑고시랑 생각에 밤을 샜다. 이튿날은 공교로이 궂은 까닭에 비를 칭탈하고 일을 쉬고 다음날 비로소 묘포로 나갔다. 같은 생각이 머릿속에 뱅돌아 사람을 만나기가 여간 겸연쩍지 않다. 사람마다 기연미연 혐의를 걸어 보기란 면란스런 일이었다.

하늘이 제대로 개고 땅이 이지러지지 않은 것이 차라리 시뻐스럽다. 천지는 사람의 일신의 괴변쯤은 익지 않은 과실이 벌레에게 긁히운 것만큼도 대수롭게 여기지 않는 모양이다. 하긴 다행이지 몸의 변고가 일일이 하늘에 비치어진다면 기분이 순야 옥녀 모든 동무들에게 그것이 알려질 것이요 그들의 내정도 역시 속 뽑히울 것이다. 이런 생각이 들자 별안간 그들은 대체 성할까 하는 의심이 불현듯이 솟아오르며 천연스러운 얼굴들이 능청스럽게 엿보였다.

박추와 명준에게만은 속내를 들리운 것 같아서 고개가 바로 쳐들리지 않았다. 다시 살펴도 가잠나룻이 듬성한 검센 박추. 거드럼부리는 들대밑. 이 녀석한테 당하였다면 이 몸을 어쩌노. 잠자코 풀 뽑는 무죽한 명준이, 새침한 몸집 어느 구석에 그런 부락부락한 힘이 들어 있을꼬. 사람은 외양으론 알 수 없다. 마치 그것이 명준이요 적어도 명준이었으면 하는 듯이 이렇게 생각은 하나 면상과 눈치로는 그가 근지 누가 근지 도무지 거니챌 수 없다. 이러다가는 평생 그 사람을 모르고 지나지나 않을까.

맡은 땅의 풀을 뽑고 난 명준은 감독의 분부로 이깔 포기에 뿌릴 약제를 풀어 무자위로 치기 시작하였다. 한 손으로 물을 뿜으며 다른 손으로 물줄기를 흔들다가 고무줄이 빗나가는 서슬에 푸른 약물이 옥녀의 낯짝을 쏘았다. 옥녀는 기급을 하여 농인 줄만 알고,

"저 녀석 얼뜨개같이 해 가지고 요새 무슨 곡절이 있어."

하고 쏘아붙인다. 명준은 픽 웃으며 마침 손이 빈 분녀에서 고무줄을 쥐어 주고 뿌려 주기를 청하였다. 두 사람이 한 무자위로 협력하게 되자 옥녀는 더 말이 없었다.

통의 것을 다 쳤을 때 다시 물을 길을 양으로 분녀는 명준의 뒤를 따라 도랑으로 내려갔다. 도랑은 풀이 가리워 밭에서 보이지 않는다. 명준은 손가락으로 물탕을 치며 낯이 부드럽다.

"일하기 되지 않니?"

대번에 농조로,

"너 어떤 놈에게로 시집 가련, 박추한테라도."

"미친 것 다따가."

"시집 갔니? 안 갔니?"

관자놀이가 금시에 빨개진 것을 민망히 여겨 곧 뒤를 이었다.

"평생 시집 안 갈 테냐?"

"망할 녀석."

"난 이 고장에서 없어지겠다. 살 재미없어. 계집애들 틈에 끼여 일하기도 낮없다. 일한대야 부모를 살릴 수 없고 잡단 세금도 못 물어 드잡이를 당하는 판이 아니냐. 이까짓 고향 고맙잖어. 만주로 가겠다. 돌아다니며 금광이나 얻어 보련다. 엄청난 소리지. 그러나 사람의 운수를 알 수 있니?"

"정말 가겠니?"

"안 가고 무슨 수 있니? 이까짓 쭉쟁이 땅 파야 소용있나. 거기도 하늘 밑이니 사람이 살지 설마 짐승만 살겠니."

물을 나르고 다시 도랑으로 내려왔을 때 명준은 다따가 분녀의 팔을 잡았다.

"금덩이를 지고 올 때까지 나를 기다려 주련?"

눈앞에 찰락거리는 명준의 옷고름이 새삼스럽게 눈에 뜨이자 분녀는 번개같이 정신이 번쩍 들었다. 끝을 홀켜맨 고름이 같은 꼴의 제 옷고름과 함께 나란히 드리운 것이다.

"네 짓이었구나."

분녀는 짧게 외치고 고개를 떨어뜨렸다.

"언제까지든지 나를 기다리고 있으련?"

박추의 소리가 나자 두 사람은 날쌔게 떨어져 밭으로 갔다. 분녀는 눈앞이 아찔하며 별안간 현기증이 났다.

그뿐 명준은 다시 묘포밭에 나타나지 않았다. 다음날도 다음다음 날도. 며칠 후에 짜장 만주로 내뺐다는 소문이 들렸다. 분녀는 마음이 아득하고 산란하여 일을 쉬는 날이 많았다.

2

분녀는 그렇게 눈떴다.

인생의 고패를 겪은 지 이태에 몸은 활짝 피어 지난 비밀의 자취도 어스레하다. 껍질에 새긴 글자가 나무가 자람을 따라 어느 결엔지 형적이 사라진 격이다.

이제 아닌 때 별안간 불풍나게 두 번째 경험을 당하려고 하는 자리에 문득 옛 생각이 떠오르지 않을 수 없었다. 흐르는 향기같이 불시에 전신을 휩싼다. 피가 끓으며 세상이 무섭고 가슴이 두근거리며 손가락이 떨린다. 물동이를 깨뜨린 때와도 같이 겁이 목줄을 쥔다.

대체 어떻게 하여서 또 이 지경에 이르렀나 생각하면 눈앞이 막막하다.

거리에 자주 삐죽거린 것이 잘못일까. 만갑이에게는 어찌 되어 이렇게 허룸하게 보였을까. 돈도 없으면서 가게에 들어가서 이것저것 탐내는 것부터 틀렸다. 집안이 들구날 판에 든 벌의 옷도 과남한데 단오빔은 다 무엇인가. 돈있는 사람들의 단오놀이지 가난한 멀떠구니의 아랑곳인가. 이곳 질쑥 저곳 기웃하며 만져 보고 물어 보고 눈을 까고 한숨 쉬고 하는 동안에 엉뚱한 딴군에게 온전히 깐보이고 감잡히었다. 만갑이는 가게에 사람이 빈 때를 가늠 보아 미처 겨를 사이도 없게 몸째 덜렁 떠받들어 뒷방에 넣고 안으로 문을 잠근 것이다.

부락스러운 꼴이 사내란 모두 꿈에서 본 돼지요, 엉큼한 날도둑이다.

훔친 뒤에는 심드렁하다.

"가지고 싶은 것을 말해 봐……. 무엇이든지 소용되는 대로 줄께."

"욕을 주어도 분수가 있지 사람을 어떻게 알고 이 수작이야."

분녀는 새삼스럽게 짜증을 내며 보기좋게 볼을 올려붙였다. 엄청난 짓을 당하면서 심상한 낯을 지닐 수도 없고 그렇게라도 할 수 밖엔 없었다.

"미워 그랬나?"

"몰라 녀석."

쏘아붙이고는 팔로 눈을 받치고 다따가 울기 시작하였다. 사실 눈물도 나왔다. 첫번에는 겁결에 울기란 생각도 안 나던 것이 지금엔 눈물이 솟는 것이다. 그 무엇을 잃은 것 같다. 다시 찾을 수 없을 것 같다. 안타까운 생각에 몸이 떨린다.

"울긴 왜, 사람은 다 그런 것이야……. 단오에 들 것 한 벌 갖추어 줄께."

머리를 만지다 어깨를 지긋거리면서,

"삽삽하게만 굴면야 이 가게라도 반 나눠 줄걸."

가게에 인기척이 나는 까닭에 분녀는 문득 울음을 그쳤다. 부르다 주인의 대답이 없으니 사람은 나가 버렸다. 만갑이는 급작스럽게 말을 이었다.

"여편네가 중풍으로 마저마저 거꾸러져 가는 판이니 그렇게만 된다면야 나는 분녀를 새로 맞어다 가게를 맡길 작정인데 뜻이 어떤가?"

울면서도 분녀는 은연중 귀를 솔곳하고 있었다.

"잘 생각해 볼 일이야."

듬직이 눌러 놓고 만갑이는 한 걸음 먼저 방을 나갔다. 손님을 보내기가 바쁘게 방문을 빼꼼히 열고 불러 냈다.

"이것 넣어 둬."

소매 속에다 무엇인지를 틀어넣어 주는 것이다. 분녀는 어안이벙벙하였다.

집에 돌아와 소매 갈피를 헤치니 지전 한 장이 떨어졌다. 항용 보던 것보다는 훨씬 넓고 푸르다. 과남한 것을 앞에 놓고 분녀는 적이 마음을 느긋하였다. 군청 관사에 아침저녁으로 식모로 가서 버는 한 달 월급보다 많다. 월급이라야 단돈 4원으로는 한 달 요의 보탬도 못 된다. 화세로 얻어 부치는 몇 뙈기의 밭을 그래도 어머니와 동생이 드세게 극성으로 가꾸는 덕에 제철의 곡식이 요를 도우니 말이지, 그것도 없다면야 분녀의 월급만으로는 코에 바를 나위도 없을 것이다.

왼곳에 가 있는 오빠가 좀더 온전하다면 집안이 그처럼도 군색하지는 않으련만 엉망인 집안에 사람조차 망나니여서 이웃 고을 목탄 조합에 가 있어 또박또박 월급 생애를 하면서도 한푼 이렇다는 법없었다. 제 처신이나 똑바로 하였으면 걱정이나 없으련만 과당하게 건들거리다 기어이 거덜나고야 말았다. 늦게 배운 오입에 수입을 탕갈하다 나중에 공금에까지 손찌검을 한 것이다. 탄로되었을 때에는 오백 소수나 감쳐 낸 뒤였다. 즉시 그 고을 경찰에 구금되었다가 검사국으로 넘어간 것은 물론이어니와 신분보증을 선 종가에 배상액을 빗발같이 청구하므로 종가에서는 펏질 뛰어들어 야기를 부리는 것이다. 집안은 망조를 만난 듯이 시산하고 을씨년스럽다.

불의의 수입을 앞에 놓고 분녀는 엄청나고 대견하였다. 어떻게 했으면 좋을까. 집안일에 보태자니 빛없고 혼잣일에 쓰자니 끔찍하고 불안스럽다. 대체 집안 사람들에게는 출처를 어떻게 말하면 좋을까. 관사에서 얻어 내왔다고 해서 곧이들을까. 가난에 과남은 도리어 무서운 일이다.

왈칵 겁도 났다. 술집 계집이나 하는 짓이 아닌가. 집안 사람도 집안 사람이려니와 명준에게 상구에게 들 낯이 있는가. 설사 만주에는 가 있다 하더라도 첫몸을 준 명준이가 아닌가. 그야말로 불시에 금덩이나 짊어지고 오면 어떻게 되노.

그러나 명준이보다도 당장 날마다 만나게 되는 상구에게 대하여서는 어떻게 한단 말인가. 확실히 그를 깔보고 오기는 했다. 그렇기 때문에 벌써 피차에 정을 두고 지낸 지 반 년이 넘는데도 몸 하나 까딱 다치지 못하게 하여 왔다.

그 역 몸은 다칠 염도 하지 않았다. 그러나 그는 깔중보일 인금인가. 명준이같이 역시 눈질이 보통 재물은 아니다. 학교도 같은 학교나 명준이같이 중도에서 폐학할 처지도 아니요, 그것을 마치고는 서울 가서 웃학교를 치를 생각이라니 그렇게만 된다면야 취직도 한층 높아 고을 학교만을 졸업하고 삼종 훈도로 나가거나 조합 견습생으로 뽑히는 것과는 격이 다르다. 다만 세월이 너무 장구한 것이 지루하다. 지금 학교를 마치재도 이태, 웃학교까지 필함은 어느 천년일까. 그때까지에는 집안은 창이 날 것이다. 몸까지 허락하면 일이 됩데 틀어질 것 같아서 언약만 하여 놓고 손가락 하나 까딱 못하게 한 것이다. 상구 역시 그것을 원하지 않았고 공부에 유난스럽게 힘을 들이는 모양이다. 그러는 동안에 이꼴이 되고 말았다.

허랑한 몸으로 상구를 어찌 대하노, 그렇다고 그를 당장에 단념할 신세도 못 되고 지은 죄를 쏟아놓고 울고 뛸 수는 더욱 없는 것이다.

생각과 겁과 부끄러움에 분녀는 정신이 섞갈린다.

3

학교가 바쁜지 여러 날이나 상구를 만날 수 없다. 눈앞에 면대하지 않으니 겁도 차차 으스러지고 도리어 마음은 허랑하게만 든다.

실상은 다음날로라도 곧 가려 하였으나 겸연쩍은 마음에 그럴 수도 없어 며칠은 번졌다. 그날 부랴부랴 그곳을 나오느라고 만갑이 가게에 물건을 잊어 둔 것이다. 물건도 물건 공직히 손에 걸치는 옷가지인 까닭에 안 찾을 수도 없고 밤이 이슥하기를 기다려 분녀는 조심스러이 거리로 나갔다.

한길에는 사람들이 듬성듬성하다. 전과는 달라 한결 조물거리는 마음에 사방을 엿보며 가게로 들어가자 기다리고 있던 듯이 만갑이는 성큼 뛰어나온다.

"올 사람이 없을 듯하군."

밀창을 드르렁드르렁 밀고 휘장을 치고 가게를 닫치는 것이다.

"곧 갈 텐데."

"눈어림만 했더니 맞을까."

골방문을 냉큼 열더니 만갑이는 상자를 집어 낸다. 덮개를 여니 뾰족한 구두. 새까만 광채에 분녀는 눈이 어립다.

팔을 낚아 쪽마루로 이끈다.

분녀는 반갑기보다도 무섭다.

"그까짓 구두쯤."

불 하나를 끄니 가게 안은 어둑스레하다.

만갑이는 마루에 걸터앉자 강잉히 팔을 잡아 끈다. 뿌리치고 빼다가 전봇대 모서리에서 붙들렸다.

"손가락 겨냥 좀 해 볼까."

마루에 이르기 전에 만갑이는 날쌔게 남은 등불을 마저 죽여 버렸다.

어두운 속에서 분녀는 씨름꾼같이 왈칵 쓰러졌다.

더운 날숨이 목덜미를 엄습한다. 굵은 바로 얽어매인 것같이 몸이 가쁘다.

"미친 것."

즐겨서 들어온 것은 아니나 굳이 거역할 것이 없는 것은 몸이 떨리기는 하나 거듭하는 동안에 마음이 한결 유하여진 것이다. 무엇보다도 어둠에는 눈이 없는 까닭에 부끄러운 생각이 덜하다.

별안간 밀창을 흔드는 인기척에 달팽이같이 몸이 움츠러들었다. 시치미를 떼려던 만갑이는 요란한 소리에 잠자코 있을 수 없어 소리를 친다.

"천수냐?"

하는 수 없이 문을 여니 천수가,

"야단났어요."

어느 결엔지 들어와서,

"병환이 더해서 댁에서 곧 들어오시라구요."

"더하다니."

"풍이 나서 사람을 몰라 봐요."

"곧 갈께 어서 들어가."

천수가 약빠르게 불을 켜는 바람에 분녀는 별수없이 어지러운 꼴을 등불 아래 드러냈다.

움츠러들며 외면하였으나 천수의 눈이 등에 와 붙은 것 같다.

"녀석 방정맞게."

만갑이의 호통에보다도 천수는 분녀의 꼴에 더 놀랐다.

이튿날 상구가 왔다.

임시 시험이라고는 칭탈하나 5월도 잡아들지 않았는데 모를 소리였다. 어떻게 그를 만나기는 퍽도 오래간만이다. 거의 하루 건너로 찾아오던 것이 문득 끊어지더니 마침 두 장 도막을 넘긴 것이다. 하기는 전 모양 그 모양 지닌 책보도 전의 것대로였다. 다만 얼굴이 좀 그슬렸고 눈망울이 그 무슨 먼 생각에 멀뚱하다. 필연코 곡절이 있으련만……. 그것을 꼬싯꼬싯 묻기에 분녀는 심고를 하며 상구의 말과 눈치가 될 수 있는 대로 자기의 일신의 변화 위에 떨어지지 않도록 발뺌을 하노라고 애를 썼다. 속으로는 상구한테서 정이 벌써 이렇게도 떴나 하고 궁리 다른 제 심정을 아프고 민망하게도 여겼다. 거짓없는 상구의 입을 쳐다보기도 죄망스럽다.

"시골학교 재미 적다. 서울로나 갈까 생각하는 중이다."

새삼스런 소리에 분녀는 의아한 생각이 나서,

"아무 델 가면 시험없나? 뚱딴지같이 다따가 서울은 왜."

"조사가 심해서 책도 맘대로 읽을 수 없어. 책권이나 뺏겼다. 서울 가면 책도 소원대로 읽을 거, 동무들도 흔할 거."

"책 책 하니 학교 책이나 보면 됐지. 밤낮 무슨 책이야."

책보를 끌러 활짝 헤치니 교과서 아닌 몇 권의 책이 굴러나왔다. 영어책도 아니요 수학책도 아니요, 그렇다고 소설책도 아닌 불그칙칙한 껍질의 두꺼운 책들이다. 분녀는 전부터도 약간은 상구가 그러스럼한 책을 읽고 있는 것과 그것이 무슨 속인가를 짐작하여 행여나 하는 의심을 품고 오기는 왔다.

"집에 두면 귀찮겠기에 몇 권 추려 가져왔다, 소용될 때까지 간직했다 주렴."

"주제넘게 엉큼한 수작하다 망할 장본이야. 까딱하다 건수 윤패 꼴 되려구."

"함부로 지껄이지 말어, 쥐뿔도 모르거든."

상구는 눈을 부르댔다.

"너 요새 수상하더라, 태도가 틀렸지."

소리를 치며 책을 냉큼 들어 분녀의 볼을 갈긴다.

"어떻게 알고 그런 주제넘은 대꾸야."

돌리는 얼굴을 또 한 번 갈기다가 문득 고름 끝에 올겨매인 반지를 보았다.

"웬것야?"

잡아채이니 고름이 떨어진다. 상구는 금시에 눈이 찢어져 올라가며 불이라도 토할 듯 무섭게 외친다.

"어느 놈팽이를 웃어붙였니. 개차반. 천보."

머리채가 휘어잡혔다. 볼이 얼얼하고 이빨이 솟는 듯하나 분녀는 아무 대답없다. 모처럼의 기회에 차라리 죽지가 꺾이게 실컷 맞고 싶다. 미안한 심사가 약간이라도 풀려질 것 같다.

"숫제 그 손으로 죽여 주었으면."

실토였다. 눈물이 솟는다.

"큰것 죽이지 네까짓 것 죽이러 생겨났겐."

결착을 내려는 듯이 몸째 차 박지르고 상구는 홀쩍 나가 버렸다.

어쩐지 마지막 일만 같아 분녀는 불현듯이 설워지며 공연히 그를 설궂친 것을 뉘우쳤다.

저녁때 밭에서 돌아오기가 바쁘게 어머니는 황당하게 설렌다.

"들었니? 상구 말이다."

분녀의 얼굴에는 아직도 눈물자국이 부숙부숙한 채로다.

"요새 더러 만나 봤니. 이상한 눈치 보이지 않던? 들어갔단다."

"예? 언제요?"

분녀는 눈이 번쩍 뜨인다.

"망간 거리에서 소문 듣고 오는 길이다. 윤패 건수들과 한 줄에 달릴 모양이다. 사람일 모르겠다."

"낮쯤 와서 책까지 두고 갔는데요."

"낌새 채고 하직차로 왔었나 보다. 멀건 소소리패들과 휩쓸려 지내더니 아마도 그간 음특한 짓을 꾸민 게야."

"눈치가 이상은 하였으나 그렇게까지 되다니요."

사실 분녀는 거기까지는 어림하지 못하였다. 아까 상구와 끝내 말다툼까지 하다 그의 심사를 설궂하게 된 것도 실상은 그의 말이 전과는 달라 수상하게 나온 까닭이었다.

"녀석들의 언걸 입었거나 그렇지 않으면 철모르고 새롱새롱 덤볐거나 한 게야. 사람은 겉볼 안이 아니구먼. 이 일을 어쩌노."

어머니로서는 공연한 걱정이었다.

"웃학교는 아시당초 틀렸지. 초라니 같은 것. 사람 잘못 가렸어."

슬그머니 딸을 바라본다. 분녀의 얼굴은 안온한 것도 같고 아득한 것도 같다.

"사람과 생각이 다른 것야 하는 수 없지요."

"넌 어떻게 생각하느냐 말이다, 분하지 않으냐."

"분하긴요."

먼숙한 얼굴을 은연중 바라보며 어머니는 은근한 목소리로,

"너희들 그간 아무 일 없었니?"

분녀는 부끄러운 뜻에 화끈 얼굴이 달며 착살스런 어머니의 눈초리에서 외면하여 버렸다.

"있었다면 탈이다."

수삽스러운 생각에 어머니가 자리를 뜬 것이 얼마나 시원한지 알 수 없

다. 어머니에게 대하여서보다도 애매한 상구에게 대하여 더 부끄럽다. 일신이 별안간 더럽고 께끔하다. 어쩐지 어심아하여 밤이 늦었을 때 분녀는 골목을 나갔다. 남문거리에 가서 한 모퉁이에 서기만 하면 웬만한 그날 소식은 거의 귀에 들려 온다. 한길 복판 게시판 옆에 두런두런 모여서들 지껄지껄하는 속에서 분녀는 영락없이 상구의 소문을 가달가달 훔쳐 낼 수 있었다.

건수가 괴수였다. 모여서 글 읽는 패를 모으려다가 들킨 것이다. 학교에서는 상구 외에도 두 사람, 거리에서는 건수와 윤패네 세 사람, 상구가 건수에게 책을 빌렸을 뿐이나 집을 속속들이도 수색당하고 학교에서는 나오는 대로 퇴학을 맞을 것이다.

상구도 이제는 앞길이 글렀구나 생각하면서 분녀는 발을 돌렸다. 이렇게 될 것을 예료하고 그를 숨기고 허랑하게 처신을 하여 온 것 같아 면목없고 언짢다.

집에 돌아오니 상구의 두고 간 책이 유난스럽게 눈에 뜨인다. 그립기보다도 도리어 책망하는 원혼같이 보여서 쓸어들고 아궁 앞으로 내려갔다.

"차라리 태워 버리는 것이 글거리가 남잖아 피차에 낫지."

불을 그어 대니 속장부터 부싯부싯 타기 시작한다. 먹과 종이 냄새가 나며 두꺼운 책이 삽시간에 불덩어리가 된다. 어두운 부엌 안이 불길에 환하다. 상구와는 영영 작별 같다. 악착한 것 같아 분녀는 눈앞이 어질어질하다.

4

날이 지남에 따라 무겁던 마음도 차차 홀가분하여지고 상구에게 대하여 확실히 심드렁하게 된 것을 분녀는 매정한 탓일까 하고도 생각하였다. 굴레를 벗는 것같이 일신이 개운하다. 매일 곳 없으며 책할 사람 없다고 느끼는 동안에 마음이 활짝 열려져 엉뚱한 딴사람으로 변한 것 같다.

어느 날 저녁 느직하게 돼지물을 주고 우리에 의지하여 하염없이 들여다보고 있을 때 문득 은근한 목소리에 주물트리고 돌아서니 삽짝문 어귀에 사람의 꼴이 어뜩하다. 홀태 양복을 입고 철 잃은 맥고를 쓴 것이 갈데없는 만갑이다. 혹시 집안 사람에게도 들키면 하고 밖으로 손짓하며 뛰어갔다.

"동문 밖까지 와 줄 텐가, 성 밑에 기다리고 있을께."

만갑은 외면하여 돌아서며 다짜고짜로 부탁이다.

"의논할 일이 있어, 안 오면 낭패야. "

대답할 여지도 없게 다짐하고는 얼굴도 똑똑히 보이지 않고 사람의 눈을 피하는 듯이 획 가 버린다. 어둠 속에 달아나는 꼴이 어렴칙하다. 약빠른 꼴이 믿음직은 하나 너무도 급작스러워서 분녀는 미심하게 뒷모양을 바라본다. 여편네 병이 위중한가.

방에 돌아와 망설이다가 행티가 이상한 까닭에 담뽀를 내서 가 보기로 하였다. 물론 그에게는 그만큼 마음이 익은 까닭도 있었다.

동문을 나서니 벌판이 까마아득하고 늪이 우중충하다. 5리 밖 바다가 보이는지 마는지. 달없는 그믐밤이 금시에 사람을 호릴 듯하다.

길 없는 둔덕으로 들어가 성곽 밑으로 다가서기가 섬찟하고 께름하다. 여우에게 홀리는 것은 이런 밤일까. 여우보다는 사람에게 홀리우는 것이 그래도 낫겠지 하는 생각에 문득 성벽에 납짝 붙은 만갑을 발견하였을 때에는 차라리 반가웠다.

사내는 성큼 뛰어와 날쌔게 몸을 끌었다. 무서운 판에 분녀는 뿌듯한 힘이 믿음직하여 애써 겨르려고도 하지 않고 두 팔에 몸을 맡겨 버렸다.

"분녀."

이름을 부를 뿐 다른 말도 없이 급작스레 허리를 조이더니 부락스럽게 밀친다.

"다짜고짜로 개처럼 무어야, 원."

분녀는 세부득 쓰러지면서 게정거리나 어기찬 얼굴이 입을 덮는다. 팔이 떨리며 몸짓이 어색하다.

"말이 소용있나."

목소리에 분녀는 움찟하였다.

"녀석 누구야?"

소리를 지르나 입이 막히운다.

"만갑인 줄만 알었니? 어수룩하다."

"못된 것. 각다귀."

손으로 뺨을 하나 올려쳤을 뿐 즉시 눌리어 꼼짝할 수도 없다.

"듣지 않을 듯해서 깜쪽같이 만갑이로 변해 보았다. 계집을 속이기란 여반장이야. 맥고 쓰고 홀태양복만 입으면 그만이니."

천수도 사내라 당할 수 없는 빽세다.

"딴은 만갑이와 좋긴 좋구나. 여기까지 나오는 것 보니. 녀석도 여편네는 마저마저 거꾸러지는데 말 아니야. 물건을 낚시삼아 거리의 계집애들 다 망쳐 놓으니."

천수의 심청은 생각할수록 괘씸하였으나 지난 후에야 자취조차 없으니 할일없는 노릇이다.

마음속에 담고 있을 뿐 호소할 곳도 없으며 물론 말할 곳도 없다. 그러나 이상하게도 날을 지날수록 괘씸한 마음은 차차 스러져 갔다.

어차피 기구하게 시작된 팔자였다. 명준이 때나 천수 때나 누구인 줄도 모르고 강박으로 몸을 맡겼다. 당초에 몸을 뜯고 울고 하였으나 지금 와 보면 명준이나 천수나 만갑이까지도……. 다 같다.

기운도 욕심도 감동도 사내란 다 일반이다. 마치 코가 하나요 팔이 둘인 것같이 뛰어나지 못한 사내도 나은 사내도 없고 몸을 가지고만 아는 한정에서는 그 누구도 굳이 싫은 것도 무서운 것도 없다. 명준에게 준 몸을 만갑에게 못 줄 것 없고 만갑에게 허락한 것을 천수에게 거절할 것이 없다.

다만 부끄러울 뿐이다. 벗은 몸을 본능적으로 가리게 되는 것과 같은 심정으로 그것은 여자의 한 투다.

문만 들어서면 세상의 사내는 다 정답다. 천수를 굳이 괘씸히 여길 것 없다.

분녀는 이렇게까지 생각하게 되었다. 마음이 허랑하여졌다고 할까. 확실히 새 세상을 알기 시작한 후로 심정이 활짝 열리기는 열렸다.

아무리 마음속을 노려보아도 이렇게밖엔 생각할 수 없다. 천수를 안된 놈이라고만 칭원할 수 없다.

정신이 산란하여 몸이 노곤하다. 살림은 나아지는 법없고 일반인데다가 어느 날 또 발등에 불이 떨어졌다. 이웃 고을 재판소에서 검사국으로 넘어갔던 오빠의 재판이 열리는 것이다.

조합 당사자들에게 호출이 왔을 것은 물론이나 경찰에서 참량하여 집에도 통지가 왔다. 들어간 후로는 꼴을 본 지도 하도 오랜 까닭에 어머니만이라도 참례하여 징역으로 넘어가기 전에 단 눈보기만이라도 하였으면 하나 재판을 내일같이 앞두고 기차로 불과 몇 시간이 안 걸리는 곳인데도 골육을 보러 갈 노자가 없는 것이다. 어머니는 딸을, 딸은 어머니를 쳐다만 보며 종일 동안 궁싯거릴 뿐이었다.

생각다 못해 분녀는 밤늦게 거리로 나갔다.

만갑이밖엔 생각나는 것이 없다. 통사정하면 물론 되기는 될 것이다. 말하기가 심히 거북하여서 주저될 뿐이다.

휑드렁한 가게에는 그러나 만갑의 꼴은 보이지 않는다. 구석에 박혀 있던 천수가 빈중빈중 웃으며 나올 뿐이다.

"만갑이 보러 왔니? 온천으로 놀러 갔다."

위인이 없다면 말할 수 없기에 얼빠진 것같이 우두커니 섰노라니 천수는 민망한 듯이 덜미를 친다.

"요전 일 노엽니?"

뒤를 이어,

"무슨 일인지 내게 말하렴. 났으니 말이지 만갑이에게 말해도 소용없을 줄이나 알아라. 네게서 벌써 맘 뜬 지 오래야. 요새는 남돗집 월선이와 좋아서 지내는 모양이더라. 여편네 병은 내일내일 하는데."

분녀는 불시에 뒤통수를 얻어맞은 것 같다. 눈앞이 아득하다.

"가게라도 반 떼어 주겠다고 꼬이지 않던? 여편네가 죽으면 후실로 들여 가게를 맡기겠다고 하지 않던? 누구에게든지 하는 소리, 그게 수란다."

기둥을 잃은 것 같다. 몸이 떨린다. 그를 장래까지 믿었던 것은 아니나 너무도 간특스럽게 속히운 셈이다.

"만갑이처럼 능청스럽지는 못하나 네게 무엇을 속이겠니. 무슨 일이든 말하렴. 내 힘엔 부친단 말이냐?"

"아무것도 아니다."

"어떻게 생각할지 모르나 돈이라면 여기 잔돈푼이나 있다. 어떻게 여기지 말고 소용되는 대로 쓰려무나."

천수는 지갑을 내서 통째로 손에 쥐어 준다. 분녀는 알 수 없이 눈물이 솟는다. 예측도 못한 정미에 가슴이 듬뿍해서 도리어 슬프다.

5

어머니는 재판소에 갔다 온 날부터 심화가 나서 누웠다 일어났다 하였다. 홀렁바지를 입고 용수를 쓴 오빠의 꼴이 눈앞에 어른거려 잠을 못 이루는 눈치다. 눈물이 마를 새 없고 눈시울이 부어서 벌개었다. 몇 해 징역이나 될까. 판결이 궁금하다니보다 무섭다. 엄징한 재판장의 모양이 눈에 삼삼하다. 종가에서는 발조차 일절 끊었다.

시산한 속에도 단오가 가까워 온다.

거리 앞 장대에서는 매년같이 시민 운동회가 성대하게 열린다는 바람에 거리 사람들은 설렌다. 1년에 한 번 오는 이 반가운 명절 때문에 사람들은 사는 보람이 있는 듯하다. 씨름이 있고 그네가 있고 활이 있고 자전거 경주가 있다. 사람들은 철시하고 새옷 입고 장대로 밀릴 것이다.

분녀는 정황은 못 되었으나 그래도 명절이 은은히 기다려진다. 제사 지낼 떡은 못 빚을지라도 만갑에게서 갖추어 얻은 것으로 이럭저럭 몸치장은 될 것이다. 무엇보다도 올에는 그네를 뛰어 상에 들 가망이 있는 것이다.

"자전거 경주에 또 나가 보겠다."

천수가 뽐내는 것을 들으면 분녀도 마음이 뛰놀았다.

"을손이를 지울 만하냐?"

"올에야 설마 짓구땡이지 어디 갈랴구. 우승기 타들고 거리를 돌게 되면 나와 살겠니?"

"밤낮 살 공론이야."

이렇게 말한 것이 실상에 당일에는 어찌 된 일인지 도무지 신명이 나지 않았다.

못을 박는 듯이 빽빽이 선 사람 틈으로 자전거 경주를 들여다보고 있노라니 앞장서서 달아나던 천수는 꽁무니를 쫓는 을손과 마주 스치더니 급작스런 모서리를 돌 때 기어이 왈칵 쓰러져 일어나는 동안에는 벌써 맨 뒤에 떨어져 버렸다. 을손의 간악한 계교에 얼입히었다고 북새를 놓았으나 을손이 벌써 일등을 한 뒤라 공론이 천수에게 이롭지 못하였다. 조마조마 들여다보던 분녀는 낙심이 되어 차례가 와서 그네에 올랐을 때에도 마음이 허전허전하였다.

나조차 마저 실패하면 어쩌노 생각하며 애써 힘을 주어 솟구기 시작하였다. 회뚝거리던 설개도 차차 편편하여지고 두 손아귀의 바도 힘차고 탐탁하게 활같이 휘었다 펴졌다 한다. 그네와 몸이 알맞게 어울려 빨리 닫는 수레를 탄 것같이 유쾌하다. 나갈 때에는 눈앞이 휘연하고 치맛자락이 너벼시 나부낀다. 다리 밑에 울며줄며 선 사람들의 수천의 눈망울이 몸을 따라 왔다갔다한다. 하늘에 오를 것 같고 땅을 차지한 것도 같다. 땅 위의 걱정은 어디로 날아간 듯싶다.

바에 달린 줄이 휘엿이 뻗쳐 방울이 딸랑 울릴 때도 얼마 남지 않은 것 같다. 아래에서는 연방 추스르는 말과 힘을 메기는 고함이 들린다. 몸은 펴질 대로 펴지고 일등도 멀지 않다.

그때였다. 들어왔다 마지막 힘을 불끗 내어 강물같이 후렷이 솟아나갈 때 벌판으로 달리는 눈동자 속에 문득 맞은편 수풀 속의 요절한 한 점의 광경이 눈에 들어왔다. 순간 눈이 새까매지고 허리가 휘친 꺾이우며 힘이 푹 스러지는 것이었다.

"왕가일까."

추측하며 재차 솟구며 나가 내려다보니 움직이지도 않고 그대로 서 있는 꼴이 개울 옆 수풀 그늘 아래 완연하다. 그 불측한 녀석은 참다 못해 그 자리에 선 것이 아니요 확실히 일부러 그 꼴을 하고 서서 이쪽을 정신없이 쳐다보는 것이다. 아마도 오랫동안 그 목적으로 그 짓을 하고 섰던 것이 요행 주의를 끌어 눈에 뜨인 것이리라. 거리에서 드팀전을 하고 있는 중국인 왕가인 것이다.

"음칙한 것."

속으로는 혀를 차면서도 이상하게도 한눈이 팔려 분녀는 노리는 동안에 팽팽하게 당기던 기운이 왈싹 줄어들며 그네가 줄기 시작하였다. 허리가 꺾이우고 다리가 허전하여지더니 다시 힘을 주려야 줄 수 없다. 팔이 떨려 바가 휘친거리고 발에 맥이 풀려 설개가 위태스럽다. 벌써 자세가 빗나가고 몸과 그네가 틀리기 시작하였다. 거의 방울이 마저마저 울리려 하던 풋줄이 옴츠려들게만 되니 그네는 마지막이요 일등은 날아갔다. 분녀는 아홉 솎음의 공을 한 솎음의 실책으로 단망할 수밖엔 없었다. 줄 아래 사람들은 공중의 비밀은 알 바 없어 혹은 탄식하고 혹은 소리치며 다만 분녀의 못 미치는 재주를 아까워하는 것이다.

이렇게 된 바에야 하고 분녀는 줄어드는 그네 위에서 담대스럽게 녀석을 노려서 물리치려고 하였다. 그러나 이상한 것은 노리는 동안에 그를 물리치기는커녕 이쪽의 자세가 어지러워질 뿐이다. 오금에 맥이 빠지고 나부끼는 치마폭이 부끄럽다.

일종의 유혹이었다. 천여 명 사람 속에서 왕가의 그 꼴을 보고 있는 것은 분녀뿐이다. 말하자면 두 사람은 많은 총중의 눈을 교묘하게 피하여 비밀히 만나고 있는 셈도 된다. 왕가의 간특스런 손짓과 마주치는 분녀의 시선은 말없는 대화인 셈이다. 분녀는 부끄러운 생각에 얼굴이 붉어졌다.

줄에서 내렸을 때까지도 좀체 흥분이 사라지지 않았다.

좀 상에는 들었으나 상보다도 기괴한 생각에 몸이 무덥다.

이 괴변을 누구에게 말하면 좋은가. 혼자만 알고 있는 것이 옳을까 생각하며 천수를 찾았으나 많은 눈 속에서 소락소락 말을 붙일 수도 없어서 집에서 돌아와서야 겨우 기회를 잡았으나 천수는 홧김에 술이 거나하게 취하여 있다.

"개울가로 나오련? 요절할 이야기 들려 줄께."

"분해 못 견디겠다, 을손이 녀석."

분녀는 혼자 먼저 나갔으나 시납시납 거닐어도 천수의 나오는 꼴이 보이지 않았다. 분김에 을손과 막 붙어 싸우지나 않는가.

양버들 숲을 서성거리는 동안에 어두워졌다. 개울까지 나갔다 다시 수풀께로 돌아오면서 할일없이 왕가의 생각에도 잠겨 본다. 초라한 꼴로 거리에 온 지 오륙 년이나 될까, 처음에는 마병장사를 하던 것이 차차 늘어 지금에는 드팀전으로도 제일 크다. 실속으로는 거리에서 첫째 부자라는 소리도 있으나 아직도 엄지락 총각의 신세를 면하지 못하여 가끔 술집에 가서는 지전을 물쓰듯 뿌린다고 한다. 중국 사람은 왜 장가가 늦을까. 여편네가 귀한 탓일까…….

수풀 그늘 속으로 들어가려던 분녀는 기급을 하고 머물렀다. 제 소리의 범이 있는 것이다. 왕가는 마치 그를 기다리고 있던 것같이 벙글벙글 웃으며 앞에 막아선다. 하기는 낮에 섰던 바로 그 자리이긴 하다. 도깨비에게 홀린 것도 같다.

쭈뼛 솟았던 머리끝이 가라앉기도 전에 몸이 왕가의 팔 안에 있다. 입을 벌리기에는 너무도 어처구니없고 삽시간이라 겨를 틈도 없다.

"평생이 이다지도 기구할까."

분녀는 혼자 앉았을 때 스스로 일신이 돌려 보였다.

수풀 속에서 왕가에게 경박을 당하였을 때 악을 다하여 겯었다면 겸지 못하였을까. 가령 팔을 물어뜯는다든지 돌을 집어 얼굴을 찧는다든지 하였으면 당장을 모면할 수는 있지 않았던가. 그럼에도 그는 그것을 할 수 없었고 이상한 감동에 몸이 주저들자 기운도 의사도 사라져 버려 그뿐이었다.

마치 당시에는 함빡 술에라도 취하였던 듯싶다.

천수를 대할 꼴도 없다. 하기는 만갑과의 사이를 아는 그가 왕가와의 사이인들 굳이 나무랄 이치도 없기는 하다. 천수는 만갑에게서 그를 빼앗았고 차례로 왕가에게 빼앗긴 셈이다. 몸이란 나루에서 나루로 멋대로 흘러가는 한 척의 배 같다. 하기는 만약 그날 저녁 약속한 천수가 어김없이 개울가로 나와 주었더면 그렇게 신세가 빗나가지는 않았을 것이다.

천수를 한할까 왕가를 원망할까.

분녀는 길게 한숨지으며 생각에 눈이 흐리멍덩하다. 천수를 한할 바도 못 되거니와 왕가를 미워할 수도 없는 것이다.

생각까지도 부끄러운 일이나 사실 왕가는 특별한 인간이었다. 사내 이상의 것이라고 할까. 그로 말미암아 분녀는 완전히 눈을 뜨게 된 것이다.

왕가를 보는 눈이 전과는 갑자기 달라져서 은근히 그가 그리운 날이 있었다. 피가 수물거려 몸이 덥고 골이 띵할 때조차 있다. 그런 때에는 뜰앞을 저적거리다가 성 밖에 나가 바람을 쏘일 수밖에는 없었다. 그러나 그것만으로는 도무지 몸이 식지 않는 때가 있다.

하룻밤은 성 밖까지 나갔다 돌아오는 길에 거리를 거쳤다. 눈치를 보아 왕가와 만날 수가 있지나 않을까 하는 속셈도 없는 바 아니었다.

두근거리는 마음에 남문을 지날 때 돌연히 천수를 만났다. 조바심하는 탓으로 태도가 드러나 보였는지 천수는 어둠 속으로 소매를 이끌더니 첫

마디가 싫은 소리였다.

"요새 꼴이 틀렸군."

영문을 몰라 맞장구를 쳤다.

"꼴이 틀렸다니 눈이 뒤집혔단 말이냐."

"눈도 뒤집혔는지 모르지."

"무슨 소리냐."

"요새 환장할 지경이지."

"또 술 취했구나. 을손이한테 지더니 밤낮 술이야."

"어물쩡하게 딴소리 그만둬."

쏘더니 목소리를 갈아,

"사람이 그렇게 헤푸면 못쓴다. 아무리 너기로서니 천덕구니가 되면 마지막이야."

"무엇 말이냐?"

"그래도 시침을 떼니? 왕가와의 짓 말야."

분녀는 뜨끔하여 입이 막혀 버렸다.

"수풀 속에서 본 사람이 있어 하늘은 속여도 사람의 눈은 못 속인다."

따귀를 붙인다. 분녀는 주춤하여 자세가 휘었다.

"다시 그러면 왕가를 찔러라도 눕힐 테야. 치가 떨려 못살겠다."

한참이나 잠자코 섰던 분녀는 겨우 입을 열었다.

"너 옷섶이 얼마나 넓으냐? 내가 네게 매였단 말이냐. 왕가와 너와 못하고 나은 것이 무엇 있니?"

6

그후로 천수와의 사이가 뜬 것은 물론이어니와 분녀에게는 여러 가지 궁리가 많아서 얼마간 거리와 일절 발을 끊었다. 아침 저녁으로 관사에 다니는 것도 일부러 궁벽한 딴길을 골랐다. 관사에서 일하는 이외의 여가는 전부 집에서 보냈다.

빈 집을 지키며 울 밑 콩포기도 가꾸고 우물물을 길어 몸도 퍼쩔 씻고 하는 동안에 열이 식어지고 마음도 차차 잡혔다. 몸이 깨끗하고 정신이 맑은데다 뜰 앞의 조촐한 화초 포기를 바라보고 있으면 지난 일이 꿈결같이밖에는 생각나지 않는다. 그 무슨 무더운 대병이나 치르고 난 것같이 몸이 거뿐하다. 모든 것이 지나간 꿈이었다면 차라리 다행이겠다고 생각해 보면 머리채를 땋아내린 몸으로 엄청난 짓을 한 것이 새삼스럽게 뉘우쳐진다. 명준 만갑 천수 왕가 머릿속에 차례차례로 떠오르는 환영을 힘써 지워 버리려고 애쓰면서 날을 보냈다.

그러나 사람의 마음처럼 조화 많은 것은 없는 듯하다. 언제까지든지 찬 우물물을 끼얹어 식히고 얼리울 수는 없었다. 견물생심으로 다시 분녀의 마음을 움직이게 한 변괴가 생겼다. 망칙스런 꼴이 눈에 불을 붙여 놓았다.

여름의 관사는 까딱하면 개망신처가 되기 쉽다. 문이란 문 창이란 창은 죄다 열어제치고 대신에 얇은 발이 쳐지면 방 안의 변이 새기 맞춤이다. 문이란 벽 속의 비밀을 귀띔하는 입이다. 그 안에 사는 임자가 밤과 낮조차 구별할 주책이 없을 때에 벽은 즐겨 망신주기를 좋아하는 것 같다.

그날 저녁 무렵은 유난히도 무더웠다. 더우면 사람들은 해변에서나 집 안에서나 옷 벗기를 즐겨한다. 분녀는 이 역 유난스럽게도 일찍이 부엌일을 마치고는 목욕물을 가늠보러 목욕간으로 들어갔다. 물줄을 틀어 더운물을 맞추면서 한결같이 누구보다도 먼저 시원한 물 속에 잠겼으면 하는 불측한 생각뿐이었다. 그러나 대체 주인 양주는 이때껏 무엇을 하고 있나 하고 빈지 틈에 눈을 대었다. 이 괴망스러운 짓이 실수였는지도 모른다. 빈지 틈으로는 맞은편 건넌방이 또렷이 보인다. 분녀는 하는 수 없이 방 안의 행사를 일일이 보지 않을 수 없었다.

거의 숨을 죽였다. 피가 솟아 얼굴이 확 단다. 목구멍이 이따금 울린다. 전신의 신경을 살려 두 손을 펴고 도마뱀같이 빈지 위에 납짝 붙였다.

수도물이 쏟아질 대로 쏟아져 목욕통이 넘쳐나는 것도 잊어버리고 분녀는 어느 때까지나 정신없이 빈지에 붙어 앉았다. 더운 김에 서려서인지 눈에 불이 붙어서인지 몸이 불덩이같이 덥다.

날을 지나도 흥분이 쉽사리 사라지지 않는다.

"그런 세상도 있구나."

거기에 비하면 지금까지 겪은 세상은 너무도 단순하고 아무것도 아닌, 방 안의 세상이 아니요 문 밖 세상 같은 생각이 든다. 가지가지의 경험을 죄진 것같이 여기던 무거운 생각도 어느 결엔지 개어지고 도리어 자연스럽고 그 위에 그 무엇이 부족하였다는 느낌조차 들었다.

관사의 광경은 확실히 커다란 꾀임이었다. 일시 잠자던 것이 다시 깨어나 이번에는 더 큰 힘으로 움직이기 시작하였다. 아무리 우물물을 퍼서 몸에 퍼부어도 쓸데없다. 한시도 침착하게 앉아 있을 수 없이 육신이 마치 신장대 모양으로 설레는 것이다.

만약 그날로 돌연히 상구가 눈앞에 나타나지 않았더면 분녀는 어떻게 일신을 정리하였을까.

요술과도 같이 뜻밖에 상구가 찾아왔다. 들어간 지 거의 달포 만이다. 얼굴은 부숭부숭 부었으나 어느 틈엔지 머리까지 깎은 후라 일신은 단정하다. 짜장 반가운 판에 분녀는 조금 수다스럽게 소리를 걸었다.

"고생했구나."

"맞았다! 동무들이 가엾다."

상구는 전과는 사람이 변한 것같이 속도 열리고 말도 걱실걱실 잘 받는 것이 분녀에게는 알 수 없이 반갑다.

"몸이 부은 것 같구나, 거북하지 않느냐?"

"넌 내 생각 안했니."

다짜고짜로 몸을 끌어당긴다. 분녀는 굳이 몸을 빼지 않았다.

"이번같이 그리운 때 없다."

"별안간 싼들한 것 같구나."

핑계 겸 일어서서 분녀는 방문을 닫쳤다. 상구에게 대한 지금까지의 불만도 뉘우침도 다 잊어버리고 상구의 하는 대로 몸을 맡겼다. 누구보다도 지금에는 상구가 가장 그리운 것이다. 지난날도 앞날도 없고 불 붙는 몸에는 지금이 있을 뿐이다. 상구의 입술이 꽃같이 곱다.

다음날 관사에 나갔을 때 분녀는 천연스런 양주의 얼굴을 우습게 여기는 한편 천연스런 자신의 꼴을 한층 더 사특하게 여겼다.

그날 밤도 상구가 오기는 왔으나 간밤같이 기쁜 낯으로가 아니었다. 밤늦게 오면서도 그는 전과 같이 노여운 태도였다. 퉁명스런 목소리였다.

"너를 잘못 알았다."

발을 구르며,

"네까진 것한테 첫몸을 준 것이 아까워."

이어,

"짐승 같은 것, 너를 또 찾은 내가 잘못이었지. 그렇게까지 된 줄이야 알았니?"

기어이 볼을 갈겼다.

"소문 다 들었다."

"……."

"굳이 일일이 이름 들 것도 없겠지, 어떻든 난 쉬 떠나겠다."

7

상구는 말대로 가 버렸다. 차라리 실컷 얻어나 맞았더라면 시원할 것을 더 말도 못 들어 보고 이튿날로 사라졌으니 할 일 없다. 서울일까. 사람이란 눈앞에만 안 보이게 되면 왜 이리도 그리운가.

그러나 상구의 실종보다도 더 큰 변이 생기고야 말았다. 마을 갔던 어머니는 황급한 성질에 펄펄 뛰어들더니 손에 몽둥이를 집어 들었다.

"분녀야 정말이냐."

분녀에게는 곡절이 번개같이 짐작되었다. 금시에 몸이 녹는 것 같더니 넋없이 몸뚱이가 허공을 나는 것 같다.

"허구한 곳 다 두고 하필 종가에 가서 이 끔찍한 소문을 듣다니 무슨 망신이냐."

올 때가 왔구나 느끼며 숨을 죽였다.

"일일이 대 봐라. 행실머릴 이 자리에서."

첫 매가 내렸다.

"만갑이 천수 또 누구냐 대라. 치가 떨려 견딜 수 있나, 몸치장이 수상하더니 기어이 이 꼴이야?"

몰매가 내리기 시작하였다. 분녀는 소같이 잠자코만 있다가 견딜 수 없어서 매를 쥔 팔을 붙들었다. 어머니는 더욱 노여워할 뿐이다.

"이 고장에 살 수 없다. 차라리 죽어라."

모진 매에 등줄기가 주저내리는 것 같다. 종아리에서 피가 튄다. 분녀는 하는 수 없이 매를 벗어나서 집을 뛰어나왔다. 목소리는 나지 않고 눈물만이 바짓바짓 솟는다.

바다에라도 빠질까, 목이라고 맬까. 성문을 나서 환장할 듯한 심사에 정신없이 벌판을 달렸다. 큰길을 닫기도 부끄러워 옆길로 들었다. 허전거리다가 밭두둑에 쓰러졌다. 굳이 다시 일어날 맥도 없어 그 자리에 코를 박고 밤 되기를 기다렸다. 바다에까지 나가기도 귀찮아 풀포기에 쓰러진 채 밤을 새웠다.

다음날도 집에 들어가지 않고 그렇다고 갈 곳도 없어 사람 눈에 안 뜨이게 종일이나 벌판을 헤매다가 밭 속 초막 안에서 잤다. 그런지 나흘 만에 벌판으로 찾아 헤매는 식구의 눈에 띄어 하는 수 없이 집으로 끌려갔다. 어머니는 때리는 대신에 눈물을 흘렸다.

큰일이나 치르고 난 것 같다. 몸도 가다듬고 마음도 조여졌다. 딴 사람으로라도 태어난 것 같다. 관사에서 떨어진 후로는 들에 나가 밭일을 거들었다. 거리를 모르게 되고 밭과 친하였다.

여름이 짙어지자 벌써 가을 기색이었다. 들에는 곡식 냄새가 섞여 들깨 향기가 넘쳤다. 들깨 향기는 그윽한 먼 생각을 가져온다. 분녀는 날마다 들깨 향기에 젖어서 집에 돌아왔다. 그런 하루날 돌연히 낯선 청년이 찾아왔다.

"날 모르겠어?"

아무리 뜯어보아도 알듯알듯하면서 생각이 미처 돌지 않는다.

"명준이야."

듣고 보니 틀림없다. 반갑다. 3년 만인가.

"만주 갔다 오는 길야. 나도 변했지만 분녀도 무던히는 달라졌군."

"금광은 찾았누."

"금광 대신에 사람놈이나 때려 죽였지."

명준은 빙그레 웃는다. 고생을 하였으련만 그다지 축나지도 않았다. 도리어 몸이 얼마간 인 것 같다.

"고향은 그저 그 모양이군."

분녀는 변화 많은 그의 일신 위에 말이 뻗칠까 봐 날쌔게 말꼬리를 돌렸다.

"어떻게 할 작정인구."

"밭뙈기나 얻어 갈아 볼까, 수 틀리면 또 내빼구."

말투가 허황하면서도 듬직하였다. 생각하면 명준은 첫사람이었었다. 귀찮은 금덩이를 가져오지 않은 것이 차라리 개운하다. 허락만 한다면 그와나 마음 잡고 평생을 같이하여 볼까 하고 분녀는 생각하여 보았다.

산

1

나무하던 손을 쉬고 중실은 발 밑에 깨금나무 포기를 들쳤다. 지천으로 떨어지는 깨금알이 손 안에 오르르 들었다. 익을 대로 익은 제철의 열매가 어금니 사이에서 오드득 두 쪽으로 갈라졌다.

돌을 집어 던지면 깨금알같이 오드득 깨어질 듯한 맑은 하늘. 물고기 등같이 푸르다. 높게 뜬 조각구름 떼가 햇볕에 뿌려진 조개 껍질같이 유난스럽게도 한편에 옹졸봉졸 몰려들었다. 높은 산등이라 하늘이 가까우련만 마을에서 볼 때와 일반으로 멀다. 구만 리일까. 십만 리일까. 골짜기에서의 생각으로는 산기슭에만 오르면 만져질 듯하던 것이 산허리에 나서면 단번에 구만 리를 내빼는 가을 하늘.

산 속의 아침나절은 조을고 있는 짐승같이 막막은 하나 숨결이 은근하다. 휘엿한 산등은 누워 있는 황소의 등어리요, 바람결도 없는 데 쉴 새 없이 파르르 나부끼는 사시나무 잎새는 산의 숨소리다. 첫눈에 띄는 하얗게 분장한 자작나무는 산 속의 일색. 아무리 단장한대야 사람의 살결이 그렇게 휠 수 있을까. 수뿍 들어선 나무는 마을의 인총보다도 많고 사람의 성보다도 종자가 흔하다. 고요하게 무럭무럭 걱정없이 잘들 자란다. 산오리나무, 물오리나무, 가락나무, 참나무, 졸참나무, 박달나무, 사수래나무, 떡갈나무, 피나무, 물가리나무, 싸리나무, 고루쇠나무, 골짜기에는 산나무, 아그배나무, 갈매나무, 개옻나무, 엄나무. 산등에 간간이 섞여 어느 때나 푸르고 향기로운 소나무, 잣나무, 전나무, 향나무, 노가지나무, 걱정없이 무럭무럭 잘들 자라는 산 속은 고요하나 웅성한 아름다운 세상이다.

과실같이 싱싱한 기운과 향기, 나무 향기, 흙 냄새, 하늘 향기, 마을에서는 찾아볼 수 없는 향기다.

낙엽 속에 파묻혀 앉아 깨금을 알뜰히 바수는 중실은 이제 새삼스럽게 그 향기를 생각하고 나무를 살피고 하늘을 바라보는 것이 아니었다. 그런 것은 한데 합쳐서 몸에 함빡 젖어들어 전신을 가지고 모르는 결에 그것을 느낄 뿐이다. 산과 몸이 빈틈없이 한데 얼린 것이다.

눈에는 어느 결엔지 푸른 하늘이 물들었고 피부에는 산냄새가 배었다. 바심할 때의 짚북더기보다도 부드러운 나뭇잎——여러 자 깊이로 쌓이고 쌓인 깨금잎 가랑잎 떡갈잎의 부드러운 보료——속에 몸을 파묻고 있으면 몸뚱어리가 마치 땅에서 솟아난 한 포기의 나무와도 같은 느낌이다. 소나무, 참나무 총중의 한 대의 나무다. 두 발은 뿌리요, 두 팔은 가지다. 살을 베이면 피 대신에 나무진이 흐를 듯하다. 잠자코 섰는 나무들의 주고받는 은근한 말을, 나뭇가지의 고갯짓하는 뜻을, 나뭇잎의 소곤거리는 속셈을, 총중의 한 포기로서 넉넉히 짐작할 수 있다. 해가 쪼일 때에 즐겨하고 바람 불 때 농탕치고 날 흐릴 때 얼굴을 찡그리는 나무들의 풍속과 비밀을 역력히 번역해 낼 수 있다. 몸은 한 포기의 나무다.

별안간 부드득 솟아오르는 힘을 느끼고 중실은 벌떡 뛰어 일어났다. 쭉 펴는 네 활개에 힘이 뻗쳐 금시에 그대로 하늘에라도 오를 듯싶다. 넘치는 힘을 보낼 곳 없어 할 수 없이 입을 크게 벌리고 하늘이 울려라 고함을 쳤다. 땅에서 솟는 산 정기의 힘찬 단순한 목소리다.

산이 대답하고 나뭇가지가 고갯짓한다.

또 하나 그 소리에 대답한 것은 맞은편 산허리에서 불시에 푸드득 날아 뜨는 한 자웅의 꿩이었다. 살진 까투리의 꽁지를 물고 나는 장끼의 오색 날개가 맑은 하늘에 찬란하게 빛났다.

살진 꿩을 보고 중실은 문득 배가 허출함을 깨달았다. 아래편 골짜기 개울 옆에 간직하여 둔 노루고기와 가랑잎에 싸둔 개꿀이 있음을 생각하고 다시 낫을 집어들었다. 첫 참 때까지에는 한 짐을 채워 놓아야 파장되기 전에 읍내에 다다르겠고 팔아 가지고는 어둡기 전에 다시 산으로 돌아와야 할 것이다.

한참 쉰 뒤라 팔에는 기운이 남았다. 버스럭거리는 나뭇잎 소리가 품안에 요란하고 맑은 기운이 몸을 한바탕 멱감긴 것 같다. 산은 마을보다 몇 갑절 살기 좋은가. 산에 들어오기를 잘 했다고 중실은 생각하였다.

2

세상에 머슴살이같이 잇속 적은 생업은 없다.

싸울래 싸운 것이 아니라 김 영감 편에서 투정을 건 셈이다. 지금 와 보면 처음부터 쫓아 낼 의사였던 것이 확실하다. 중실은 머슴 산 지 칠팔 년에 아무것도 쥔 것 없이 맨주먹으로 살던 집을 쫓겨났다. 원통은 하였으나 애통하지는 않았다.

해마다 사경을 또박또박 받아 본 일 없다. 옷 한 벌 버젓하게 얻어 입은 적 없다. 명절에는 놀이할 돈도 푼푼이 없이 늘 개보름 쇠듯 하였다. 장가 들이고 집 사고 살림을 내준다던 것도 헛소리였다. 첩을 건드렸다는 생뚱 같은 다짐이었으나 그것은 처음부터 계책한 억지요 졸색의 등글개 따위에는 손 댈 염도 없었던 것이다. 빨래하러 갔던 첩과 동구 밖에서 마주쳐 나뭇짐을 지고 앞서고 뒤서서 돌아왔다고 의심받을 법은 없다. 첩과

수상한 놈팽이는 도리어 다른 곳에 있는 것을 애매한 중실에게 엉뚱한 분풀이가 돌아온 셈이었다. 가살스런 첩의 행실을 휘어잡지 못하고 늘그막판에 속태우는 영감의 신세가 하기는 가엾기는 하다. 더욱 얼크러질 앞일을 생각하고 중실은 차라리 하직하고 나온 것이었다.

넓은 하늘 밑에서도 갈 곳이 없다. 제일 친한 곳이 늘 나무하러 가던 산이었다. 짚북더기보다도 부드러운 두툼한 나뭇잎의 맛이 생각났다. 그 넓은 세상은 사람을 배반할 것 같지는 않았다. 빈 지게만을 짊어지고 산으로 들어갔다. 그 속에서 얼마 동안이나 견딜 수 있을까가 한 시험도 되었다.

박중골에서도 5리나 들어간 마을과 사람과는 인연이 먼 산협이다. 산등이 펑퍼짐하고 양지쪽에 해가 잘 쬐고 골짜기에 개울이 흐르고 개울가에 나무열매가 지천으로 열려 있는 곳이다. 양지쪽에서는 나무하러 왔다 낮잠을 잔 적도 여러 번이었다. 개울가에 불을 피우고 밭에서 뜯어 온 옥수수 이삭을 구웠다. 수풀 속에서 찾은 으름과 나뭇가지에 익어 시든 아그배와 산사로 배가 불렀다. 나뭇잎을 모아 그 속에 푹 파고든 잠자리도 그다지 춥지는 않았다.

이튿날 산을 헤매다가 공교롭게도 주엽나무 가지에 야트막하게 달린 벌집을 찾아 냈다. 담배연기를 피워 벌떼를 어지러뜨리고 감쪽같이 집을 들어 냈다. 속에는 맑은 꿀이 차 있었다. 사람은 살라고 마련인 듯싶다. 꿀은 조금으로도 요기가 되었다. 개와 함께 여러 날 양식이 되었다.

꿀이 다 떨어지지도 않은 그저께 밤에는 맞은편 심산에 산불이 보였다. 백일홍같이 새빨간 불꽃이 어둠 속에 가깝게 솟아올랐다. 낮부터 타기 시작한 것이 밤에 들어가서 겨우 알려진 것이다. 누에에게 먹히는 뽕잎같이 아물아물해지는 것 같으나 기실은 한 자리에서 아롱아롱 타는 것이었다. 아귀의 혀끝같이 널름거리는 불꽃이 세상에도 아름다웠다. 울 밑에 꽃보다도 비단결보다도 무지개보다도 맨드라미보다도 곱고 장하다.

중실은 알 수 없이 신이 나서 몽둥이를 들고 산등을 달아오르고 골짜기를 건너 불 붙는 곳으로 끌려 들어갔다. 가깝게 보이던 것과는 딴판으로 꽤 멀었다. 불은 산등에서 산등으로 둘러붙어 골짜기로 타 내려갔다. 화기가 확확 티터 가까이 갈 수 없었다. 후끈후끈 무더웠다. 나무 뿌리가 탁탁 튀며 땅이 쨍쨍 울렸다. 민출한 자작나무는 가지가지에 불이 피어올라 한 포기의 산호수 같은 불나무로 변하였다. 헛되이 타는 모두가 아까웠다. 중실은 어쩌는 수 없이 몽둥이를 쓸데없이 휘두르며 불테두리를 빙빙 돌 뿐이었다. 불은 힘에 부치는 것이었다.

확실히 간 보람은 있었다. 끄슬려진 노루 한 마리를 얻은 것이다. 불테두리를 뚫고 나오지 못한 노루는 산골짜기에서 뱅뱅 돌다 결국 불벼락을 맞은 것이다. 물론 그것을 얻은 때는 불도 거의 다 탄 새벽녘이었으나 외로운 짐승이 몹시 가여웠다. 그러나 이미 죽은 후의 고기라 중실은 그것을 짊어지고 산으로 돌아갔다. 사람을 살리자는 산의 뜻이라고 비위 좋게 생각하면 그만이었다. 여러 날 동안의 흐뭇한 양식이 되었다. 다만 한 가지 그리운 것이 있었다. 짠맛, 소금이었다. 사람은 그립지 않으나 소금이 그리웠다. 그것을 얻자는 생각으로만 마을이 그리웠다.

3

힘에 자라는 데까지 졌다.

20리 길을 부지런히 걸으려니 잔등에 땀이 내뱄다. 걸음을 따라 나뭇짐이 휘춘휘춘 앞으로 휘었다.

간신히 파장 전에 대었다.

나무를 판 때의 마음이 이날같이 즐거운 적은 없었다.

물건을 산 때의 마음도 이날같이 즐거운 적은 없었다.

그것은 가장 필요한 물건이기 때문이다.

나무 판 돈으로 중실은 감자말과 좁쌀되와 소금과 냄비를 샀다.

산 속의 호젓한 살림에는 이것으로써 족하리라고 생각되었다.

목숨을 이어 가는 데 해어쯤이 없으면 어떨까도 생각되었다.

올 때보다 짐이 단출하여 지게가 가벼웠다. 거리의 살림은 전과 다름없이 어수선하고 지지부레하였다. 더 나아진 것도 없으려니와 못해진 것도 없다.

술집 골방에서 왁자지껄하고 싸우는 것도 전과 다름없다.

이상스러운 것은 그런 거리의 살림살이가 도무지 마음을 당기지 않는 것이다. 앙상한 사람들의 얼굴이 그다지 그리운 것이 아니었다.

무슨 까닭으로 산이 이렇게도 그리울까. 편벽된 마음을 의심도 하여 보았다. 그러나 별로 이치도 없었다. 덮어놓고 양지쪽이 좋고 자작나무가 눈에 들고 떡갈잎이 마음을 끄는 것이다. 평생 산에서 살도록 태어났는지도 모른다.

김 영감의 그후의 소식은 물어 낼 필요도 없었으나 거리에서 만난 박서방 입에서 우연히 한 구절 얻어 듣게 되었다.

병든 등글개첩은 기어이 김 영감의 눈을 감춰 최 서기와 줄행랑을 놓았다. 종적을 수색중이나 아직도 오리무중이라고 한다.

사랑방에서 고시랑고시랑 잠을 못 이룰 육십 노인의 꼴이 측은하게 눈에 떠올랐다. 애매한 머슴을 내쫓았음을 뉘우치리라고도 생각되었다. 그러나 중실에게는 물론 다시 살러 들어갈 뜻도 노인을 위로하고 싶은 친절도 가지기 싫었다.

다만 거리의 살림이라는 것이 더한층 어수선하게 여겨질 뿐이었다.

산으로 향하는 저녁길이 한결 개운하다.

4

개울가에 냄비를 걸고 서투른 솜씨로 지은 저녁을 마쳤을 때에는 밤이 적이 어두웠다.

깊은 하늘에 별이 총총 돋고 초생달이 나뭇가지를 올가미지웠다.

새들도 깃들이고 바람도 자고 개울물만이 쫄쫄쫄쫄 숨쉰다. 검은 산등은 잠든 황소다.

등걸불이 탁탁 튄다. 나뭇잎 타는 냄새가 몸을 휩싸며 구수하다. 불을 쬐며 담배를 피우니 몸이 훈훈하다. 더 바랄 것 없이 마음이 만족스럽다.

한 가지 욕심이 솟아올랐다.

밥 짓는 일이란 머슴의 할 일이 못 된다. 사내자식은 역시 밭 갈고 나무하는 것이 옳은 것이다. 장가를 들려면 이웃집 용녀만한 색시는 없다. 용녀를 데려다 밥 일을 맡길 수밖에는 없다고 생각하였다.

용녀를 생각만 하여도 즐겁다. 궁리가 차례차례로 솔솔 풀렸다.

굵은 나무를 베어다 껍질째 도막을 내 양지쪽에 쌓아올려 단칸의 조촐한 오두막을 짓겠다. 펑퍼짐한 산허리를 일궈 밭을 만들고 봄부터 감자와 귀리를 갈 작정이다. 오랍뜰에 우리를 세우고 염소와 돼지와 닭을 칠 터. 산에서 노루를 산 채로 붙들면 우리 속에 같이 기르고 용녀가 집 일을 하는 동안에 밭을 가꾸고 나무를 할 것이며 아이가 나면 소같이 산같이 튼튼하게 자라렷다. 용녀가 만약 말을 안 들으면 밤중에 내려가 가만히 업어올걸. 한번 산에만 들어오면 별수없지…….

불이 거의거의 으스러지고 물소리가 더 한층 맑다.

별들이 어지럽게 깜박거린다.

달이 다른 나뭇가지에 걸렸다.

나머지 등걸불을 발로 비벼 끄니 골짜기는 더한층 막막하다.

어느만 때인지 산 속에서는 때도 분별할 수 없다.

자기가 이른지 늦은지도 모르면서 나무 밑 잠자리로 향하였다.

난가리같이 두두룩하게 쌓인 낙엽 속에 몸을 송두리째 파묻고 얼굴만을 빼꼼히 내놓았다.

몸이 차차 푸군하여 온다.

하늘의 별이 와르르 얼굴 위에 쏟아질 듯싶게 가까웠다 멀어졌다 한다.

별 하나 나 하나, 별 둘 나 둘, 별 셋 나 셋…….

어느 결엔지 별을 세고 있었다. 눈이 아물아물하고 입이 뒤바뀌어 수효가 틀려지면 다시 목소리를 높여 처음부터 고쳐 세곤 하였다.

별 하나 나 하나, 별 둘 나 둘, 별 셋 나 셋…….

세는 동안에 중실은 제 몸이 스스로 별이 됨을 느꼈다.

들

1

꽃다지, 질경이, 나생이, 딸장이, 민들레, 솔구장이, 쇠민장이, 길오장이, 달래, 무릇신금초, 씀바귀, 돌나물, 비름, 능쟁이. 들은 온통 초록 전에 덮여 벌써 한 조각의 흙빛도 찾아볼 수 없다. 초록의 바다.

초록은 흙빛보다 찬란하고 눈빛보다 복잡하다. 눈이 뽀얗게 깔렸을 때에는 흰빛과 능금나무의 자줏빛과 그림자의 옥색빛밖에는 없어 단순하기 옷 벗는 여인의 나체와 같은 것이, 봄은 옷 입고 치장한 여인이다.

흙빛에서 초록으로……. 이 기막힌 신비에 다시 한 번 놀라 볼 필요가 없을까. 땅은 어디서 어느 때 그렇게 많은 물감을 먹었기에 봄이 되면 한꺼번에 그것을 이렇게 지천으로 뱉어 놓을까. 바닷물을 고래같이 들이켰던가. 하늘의 푸른 정기를 모르는 결에 함빡 마셔 두었던가. 그것을 빗물에 풀어 시절이 되면 땅 위로 솟쳐 보내는 것일까. 그러나 한 포기의 풀을 뽑아 볼 때 잎새만이 푸를 뿐이지 뿌리와 흙에는 아무 물들인 자취도 없음은 웬일일까. 시험관 속 붉은 물에 약품을 넣으면 그것이 금시에 새

파랗게 변하는 비밀. 그것과도 흡사하다. 이 우주의 비밀의 약품, 그것은 결국 알 바 없을까. 한 톨의 보리알이 열 낟으로 나는 이치를 가르치는 이 있어도 그 보리알에서 푸른 잎이 돋는 조화의 동기는 옳게 말하는 이 없는 듯하다.

사람의 지혜란 결국 신비의 테두리를 뱅뱅 돌 뿐이요 조화의 속의 속은 언제까지나 열리지 않는 판도라의 상자일 듯싶다. 초록 풀에 덮인 땅 속의 뜻은 초록 옷을 입은 여자의 마음과도 같이 엿볼 수 없는 저 건너 세상이다.

얀들얀들 나부끼는 초목의 양자는 부드럽게 솟는 음악. 줄기는 굵고 잎은 연한 멜로디의 마디마디이다. 부피 있는 대궁은 나팔소리요 가는 가지는 거문고의 음률이라고도 할까. 알레그로가 지나고 안단테에 들어갔을 때의 감동……. 그것이 봄의 걸음이다. 풀 위에 누워 있으면 은근히 음악의 율동에 끌려 마음이 너볏너볏 나부낀다.

꽃다지, 질경이, 민들레……. 가지가지 푯나물들을 뜯어 먹으면 몸이 초록으로 물들 것 같다. 물들어야 될 것 같다. 물들어야 옳을 것 같다. 물들지 않음이 거짓말이다. 물들지 않으면 안 될 것 같다.

새가 지저귄다. 꾀꼬리일까.
지평선이 아롱거린다.
들은 내 세상이다.

2

언제까지든지 푸른 하늘을 우러러보고 있으면 나중에는 현기증이 나며 눈이 둘러빠질 듯싶다. 두 눈을 뽑아서 푸른 물에 채웠다가 라무네 병 속의 구슬같이 차진 놈을 다시 살 속에 박아넣은 것과도 같이 눈망울이 차고 어리어리하고 푸른 듯하다. 살과는 동떨어진 유리알이다. 그렇게도 하늘은 맑고 멀다. 눈이 아픈 것은 그 하늘을 발칙하게도 오랫동안 우러러 본 벌인 듯싶다. 확실히 마음이 죄송스럽다. 반나절 동안 두려움 없이 하늘을 똑바로 쳐다볼 수 있는 사람이란 세상에서도 가장 착한 사람이거나 그렇지 않으면 가장 용기있는 악한이어야 할 것이다. 그렇게도 푸른 하늘은 거룩하다.

눈을 돌리면 눈물이 푹 쏟아진다. 벌판이 새파랗게 물들어 눈앞에 아물아물한다. 이런 때에는 웬일인지 구름 한 점도 없다. 곁에는 한 묶음의 꽃이 있다. 오랑캐꽃, 고들빼기, 노고초, 새고사리, 가처무릇, 대게, 맛탈, 차치광이. 나는 그것들을 섞어 틀어 꽃다발을 겯기 시작한다. 갈색 꽃판과 꽃술이 무릎 위에 지천으로 떨어진다. 그것은 헤어지는 석류알보다도 많다…….

나는 들이 언제부터 이렇게 좋아졌는지를 모른다. 지금에는 한 그릇의 밥, 한 권의 책과 똑같은 지위를 마음속에 차지하게 되었다. 책에서 읽은 이론도 아니요 얻어들은 이치도 아니요 몇 해 동안 하는 일없이 들과 벗하고 지내는 동안에 이유없이 그것은 살림 속에 푹 젖었던 것이다. 어릴 때에 동무들과 벌판을 헤매며 찔레를 꺾으러 가시덤불 속에 들어가고 소똥버섯을 따다 화로 속에 굽고 메를 캐러 밭이랑을 들치며 골로 말을 만들어 끌고 다니느라고 집에서보다도 들에서 더 많이 날을 지우던, 그때가 다시 부활하여 돌아온 셈이다. 사람은 들과 떼려야 뗄 수 없는 인연에 있는 것 같다.

자연과 벗하게 됨은 생활에서의 퇴각을 의미하는 것일까. 식물적 애정은 반드시 동물적 열정이 진한 곳에 오는 것일까. 학교를 쫓기우고 서울을 물러 오게 된 까닭으로 자연을 사랑하게 된 것일까. 그러나 동무들과 골방에서 만나고 눈을 기여 거리를 돌아치다 붙들리고 뛰다 쫓기고…… 하였을 때의 열정이나 지금에 들을 사랑하는 열정이나 일반이다.

지금의 이 기쁨은 그때의 그 기쁨과도 흡사한 것이다. 신념에 목숨을 바치는 영웅이라고 인간 이상이 아닐 것과 같이 들을 사랑하는 졸부라고 인간 이하는 아닐 것이다. 아직도 굳은 신념을 가지면서 지난날에 보던 책들을 들척거리다도 문득 정신을 놓고 의미없이 하늘을 우러러보는 때가 많다.

“학교. 이제는 고향이 마음에 붙는 모양이지.”

마을 사람들은 조롱도 아니요 치사도 아닌 이런 말을 던지게 되었고 동구 밖에서 만나는 이웃집 머슴은 인사 대신에 흔히,

“해동지 늪에 붕어 떼 많던가?”

고기사냥 갈 궁리를 하거나 그렇지 않으면,

“십리정 보리 고개 숙었던가?”

하고 곡식의 소식을 묻게 되었다.

마을 사람들보다도 내가 더 들과 친하고 곡식의 소식을 잘 알게 된 증거이다.

나는 책을 외듯이 벌판의 구석구석을 샅샅이 외고 있다. 마음속에는 들의 지도가 세밀히 박혀 있고 사철의 변화가 표같이 적혀 있다. 나는 들사람이요 들은 내 것과도 같다.

어느 논두렁의 청대콩이 가장 진미이며 어느 이랑의 감자가 제일 굵다는 것을 알 수 있다. 새발고사리가 많이 피어 있는 진펄과 종달새 뜨는 보리밭을 짐작할 수 있다. 남대천 어느 모퉁이를 돌 때 가장 고기가 흔하다는 것도 알게 되었다. 개리 쇠리 붉어지가 덕실덕실 끓는 여울과 메기 뚜구뱅이가 잠겨 있는 웅덩이와 쏘가리 꺽지가 누워 있는 바위 밑과 ……. 매재와 고들빼기를 잡으려면 철교께서도 몇 마장을 더 올라가야 한다는 것과 쇠치네와 기름종개를 뜨려면 얼마나 벌판을 나가야 될 것을 안다. 물 건너 귀룽나무 수풀과 방치골 으름덩굴 있는 곳을 아는 것은 아마도 나뿐일 듯싶다.

학교를 퇴학맞고 처음으로 도회를 쫓겨 내려왔을 때에 첫걸음으로 찾은 곳은 일가집도 아니요 동무 집도 아니요 실로 이 들이었다. 강가의 사시나무가 제대로 있고 버들숲 둔덕의 잔디가 헐리지 않았으며 과수원의 모

습이 그대로 남은 것을 보았을 때의 기쁨이란 형언할 수 없는 큰 것이었다. 고향을 그리워하는 마음이란 곧 산천을 사랑하고 벌판을 반가워하는 심정이 아닐까.

이런 자연의 풍물을 내놓고야 고향의 그림자가 어디에 알뜰히 남아 있는가. 헐리어 가는 초가지붕에 남아 있단 말인가. 고향을 꾸미는 것은 사람이면서도 그리운 것은 더 많이 들과 시냇물이다.

3

시절은 만물을 허랑하게 만드는 듯하다.

짐승은 드러내 놓고 모든 것을 들의 품속에 맡긴다.

새 풀숲에서 새둥우리를 발견한 것을 나는 알 수 없이 기쁘게 여겼다. 거룩한 것을, 아름다운 것을 찾은 느낌이다. 집과 가족들을 송두리째 안심하고 땅에 맡기는 마음씨가 거룩하다. 풀과 깃을 모아 두툼하게 결은 둥우리 안에는 아직 까지 않은 알이 너더 알 들어 있다. 아롱아롱 줄이 선 풋대추만큼씩한 새알.

막 뛰어나려는 생명을 침착하게 간직하고 있는 얇은 껍질——금시에 딸깍 두 조각으로 깨뜨려질 모태——창조의 보금자리!

그 고요한 보금자리가 행여나 놀라고 어지럽혀질까를 두려워하여 둥우리 기슭 손가락 하나 대기조차 주저되어 나는 다만 한참 동안이나 물끄러미 바라보고 섰다가 풀포기를 제대로 덮어 놓고 감쪽같이 발을 옮겨 놓았다. 금시에 알이 쪼개지며 생명이 돋아날 듯싶다. 등뒤에서 새가 푸드득 날아들 것 같다. 적막을 깨뜨리고 하늘과 들을 놀래이며 푸드득 날았다! 생각에 마음이 즐겁다.

그렇게 늦게 까는 것이 무슨 새일까. 청새일까. 덤불지일까. 고요하게 뛰노는 기쁜 마음을 걷잡을 수 없어 목소리를 내서 노래라도 부를까 느끼며 뚝 아래로 발을 옮겨 놓으려다 문득 주춤하고 서 버렸다.

맹랑한 것이 눈에 뜨인 까닭이다. 껄껄 웃고 싶은 것을 참고 풀 위에 주저앉았다. 그 웃고 싶은 마음은 노래라도 부르고 싶던 마음의 연장인지도 모른다. 다시 말하면 그 맹랑한 풍경이 나의 마음을 결코 노엽히거나 모욕한 것이 아니요 도리어 아까와 똑같은 기쁨을 자아내게 한 것이다. 일반으로 창조의 기쁨을 보여 준 것이다.

개울녘 풀밭에서 한 자웅의 개가 장난치고 있는 것이다. 하늘을 겁내지 않고 들을 부끄러워하지 않고 사람의 눈을 꺼리는 법없이 자웅은 터놓고 마음의 자유를 표현할 뿐이다. 부끄러운 것은 도리어 이쪽이다. 나는 얼굴을 붉히면서 대중없이 오랫동안 그 요절할 광경을 바라보기가 몹시도 겸연쩍었다. 확실히 시절의 탓이다. 가령 추운 겨울 벌판에서 나는 그런 장난을 목격한 일이 없다. 역시 들이 푸를 때 새가 늦은 알을 깔 때 자웅도 농탕치는 것이다. 나는 그 광경을 성내어서는 비웃어서는 안 되었다.

보고 있는 동안에 어디서부터인지 자웅에게로 돌멩이가 날아들었다. 킬킬킬킬 웃음소리가 나며 두 번째 것이 날았다. 가뜩이나 몸이 떨어지지 않는 자웅은 그제서야 겁을 먹고 흘끔흘끔 눈을 굴리며 어색한 걸음으로 주체스런 두 몸을 비틀거렸다. 나는 나 이외에 그 광경을 그때까지 은근히 바라보고 있던 또 한 사람이 부근에 숨어 있음을 비로소 알고 더 한층 부끄러운 생각이 와락 나며 숨도 크게 못 쉬고 인기척을 죽이고 잠자코만 있을 수밖에는 없었다.

세 번째 돌멩이가 날리더니 이윽고 호담스러운 웃음소리가 왈칵 터지며 아래편 숲속에서 사람의 그림자가 덥석 뛰어나왔다. 빨래 함지를 인 채 한 손으로는 연해 자웅을 쫓으면서 어깨를 떨며 웃음을 금할 수 없다는 자세였다.

그 돌연한 인물에 나는 놀랐다. 한편 응겼던 마음이 풀리기도 하였다. 옥분이었다. 빨래를 하고 나자 그 광경임에 마음속은 미리 흠뻑 그것을 즐기고 난 뒤의 모양이다. 그러나 나의 놀람보다도 옥분이가 문득 나를 보았을 때의 놀람……. 그것은 몇 갑절 더 큰 것이었다. 별안간 웃음을 뚝 그치고 주춤 서는 서슬에 머리에 였던 함지가 왈칵 떨어질 판이었다. 얼굴의 표정이 삽시간에 검붉게 질려 굳어졌다. 눈앞이 땅을 향하고 한편 손이 어쩔 줄 몰라 행주치마를 의미없이 꼬깃거렸다.

별안간 깊은 구렁에 빠진 것과도 같은 궁축한 처지와 덴 마음을 건져 주기 위하여 나는 마음에도 없는 목소리를 일부러 자아내어 관대한 웃음을 한바탕 웃으면서 그의 곁으로 내려갔다.

"빌어먹을 짐승들."

마음에도 없는 책망이었으나 옥분의 마음을 풀어 주자는 뜻이었다.

"득추녀석쯤이 너를 싫달 법 있니, 주제넘은 녀석."

이어 다짜고짜로 그의 일신의 이야기를 끄집어 낸 것은 그의 주의를 다른 곳으로 돌리자는 생각이었다. 군청 고원 득추는 일껏 옥분과 성혼이 된 것을 이제 와서 마다고 투정을 내고 다른 감을 구하였다. 옥분의 가세가 빈한하여 들고 날 판이므로 혼인한 뒤에 닥쳐올 여러 가지 귀찮은 거래를 염려하여 파혼한 것이 확실하다. 득추의 그런 꾀바른 마음씨를 나무라는 것은 나뿐이 아니었다. 마을 사람들은 거개 고원의 불신을 책하였다.

"배반을 당하고 분하지도 않으냐?"

"모른다."

옥분은 도리어 짜증을 내며 발을 떼놓았다.

"그 녀석 한번 해내 줄까."

웬일인지 그에게로 쏠리는 동정을 금할 수 없다.

"쓸데없는 짓 할 것 있니?"

동정의 눈치를 알면서도 시치미를 떼는 옥분의 마음씨에는 말할 수 없이 그윽한 것이 있어 그것이 은연중에 마음을 당긴다.

눈앞에 떨어지는 그의 민출한 자태가 가슴속에 새겨진다. 검은 치마폭 밑으로 드러난 불그레한 늠흣한 두 다리——자작나무보다도 더 아름다운 것——헐벗기 때문에 한결 빛나는 것——세상에도 가지고 싶은 탐나는 것이다.

4

일요일인 까닭에 오래간만에 문수와 함께 둑 위에서 하루를 보낼 수 있었다. 날마다 거리의 학교에 가야 하는 그를 자주 붙들어 낼 수는 없다. 일요일이 없는 나에게도 일요일이 있는 것이다.

바다를 바라볼 수 있는 뚝에 오르면 마음이 활짝 열리는 듯이 시원하다. 바다 바람이 아직 조금 차기는 하나 신선한 맛이다. 잔디밭에는 간간이 피지 않은 해당화 봉우리가 조촐하게 섞였으며 뚝 맞은편에 군데군데 모여선 백양나무 잎새가 햇빛에 반짝반짝 나부껴 은가루를 뿌린 것 같다.

문수는 빌려 갔던 몇 권의 책을 돌려 주고 표해 두었던 몇 구절의 뜻을 질문하였다. 나는 그에게는 하루의 선배인 것이다. 돈독하게 뛰어 주는 것이 즐거운 의무도 되었다.

공부가 끝난 다음 책을 덮어 두고 잡담에 들어갔을 때에 문수는 탄식하는 어조였다.

"학교가 점점 틀려 가는 모양이다."

구체적 실례를 가지가지 들고 나중에는 그 한 사람의 협착한 처지를 말하였다.

"책 읽는 것까지 들키었네. 자네 책도 빼앗길 뻔했어."

짐작되었다.

"나와 사귀는 것이 불리하지 않은가."

"자네 걸은 길대로 되어 나가는 것이 뻔하지. 차라리 그 편이 시원하겠네."

너무 궁박한 현실 이야기만도 멋없어 두 사람은 무릎을 툭 털고 일어서 기분을 가다듬고 노래를 불렀다.

아는 말 아는 곡조를 모조리 불렀다.

노래가 진하면 번갈아 서서 연설을 하였다. 눈앞에 수많은 대중을 가상하고 목소리를 다하여 부르짖어 본다. 바닷물이 수물거리나 어쩌나 새들이 놀라서 떨어지나 어쩌나를 시험하려는 듯이도 높게 고함쳐 본다. 박수하는 사람은 수많은 대중 대신에 한 사람의 동무일 뿐이나 지껄이는 동안에 정신이 흥분되고 통쾌하여 간다. 훌륭한 공부 이외 단련이다.

협착한 땅 위에 그렇게 자유로운 벌판이 있음이 새삼스러운 놀람이다. 아무리 자유로운 말을 외쳐도 거기에서만은 '중지'를 당하는 법이 없으니까 말이다. 땅 위는 좁으면서도 넓은 셈인가.

둑은 속 풀리는 시원한 곳이며 문수와 보내는 하루는 언제든지 다시없이 즐거운 날이다.

5

과수원 철망 너머로 엿보이는 철 늦은 딸기――잎새 사이로 불긋불긋 돋아난 송이 굵은 양딸기――지날 때마다 건강한 식욕을 참을 수 없다.

더구나 달빛에 젖은 딸기의 양자란 마치 크림을 끼얹은 것과도 같이 한층 부드럽게 빛난다.

탐나는 열매에 눈독을 보내며 철망을 넘기에 나는 반드시 가책과 반성으로 모질게 마음을 매질하지는 않았으며 그럴 필요도 없었다. 그것이 누구의 과수원이든간에 철망을 넘는 것은 차라리 들사람의 일종의 성격이 아닐까.

들사람은 또 한편 그것을 용납하고 묵인하는 아량도 가지고 있는 것이다. 나는 몇 해 동안에 완전히 이 야취의 성격을 얻어 버린 것 같다.

흐뭇한 송이를 정신없이 따서 입에 넣으면서도 철망 밖에서 다만 탐내고 보기만 할 때보다 한층 높은 감동을 느끼지 못하게 됨은 도리어 웬일일까. 입의 감동이 눈의 감동보다 떨어지는 탓일까. 생각만 할 때의 감동이 실상 당하였을 때의 감동보다 항용 더 나은 까닭일까. 나의 욕심을 만족시키기에는 불과 몇 송이의 딸기가 필요할 뿐이었다. 차라리 벌판에 지천으로 열려 언제든지 딸 수 있는 들딸기 편이 과수원 안의 양딸기보다 나음을 생각하며 나는 다시 철망을 넘었다.

멍석딸기, 중딸기, 장딸기, 나무딸기, 감대딸기, 곰딸기, 닷딸기, 뱀딸기…….

능금나무 그늘에 난데없는 사람의 그림자를 발견하자 황급히 뛰어넘다 철망에 걸려 나는 옷을 찢었다. 그러나 옷보다도 행여나 들키지나 않았나 하는 염려가 앞서 허둥허둥 풀 속을 뛰다가 또 공교롭게도 그가 옥분임을 알고 마음이 일시에 턱 놓였다. 그 역 딸기밭을 노리고 있던 터가 아닐까. 철망 기슭을 기웃거리며 능금나무 아래 몸을 간직하고 있지 않던가.

언제인가 개천 둑에서 기묘하게 만난 후 두 번째의 공교로운 만남임을 이상하게 여기고 있는 동안에 마음이 퍽이나 헐하게 놓여졌다. 가까이 가서 시룽시룽 말을 건 것도 그리 어색하지 않고 도리어 자연스러웠다. 그 역시 시스러워하지 않고 수월하게 말을 받고 대답하고 하였다. 전날의 기묘한 만남이 확실히 두 사람의 마음을 방긋이 열어 놓은 것 같다.

"딸기 따 줄까."

"무서워."

그의 떨리는 목소리가 왜 그리도 나의 마음을 끌었는지 모른다. 나는 떨리는 그의 팔을 붙들고 풀밭을 지나 버드나무 숲속으로 들어갔다. 그의 입술은 딸기보다도 더 붉다. 확실히 그는 딸기 이상의 유혹이었다.

"무서워."

"무섭긴."

하고 달래기는 하였으나 기실 딸기를 훔치러 철망을 넘을 때와 똑같이 가슴이 후둑후둑 떨림을 어쩌는 수 없었다. 버드나무 잎새 사이로 달빛이 가늘게 새어들었다. 옥분은 굳이 거역하려고 하지 않았다.

양딸기 맛이 아니요 확실히 들딸기 맛이었다. 멍석딸기 나무딸기의 신선한 감각에 마음은 흐뭇이 찼다.

아무리 야취의 습관에 젖었기로 철망 너머 딸기를 딸 때와 일반으로 아무 가책도 반성도 없었던가. 벌판서 난장치던 한 자웅의 짐승과 일반이 아닌가. 그것이 바른가 그래서 옳을까 하는 한 줄기의 곧은 생각이 한결같이 뻗쳐오름을 억제할 수는 없었다. 결국 마지막 판단은 누가 옳게 내릴 수 있을까.

6

며칠이 지나도 여전히 귀찮은 생각이 머릿속에 뱅 돈다. 어수선한 마음을 활짝 씻어 버릴 양으로 아침부터 그물을 들고 집을 나섰다.

그물을 후릴 곳을 찾으면서 남대천 물줄기를 따라 올라간 것이 시적시적 걷는 동안에 어느덧 철교께서도 근 10리를 올라가게 되었다. 아무 고기나 닥치는 대로 잡으려던 것이 그렇게 되고 보니 불현듯이 고들빼기를 후려 볼 욕심이 솟았다.

고기사냥 중에서도 가장 운치있고 흥있는 고들빼기 사냥에 나는 몇 번인지 성공한 일이 있어 그 호젓한 멋을 잘 안다. 그 중 많이 모여 있을 듯이 보이는 그럴 듯한 여울을 점쳐 첫 그물을 던져 보기로 하였다.

산 속에 오막하게 둘러싸인 개울, 물도 맑거니와 물소리도 맑다. 돌을 굴리는 여울 소리가 티끌 한 점 있을 리 없는 공기와 초목을 영롱하게 울린다. 물 속에서 노는 고기는 산신령이 아닐까.

옷을 활짝 벗어부치고 그물을 메고 물 속에 뛰어들었다. 넉넉히 목욕을 할 시절임에도 워낙 산골물이라 뼈에 차다. 마음이 한꺼번에 씻쳐졌다느니보다도 도리어 얼어붙을 지경이다. 며칠 내로 내려오던 어수선한 생각이 확실히 덜해지고 날아갔다고 할까. 그러나 그러면서도 마지막 한 가지 생각이 아직도 철사같이 가늘게 꿰뚫고 흐름을 속일 수는 없었다.

'사람의 사이란 그렇게 수월할까.'

옥분과의 그날 밤 인연이 어처구니없게 쉽사리 맺어진 것이 도리어 의

심쩍은 것이었다. 아무 마음의 거래도 없던 것이 달빛과 딸기에 꼬임을 받아 그때 그 자리에서 금방 응낙이 되다니. 항용 거기에 이르기까지의 두 사람의 마음의 교섭이란 이야기 속에서 읽을 때에는 기막히게 장황하고 지리한 것이었는데 그것이 그렇게 수월할 리 있을까. 들 복판에서는 수월한 법일까.

'책임 문제는 생기지 않는가.'

생각은 다시 솔솔 풀린다. 물이 찰수록 생각도 점점 차게만 들어간다.

물이 다리목을 넘게 되었을 때 그쯤에서 한 훌기 던져 보려고 그물을 펴들고 물 속을 가늠 보았다. 속물이 꽤 세어 다리를 훌친다. 물때 낀 돌멩이가 몹시 미끄러워 마음대로 발을 디딜 수 없다. 누르칙칙한 물 속이 적확히 보이지 않는다. 몇 걸음 아래편은 바위요 바위 아래는 소가 되어 있다.

그물을 던질 때의 호흡이란 마치 활을 쏠 때의 그것과도 같이 미묘한 것이어서 일종의 통일된 정신과 긴장된 자세를 요구하는 것임을 나는 경험으로 잘 안다. 그러면서도 그때 자칫하여 기어이 실수를 하게 된 것은 필시 던지는 찰나까지도 통일되지 못한 마음이 어수선하고 정신이 까닥거렸음이 확실하다.

몸이 휫둥하고 휘더니 휭하게 날아야 할 그물이 물 위에 떨어지자 어지럽게 흩어졌다. 발이 미끄러져서 젠 물결에 다리가 쓸리니까 그물은 손을 빠져 달아났다. 물 속에 넘어져 흐르는 몸을 아무리 버둥거려야 곧추 일으키는 장사 없었다. 생각하면 기가 막히나 별수없이 몸은 흐를 대로 흐르고야 말았다. 바위에 부딪쳐 기어이 소에 빠졌다. 거품을 날리는 폭포 속에 송두리째 푹 잠겼다가 휘엿이 솟으면서 푸른 물 속을 뱅돌았다. 요행 헤엄의 술득이 약간 있던 까닭에 많은 고생없이 허부적거리고 소를 벗어날 수는 있었다.

면상과 어깻죽지에 몇 군데 상처가 있었다. 피가 돋았다. 다리에도 군데군데 시퍼렇게 멍이 들어 있음을 보았다. 잃어버린 그물은 어느 줄기에 묻혀 흐르는지 알 바도 없거니와 찾을 용기도 없었다. 고들빼기는 물론 한 마리도 손에 쥐어 보지 못하였다.

귀가 메이고 코에서는 켰던 물이 줄줄 흘렀다. 우연히 욕을 당하게 된 몸뚱어리를 훑어보며 나는 알 수 없는 부끄러움을 느꼈다. 별안간 옥분의 몸이, 향기가 눈앞에 흘러 왔다. 비밀을 가진 나의 몸이 다시 돌려 보이며 한동안 부끄러운 생각이 쉽게 꺼지지 않았다.

7

문수는 기어이 학교를 쫓겨났다. 기한없는 정학 처분이었으나 영영 몰려난 것과 같은 결과이다. 덕분에 나도 빌려 주었던 책권을 영영 빼앗긴 셈이 되었다.

차라리 시원하다고 문수는 거드름부렸으나 시원하지 않은 것은 그의 집안 사람들이다. 들볶는 바람에 그는 집을 피하여 더 많이 나와 지내게 되었다. 원망의 물줄기는 나에게까지 튀어왔다. 나는 애매하게도 그를 타락시켜 놓은 안된 놈으로 몰릴 수밖에는 없다.

별수없이 나날을 들과 벗하게 되었다. 나는 좋은 들의 동무를 얻은 셈이다.

풀밭에 서면 경주를 하고 시냇가에 서면 납작한 돌을 집어 물 위에 수제비를 뜨기가 일쑤다. 돌을 힘껏 던져 그것이 물 위에 뛰어가는 뜀 수를 세는 것이다. 하나 둘 셋 넷 다섯 여섯 일곱 여덟……이 최고 기록이다. 돌은 굴러갈수록 걸음이 좁아지고 빨라지다 나중에는 깜박 물 속에 꺼진다. 기차가 차차 멀어지고 작아지다 산모퉁이에 깜박 사리지는 것과도 같다. 재미있는 장난이다. 나는 몇 번이고 싫지 않게 돌을 집어 시험하는 것이었다.

팔이 축 처지게 되면 다시 기운을 내어 모래밭에 겨루고 서서 씨름을 한다. 힘이 비등하여 승패가 상반이다. 떠밀기도 하고 샅바씨름도 하고 잡아낚기도 하고, 다리걸이 딴죽치기, 기술도 차차 늘어가는 것 같다.

"세상에서 제일 장하고 제일 크고 제일 아름답고 제일 훌륭하고 제일 바른 것이 무엇이냐?"

되고 말고 수수께끼를 걸고,

"힘이다!"

라고 껄껄껄껄 웃으면 오장 육부가 물에 헹군 듯이 시원한 것이다. 힘! 무슨 힘이든지 좋다. 씨름을 해 가는 동안에 우리는 힘에 대한 인식을 한층 더 새롭혀 갔다. 조직의 힘도 장하거니와 그것을 꾸미는 한 사람의 힘이 크다면 더한층 아름다운 것이 아닐까.

8

문수와 천렵을 나섰다.

그물을 잃은 나는 하는 수 없이 족대를 들고 쇠치네 사냥을 하러 시냇물을 훑어내려 갔다.

벌판에 냄비를 걸고 뜬 고기를 끓이고 밥을 지었다.

먹을 것이 거의 준비되었을 때 더운 판에 목욕을 들어갔다.

땀을 씻고 때를 밀고는 깊은 곳에 들어가 물장구와 가댁질이다. 어린아이 그대로의 순진한 마음이 방울방울 날리는 물방울과 함께 맑은 하늘을 휘덮었다가는 쏟아지는 것이다. 물가에 나와 얼굴을 씻고 물을 들일 때에 문수는 다따가,

"어깨의 상처가 웬일인가."

하고 나의 어깨의 군데군데를 가리켰다. 나는 뜨끔하면서 그때까지 완전히 잊고 있던 고들빼기 사냥과 거기에 관련된 옥분과의 일건이 생각났다.

어떻게 할까 망설이다가 그에게까지 기일 바 못 되어 기어이 고기잡이 이야기와 따라서 옥분과의 곡절을 은연중 귀띔하여 주게 되었다.

이상한 것은 그의 태도였다.

"명예의 부상일세그려."

놀리고는 걱실걱실 웃는 것이다.

웃다가 문득 그치더니,

"이왕 말이 났으니 나도 내 비밀을 게울 수밖에는 없게 되었네그려."

정색하고 말을 풀어 냈다.

"옥분이……. 나도 그와는 남이 아니야."

어안이벙벙한 나의 어깨를 치며,

"생각하면 득추와 파혼된 후부터는 달뜬 마음이 허랑해진 모양이데. 일종의 자포자기야. 죽일 놈은 득추지 옥분의 형편이 가엾기는 해."

나에게는 이상한 감정이 솟아올랐다. 문수에게 대하여 노염과 질투를 느끼는 대신에, 도리어 일종의 안심과 감사를 느끼는 것이었다. 괴롭던 책임이 모면된 것 같고 무거운 짐을 벗어 놓은 듯이도 감정이 가벼워지고 응겼던 마음이 풀리는 것이다. 이것은 교활하고 악한 마음보일까. 그러나 나를 단 한 사람으로 생각하지 않는 옥분의 허랑한 태도에 해결의 열쇠는 있다. 그의 태도가 마지막 책임을 져야 될 터이니까.

"왜 말이 없나. 거짓말로 알아듣나. 자네가 버드나무 숲에서 만났다면 나는 풀밭에서 만났네."

여전히 잠자코만 있으면서 나는 속으로 한결같이 들의 성격과 마술과도 같은 자연의 매력이라는 것을 생각하였다.

얼마나 이야기가 장황하였던지 밥 타는 냄새가 코를 찔렀다.

9

무더운 날이 계속된다.

이런 때 마을은 더한층 지내기 어렵고 역시 들이 한결 낫다.

낮은 낮으로 해 두고 밤을……. 하룻밤을 온전히 들에서 보낸 적이 없다.

우리는 의논하고 하룻밤을 들에서 야영하기로 하였다.

들의 밤은 두려운 것일까? 이런 의문도 있었기 때문이다.

이왕 의가 통한 후이니 이후로는 옥분이도 데려다가 세 사람이 일단의 '들의 아들'이 되었으면 하는 문수의 의견이었으나 나는 그것을 일종의 악취미라고 배척하였다. 과거의 피차의 정의는 정의로 하여 두고 단체 생활에는 역시 두 사람이 적당하며 수효가 셋이면 어떤 경우에든지 반드시 끼울고 불안정하다는 의견을 가지고 있기 때문이다. 그러나 그것도 결국 나의 야성이 철저하지 못한 까닭이 아닐까.

어떻든 두 사람은 들 복판에서 해를 넘기고 어둡기를 기다리고 밤을 맞이하였다.

불을 피우고 이야기하였다.

이야기가 장황하기 때문에 불이 마저 스러질 때에는 마음의 등불도 벌써 다 꺼지고 개짖는 소리도 수습된 뒤였다. 별만이 깜박거리고 바다 소리가 은은할 뿐이다.

어둠은 깊고 넓고 무한하다.

창조 이전의 혼돈의 세계는 이러하였을까.

무한한 적막……. 지구의 자전 공전의 소리도 들리지는 않는 것이다.

공포……. 두려움이란 어디서 오는 감정일까.

어둠에서도 적막에서도 오지는 않는다.

우리는 일부러 두려운 이야기 무서운 이야기로 마음을 떠 보았으나 이렇듯한 새삼스러운 공포의 감정이라는 것은 솟지 않았다.

위에는 하늘이요 아래는 풀이요——주위에 어둠이 있을 뿐이지 모두가 결국 낮 동안의 계속이요 연장이다. 몸에 소름이 돋는 법도 떨리는 법도 없다.

서로 눈만 말똥말똥거리다가 피곤하여 어느 결엔지 잠이 들어 버렸다.

단잠을 깨었을 때는 아침해가 높은 후였다.

야영의 밤은 시원하였을 뿐이요 공포의 새는 결국 잡지 못하였다.

10

그러나 공포는 왔다.

그것은 들에서 온 것이 아니요 마을에서, 사람에게서 왔다.

공포를 만드는 것은 자연이 아니요 사람의 사회인 듯싶다.

문수가 돌연히 끌려간 것이다. 학교 사건의 뒷맺이인 듯하다. 이어 나도 들어가게 되었다.

나 혼자에 대하여 혹은 문수와 관련되어 여러 가지 질문을 받았다.

사흘 밤을 지우고 쉽게 나왔으나 문수는 소식이 없다. 오랠 것 같다.

여러 가지 재미있는 여름의 계획도 세웠으나 혼자서는 하릴없다.

가졌던 동무를 잃었을 때의 고독이란 큰 것이다.

들에서 무료히 지내는 날이 많다.

심심파적으로 옥분을 데려올까도 생각되나 여러 가지로 거리끼고 주체스런 일이다. 깨끗한 것이 좋을 것 같다.

별수없이 녀석이 하루라도 속히 나오기를 충심으로 바랄 뿐이다.

나오거든 풋콩을 실컷 구워 먹이고 기름종개를 많이 떠먹이고 씨름해서 몸을 불려 줄 작정이다.

들에는 도라지꽃이 피고 개나리꽃이 장하다.

진펄의 새발 고사리꽃도 어느덧 활짝 피었다.

해오라기가 가끔 조촐한 자태로 물가에 내린다.

시절이 무르녹았다.

장미 병들다

싸움이라는 것을 허다하게 보았으나 그렇게도 짧고 어처구니없고, 그러면서도 싸움의 진리를 여실하게 드러낸 것은 드물었다. 받고 차고 찢고 고함치고 욕하고 발악하다가 나중에는 피차에 지쳐서 쓰러져 버리는, 그런 싸움이 아니라 맞고 넘어지고 항복하고 그뿐이었다. 처음도 뒤도 없이 깨끗하고 선명하여 마치 긴 이야기의 앞뒤를 잘라 버린 필름의 몇 토막과도 같이 신선한 인상을 주는 것이었다. 그 신선한 인상이 마침 영화관을 나와 그 길을 지나던 현보와 남죽 두 사람의 발을 문득 머무르게 하였는지도 모른다. 그러나 두 사람이 사람들 속에 한몫 끼여 섰을 때에는 싸움은 벌써 끝물이었다.

영화관, 음식점, 카페, 매약점 등이 어수선하게 즐비하여 있는 뒷거리 저녁때, 바로 주렴을 드리운 식당 문 앞이었다.

그 식당의 쿡으로 보이는 흰 옷에 흰 주발모자를 얹은 두 사람의 싸움이었으나 한 사람은 육중한 장골이요, 한 사람은 까무잡잡한 약질이어서 하기는 그 체질에 벌써 승패가 달렸던지도 모른다. 대체 무엇이 싸움의 원인이며 원한의 근거였는지도 모르나 하루 아침에 문득 생긴 분김이 아니요, 오래 두고 엉겼던 불만의 화풀이임은 두 사람의 태도로써 족히 추측할 수 있었다. 말로 겨루다 못해 마지막 수단으로 주먹다짐에 맡기게 된 것임은 부락스런 두 사람의 주먹살에 나타났었으니, 약질의 살기를 띤 암팡진 공격에 한번 주춤하였던 장골은 갑절의 힘을 주먹에 다져 쥐고 그의 면상을 오돌지게 욱박았다.

소리를 치며 뒤로 쓰러지는 바람에 문 앞에 세웠던 나무 분이 넘어지며 분이 깨뜨려지고 노간주나무가 솟아났다.

면상을 손으로 가리워 쥐고 비슬비슬 일어서서 달려들려 할 때, 장골의 두 번째 주먹에 다시 무르게도 넘어지고 말았다. 땅 위에 문질러져서 얼굴은 두어 군데 검붉게 피가 배고 두 줄기의 코피가 실오리 같은 가느다란 줄을 그으면서 흘렀다. 단번에 혼몽하게 지쳐서 쭉 늘어졌음에도 불구하고 약질은 간신히 몸을 세우고 다시 한 번 개신개신 일어서서 장골에게 몸을 던지다가 장골이 날쌔게 몸을 피하는 바람에 걸어 보지도 못한 채 또 나가 쓰러지고야 말았다. 한참이나 죽은 듯이 고요한 속에서 코만 흑흑 울리더니 마른 땅에는 금시에 피가 흘러 넓게 퍼지기 시작하였다.

"졌다!"

짧게 한 마디, 그러나 분한 듯이 외쳤으니 그것으로 싸움은 끝난 셈이었다.

"항복이냐?"

장골은 늠실도 하지 않고 마치 그 벅찬 힘과 마음에 티끌만큼의 영향도 받지 않은 듯이 유들유들하게 적수를 내려다보았다.

"힘이 부쳐 그렇지, 그리 쉽게 항복이야 하겠나."

"뼈다구에 힘 좀 맺히거든 다시 덤비렴."

"아무렴, 그때까지 네 목숨 하나 살려 둔다."

의젓하고 유유하게 대꾸하면서 약질이 피투성이의 얼굴을 넌지시 쳐들었을 때 현보는 그 끔찍한 꼴에 소름이 끼쳐서 모르는 결에 남죽의 소매를 끌었다. 남죽도 현장에서 얼굴을 피하여 재촉을 기다릴 겨를없이 급히 발을 돌렸다.

한참 동안 말이 없었다. 우연히 목도하게 된 그 돌연한 장면에서 받은 감격이 너무도 컸다.

강하고 약하고 이기고 지고……. 이 두 길뿐. 지극히 간단하다. 강약이 부동으로 억센 장골 앞에서는 약질은 욕을 보고 그 자리에 폭싹 쓰러져 버리는 그 일장의 싸움 속에서 우연히 시대를 들여다본 듯하여져서 너무도 짙은 암시에 현보는 마음이 얼떨떨하였다. 흡사 약질같이 자기도 호되게 얻어맞고 피를 흘리며 쓰러져 있는 듯도 한 실감이 전신을 저리게 흘렀다.

"영화의 한 토막과도 같이 아름답지 않아요? 슬프지 않아요?"

역시 그 장면에서 받은 감동을 말하는 남죽의 눈에는 눈물이 어리어 보였다. 아름답다는 것은 패한 편을 동정함일까? 아름다운 까닭에 슬프고 슬프리만큼 아름다운 것……. 눈물까지 흘리게 한 것은 별수없이 그나 누구나가 처하여 있는 현대의 의식에서 온 것임을 생각하면서 현보는 남죽을 뒤세우고 거릿목 찻집 문을 밀었다.

차를 청해 마실 때까지도 현보와 남죽은 그 싸움의 감동이 좀체 사라지지 않아서 피차에 별로 말도 없었다. 불쾌하다느니보다는 슬픈 인상이었다.

슬픔으로 인하여 아름다운 것이었음을 남죽과 같이 현보도 느끼게 되었다. 그렇게까지 신경을 민첩하게 일으켜 세우게 된 것은 방금 보고 나온 영화 때문이었던지도 모른다. 영화관에는 마침 《목격자》가 걸려 있어서 우연히 보게 된 아름다운 한 편의 장면 장면 남죽을 울렸다.

전체로 슬픈 이야기였으나 가련한 주인공의 운명과 애잔한 여주인공의 자태가 한층 마음을 찔렀다. 억울한 혐의로 아버지를 여윈 어린 자식을 데리고 늙은 어머니가 어둡고 처량한 저녁에 무덤 쪽을 바라보는 장면과 흐린 저녁때의 빈민가(貧民街) 다리 아랫장면과는 금시에 눈물을 솟게 하였다.

다리 아랫장면에서는 거지의 자동 풍금 소리에 집집에서 뛰어나온 가난한 빈민들이 그 슬픈 음악에 맞추어 춤을 추기 시작하였다. 요란한 소리를 듣고 순경이 달려와서 춤을 금하고 사람들을 헤칠 때 억울한 혐의로 아버지를 재판한 늙은 검사는 양심의 가책을 조금이라도 덜려고 가난한 사람들을 위해 항의를 하나 용납되지 못하고 사람들은 하는 수 없이 비슬비슬 그 자리를 헤어진다. 그 웅성거리는 측은한 꼴들이 실감을 가지고 가슴을 죄었다. 어두운 속에서 남죽은 흐르는 눈물을 손수건으로 몇 번이고 훔쳐 냈다. 눈물로 부덕부덕한 얼굴을 가지고 거리에 나오자 당면하게 된 것이 싸움의 장면이었다. 여러 가지의 감동이 한데 합쳐서 새 눈물을 자아내게 한 것이다.

하기는 남죽들의 현재의 형편 그것이 벌써 눈물 이상의 것이기는 하다. 두 주일 이상을 겪고 가주 나온 것이 불과 며칠 전이었다. 남죽은 현재 초라한 꼴, 빈 주머니에 고향에 돌아갈 능력도 없고, 그렇다고 다른 도리도 없이 진퇴유곡의 처지에 있는 셈이었다. 《목격자》 속의 주인공들보다 조금도 나을 것이 없었다. 현보와 막연히 하루를 지우려 영화 구경을 나선 것도 또렷한 지향없이 닥치는 대로의 길 그 자리의 뜻이었다. 온전히 그날그날의 떠도는 부평초요, 키 잃은 배요, 목표없는 생활이었다.

극단 '문화좌'가 설립되자마자 와해된 것이 두 주일 전이었다. 지방 공연이라는 점에 중점을 두려고 일부러 서울을 떠나 지방의 도회로 내려와 기폭을 든 것이었으나 그것이 도리어 화되어 엄격한 수준에 걸린 것이었다.

인원을 짜고 각본을 선택하고 모든 준비를 마친 후 첫째 공연을 내려왔던 것이 그닷한 이유없이 의외에도 거슬리는 바 되어 한꺼번에 몰아가 버렸다. 거듭 돌아보아야 그럴 만한 원인도 없었고 다만 첩첩한 시대의 구름의 탓임이 짐작될 뿐이었다.

각본을 맡은 현보는 고향이 바로 그곳인 탓으로인지 의외에도 속히 놓이게 되고 뒤를 이어 남죽 또한 수월하게 풀리게 되었으나 나머지 인원들은 자본을 댄 민삼, 연출을 맡은 인수, 배우인 학준, 그 외 몇몇은 아직도 날이 먼 듯하였다.

먼저 나오기는 하였으나 현보와 남죽은 남은 동무들을 생각하고, 또 한 가지 자신들의 신세를 돌아보고 우울하기 짝이 없었다. 하는 노릇없이 허구한 날 거리를 헤매는 수밖에 없던 현모와 역시 별 목표없이 유행 가수를 지원해 보았다 배우로 돌아서 보았다 하던 남죽에게 극단의 설립은 한 희망이요 자극이어서 별안간 보람있는 길을 찾은 듯도 하여 마음이 뛰고 흥이 나던 것이, 의외의 타격에 기를 꺾이고 나니 도로 제자리에 주저앉은 셈이었다.

파랗게 우러러보이던 하늘이 조각조각 부서져 버리고 다시 어두운 구렁텅이로 밀려 빠진 격이었다.

현보의 창작 각본 《헐어진 무대》와 오닐의 번역극 《고래》의 한 막이 상연 예정이어서 남죽은 그 두 각본의 여주인공의 구실을 자기의 비위에 맞는 것으로 그지없이 자랑하였다. 예술적 흥분 외에 또 한 가지의 기쁨은 그런 줄 모르고 내려왔던 길에 구면인 현보를 7년 만에 뜻밖에 다시 만나게 된 것이었다. 이 기우는 현보에게도 물론 큰 놀람이자 기쁨이었다.

극단의 주목을 보게 된 민삼이 서울서 적어 내려 보낸 인원의 열 명 속에 여배우 혜련의 이름을 발견하고 현보는 자기 작품의 주연을 맡은 그 여배우가 대체 어떤 인물일꼬 하고 호기심이 일어났을 뿐, 무심히 덮어 두었던 것이 막상 일행이 내려와 처음으로 상면하게 되었을 때 그가 바로 남죽임을 알고 어지간히 놀랐던 것이다.

혜련은 여배우로서의 예명이었다. 7년 전에 알고는 그후 까닥 소식을 몰랐던 남죽은 그런 경우 그런 꼴로 우연히 만나게 될 줄이야 피차에 짐작도 못하였던 것이다.

지난날을 돌아보면서 그날 밤 둘은 끝없는 이야기와 추억에 잠겼다. 서울서 학교에 다닐 때 우연히 세죽 남죽 자매를 알게 된 것은 그들이 경영하여 가는 책점 대중원에 출입하게 된 때부터였다. 대중원은 세죽이 단독 경영하여 가는 것이었고 남죽은 다시 여학교에서 공부하는 몸으로 형의 가게에 기숙하고 있는 셈이었다. 세죽의 남편이 사건으로 들어가기 전에 뒷일을 예료하고 가족들의 호구지책으로 미리 벌던 것이 소규모의 책점 대중원이었다. 남편의 놓일 날을 몇 해고간에 기다려 가면서 세죽은 적막한 홀몸으로 가게를 알뜰히 보면서 어린것과 동생 남죽의 시중을 정성껏 들어 왔다.

남죽은 어린 나이에도 철이 들어서 가게에 벌여 놓은 진보적 서적을 모조리 읽은 나머지 마지막 학년 때에는 오돌지게도 학교에 일어난 사건을 지도하다가 실패한 끝에 쫓겨나고 말았다. 학업을 이루지 못한 채 고향에 내려갈 수도 없어 그후로는 별수없이 가게 일을 도울 뿐 건둥건둥 날을 지우는 수밖에는 없었다.

소설을 닥치는 대로 읽어 대고 아름다운 목청을 놓아 노래를 불러 대곤 하였다. 목소리를 닦아서 나중에 음악가가 되어 볼까도 생각하고, 얼굴의 윤곽이 어글어글한 것을 자랑삼아 영화 배우로 나갈까도 꿈 꾸었다. 그 시기의 그를 꾸준히 관찰할 수 있는 기회를 가졌던 현보는 그 남다른 환경에서 자라 가는 늠출한 처녀의 자태 속에 물론 시대적 정열과 생장도 보았으나 더 많이 아름다운 감상과 애끓는 꿈을 엿보았던 것이다.

단발한 머리를 부수수 헤뜨리고 밋밋하고 건강한 육체로 고운 멜로디를 읊조릴 때에는 그의 몸 그대로가 구석구석에 아름다운 꿈을 함빡 머금은 흐뭇한 꽃이었다. 건강한, 그러나 상하기 쉬운 한 송이의 꽃이었다.

참으로 아담한 꽃을 보는 심사로 현보는 남죽을 보아 왔다.

그러나 현보가 학교를 마치고 서울을 떠날 때가 그들과의 접촉의 마지막이었으니 동경에 건너가 몇 해를 군 뒤 고향에 나와 일없이 지내게 된 전후 며칠 동안 다만 책점 대중원이 없어졌다는 소문을 풍편에 들었을 뿐이지, 그뒤 그들이 고향인 관북으로 내려갔는지 어쨌는지 남죽과 세죽의 소식은 생각해 보지도 못했고 미처 생각에 떠오르지도 않았다.

그만한 여유조차 없는 것은 다른 사람의 생각은커녕 자신의 생활이 눈앞에 가로막히게 되었고 무엇보다도 현대인으로서의 자기 개인에 대한 생각이 줄을 찾기 어렵게 갈피갈피로 찢어졌다 갈라졌다 하여 뒤섞이는 까닭이었다. 7년 후에 우연히 만나고 보니 시대의 파도에 농락되어 꿈은 조각조각 사라지고 피차에 그 꼴이었다. 하기는 그나마 무대 배우로 나타난 남죽의 자태에 옛 꿈의 한 조각이 아직도 간당간당 달려 있는 셈인지도 모르나 아담하던 꽃은 벌써 좀먹기 시작한, 그 어딘지 휘줄그러진 한 송이임을 현보는 또렷이 느꼈다.

시간을 보고 찻집을 나와 현보는 남죽을 데리고 큰거리 백화점으로 향하였다. 준구와 만나자는 약속이었다. 가난한 교사를 졸라 댐은 마치 벼룩의 피를 긁어 내려는 격이었으나 그러나 현보로서는 가장 가까운 동무이므로 준구에게 터놓고 남죽의 여비의 주선을 비추어 둔 것이었다.

남죽에게는 지금 '살까 죽을까가 문제'가 아니라 《목격자》 속의 빈민들에게 거리의 음악이 필요하듯이 고향으로 내려갈 여비가 필요하였다. 꿈의 마지막 조각까지 부서져 버린 이제 별수없이 고향으로 내려가 몸도 쉬고 마음도 가다듬는 수밖에는 없었다. 고향은 넓은 수성 평야의 한가운데여서 거기에는 형 세죽이 밭을 가꾸고 염소를 기르고 있다는 것이었다.

남편이 한 번 놓였다 재차 들어가게 된 후 세죽은 이번에는 고향에다 편편하게 자리를 잡고 서점 대신에 평야의 한복판에서 염소를 기르게 되었다는 것이다. 도회에 지친 남죽에게는 지금 무엇보다 염소의 젖이 그리웠다. 염소의 젖을 벌떡벌떡 마시고 기운차게 소생됨이 한 가지의 원이었다.

몇십 원의 노자쯤을 동무에게까지 빌리기가 현보로서는 보람없는 노릇이었으나 늘 메말라서 누런 '현대의 악마'와는 인연이 먼 그로서는 하는 수 없는 것이었다. 찻집이라도 경영해 볼까 하다가 아버지에게 호통을 들은 후부터는 돈을 타 쓰기가 불쾌하여서 주머니에는 차 한 잔 값조차 떨어질 때가 있었다.

누구나 다 말하기를 꺼려하고 적어도 초연한 듯이 보이려고 하는 '돈'의 명제가 요새 와서는 말하기 부끄러우리만큼 자나깨나 현보의 머리를 차지하게 되었다. 그 '악마'에 대한 절실한 인식은 일종의 용기를 낳아서 부끄러울 것 없이 준구에게 여비 일건을 부탁하고 남죽에게는 고향 언니에게도 간청의 편지를 내도록 천연스럽게 일렀던 것이다. 그러나 막상 휘줄그레한 포라 양복에 땀에 젖은 모자를 쓴 가련한 그를 대하였을 때 현보는 준구에게 그것을 부탁하였던 것을 일순 뉘우쳤다. 휘답답한 그의 꼴이 자기의 꼴과 매일반임을 보았던 까닭이다. 그래도 의젓한 걸음으로 층계를 걸어올라 식당에 들어가 두 사람에게 자리를 권하고 음식을 분부하고 난 후, 준구는 손수건을 내서 꺼릴 것 없이 얼굴과 가슴의 땀을 한바탕 훔쳐 냈다.

"양해하게. 집에는 아이들이 들끓구 아내는 만삭이 되어서 배가 태산 같은데두 아직 산파두 못 댔네. 다달이 빚쟁이들은 한 두름씩 문간에 와 왕머구리같이 와글와글 짖어 대구……. 어쩌다가 이렇게 됐는지 이제는 벌써 자살의 길밖에는 눈앞이 보이는 것이 없네……. 별수 있던가. 또 교장에게 구구히 사정을 하구 한 장을 간신히 돌려 왔네. 약소해서 미안하나 보태 쓰도록이나 하게."

봉투에 넣고 말고 풀없이 꾸겨진 지전 한 장을 주머니에서 불쑥 집어내어서 현보의 손에 쥐어 주는 것이다. 현보는 불현듯 가슴이 찌르르하고 눈시울이 뜨거웠다. 손 안에 남은 부풀어진 지전과 땀 밴 동무에 손의 체온에 찐득한 우정이 친친 얽혀서 불시에 가슴을 쥔 것이다.

남죽은 새삼스럽게 고맙다는 뜻을 표하기도 겸연쩍어서 똑바로 그를 바라보지도 못하고 시선을 식탁 위에 떨어뜨린 채 손가락으로 머리카락을 오리오리 매만질 뿐이었다. 낯이 익지도 못한 여자의 앞에서까지 가리울 것 없이 집안 사정 이야기를 터놓고 하지 않으면 안 되는 가난한 시민의 자태가 딱하고 측은하고 용감하여서 그 순간 그 자리에서 살며시 꺼지고도 싶은 무거운 좌중의 기분이었다.

거리에 나와 준구와 작별한 뒤까지도 현보들은 심사가 몹시 울가망하였다. 현보는 집에 돌아가기가 울적하고 남죽 또한 답답한 숙소에 일찍 들어가기가 싫어서 대중없이 밤거리를 거닐기 시작하였다. 동무가 일껏 구해 준 땀내 나는 돈을 도로 돌릴 수도 없어 그대로 지니기는 하였으나 갖출 것도 있고 하여 여비로는 적어도 그 다섯 갑절이 소용이었다. 현보는 다른 방법을 생각하기로 하고 그 한 장 돈의 운명을 온전히 그날 밤의 발길의 지향에 맡기기로 하였다.

레코드나 걸고 폭스트롯이나 마음껏 추어 보았으면 하는 것이 남죽의 청이었으나 거리에는 춤을 출 만한 것이 없고 현보 자신 춤을 모르는 까닭에 뒷골목을 거닐다가 결국 조촐한 바에 들어갔다. 솔내 나는 '진'을 남죽은 사양하지 않고 몇 잔이나 거듭 마셨다. 어느 결에 주량조차 그렇게 늘었나 하고 현보는 놀라고 탄복하였다. 제법 술자리를 잡고 얼굴은 붉게 물들이고 뭇 사내의 시선 속에서 어울려 나가는 솜씨는 상당한 것으로 보였다. 술이 어지간히 돌았는지 체면 불구하고 레코드에 맞추어 몸을 으쓱거리더니 나중에는 자리를 일어서서 춤의 자세를 하고 발끝으로 달가락달가락 춤을 추는 것이었다.

현보 역시 취흥을 못 이겨 굳이 그를 말리지 않고 현혹한 눈으로 도리어 그의 신기한 재주를 바라볼 뿐이었다. 술은 요술쟁이인지 혹은 춤 추는 세상의 도덕은 원래 허랑한 것인지 이해하기 어려운 것은 맞은편 자리에 앉았던 아까 남죽의 귀에다 귓속말로 거리의 부랑자 백만장자의 아들이라고 가르쳐 주었던 그 사나이가 성큼 일어서서 남죽에게 춤을 청하는 것이었고, 더 이상한 것은 남죽이 즉시 응하여 팔을 겨루고 스텝을 밟기 시작한 것이다. 그것이 춤의 도덕인가 보다고만 하고 현보는 웃는 낯으로 한참이나 바라보고 있었으나 손님들의 비난의 소리 속에서 별안간 여급이 달려와서 춤은 금물이라고 질색하고 두 사람을 가르는 바람에 현보는 문득 정신이 들면서 이 난잡한 꼴에 새삼스럽게 눈썹이 찌푸려졌다.

남죽의 취중의 행동도 지나쳐 허랑한 것이었으나 별안간 나타난 부랑자의 유들유들한 심보가 괘씸하게 느껴져서 주위에 대한 체면과 불쾌한 생각에, 책임상 비틀거리는 남죽의 팔을 끌고 즉시 그 자리를 나와 버렸다. 쓸데없이 허튼 곳에 그를 끌어 온 것이 뉘우쳐져서 분이 좀체 가라앉지 않았다.

"아무리 부랑자기로 생면부지에 소락소락……. 안된 녀석."

"노여하실 것 없는 것이 춤 추는 사람끼리는 춤을 청하는 것이 모욕이 아니라 도리어 존경의 뜻인걸요. 제법 춤의 격식이 익숙하던데요."

남죽의 항의에는 한 마디도 대꾸할 바를 몰랐으나 그러면 그 괘씸한 심사는 질투에서 나온 것이었던가? 그렇다면 남죽을 얼마나 사랑하고 있는 셈인가 하고 현보는 자신의 마음을 가지가지로 의심하여 보았다.

"……참기 싫어요, 견딜 수 없어요, 죄수같이 이 벽 속에만 갇혀 있기가. 어서 데려가 주세요, 데에빗. 이곳을 나갈 수 없으면, 이 무서운 배에서 나갈 수 없으면 금방 미칠 것두 같아요. 집에 데려다 주세요, 데에빗. 벌써 아무것도 생각할 수 없어요. 추위와 침묵이 머리를 가위같이 누르는걸요. 무서워, 얼른 집에 데려다 주세요."

남죽은 남죽으로서 딴소리를, 듣고 보니 오닐의 《고래》의 구절구절을 아직도 취흥에 겨운 목소리로 대로상에서 마치 무대에서와 같은 감정으로 외치는 것이었다. 북극해상에서 애니가 남편인 선장에게 애원하고 호소하는 그 소리는 그대로가 바로 남죽 자신의 절실한 하소연이기도 하였다.

"……이런 생활은 나를 죽여요. 이 추위, 무서움. 공기가 나를 협박해요……. 이 적막. 가는 날 오는 날 허구한 날 똑같은 회색 하늘. 참을 수 없어요. 미치겠어요. 미치는 것이 손에 잡힐 듯이 알려요. 나를 사랑하거든 제발 집에 데려다 주세요. 원이에요. 데려다 주세요……."

이튿날도 또 하루 목표없는 지난날의 연속이었다.

간밤의 무더운 기억도 있고 남죽에게 대한 말끔하게 청산하지 못한 뒤를 끄는 감정도 남아 있고 하여 현보는 오후도 훨씬 늦어서 남죽을 찾았다. 아직도 눈알이 붉고 정신이 개운하지 못한 남죽의 청을 들어 소풍 겸 강으로 나갔다.

서선지방의 그 도회는 산도 아름다우려니와 물의 고을이어서 여름 한철이면 강 위에는 배가 흔하게 떴다. 나룻배, 고깃배, 석탄 배 외에 지붕을 덩그렇게 단 놀잇배와 보트와 모터보트가 강 위를 촘촘하게 덮었다. 놀잇배에서는 노래가 흐르고 춤이 보여서 무르녹은 나무 그림자를 띄운 강 위는 즐거운 유원지로 변한다. 산 너머 저편은 바로 도회에서 생활과 싸움으로 들복닥거리건만 산 건너 이 편은 그와는 별세상인 양 웃음과 노래와 흥이 지천으로 물 위를 흘렀다.

현보와 남죽도 보트를 세내서 타고 그 속에 한 몫 끼여서 시원한 물세상 사람이 된 듯도 싶었다. 백양나무가 늘어선 위로 흰 구름이 뭉실뭉실 떠서 강 위에서는 능라도 일대의 풍경이 아름다웠다. 현보는 손수 노를 저으면서 물결을 거슬러 올라가 섬께로 향하였다. 속을 헤아릴 수 없는 푸른 물결이 뱃전을 찰싹찰싹 쳤다.

"언니에게서 편지가 왔는데……. 요새는 염소 젖두 적구 그렇게 쉽게 노자를 구할 수 없다나요."

남죽은 소매 속에서 집어 낸 편지를 봉투째 서너 조각으로 쭉쭉 찢더니 물 위에 살며시 띄웠다. 별로 언니를 원망하는 표정도 아니요, 다만 침착한 한 마디의 보고였다.

"며칠 동안 카페에 들어가 여급 노릇이나 해서 돈을 벌어 볼까요?"

이 역시 원망의 소리가 아니고 침착한 농담으로 들리기는 하였으나 그 어디인지 자포자기의 기색이 보이지 않는 것도 아니었다.

"차차 무슨 방법이든지 있을 텐데 무얼 그리 조급하게 군단 말요."

현보는 당찮은 생각은 당초에 말살시켜 버리려는 듯이 어세가 급하고 퉁명스러웠다. 그러나 고향을 그리는 남죽의 원은 한결같이 절실하였다.

"얼음 속에 갇혀 있으면 추억조차 흐려지나 봐요. 벌써 머언 옛일 같아요……. 지금은 6월 라일락이 뜰 앞에 한창이고 담 위 장미는 벌써 봉오리가 앉았을걸요."

이것은 남죽이 늘 즐겨서 외는 《고래》 속의 한 구절이었으나 남죽의 대사는 이것으로서 그치는 것이 아니었다. 물 위에 둥둥 떠서 멀리 사라지는 찢어진 편지조각을 바라보며 남죽의 고향을 그리는 정은 줄기줄기 면면하였다.

"솔골서 시작해서 바다 있는 쪽으로 평야를 꿰뚫은 흰 방축이 바로 마을 앞을 높게 내달고 있어요. 방축이라니 그렇게 긴 방축이 어디 있겠어요. 포플라나무가 모여서고 국제 열차가 갈리는 정거장 근처를 지나 바다까지 근 10리 장간을 일직선으로 뻗쳤는데 인도교와 철교 사이를 거닐기에두 20분이나 걸려요. 물 한 방울 없는 모래개천을 끼고 내달은 넓은 둑은 희고 곧고 깨끗해서 마치 푸른 풀밭에 백묵으로 무한대의 일직선을 그은 것두 같구, 둑 양편으로 잔디가 쪽 깔린 속에 쑥이 나고 패랭이꽃이 피어서 저녁해가 짜링짜링 쬐면 메뚜기와 찌르레기가 처량하게 울지요. 풀밭에는 소가 누운 위로 이름 모를 새가 풀 위를 스치면서 얕게 날고 마을로 향한 한쪽에는 조, 수수, 옥수수밭이 연하여서 일하는 처녀아이가 두어 사람씩은 보이죠. 여름 한철이면 조카 아이와 같이 염소를 끌고 그 둑 위를 거닐면서 세월없이 풀을 먹여요. 항구를 떠난 국제열차가 산모퉁이를 돌아 기적소리가 길게 벌판을 울려올 때, 풀 먹던 소는 문득 뿔을 세우고 수염을 드리우고 에헤헤헤헤 하고 새침하게 한바탕 울어 대군해요. 마을 앞의 그 둑을 고향의 그 벌판을! 나는 얼마나 사랑하는지 몰라요. 그리운지 모르겠어요."

남죽의 장황한 고향의 묘사는 무대 위에서와는 또 다르게 고요한 강물 위를 자유롭게 흘러내렸다. 놀잇배에서 흘러나오는 레코드의 음악이 속된 유행가가 아니고 만약 교향악의 반주였던들 남죽의 대사는 마디마디 아름다운 전원 교향악으로 들렸을 것이다. 그의 '전원교향악'에 취하였던 것은 아니나 그의 고향에 대한, 적어도 현재 이외의 생활에 대한 그리운 정이 얼마나 간절한가를 느끼며 현보는 속히 여비를 구해야 할 것을 절실히 생각하면서도 능라도와 반월도 사이의 여울로 배를 저어 올렸다. 얕아는 졌으나 센 물살을 거슬러 저으면서 섬에 오를 만한 알맞은 물기슭을 찾았다.

"첫가을이면 송이의 시절……. 좀 이르면 솔골로 표송이 따러 가는 마을 사람들이 둑 위를 희끗희끗 올라가기 시작하겠어요. 봉곳이 흙을 떠받들고 올라오는 송이를 찾았을 때의 기쁨! 바구니에 듬직하게 따 가지고 식구들과 함께 둑길을 내려올 때면 송이의 향기가 전신에 흠뻑 배이지요. 풋송이의 향기……. 《고래》 속의 라일락의 향기 이상으로 제겐 그리운 것에요."

듣는 동안에 보지 못한 곳이언만 현보에게도 그의 말하는 고향이 한없이 그리운 것으로 생각되었다. 모래바닥이 보이는 강가로 배를 몰아 놓고 섬기슭을 잡으려 할 때 배가 몹시 요동하는 바람에 꿈에 잠겼던 남죽은 금시에 정신이 깬 모양이었다. 백양나무가 늘어선 사이로 새 풀이 우거져서 섬 속은 단걸음에 뛰어 들어가고도 싶게 온통 푸르게 엿보였다. 발을 벗고 물 속을 걷기도 귀찮아서 남죽은 뱃전에 올라서서 한 걸음에 기슭까지 뛰어 건너려 하였다. 뒤뚝거리는 배를 현보가 뒤에서 붙들기는 하였으나 원체 물의 거리가 먼데다가 남죽은 못 미치는 다리에 풀뿌리를 밟은 까닭에 껑청 발을 건너자 배가 급각도로 기울어지며 현보가 위태하다고 느꼈을 순간 풀뿌리에서 미끄러지며 볼 동안에 전신을 물 속에 채워 버렸다. 현보가 즉시 신발째로 뛰어들어 그의 몸을 붙들어 일으키기는 하였으나 전신은 물에 빠진 쥐였다. 팔에 걸린 몸이 빨랫짐같이도 차고 무거웠다.

하루의 작정이 흐려지고 섬의 행락이 틀어졌다. 소풍이 지나쳐 목욕이 된 셈이나 물에 빠진 꼴로는 사람들 숲에 섞일 수도 없어 두 사람은 외따로 떨어져 섬 속의 양지를 찾았다. 사람들 엿보지 못하는 호젓한 외딴 곳에서 젖은 옷을 대충 말리는 수밖에는 없었다. 현보는 신과 바지를 벗어서 널고 남죽은 속옷만을 남기고 치마 저고리를 벗어서 양지쪽 풀밭에 펴 놓았다. 차라리 해수욕복이나 입었던들 피차에 과히 야릇한 꼴들은 아니었을 것이나 옷을 반씩들 벗은 이지러진 자태——마치 꼬리와 죽지를 뽑히고 물벼락을 맞은 자웅의 닭과도 같은 허수한 꼴들은 한층 우스운 것이었다. 더구나 팔다리와 어깨를 온전히 드러내고 젖어서 몸에 붙은 속옷바람으로 풀밭에 선 남죽의 꼴은 더욱 보기 딱한 것이어서 그 자신은 그다지 시스러워 여기지 않음에도 현보는 똑바로 보기 어려워 자주 외면하지 않을 수 없었다. 별수없이 그 꼴 그대로 틀어진 반날을 옷 말리기에 허비하고 해가 진 후 채 마르지도 못한 축축한 옷을 떨쳐 입고 다시 배를 젓고 내려올 때, 두 사람은 불시에 마주 보고 껄껄껄 웃어 댔다. 하루의 이지러진 희극을 즐겁게 끝막으려는 듯 웃음소리는 고요한 저녁 강 위에 낭랑하게 퍼졌다.

그 꼴로 혼자 돌려보내기가 가여워서 현보는 그 길로 남죽의 숙소에 들른 채 처음으로 밤이 이슥할 때까지 같이 지내게 되었다. 뜻 속의 것이었던지 혹은 뜻 밖의 것이었던지 그날 밤 현보는 또한 남죽과 모든 열정을 주고받았다. 그것은 반드시 한쪽의 치우친 감정의 발작이 아니라 피차의 똑같은 감정의, 말하자면 공동 합작이었으며 그 감정 또한 우연한 돌발적인 것이 아니요 참으로 7년 전부터 내려오는 묵고 익은 감정의 합류였다. 늦은 밤거리에 나왔을 때 현보는 찬란한 세상을 겪은 뒤의 커다란 피곤을 일시에 느꼈다.

일이 일인만큼 큰 경험 후에 오는 하루를 현보는 집에 묻힌 채 가지가지 생각에 잠겼다. 묵은 감정의 합류라고는 하더라도 하필 그 시간에 폭발된 것은 이때까지 피차에 감정을 감추고 시험해 왔던 까닭일까. 그런 감정에는 반드시 기회라는 것이 필요한 탓일까 생각하였다. 결국 장구한 시기를 두었다가 알맞은 때를 가늠보아 피차에 훔쳐 낸 감정에 지나지 않았다. 사랑이라기에는 너무도 어처구니없는 것인지는 모르나 그러나 사랑이 아니라고 할 수도 없는 것이, 비록 미래의 계획이 없는 한 막의 애욕극이었다고는 하더라도 거기에 이르기까지는 오랜 시간의 양해가 있었던 것이라고 생각하였다. 남죽의 마음 또한 그러려니는 생각하면서도 현보는 한편 남자된 욕심으로 남죽의 허랑한 감정을 의심도 하여 보았다. 대체 지난 7년 동안의 그에게는 완전히 괄호 안의 비밀인 남죽의 생활이 어떤 내용의 것이었을까 하는 것이었다. 그에게 있어서 간간이 생리의 정리가 필요하듯이 남죽에게도 그것이 필요하지 않았을까?

혹은 한 번쯤은 결혼까지 하였다가 실패하였는지도 모르며, 더 가깝게 가령 그와 다시 만나기 전에 친히 지냈던 민삼과는 깊은 관계가 없었을까 하는 생각이 갈피갈피 들었으나 돌이켜보면 그렇게 그의 결벽하기를 원하는 것은 순전히 자기 자신의 지나친 욕심이며 그것을 희망할 자격은 자기에게는 없다는 것을 느끼게 되었다. 괄호 안의 비밀, 그의 눈에 비치지 않은 부분의 생활은 그의 관계할 바 아니며 다만 그로서는 그에게 보여준 애정만을 달게 여기면 족할 것이라고 결론하면서 그의 애정을 너그럽게 해석하려고 하였다.

값으로 산 애정이 아니었으나 남죽의 처지가 협착한만큼 현보는 애정에 대한 일종의 책임을 느껴서 그의 여비 일건을 더욱 절실히 생각하게 되었다.

그를 오래도록 붙들어 둘 수 없는 이상 원대로 하루라도 속히 고향에 돌려보내는 것이 애정의 의무일 것같이 생각되었다.

여비를 갖춘 후에 떳떳이 만날 생각으로 그 밤 이후 며칠 동안은 남죽을 찾지 않았다. 여비를 갖춘대야 생판 날탕인 현보에게 버젓한 도리가 있을 리는 없었다. 이미 친한 동무 준구에게 한 번 청을 걸어 여의치 못한 이상 다시 말해 볼 만한 알맞은 동무는 없었으며 그렇다고 그의 일신에 돈으로 바꿀 만한 귀중한 물건을 지닌 것도 아니었다.

옳은 길이라고는 생각지 않았으나 별수없이 남은 한 길을 취할 수밖에는 없었다. 진종일을 노리다가 사랑 문갑에서 예금통장을 집어 내기에 성공하였던 것이다. 은행과 조합의 통장이 허다한 속에서 우편예금 통장을 손쉽게 찾아 내기는 하였으나 빽빽한 주의 아래에서 그것에 성공하기에는 온 이틀을 허비하였다. 가정에 대한 그 불측한 반역이 마음을 괴롭히지 않는 바도 아니었으나 그만한 희생쯤은 이루어진 애정에 대한 정성과 봉사의 생각으로 닦아 버리려고 생각하였던 것이다.

그 밤 이후 처음으로 만나는데 소용의 금액을 넌지시 내놓음이 받은 애정의 대상을 갚는 것도 같아서 겸연쩍기는 하였으나 그러나 한편 돈을 가진 마음은 즐겁고 넉넉하였다. 마음도 가뿐하고 걸음도 시원스럽게 현보는 오후는 되어서 남죽의 여관을 찾았다.

여관 안은 전체로 감감하고 방에는 남죽의 자태가 보이지 않았다. 원체 아무 세간도 없는 방인 까닭에 텅 빈 방 안을 현보는 자세히 살펴볼 것도 없이 문을 닫고 아마도 놀러 나갔으려니 하고 거리로 나왔다. 찻집과 백화점을 한 바퀴 돌고는 밤에 다시 찾기로 하고 우선 집으로 돌아왔을 때 뜻밖에 남죽의 엽서가 책상 위에 있었다.

연필로 적은 사연이 간단하게 읽혔다.

> 왜 며칠 동안 까딱 오시지 않았어요. 노여운 일 계세요. 여러 날 폐만 끼친 채 여비가 되었기에 즉시 떠납니다. 아마도 앞으로는 만나 뵙기 조련치 않을 것 같아요. 내내 안녕히 계세요, 남죽 올림.

돌연한 보고에 현보는 기를 뽑히고 즉시로 뒷걸음을 쳐서 여관으로 향하였다.

여러 날 안 왔다고 칭원을 하면서 무슨 까닭에 그렇게도 무심하고 급스럽게 떠나 버렸을까? 여비라니 다따가 50원의 여비를 대체 어떻게 해서 구하였을까? 짜장 며칠 동안 카페 여급 노릇이라도 한 것일까……. 여러 가지로 생각하면서 여관에 이르러 다시 방문을 열어 보았을 때 아까와 마찬가지로 텅 빈 것이었으나 그런 줄 알고 보니 사실 구석에 가방조차 없었다. 경솔한 부주의를 내책하면서 그제서야 곡절을 물어 보려 안문을 들어서서 주인을 찾았다.

궂은 일을 하던 노파는 치맛자락으로 손을 훔치면서 한 마디 불어 대고 싶은 듯도 한 눈치로 뜰 안에 나서며 간밤에 부랴부랴 거둬 가지고 떠났다는 소식을 첫마디에 이르고는 뒤슬뒤슬 속있는 웃음을 띠었다.

"그게 대체 여배우요, 여학생이오? 신식 여자들은 겉만 보군 알 수가 없으니."

무슨 소리를 하려는 수작인고 하고 그다지 반갑지는 않았으나 현보는 잠자코 있을 수만 없어서,

"여학생으로두 보입디까?"

되레 한 마디 반문하였다.

"그럼 여배우군. 어쩐지 행동거지가 보통이 아니야. 아무리 시체 여학생이기루 학생의 처신머리가 그럴까 했더니 그게 여배우구려."

"행동이 어쨌단 말요."

"하긴 배우는 거반 그렇답디다만."

말이 시끄러워질 눈치여서 현보는 귀찮은 생각에 말머리를 돌렸다.

"식비는 다 치렀나요?"

그러나 그 한 마디가 도리어 풀숲의 뱀을 쑤신 셈이었다. 노파의 말주머니는 막았던 봇살같이 한꺼번에 터져나오기 시작하였다.

"식비 여부가 있겠수, 푸른 지전이 지갑 속에 불룩하던데. 수단두 능란은 하련만 백만장자의 자식을 척척 끌어들이는 걸 보문 여간내기가 아닌, 한다 하는 난꾼입디다. 그런 줄 알구 그랬는지 어쨌는지 아마두 첫눈에 후려 낸 눈친데 하룻밤 정을 줘두 부자 자식이 좋기는 좋거든. 맨숭한 날탕이던 것이 하룻밤 새에 지전이 불룩하게 쓸어든단 말요. 격이 되기는 됐어. 하룻밤을 지냈을 뿐 이튿날루 살랑 떠난단 말요."

청천의 벼락이었다. 놀랍고 어처구니가 없어서 노파의 입을 쥐어박고

도 싶었으나 그러나 실성한 노파가 아닌 이상 거짓말도 아닐 것이어서 현보는 다만 벌렸던 입을 다물 수 없었다.

"백만장자의 자식이라니, 누 누구란 말요?"

아마도 말소리가 모르는 결에 떨렸던 성싶었다.

"모르시오? 김 장로의 아들 말이외다. 부랑자로 유명한……."

현보는 아찔해지면서 골이 핑 돌았다.

더 물을 것도 없고 흉측한 노파의 꼴조차가 불현듯이 보기 싫어져서 뒤도 돌아보지 않고 허둥허둥 여관을 나와 버렸다.

"그것이 여비의 출처였던가."

모르는 결에 입술이 찡그려지며 제 스스로를 비웃는 웃음이 흘러나왔다.

김 장로의 아들이라면 며칠 전에 바에서 돌연히 남죽에게 춤을 청한 놈팡이인데 어느 결에 그렇게 쉽게 교섭이 되었던가, 설사 여비를 구하기 위한 수단이라고 하더라도 어둠의 여자와 다를 바가 무엇인가 생각할 때 무서운 생각에 전신에 소름이 쪽 돋으며 허전허전 꼬이는 다리에 그 자리에 쓰러져 울고도 싶었다.

남죽은 그렇게까지 변하였던가. 과거 7년 동안의 괄호 속의 비밀까지가 한꺼번에 눈앞에 보이는 듯하여 현보는 속았다는 생각만이 한결같이 들어 온전히 제정신없이 거리를 더듬었다.

우울하고 불쾌하고, 미칠 듯도 한 며칠이었다. 7년 전부터 남죽을 알아 온 것을 뉘우치고 극단이고 무엇이고를 조직하려고 한 것조차 원되었다.

속은 것은 비단 마음뿐이 아니고 육체까지임을 알았을 때 현보는 참으로 미칠 듯도 한 심정이었던 것이다. 육체의 일부에 돌연히 변화가 생기기 시작한 것은 다음날부터였으나 첫경험인 현보는 다따가의 변화에 하늘이 뒤집힌 듯이나 놀랐고 첫째 그 생리적 고통은 견딜 수 없이 큰 것이었다.

몸에는 추잡한 병증이 생기며 용변할 때의 괴로움이란 살을 찢는 듯도 하여 이루 헤아릴 수 없었다. 세상에서 흔히 말하는 병이 바로 이것인가 보다고 즉시 깨우치기는 하였으나 부끄러운 마음이 대뜸은 병원에도 못 가고 우선 매약점에 들렀다가 하는 수 없이 그 길로 의사를 찾았다. 진찰의 결과는 예측과 영락없이 들어맞아서 별수없이 의사의 앞에서 눈을 감고 부끄러운 치료를 받기 시작하면서 찡그린 마음속에는 한결같이 남죽의 자태가 떠올랐다. 마음과 몸을 한꺼번에 속인 셈이나 남죽은 대체 그런 줄을 알았던가 몰랐던가.

처음에는 감격하고 고맙게 여겼던 애정이었으나 그렇게 된 결과로 보면 일종의 애욕이 사기로밖에는 생각되지 않았다. 칠팔 년 전 건강하고 아름다운 꿈으로 시작되었던 남죽의 생애가 그렇게 쉽게 병들고 상할 줄은 짐작도 할 수 없었던 것이다.

굳건한 꿈의 주인공이 7년 후 한다 하는 밤의 선수로 밀려 떨어질 줄은 생각할 수 없었던 것이다.

아담하던 꽃은 좀이 먹었을 뿐이 아니라 함빡 병들어 상하기 시작하지 않았던가.

책점 대중원 뒷방에서 겨울이면 화롯전을 끼고 앉아서 독서에 열중하다가 이론투쟁을 한다고 아무나 붙들고 채 삭이지도 못한 이론으로 함부로 후려 대다가는 이튿날로 학교의 사건을 지도한다고 조금 출출한 동무들이면 모조리 방에 끌어다가는 이론과 토의가 자자하던 7년 전의 남죽의 옛일을 생각할 때 현보는 금할 수 없는 감회에 잠기며 잠시는 자기 몸의 괴로움도 잊어버리고 오늘의 남죽을 원망하느니보다는 그의 자태를 측은히 여기는 마음이 끝없이 솟았다.

어린 꿈의 자라가는 것은 여러 갈래일 것이나 그 허다한 실례 속에서 현보는 공교롭게도 남죽에게서 가장 측은하고 빗나간 한 장의 표본을 본 듯도 하여서 우울하기 짝이 없었다.

부정한 수단을 써 가면서까지 여비로 만든 50원 돈이 뜻밖에도 망측한 치료비로 쓰이게 된 것을 생각하고 그 돈의 기구한 운명을 저주하면서 답답한 마음에 현보는 그날 밤 초저녁부터 바에 들어가 잠겼다.

거기에서 또한 우연히도 문제의 거리의 부랑자 김 장로의 아들을 자리에서 마주치게 된 것은 얼마나 뼈저린 비꼬움이었던가. 반지르르하면서도 유들유들한 그 꼬락서니가 언제 보아도 불쾌하고 노여운 것이었으나 그러나 남죽 자신의 뜻으로 된 일이었다면 그도 하는 수 없는 노릇이며 무엇보다도 그 당장에서 그 녀석을 한 대 먹여서 꼬꾸라뜨릴 만한 용기와 힘없음이 현보에게는 슬펐다. 녀석도 또한 그 자리로 현보임을 알아차리고 가소로운 것은 제 술잔을 가지고 일부러 현보의 탁자에 와 마주앉으며 알지 못할 웃음을 띠는 것이다.

"이왕 마주앉았으니 술이나 같이 듭시다."

어느 결엔지 여급에게 분부하여 현보의 잔에도 술을 따르게 하였다. 희고 맑은 그 양주가 향기로 보아 솔내 나는 진인 것이 바로 그 밤과 같은 것이어서 이 또한 우연한 비꼬움으로밖에는 생각되지 않았다.

"이렇게 된 바에 무엇을 속이겠소. 터놓고 말이지 사실 내겐 비싼 홍정이었소. 자랑이 아니라 나도 그 길엔 상당히 밝기는 하나 설마 그런 흠이 있을 줄이야 뉘 알았겠소. 온전히 홀린 셈이지. 그까짓 지갑쯤 털린 거야 아까울 것 없지만 몸이 괴로워 못 견디겠단 말요. 허구헌 날 병원에만 다니기두 창피하구, 맥주가 직효라기에 날마다 와서 켰으나 이 몸이 언제나 개운해질는지……."

술잔을 내고는 얼굴을 찡그리고 쓴웃음을 띠는 것을 보고는 녀석을 해낼 수도 없고 맞장구를 칠 수도 없어서 현보는 얼떨떨할 뿐이었다.

"당신두 별수없이 나와 동류항일 거요. 동류항끼리 마음을 헤치구 하룻밤 먹어 봅시다그려."

하면서 굳이 술잔을 권하는 것이다.

현보는 녀석의 면상에 잔을 던지고 그 자리를 일어나고도 싶었으나

……. 실상은 웃지도 못하고 울지도 못할 난처한 표정대로 그 자리에 빠지지 앉아 있을 수밖에는 없었다.

이효석 소설의 서정성

신 동 욱

1. 머리말

이효석(李孝石, 1907~1942)은 강원도 평창군 진부면에서 태어났다. 1920년 경성제일고등보통학교에 다닐 때 주변 사람들로부터 수재로 인정받으며, 1927년 경성제대 예과 때부터 작품을 쓰기 시작하였다고 전한다. 1930년 경성제대 법문학부를 졸업했다.

1928년 「도시와 유령」(朝鮮之光, 7월호)과 「기우(寄遇)」(朝鮮之光, 1929. 6월호), 「행진곡」(朝鮮文藝, 6월호) 등 빈곤하고 불행한 하층민의 삶의 문제들을 작품화하여 발표하였다. 1931년 함경도 경성농업학교 교원으로 재직하면서 「노령근해(露領近海)」(四海公論, 1931. 2), 「약령기(弱齡記)」(三千里, 9) 등 현실 문제를 주요한 소설적 과제로 다루었다.

1933년 「돈(豚)」(朝鮮文學, 1933. 10), 「수탉」(朝鮮) 등의 작품에서 개인적 삶과 그 근원적 생성력인 성 본능에 관해 주목하기 시작한다.

1934년 숭실전문학교 교수로 재직하면서, 「분녀(粉女)」(중앙(中央), 1936. 1~2), 「들」(新東亞, 1936. 3), 「山」(三千里, 1936. 3), 「모밀

꽃 필 무렵」(朝光, 1936. 10), 그리고 「장미 병들다」(三千里, 1938. 1) 등 일련의 근원적인 생명력으로서의 성의 문제를 다루어 그의 서정적 필치와 함께 문단의 높은 평가를 받기 시작했다. 장편 「화분」(凡文社, 1942)도 성도덕의 퇴락상을 묘사하였고, 삶에 내재한 본능적 욕구의 무절제한 문제를 한 가족을 통하여 비판적 안목에서 다루었다. 1942년 36세의 젊은 나이에 뇌막염으로 요절하였다. 1960년 춘조사(春潮社)에서 『효석전집(孝石全集)』이 간행되었다.

2. 초기 작품과 현실인식

이효석의 초기 작품들 중에서 「도시와 유령」(朝鮮之光, 1928. 7월호)에는 교통사고를 당하고도 제대로 치료도 못 받고 나온 가난한 모자의 비참한 정상이 보인다. 서술자는 거처가 없어 노숙하며 일하는 막벌이 노동자로 도시의 성장과 함께 빈민층이 유령처럼 늘어나는 사실을 고발하고 있다. 유령으로 오인될 정도로 궁핍한 빈민층의 참혹한 생활의 한 단면이 제시되고 있다. 그리고 「기우」에서도 정상적인 양가집의 처녀가 만주까지 흘러가 창녀가 되는 몰락과정을 묘사하고 있다. 창작집 『노령근해』(同志社, 1931)는 이효석의 동반자 작가로 활동한 시기의 단편집이다.

다음으로 「약령기」에는 가난한 학생 학수와 한 마을의 처녀 금옥이와의 이루지 못한 애절하고 슬픈 사랑과, 학생들의 진보적 독서 그룹의 사건으로 인하여 퇴교 또는 정학당하는 내용이 비교적 소상하게 그려지고 있어 이효석의 초기 작품들과 주제적 일치를 보이고 있다.

이 작품의 주인공 학수는 집안이 가난하여 수업료를 못 내 정학당하고, 사랑하는 처녀 금옥은 쌀장사 집으로 출가하게 된다. 게다가 학수는 잘 먹지도 못하여 빈혈까지 일으키는 형편에 놓여 있다. 학수는 금옥이가 시집가기 전 마지막 날 밤에 만나 이루지 못할 사랑의 슬픈 정화를 나누는

데 그 장면의 자연배경을 작가는 다음과 같이 묘사하고 있다.

> 보름달이 박덩이같이 희다. 벌판 끝에 바다가 그윽한 파도 소리와 함께 우련한 밤 속에 멀다. 윤곽이 선명한 초막의 그림자가 그 무슨 동물과도 같이 시꺼멓게 능금밭 속까지 뻗혔고, …… 달빛과 밤빛이 짜내는 미묘한 색채자연은 이것을 그 현실의 색채 위에 쓰고 나타난다. 이것은 확실히 현실을 떠난 신비로운 치장이다. 그러나 달밤은 또한 이 신비로운 색채뿐이 아니다. 색채 외에 확실히 일종의 독특한 향기를 품고 있다. 알지 못할 그윽한 밤의 향기——이것이 있기 때문에 달밤은 더 한층 아름다운 것이다.
>
> (春潮社, 孝石全集 1, 29면)

이처럼 자연의 신비함과 아름다움 속에서 두 남녀의 만남이 이루어지고 있지만 사실은 이루어질 수 없는 사랑의 고통을 절실히 맛보아야 하는 운명의 아이러니가 주요한 의미로 제기되고 있다.

금옥이 시집가는 날 학수는 그들 두 사람의 추억이 깃든 바닷가에 나와 금옥과 같이 읽으며 감상하던 시를 되뇌이며 거닌다. 이 시에서 시대의 고통과 사랑의 고통을 이기고 정열적으로 대응하는 시상을 학수는 스스로 찾아 다음과 같이 읊조린다.

> 백두산 꼭대기에서
> 제일 큰 참나무
> 한 대 뽑아다
> 이 가슴의 열정으로 시뻘겋게 달궈가지고
> 어두운 밤하늘에 줄기차게 써 볼까.
> 그 무엇이어, 나는 너를 사랑하노라! (같은책, 35면)

이렇게 하이네의 시구를 이용하여 시대의 고통과 사랑의 아픔을 이겨내려는 젊은이의 의기를 드러내고 있다.

이러한 연애 이야기와 함께 휴교사건을 주도하고 퇴학당한 용걸이는 학교를 쫓겨났어도 실망하지 않고 오히려 "싱싱한 기운에 넘쳐" 고향으로 돌아왔고, 또 자부심까지 깃든 자세로서 "파들 파들한 기운"을 느끼게 하는 젊은 기세를 보이는 인물로서, 시대의 힘에 굽히지 않는 신념있는 동시대의 젊은이로 그 기상이 제시되고 있다. 그러면서도, 용걸이는 번민하는 학수에게 힘을 돋우는 말을 다음과 같이 한다.

> 「그러나 그런 개인적 번민은 누구에게나 한두 가지씩은 다 있는 것이네.」
>
> 「가지가지의 번민을 거치는 동안에 차차 사람이 되지.」
>
> 「개인적 번민보다도 우리에게는 전 인류적 더 큰 번민이 있지 않은가.」(같은책, 37~38면)

이렇게 말하여, 시대 전체의 과제로서 세계적이고 보편적인 문제를 위해 번민하는 이상적이고 진보적인 자세를 암시하고 있다.

그후 학수는 영걸의 책을 빌려 읽고, 학우회 총회에 참가하여 농촌의 빈궁을 설명하며 운동선수 파견 비용을 없애자는 주장을 한다. 이어 금옥의 자살로 인하여 장례를 치르는 슬픈 내용으로 이야기는 마무리되고 학수는 고향을 등지고 "먼 곳"으로 떠난다.

이처럼 농촌의 학생들의 마음속에 깃든 내부적인 삶의 문제를 시대 전체의 국면에서 관련지으면서 암시적으로 조명하여 이상주의에 지향하는 청년상을 제시하여 작품을 끝내고 있다. 이 작품만큼 당시대 학생들의 고민을 적절히 들추어낸 예도 드물 것이고, 이효석의 젊은 날의 일반적인 번민의 문제를 다소나마 엿볼 수 있게 하였다. 젊은 날의 그 막연한 새 출발이 사실은 '모험과 비약'을 수반하고 그리고 더 큰 목표에 도달할 수 있다는 꿈의 제시라고 볼 수 있다. 즉 작품「노령근해」에서 밀항하는 청년의 "부자도 없고 가난한 사람도 없고 다 같이 살기 좋은 나라"(露領近海, 153면. 1931)를 꿈꾸는 이상주의자와 같은 문제 인식의 맥락에서 작품의 주제를 설정한 사실을 이해할 수 있다.

3. 근원적인 생성의 힘과 서정적인 삶 인식

앞에서 살핀 바와 같이 이효석은 소위 동반자 작가로서의 면모가 드러난 바 있다. 그러나,「약령기」의 자연묘사에서 느낄 수 있듯이 이미 자연의 감미로움과 신비에 감동하고 있는 서술자 화자의 미의식의 특색이 보이고, 작품의 분위기가 의지적 남아를 묘사하면서도 서정적 인식이 눈에 띄는 것도 사실이다. 그러나 문제는 발굴하였으나 정열적으로 그 문제의 해결에 도전하고 싸워가는 의지의 시사적 주체자는 나타나지 않는다. 즉 사물 자체의 있음에 의식을 기울여 그 사물의 의미 탐구에 관심이 기우는 사실을 알게 된다. 작가 유진오는 "청신"한 이효석의 문체에 착목하고 그의 미적 특성을 논급한 바 있다. 그리고 이효석 자신도 묘사는 "새소리 같이 짧으면서도 별같이 빛나고 대쪽같이 곧고 시내같이 맑아야"(같은 전집 V권, 229~300면) 함을 스스로 말한 적이 있다. 이러한 작가의 문장론에 관한 소신은 사실 자신의 소설 창작의 실천에서 우러난 것이고, 남 다른 예술적 감각을 전제로 한 감성적 인식론에 근거한 내용임을 엿보게 된다.

단편「모밀꽃 필 무렵」에는 행상인들인 허생원, 조선달, 동이 등 서너 사람이 등장한다. 주요 인물인 허생원은 얼금뱅이로서 집도 없고 가족도 없이 떠도는 장돌뱅이이다. 젊은 날에 우연히 경험한 한번의 아름다운 사랑을 잊지 못하고 그것을 가장 고귀한 생애의 추억으로 생각하며 늙은 나귀와 같이 살아가는 인물로 설정되어 있다. 그와 반평생을 같이 걸으며 살아온 나귀를 다음과 같이 묘사하여 인물과 동물의 외형적 유사성에 근거하여 정서적 융합을 이루고 있다.

> 같은 주막에서 잠자고, 같은 달빛에 젖으면서 장에서 장으로 걸어 다니는 동안에 이십 년의 세월이 사람과 짐승을 함께 늙게 하였다. 까스러진 목뒤 털은 주인의 머리털과도 같이 바스러지고, 개진개진 젖은 눈은 주인의 눈과 같이 눈꼽을 흘렸다.
>
> (같은 전집 1, 238, 239면)

그리고 충주집에서 젊은 동이가 술집 작부와 어울려 술을 마시는 데서 허생원은 화를 내지만, 여인에 관한 애정의식에서 유발된 질투보다도 사실은 고독하고 가난한 허생원 자신을 생각하고 젊은 나이에 방종하지 말고 장래를 생각하며 근면한 생활을 해야 할 처지임을 각성시키는 뜻이 담겨 있는 한 장면이다. 여기서 이야기의 흐름은 동이가 허생원의 친자임을 암시하고 있다.

밤길을 걸으며 허생원은 옛 추억을 더듬으며 봉평에서의 아름다운 인연을 말하게 된다. 이 장면에서 서술자는 달밤의 풍경을 다음과 같이 묘사하고 있다.

> 이지러는 졌으나 보름을 갓 지난 달은 부드러운 빛을 흐뭇이 흘리고 있다. 대화까지는 팔십 리의 밤길…(中略)…길은 지금 긴 산허리에 걸려 있다. 밤중을 지난 무렵인지 죽은 듯이 고요한 속에서 짐승 같은 달의 숨소리가 손에 잡힐 듯이 들리며, 콩포기와 옥수수 잎새가 한층 달에 푸르게 젖었다. 산허리는 온통 메밀밭이어서 피기 시작한 꽃이 소금을 뿌린 듯이 흐뭇한 달빛에 숨이 막힐 지경이다.
>
> (같은 전집 1, 242면)

이러한 달밤의 풍경에서 달빛과 모밀꽃이 자아내는 정서적 분위기는 마치 허생원이 여인과의 인연과 연관된 지난 날의 물레방아 주변의 자연풍경이 연상되고 생동감있게 감각적으로 묘사됨을 발견하게 된다. 달빛은 짐승으로, 메밀꽃은 육체적인 접촉으로 인한 감각적 감동이 유발되고 있는 것처럼 느낄 수 있게 했다. 즉 사물들의 교감과 융합으로써 의미를 포착하여 정서적 일치를 효과적으로 드러낸 서정성 짙은 작품이다. 이런 점에서 앞에서 말한 바와 같이 이효석의 묘사적 문장론의 독자적 가치를 확인하게 된다.

동이의 어머니가 혼자 사는 것, 고향이 봉평이라는 것, 동이가 왼손잡이인 것 등이 동이의 이야기에서 밝혀지면서 허생원은 마음속으로 동이가 친자일 것이라는 생각을 하게 된다는 사실을 독자들에게 간접화 시켜 상상적으로 접근하도록 내용을 전해 주고 있다. 실족하여 물에 빠진 허생원이 동이의 등에 업혀 내를 건너며 가을에는 봉평으로 어머니를 뫼실 계획이라는 말을 들으며 동이의 등이 “뼈에 사모쳐 따뜻하다.”고 강조한다. 이는 허생원의 혈육에 대한 애정의식의 강도를 독자들이 느낄 수 있게 한 묘사적 장치이며, 오랜 세월을 홀로 살아온 허생원의 심리적 진실성을 확보한 수사라고 말할 수 있다. 이야기는 허생원이 젖은 옷을 말리고 제천을 향하여 “청청하게” 말방울 소리를 울리며 떠나는 것으로 밝은 기대감을 느끼게 하며 이야기는 마무리되고 있다.

작품 「산」에는 머슴 중실이 그려진다. 주인의 오해로 인하여 사경(私耕)도 받지 못하고 쫓겨나는 이야기이다. 이 작품에 설정된 사건을 중심으로 이야기를 풀어간다면 중실은 마땅히 누명을 벗고 몇 해 동안 봉사한 바 대가로서 사경을 받아야 한다. 그런데, 이야기의 주요 흐름은 중실이 산을 애호하며 자연의 힘에 매료되어 시정의 인간적인 삶과 결별하는 것으로 전개되고 있다. 이야기의 흐름에 따라 중실이 받았던 오해는 풀리지만 서사적 과제로 제시된 중실의 인격적 모욕과 경제적 보상은 한마디도 나와 있지 않다.

그 대신 서술자는 중실의 마음속으로 들어가 중실나름의 절실한 가치이자 중요한 의미로서 순결한 자연과 그의 영혼이 융합된 사실을 독자들에게 알려 준다. 이렇게 볼 때, 작가는 인간관계에서 빚어지는 비가치에서 벗어나 속세에서는 맛볼 수 없는 순결하고 천연스런 자연의 본성에 공감한 근로자의 황홀한 삶의 감동과 그 모습을 잘 그려내고 있다.

이처럼 자연의 본성 그 자체에 접촉해 들어감으로써 얻어지는 순결한 삶의 희열을 일깨워 주는 주제 의식은 이효석의 자연인식에서 얻어진 가치로 보인다.

> 산과 몸이 빈틈없이 한데 얼린 것이다.(전집 1, 98면)

이러한 구절에 비친 자연과 영혼의 결합은 그러한 가치에 동화될 생체심리적(生體心理的) 지향이 이미 중실의 세계관으로 내재해 있었음을 알려 주는 것이다. 다른 작품 「들」에서도 이러한 사상은 연결되고 있다.

> 꽃다지 질경이 민들레……. 가지가지 풋나물들을 뜯어 먹으면 몸이 초록으로 물들 것 같다.(같은 책1, 149면)

> 벌판서 장난치던 한 자웅의 짐승과 일반이 아닌가.
> (같은책 1, 161면)

이러한 탈도덕적 관념은 삶 그 자체의 근원적인 힘의 운영과 양식을 말한 순수지향의 의식이라고 말할 수 있다. 이 작품의 끝에 가서 문수, 나 모두 당국에 끌려가는 것으로 사건의 전개는 더 이상 없지만, 자연의 순수함과 인간적 제도의 비본질적 억압 등이 선명히 노출되고 있다. 자연의 생성력으로서의 성본능의 탈도덕적 아름다움을 이효석은 매우 중요한 것으로 되풀이하여 주제로 다루었다.

이러한 주제적 탐구는「산」,「들」,「모밀꽃 필 무렵」,「산정」등에서 그리고 장편「화분」에서도 드러나 있다.

4. 마무리

장편「화분」은 영화 수입업자인 중년의 현마와 세란, 그리고 세란의 처녀동생 미란과 미청년 단주, 식모 옥녀, 피아니스트 영훈 등이 빚어내는 욕망의 무절제로 인한 한 가정의 파탄을 다루고 있다. 현마는 처제 미란과, 단주는 세란, 미란, 옥녀와의 욕망의 희롱에 빠져 파탄으로 끝나고 오직 정신적 순결을 지키는 미란과 예술가 영훈의 사랑만이 정상적인 삶을 이루어간다는 다소 통속적인 취향을 풍기는 작품이다. 그러나, 욕망의 무절제가 도덕적 가치론과는 무관하게 운명적으로 펼쳐지는 그 자체의 힘의 본성을 작가는 일깨우고 있다. 이러한 에로스적 힘이 지닌 탈도덕적 본질을 이야기의 펼침에서 십분 보여 주고 있다. 그리고 그 생성의 힘은 나무, 풀, 하늘, 짐승, 사람, 냇물 등 여러 만상의 중심에 있는 보편적 가치로서 도덕적 가치론 이전의 원생적 본질임을 또한 암시해 주고 있다. 이러한 주제와 묘사적 기교에 깃든 뛰어난 감각적 통찰이 있음으로써 서정적 특질이 나타나고 있다. 즉 사물 자체의 근원적 의미를 탐구하고 사색하는 자세에서 얻을 수 있는 미적 효과라고 말할 수 있을 것이다. 서정적 주인공은 문제를 인식하고 그 내면적 의미까지 탐구하며 자성적(自省的) 자세를 지닌다.

이효석 문학은 순결한 자연의 생성력과 융합된 자성의 거울이라고 말할 수 있을 것이다. 즉 자연의 순수한 가치에 인간을 비추어 그 왜곡된 사실을 반성하고 순결한 자연과 가치 동일화를 이룩하여 원래의 건강한 자아를 회복하려는 미적기능을 지니고 있는 것이다.

작가연보

1907 강원도 평창군 봉평면에서 이시후와 강홍경 사이의 1남 3녀 중 장남으로 태어나다.

1910(4세) 서울로 이주.

1912(6세) 가족과 함께 낙향. 사숙에서 한학을 공부하다.

1913(7세) 평창보통학교 입학. 이후 평창에 나가 강릉 김씨 집과 인연을 맺어 하숙하며 공부함.

1920(14세) 경성제일고등보통학교 입학. 성적이 우수하여 선배인 유진오와 더불어 수재로 불림. 이후 서울에서 하숙.

1925(19세) 경성제일고보 졸업. 경성제국대학 예과 입학. 예과 조선인 학생회 〈문우회〉 참가. 기관지 『문우』와 예과 학생회지 『청량』에 유진오, 이희승, 이재학 등과 더불어 시 발표.

1927(21세) 법문학부 영문과 진학. 케랄드 와코니쉬의 「밀항자」를 『현대평론』에 번역 발표.

1928(22세) 단편 「도시와 유령」(조선지광) 발표. 동반작가(同伴作家)로 데뷔.

1929(23세) 단편 「기우」(조선지광), 「행진곡」(조선문예) 발표.

1930(24세) 경성제대 졸업. 수송정에서 하숙하다. 「깨뜨려지는 홍등」(대중공론), 「하얼빈」, 「약령기」(삼천리), 「서점에 비친 도시의 일면상」(조선일보) 발표.

1931(25세) 이경원(18세)과 결혼. 중학교 시절 일본인 은사 주선으로 총독부 경무국 검열계에 근무. 사직 후 경성(鏡城)에서 경성농업중학교 교원 지냄. 단편 「북국통신」, 「상륙」, 「과거 1년간의 문예」 등 발표. 「노령근해」 발간.

1932(26세) 장녀 나미(奈美) 태어나다. 「오리온과 능금」, 「북국점

경」, 「첩첩자를 질타함」, 「무풍대」 등 발표.

1933(27세) 단편 「돈(豚)」(조선문학), 「수탉」, 「가을과 서정」(삼천리) 등 발표.

1934(28세) 평양 숭실전문학교 교수로 부임. 평양시 창전리로 이주. 단편 「수난」, 「일기」, 「주리야」 등 발표.

1935(29세) 차녀 유미(瑠美) 태어나다. 「성수부」, 「성화」, 평론 「즉실주의의 길로」 등 발표.

1936(30세) 「분녀」(중앙), 「산」(삼천리), 「들」(신동아), 「메밀꽃 필 무렵」(조광), 「석류」(여성), 「내가 꾸미는 여인」(조광) 등 발표.

1937(31세) 장남 우현(禹鉉) 태어나다. 「성찬」(여성), 「개살구」(조광), 「낙엽기」(백광) 등 발표.

1938(32세) 「장미 병들다」(삼천리문학), 「해바라기」(조광), 「거리의 목가」(여성), 「막」(동아일보), 「소라」(농민조선) 등 발표.

1939(33세) 「향수」(여성), 「산정」, 「황제」(문장), 「화분」(조광) 등 발표.

1940(34세) 「벽공무한」(매일신보) 연재. 「작중인물지」(조광) 등 발표. 부인 죽다.

1941(35세) 「산협」(춘추), 「아자미의 장(蘇の章)」(국민문학), 「라오코왼의 후예」(문장) 등 발표.

1942(36세) 「풀잎」(춘추), 「일요일」(삼천리) 등 발표. 와병하여 도립병원에 입원. 절망 상태로 퇴원. 25일 기린리 자택에서 죽다. 유해는 부친에 의해 평창군 진부면 하진부리 고등골에 부인과 나란히 안장.

1959 『효석전집』 전5권으로 발간.

1983 『이효석전집』(창미사) 전8권으로 발간.

베스트셀러 한국문학선

메밀꽃 필 무렵

펴 낸 날 | 2021년 9월 1일
1995년 4월 8일 초판 1쇄

지 은 이 | 이효석
펴 낸 이 | 이태권

책임편집 | 윤주영
북디자인 | 박은정

펴 낸 곳 | 소담출판사
서울특별시 성북구 성북로5길 12 소담빌딩 301호 (우)02880
전화 | 02-745-8566 팩스 | 02-747-3238
등록번호 | 1979년 11월 14일 제2-42호
e-mail | sodambooks@naver.com
홈페이지 | www.dreamsodam.co.kr

ISBN 979-11-6027-202-4 04810
979-11-6027-193-5 (세트)

베스트셀러 월드북 도서목록

1. **어린왕자** 생 떽쥐뻬리
2. **갈매기의 꿈** 리처드 바크
3. **탈무드** 마빈 토케어
4. **나의 라임오렌지나무** J.M. 바스콘셀로스
5. **크눌프, 그 삶의 세 이야기** 헤르만 헤세
6. **전원교향악** 앙드레 지드
7. **사람은 무엇으로 사는가** 톨스토이
8. **아낌없이 주는 나무** 쉘 실버스타인
9. **마지막 잎새** O. 헨리
10. **마지막 수업** 알퐁스 도데
11. **아홉가지 슬픔에 관한 명상** 칼릴지브란
12. **노인과 바다** 어네스트 헤밍웨이
13. **슬픔이여 안녕** 프랑소와즈 사강
14. **비밀일기** S. 타운젠드
15. **포우단편집** E.A. 포우
16. **독일인의 사랑** 막스 뮐러
17. **그리스로마 신화** 토마스 불핀치
18. **데미안** 헤르만 헤세
19. **젊은 베르테르의 슬픔** 괴테
20. **꽃들에게 희망을** 트리나 포올러스
21. **빙점(상)** 미우라 아야꼬
22. **빙점(하)** 미우라 아야꼬
23. **안네의 일기** 안네 프랑크
24. **회색노트** 로제 마르탱 뒤 가르
25. **달과 6펜스** 서머셋 모옴
26. **작은 아씨들** 루이자 M. 올코트
27. **주홍글씨** 나다니엘 호오도온
28. **호밀밭의 파수꾼** J.D. 샐린저
29. **좁은문** 앙드레 지드
30. **동물농장** 조지오웰
31. **이솝우화** 이솝
32. **키다리아저씨** 지인 웹스터
33. **꼬마니콜라** 르네 고시니
34. **싯달타** 헤르만 헤세
35. **지와 사랑** 헤르만 헤세
36. **젊은 시인에게 보내는 편지** 라이너 마리아 릴케
37. **파리대왕** 윌리엄 제랄드 골딩
38. **이방인** 알베르 까뮈
39. **이상한 나라의 앨리스** 루이스 캐롤
40. **홍당무** J. 르나르
41. **목걸이** 기 드 모파상
42. **수레바퀴 아래서** 헤르만 헤세
43. **양치는 언덕** 미우라 아야꼬
44. **여자의 일생** 기 드 모파상
45. **대지** 펄 S. 벅
46. **폭풍의 언덕** 에밀리 브론테
47. **테스** 토마스 하디
48. **페스트** 알베르 까뮈
49. **제인에어** 샤로트 브론테
50. **이반데니소비치의 하루** 솔제니친